Las cuatro esquinas del mar

# LOLA CABRILLANA

# Las cuatro esquinas del mar

Grijalbo

Papel certificado por el Forest Stewardship Council®

Primera edición: abril de 2024

© 2024, Lola Cabrillana
© 2024, Penguin Random House Grupo Editorial, S. A. U.
Travessera de Gràcia, 47-49. 08021 Barcelona

Penguin Random House Grupo Editorial apoya la protección del *copyright*.
El *copyright* estimula la creatividad, defiende la diversidad en el ámbito de las ideas y el conocimiento, promueve la libre expresión y favorece una cultura viva. Gracias por comprar una edición autorizada de este libro y por respetar las leyes del *copyright* al no reproducir, escanear ni distribuir ninguna parte de esta obra por ningún medio sin permiso. Al hacerlo está respaldando a los autores y permitiendo que PRHGE continúe publicando libros para todos los lectores.
Diríjase a CEDRO (Centro Español de Derechos Reprográficos, http://www.cedro.org) si necesita fotocopiar o escanear algún fragmento de esta obra.

*Printed in Spain* – Impreso en España

ISBN: 978-84-253-6745-8
Depósito legal: B-1.784-2024

Compuesto en M. I. Maquetación, S. L.
Impreso en Liberdúplex
Sant Llorenç d'Hortons (Barcelona)

GR 6 7 4 5 8

*A Mari Carmen, Paquito y Antonio,*
*por dar a mi vida la seguridad de que*
*pase lo que pase nunca estaré sola*

# 1

Cada treinta de junio amanecía con una sensación de felicidad abrumadora. El alivio de saber que ese día terminaría mi condena me alegraba hasta el alma. Todos los maestros ansiábamos respirar libres de la carga burocrática de las últimas semanas de curso.

Aquella mañana despertamos con terral, una masa de aire caliente recurrente en la costa del Sol que te obligaba a resguardarte en un lugar fresco durante las horas centrales del día. Los malagueños sabíamos que llegaba para quedarse tres días con nosotros y complicarnos un poco más nuestra existencia veraniega. Por esa razón, y porque cualquier excusa era buena, en el colegio nos dejaron terminar la jornada laboral antes de la hora establecida.

Con la brisa cálida entrando por las ventanas, apagué el ordenador y dejé atrás el papeleo que me había tenido enterrada durante semanas. Me despedí de la desidia que me provocaba la obligación de rellenar informes y planes de mejora, que no tenían sentido ni coherencia y que eran un mero trámite con el que nos tocaba claudicar cada final de curso. Salí del aula preguntándome si alguna vez alguien leería aquellos escritos tan carentes de contenido como de funcionalidad.

No habían dado las once de la mañana cuando me despedí de mis compañeros. Los buenos deseos pasaron de unos a otros aderezados con unos besos simulados que nos encantaba repartir y recibir. El buen ánimo del último día nos convertía en mejores personas, más amables, tolerantes y desmemoriadas, que obviaban los conflictos que habían padecido aquel curso. Los roces continuos en los claustros se tiraban a la papelera de reciclaje, ya nos inventaríamos otros el curso siguiente. No importaba demasiado que tu compañero te hubiese puesto la zancadilla trescientas veces. En ese momento le deseabas un estupendo viaje a las Maldivas. Lo fundamental era que estarías dos meses sin soportar su presencia y esa era una perspectiva maravillosa. Con otros maestros sabías que no hacían falta las despedidas dramatizadas; durante el verano nos encontraríamos para tomar un café o un helado y siempre acabaríamos hablando, sin poder evitarlo, de un nuevo debate pedagógico que nos recordaría que, incluso en vacaciones, seguimos siendo maestros.

Como era temprano para ir a casa, decidí pasarme por el chiringuito de mi familia, un viejo restaurante a pie de playa regentado por mis primos hermanos donde se comía el mejor pescado frito de la costa del Sol. No es que lo dijera yo, que no era muy neutral en esa valoración, lo confirmaban las enormes colas que se organizaban en la puerta los días de verano, que a veces alcanzaban hasta el chiringuito siguiente.

En cuanto llegué al paseo Marítimo vi a mi abuelo, que estaba preparando su barca. Situada junto al chiringuito, era uno de esos asaderos de pescado que salpican toda la costa malagueña. Erguida sobre troncos de madera, la pequeña embarcación estaba cubierta de arena de la playa y sobre ella mi abuelo apilaba cuidadosamente el carbón, acomodando cada trozo en una torre perfecta. Todos los días, antes de encender el fuego, realizaba el mismo ritual. De camino al restaurante, arrancaba unas cuantas flores de los pequeños parterres que rodeaban las farolas en el paseo y las colocaba en el borde de la barca, llenándola de color. Los clavelines, los hibiscos y los geranios perdían sus mejores flores para decorar una pintoresca escena: mi abuelo, tras su barca azul turquesa y con su enorme sombrero de paja, canturreaba mientras atravesaba las sardinas con una caña, saludaba a las personas que caminaban hacia la playa y sofocaba el calor bebiendo de una botella pequeña de agua congelada.

Cuando levantó la cabeza y me vio, se le iluminó la cara con una sonrisa franca que no quiero que me falte en la vida. Mi abuelo es la persona más noble y cariñosa de este mundo.

—Buenos días, muchachita. ¿Has escuchado los gritos desde el colegio? ¿O es que te ha llamado tu ahijada pidiendo socorro? —me preguntó mi abuelo con un tono burlón señalando el interior del chiringuito.

—Está la cosa *apañá* hoy si hay gritos y llamadas de socorro ahí dentro —añadí mientras lo abrazaba con fuerza.

—Tú me dirás, mira la hora que es y no se ha *comenzao* la faena. Fernando no da señales de vida y acaban de enterarse de que el Boquerón tiene la furgoneta rota en Fuengirola, que por eso no ha llegado con el *pescao*.

—Entonces tu nieto estará suave. No sé si entrar o quedarme aquí contigo.

—Creo que a tu ahijada le hace falta un poco de apoyo moral. Está que se sube por las paredes. Ya sabes lo nerviosa que se pone cuando escucha a su hermano pegar gritos a mansalva. Como ese muchacho no traiga el encargo pronto verás cómo acaba el día.

El Boquerón era el chico que acercaba al restaurante el pescado fresco en grandes cajas térmicas. Lo hacía siempre a primera hora. Soltaba la mercancía en el mostrador, les regalaba a mis primos un par de chismes del pueblo, de dudosa procedencia, y con un golpe seco les plantaba el albarán en la barra del bar. Tras la firma del que estuviera más desocupado en aquel momento, se marchaba silbando una canción pasada de moda. Que ese día no llegara a tiempo desencadenaría un retraso en el engranaje de la cadena de tareas del chiringuito. Mi prima Alba, que también era mi ahijada, no podría limpiar a tiempo el pescado y la carta se vería seriamente menguada. Si su hermano Yeray la ayudaba en la cocina, sería él entonces el que sufriría la demora y no conseguiría montar las mesas de la terraza y el salón a tiempo. Que Fernando, el único camarero fijo con el que contaba la familia por aquel entonces, tampoco hubiera llegado, empeoraba la situación. Juanillo, el más pequeño de mis primos, se ocupaba de gestionar las hamacas, una tarea que le iba a dificultar mucho el poder echar una mano a sus hermanos. Estaban perfectamente organizados para que todo rodara en sincronía. Pero en cuanto alguna pieza no llegaba a tiempo al engranaje, el caos flotaba en el aire.

Estaba a punto de poner un pie dentro del restaurante cuando sentí unas manos que me agarraban la cintura por detrás y me apartaban de la entrada mientras me plantaban un sonoro beso en la mejilla.

—Morenita, quítate de mi camino y cúbrete la cabeza, que puede salir disparada una copa o algo peor —me susurró Fernando al oído—. Llego una *mijilla* tarde y, por la cantidad de llamadas perdidas que tengo del jefe, el día promete ser inolvidable. Espero que vengas a ayudar y no a una de tus reuniones clandestinas. Nos vas a hacer mucha falta. Por los coches que hay *aparcaos* en la calle, puedo calibrar que los cordobeses nos han *invadío* el territorio antes de tiempo.

—Venía a ver a Alba, que llevo días *enterrá* entre papeles. Pero ya estoy de vacaciones, si lo necesitáis puedo quedarme a echar una mano —dije convencida mientras entraba en el salón del restaurante y buscaba con la mirada a mis primos.

—Pues ya sabes lo que te va a tocar —se burló Fernando—. Hay que limpiar cuarenta kilos de boquerones, veinte de pescadilla y cuarenta de calamares. Y sin contar con que hay que trocear los pulpos y quitar las agallas y las tripas de todas las doradas y las lubinas.

Mi amigo Fernando sabía el sufrimiento que suponía para mí limpiar el pescado. Mucho más que el que me provocaba perder el tiempo entre papeles inútiles. Sentir al pequeño animal inerte, resbaloso entre mis dedos, con los ojos aún brillantes y mirándome fijamente mientras lo destripaba, era una experiencia que me horrorizaba. Ese acto tan sencillo era una dolorosa tortura que ni el paso de los años ni la práctica habían conseguido menguar. Mis primos se reían a carcajadas de ese padecimiento que se dibujaba en mi cara con muecas de asco y espanto, y que les parecían muy divertidas a todos los que me conocían.

—Tú no tienes vergüenza —increpó mi primo Yeray al tiempo que le tiraba el mandil a Fernando con fuerza—. Mira la hora que es y no te da nada por el cuerpo dejarme más solo que la una. Deja a mi prima y ponte a currar que tenemos que montar todas las mesas. Buenos días, Zaira. Te iba a llamar después, llevabas días sin pasarte por aquí. ¿Cómo estás, prima?

Se acercó y me dio un fuerte abrazo. Yeray era alto y corpulento, de apariencia tosca, pero era su carácter serio lo que acentuaba su rudeza. Aun así, siempre era cariñoso y cercano conmigo.

—Teniendo en cuenta que anoche me fui de aquí a las dos de la madrugada, me parece que las once es una hora considerablemente aceptable para comenzar la jornada laboral —reivindicó Fernando con seguridad—. Además, hoy tenemos un refuerzo extra, tu prima Zaira va a quedarse a limpiar todo el *pescao*. Y, por si fuera poco, se ha ofrecido a indicar a toda extranjera despistada cómo comerse los mejillones de forma adecuada.

Comenzaron a reír y me contagiaron las carcajadas sin que yo conociera el motivo de las risas. Yeray, por unos segundos, disipó su encorsetada formalidad. Mi prima y ahijada, Alba, salió de la cocina para saludarme. Se secaba las manos con un viejo trapo azul.

—No te imaginas lo que nos reímos ayer, tata —me contó Alba mientras me daba un afectuoso abrazo—, que una señora pidió una ración de mejillones y empezó a darle *bocaos* a las cáscaras con todas sus ganas. Y ninguno de los tres fue capaz de decirle que eso no se comía. Muertos de la risa se metieron en la cocina. Menos mal que el abuelo se sentó con ella y se lo explicó. Al menos queda un miembro decente en esta familia.

—Pero vamos a ver —dije confundida—, ¿de dónde salió esa señora? ¿No había visto un mejillón en su vida?

—Prima —intervino Yeray atragantándose con la risa que intentaba ahogar—, la verdad es que no le quise decir nada por prudencia. Vete tú a saber si la mujer se los quería comer por alguna propiedad nueva que había visto en internet y yo le cortaba la experiencia que intentaba tener.

»Era una mujer extraña. Se entretuvo en quitarles los ojos a todas las sardinas con un palillo de dientes antes de comérselas. Que la señora venía sola y pidió cinco raciones variadas, y eso que le dije que era mucha comida. Tenías que ver a tu abuelo explicándole que las cáscaras no se comían. Creo que se las comió como parte de una penitencia rara. No me mires así, hija, que la mujer estaba en sus cabales, no le faltaba ningún hervor. Era rarísima.

—Anda, vamos a trabajar —cortó Alba sin dejar de sonreír—. Como no venga este niño ya, hoy nos vamos a comer las patas como los pulpos.

—Lo voy a llamar otra vez, pero ni me coge el teléfono —anunció Yeray, contrariado.

En cuanto Fernando estuvo al tanto del problema, recriminó a su jefe su ineficiencia. Durante unos instantes se quedó pensando mientras miraba la orilla del mar. Era el más resolutivo de todos y solía encontrar la solución a los problemas de una forma práctica y sencilla.

—Chaval, tú estás cuajado como un flan —afirmó con seguridad—. No podemos esperar más, mira la hora que es. Si él no viene, tendremos que ir nosotros a buscarlo, no podemos quedarnos aquí con los brazos cruzados. ¿O queréis convertir el chiringuito en un restaurante vegetariano? ¿Te has traído tu coche, Zaira?

—Lo tengo en la puerta del colegio —contesté con rapidez.

—Tírale, vamos con la operación rescate del *pescao*. Zaira, ve a por el coche y espérame en la puerta. Alba, llama al Boquerón, insiste hasta que te lo coja y si no, mándale un mensaje y dile que vamos para el mercado del Carmen, que en cuanto lleguemos nos acercamos al puesto de su padre. Yeray, baja y tráeme un par de plásticos grandes, de los que guardamos de las hamacas, que no quiero que el coche de tu prima huela a *pescao* toda la eternidad. Si es que no sé qué haría esta familia sin mí —concluyó sonriendo.

En menos de diez minutos, los dos estábamos camino de Fuengirola con mis asientos perfectamente forrados con el plástico del envoltorio de las hamacas nuevas. Sonreí en silencio. Empezaba mi verano por todo lo alto, con un merecido descanso.

A mi lado, Fernando estaba pensativo y callado, lo que no era muy normal en él.

—A ti te pasa algo —afirmé mientras conducía—. Estás muy callado. No has dicho ni mu en todo el camino y me estás preocupando. Tú no has llegado tarde por casualidad. Suelta ya lo que te pasa.

—Qué me va a pasar, que estoy *reventao*. Me fui ayer muy tarde y con este calor no se puede dormir. Tuvimos una despedida de soltera y no te quiero contar cómo lo dejaron todo.

—Y Bernardo estuvo toda la noche pegadito a la barra, ¿a que sí?

—Si sabes todas las respuestas, no sé para qué formulas las preguntas —expuso sorprendido por mi acierto.

—Ya sabía yo que el novio de Alba tenía algo que ver con tu mala cara. Si es que con este hombre la tranquilidad forma parte de nuestro recuerdo.

—Anoche llegó pasado de rosca —me contó Fernando con un tono pausado—, ya se había bebido unas cuantas copas al salir del trabajo. Se plantó en la barra y se puso a tontear con las muchachas que celebraban la despedida de soltera. Se pasó mucho con ellas. Me entraron ganas de darle dos guantazos con la mano abierta y echarlo del bar. Y menos mal que tú no estabas. Si llegas a estar tú, se los das y después lo hubieses *revoloteao* de los pelos por todo el salón. Menudo espectáculo más lamentable ofreció el chaval. Suerte que tu prima no salió de la cocina y que Yeray estuvo en la terraza toda la noche. Las pobres muchachas tuvieron una paciencia infinita. No las dejó en paz. Estuve más pendiente de pararle los pies que de atender las mesas. Cada vez viene más al chiringuito y cada vez es más difícil para mí. Me entran ganas de partirle la cara un día sí y el otro también.

—Sabes que esa no es la solución. No va a cambiar y, como te pelees con él, lo único que vas a conseguir es que Alba no te lo perdone en la vida. Tengo que volver a hablar con ella. No sé cómo hacerlo, Fer, de verdad que no —confesé apenada—. Cada vez que le saco el tema me lo cambia.

—Hombre, Zaira, es que eres un rato bruta, que en la última discusión estaba yo delante. Si le dices que su novio es un mal bicho y que tiene que dejarlo, qué puedes esperar. Lo mismo tienes que trabajarte un poquito la sutileza a la hora de decir las cosas. Ojo, que te estoy diciendo esto y pienso lo mismo que tú. Esto va de mal en peor. Pero sí que tenemos que hablar con ella, y habrá que encontrar la manera. Alba no lo va a dejar y él es una sanguijuela que la trata con la punta del pie. O echamos paciencia o no sé yo. Lo peor es que sé que un día se me cruzan los cables y le arreo. Y mira que sabes que no me he *metío* mano con nadie en mi vida, ni de chico. Pero este hombre saca lo peor de mí. Me enfurece a una velocidad descontrolada.

—Si es que me pasa igual, Fer, no sé lo que le ve mi prima.

Aparcamos en la puerta del mercado del Carmen y nuestro pescadero interrumpió la conversación. Cargaba una primera caja de sardinas intentando guardar el equilibrio.

—Zaira, guapa, qué alegría verte. Te hace falta un poco de sol, que estás *descoloría*. Hasta el payo este está más moreno que tú —bromeó el Boquerón al tiempo que soltaba la caja en el coche.

—Muchas gracias por el piropo —contesté con ironía—. Ya mismo me pongo al día, sabes que mi piel se tuesta con un rayo y medio que me roce. Demasiadas horas en el colegio es lo que trae, un blanco aspirina muy respetable.

—Vamos —apremió Fernando—. Que es muy tarde y Zaira es muy lenta en la cocina. Y hoy tiene que limpiar todo este *pescao* ella solita. Tráeme las cajas que faltan.

Me adelanté y cogí una caja de doradas mientras respondía a su comentario con unos mohínes desagradables que lo hicieron reír a carcajadas.

Solo nos separaban un par de kilómetros de Fuengirola, pero la llegada de los turistas a los hoteles hacía el tráfico más denso que en el camino de ida. Las calles se colapsaban de coches a esa hora, sobre todo las más cercanas al paseo Marítimo. Aun así, pudimos estacionar en la puerta del restaurante, en doble fila. Yeray y Juanillo ayudaron a descargar el pescado a toda velocidad. Luego me tocó dar unas cuantas vueltas antes de encontrar un aparcamiento definitivo que no me acarreara una costosa multa.

Cuando regresé, todos estaban en la cocina que, aunque era amplia, se quedaba pequeña para tanto personal. Alba tomó el mando y comenzó a dar órdenes para que nos coordináramos con eficacia.

—Juanillo, ve y dile a tu amigo Gustavo que te ayude y que cobre las hamacas un rato. Y si te protesta le dices que o colabora o tiene que pagar las que utilice el resto del verano. No te entretengas y vente p'acá corriendo que vas a terminar los sofritos de la paella.

»Abuelo, tú ayuda a Yeray a limpiar el pescado, y tú, tata, ve preparando el gazpacho, las porras, las ensaladas y pelando las papas, yo te voy diciendo las cantidades. Fer, monta los salones y la terraza. Y no te pongas las noticias en el móvil, que te conozco y te entretienes peleando con los políticos de turno.

Y no rechistes, que hoy todos tenemos que apencar y trabajar rápido.

Le soplé un beso a Alba como agradecimiento por librarme del pescado. Todo el mundo se puso a trabajar ejecutando las tareas asignadas, las mismas que habíamos realizado cientos de veces con anterioridad y que conocíamos a la perfección.

Mi prima se movía con rapidez por la cocina. Alba era tan alta como sus hermanos, delgada y de aspecto frágil. Su pelo rizado siempre estaba enredado sobre sí mismo en un moño alto que recogía sin cuidado. Me encantaba verla trabajar. Cuajaba las natillas moviéndolas con una vieja cuchara de madera sin perder de vista los bizcochos de chocolate que se acababan de hornear y cuyo olor nos comenzaba a abrir el apetito a todos. Estuvimos un rato en silencio, escuchando el ruido de la batidora y del agua salada que hervía a borbotones para cocer el marisco.

Alba siempre había sido una niña noble, con una capacidad de adaptación asombrosa. Cuando era pequeña y no teníamos tiempo para ella, colocaba sus muñecas en fila sobre la mesa y jugaba a cocinar banquetes imaginarios. O podía quedarse en un rincón de la cocina, mientras leía un libro o coloreaba durante horas, aceptando que los mayores estaban ocupados y que tenía que dejarlos trabajar. Ahora tenía la misma facilidad para adaptarse a las circunstancias, para acelerar el ritmo y conseguir hacer con rapidez y eficacia todo lo necesario para que la cocina funcionara.

En una hora la mitad del trabajo estaba listo. Alba se relajó, puso la radio y comenzó a canturrear las coplas que se sabía de memoria. Era la única de la familia que había heredado el don de mi abuela. Cuando mi prima Alba cantaba, mi abuelo no podía disimular su emoción. Encontraba en la voz de su nieta la de su mujer, a la que tanto echaba de menos. Su tono era dulce y armonioso, y repetía con seguridad todas las letras, aunque algunas solo las hubiese escuchado un par de veces.

El otro legado que nos había dejado mi abuela fue el fruto de su creatividad en la cocina: consiguió mejorar las recetas tradicionales con la inventiva que proporciona la pobreza. Siempre que aliñaba el gazpacho, me acordaba de seguir su consejo y utilizar el vinagre de frambuesa, porque disminuía la acidez y aportaba un dulzor que se quedaba flotando en el paladar cuando lo bebías.

—Juanillo, vete ya a las hamacas y reparte las cartas a los turistas. A ver si hoy vendemos todo lo que tenemos, que falta nos hace. Estate pendiente y no te enganches con el móvil, que nos conocemos.

—Te voy a vender hasta el último boquerón, hermanita. Corto los limones y me voy, que son muchos.

Me encantaba ver a mis primos trabajar. Desde que faltaban sus padres, los tres se cuidaban y se protegían con un esmero que me conmovía. Juanillo sabía que a Alba le aburría cortar los limones, por eso quería hacerlo él. Trabajaban bajo la mirada atenta de mi abuelo, que se había mudado con ellos el mismo día de la tragedia.

Una tragedia que nos cambió la vida a todos.

# 2

Mis tíos murieron en un accidente de tráfico hace poco más de diez años. Fue un duro golpe para toda la familia, que tuvo que reestructurarse para cubrir la enorme carencia afectiva que dejaron. Se dirigían al polígono, a comprar suministros de hostelería, cuando un fallo en los frenos los hizo estrellarse contra un camión. Ese día fue el más duro de mi vida: perdí a mi tía y a mi mejor amiga. Aurora no era solo la hermana de mi madre, al tener la misma edad fuimos siempre compañeras de juego inseparables.

Mi abuela estuvo muchos años intentando tener un segundo hijo, pero los santos a los que había rezado no le hacían el milagro. No le preocupó estar en los cuarenta y que las dos niñas llegaran a la vez al mismo hogar. Mi abuela disfrutó de su embarazo tanto como el de su hija, que consultaba con su madre cada cambio de su cuerpo. Hasta aquella mañana, no nos habíamos separado nunca. Nos criaron como hermanas, aunque teníamos distintas formas de ver la vida. Pasamos por todas las etapas disfrutando de nuestra complicidad. Aurora, a los diecisiete años, se enamoró y se casó con Antonio, un gitano de buena familia por el que había perdido la cabeza y alguna prenda de ropa, como ella me reconocía entre risas.

Un año más tarde tuvo a Yeray, un niño alegre que no paraba quieto y que nos hizo pasar por más de un sobresalto. Tres años después llegó Alba, una niña rechoncha, tranquila y tímida que no se parecía en nada a su hermano mayor. La pareja no quería tener más hijos, pero la vida les plantó, siete años más tarde, una nueva sorpresa. Juanillo nació una noche de San Juan, cuando su madre y yo andábamos por la playa. Desesperada por el insoportable calor y una barriga enorme, Aurora fue a mojarse los pies en la orilla, como marca la tradición, y al rozar el agua el niño decidió que había llegado su hora, así que tuvimos que correr al hospital.

Aurora tenía una familia preciosa, pero sacarla adelante no fue fácil. Mi abuelo les pidió que se hicieran cargo del chiringuito con el ánimo de contribuir a que se ganaran el pan de forma honrada.

Desde un principio contaron con la ayuda de Yeray, que con apenas diecisiete años se metió en el bolsillo a la clientela con desparpajo, un arte pintoresco, y mucha cara dura. También les echaban una mano un par de primos. Pero, sin duda, la pieza fundamental era mi abuelo que, aunque les dejó el negocio a su hija y su yerno, nunca se retiró del todo y continuaba fregando los platos detrás de la barra.

Una mañana de julio, la llamada de un amigo, policía nacional, nos cambió la vida a todos. Con el corazón destrozado, sin colgar el teléfono fijo, salí corriendo a buscar a Alba, mi ahijada, que en aquel entonces era una adolescente que soñaba con ser pastelera y ayudaba a sus padres a preparar los postres del chiringuito. Sus sueños se quebraron en mil pedazos, como los cristales del coche donde iban sus padres. Recuerdo que, cuando llegué a su casa, estaba en pijama y preparaba el desayuno a Juanillo, que aún no había cumplido los ocho años. Reían por algo que el niño había dicho. Supo que algo grave pasaba en cuanto vio mi cara, pero yo era incapaz de encontrar las palabras para narrar tan tremenda tragedia. El nudo que tenía en la garganta y el dolor que me centrifugaba por dentro no me lo pusieron fácil. Los minutos que separaban mi casa de la suya no habían sido suficientes para gestionar la mejor manera de dar esa noticia. Aunque tenía claro que prefería que se enteraran por mí, cuando estuve delante de ella enmudecí.

—Tata, ¿qué pasa? No me asustes —me pidió presintiendo la magnitud del asunto.

—Alba, tengo que contarte algo. Ha pasado una cosa terrible... Tus... padres han tenido un accidente de tráfico. Escúchame —le dije mientras le cogía la cabeza fuertemente con mis manos—: estoy aquí y voy a estar aquí siempre. No estás sola. Tu madrina no te va a dejar sola nunca, ¿me oyes? Nunca.

Lo que sucedió después está grabado en mi memoria como una película. Los gritos de Alba, que no pudo mantenerse en pie. El dolor desgarrador por perder a sus padres de aquella manera tan cruel, mi llanto que se fundió con el suyo en un abrazo ahogado en el que no conseguimos encontrarnos. Recuerdo el desconcierto de Juanillo, que no alcanzaba a entender lo que ocurría y que en su carita expresaba el terror por lo que tenía que asumir. El abuelo llegó unos minutos después y, aunque destrozado, fue lo suficientemente fuerte para tirar del carro. Ayudó a Alba a vestirse, entre unos quejidos y lamentos que nos partían el alma, y a mí a calmarme para que recuperara la cordura. Luego fue a buscar a Yeray, a quien la tragedia le afectó de tal manera que su carácter alegre y su risa contagiosa se perdieron para siempre en un desconsuelo que nunca volvió a encontrar la calma. No se había recuperado, a pesar de los años que habían pasado, porque llevaba un sentimiento de culpa adherido a la piel. Y aunque tuvo la fuerza para tirar del negocio familiar, que no estuvo cerrado más de un par de días, no había vuelto a ser el mismo. El dolor por la pérdida de sus padres lo convirtió en un hombre serio y apático que se negaba la oportunidad de disfrutar de la vida, de recuperar su risa contagiosa. Se transformó en la sombra oscura y abúlica de sí mismo, cuyo único objetivo era sacar el chiringuito adelante.

Sin duda la muerte de Aurora y Antonio nos cambió a todos. Cuando entraba en la cocina del chiringuito, recordaba cómo se reía de la vida y disfrutaba de los sueños que nos quedaban por cumplir, cómo nos salpicábamos de especias y nos quitábamos el cansancio con las confidencias que nos escandalizaban pero que desmenuzábamos con detalle.

En la cocina estábamos el día que me pidió que fuera la madrina de su hija, y no imaginé que la promesa de cuidarla si algún día ella faltaba se haría realidad tan pronto.

A la una en punto, mi abuelo dejó su tarea en la barca para sumergirse en otra que no pilló por sorpresa a nadie. Entró en la cocina y vertió en una bolsa grande de plástico un kilo de harina de arroz, una cucharada generosa de harina de maíz y otra de harina leudante. Este era el secreto de mi familia para que el pescado estuviera crujiente por fuera y jugoso por dentro. Una mezcla de harinas que le daba una textura agradable al paladar, que cubría la superficie del pescado con una fina capa que protegía toda la cocción del interior. Introdujo en la mezcla un puñado de boquerones y otro de rosada cortada en finas rodajas. Se lo pensó mejor y abrió de nuevo la bolsa para meter unas cuantas anillas de calamar. Agitó con energía la bolsa agarrándola con fuerza por un extremo para que no se saliera nada y así conseguir que la harina se pegara en toda la superficie del pescado. Si no eras capaz de moverla con fuerza, el resultado no sería el mismo. Esperó unos instantes a que el aceite de oliva humeara y, con el cuidado que daba haberse quemado muchas veces, echó el pescado a la sartén. Todos sabíamos que estaba preparando la comida para su amiga Amalia.

Amalia, una señora mayor que vivía en un edificio de apartamentos enfrente del chiringuito, venía todos los días a almorzar al restaurante. A pesar de tener dos hijos a escasos kilómetros de distancia, se encontraba en la soledad más absoluta. El rato que pasaba con mi abuelo, comiendo con él en la terraza, era lo único que la anudaba a las ganas de vivir. Mi abuelo la recogía y la llevaba, más por el miedo de ella a caerse que por la imposibilidad de poder hacerlo sola. Se sentaban en la primera mesa, la única que tenía vistas al mar, sin hamacas de por medio. Yeray les servía una copa de vino a cada uno y ponía en el centro el plato que mi abuelo había dejado entibiando en la cocina. Le preguntaba a Amalia si quería un gazpacho o una ensalada para acompañar el pescado y la mayoría de las veces ella aceptaba las dos opciones. Como Amalia era muy golosa, Alba siempre le preparaba para el postre varios trozos de tartas variadas, con pequeños vasitos de chupito llenos de flan, natillas o arroz con leche. Los dos amigos comían con avidez y recordaban una infancia en la que de lo único dulce que disfrutaron fueron los trozos de caña de azúcar que chupeteaban a la orilla del río. En ese breve rato que pasaban comiendo, Amalia era feliz. Mi abuelo se esforzaba por hacerla reír, porque sintiera que pertenecía a una familia que la quería, que la cuidaba y se preocupaba por ella. Al finalizar el almuerzo, la buena mujer le daba el monedero a Yeray para que se cobrara el menú que mi abuelo inventaba para ella. Mi primo le cogía un euro o dos, según la cantidad de monedas que viera en el interior. Y ella dejaba una pequeña propina que a veces acompañaba de alguna nota de agradecimiento, con una letra tosca y de difícil interpretación, que henchía de ternura a todos los miembros de mi familia.

Nada ni nadie podía evitar que mi abuelo disfrutara de esa comida diaria. Todos en la familia maldecíamos la suerte de esa pobre mujer, que tenía por hijos a dos víboras que solo se acercaban para intentar embaucarla en la venta de su casa, muy cotizada al estar en primera línea de playa.

Por la ventana podía ver a Fernando, que cuidaba de los espetos de sardinas el tiempo que mi abuelo comía con Amalia. Sudaba tanto que tendría que pasar por las duchas antes de volver al comedor a servir las mesas. Mi abuelo le había enseñado el punto exacto para retirarlas del fuego, cuando el color plateado de la piel comenzaba a dorarse ligeramente por la parte central. Y aunque lo hacía a la perfección, cuando mi abuelo regresaba a su puesto, mi amigo siempre se quejaba de que nunca le iban a salir tan buenas como a él.

Me sobresaltó la alarma del horno que me avisaba de que podía sacar las tartas de queso. El olor del postre me despertó las ganas de cortarme un trozo, pero Alba me quitó el cuchillo de la mano con un gesto rápido.

—Quita, impaciente, que si me cortas la tarta tan caliente me la vas a desmoronar entera. Vierte las natillas de caramelo en las tarrinas de cristal y dejo que te comas las sobras. Échale el tofe que está en la nevera, pon un par de cucharadas en el fondo y mancha los laterales, que queda más bonito. En la estantería de arriba están las galletas de caramelo, pero no se las pongas encima hasta que las muevas y veas que tiemblan en bloque.

Las natillas de caramelo de Alba eran famosas en toda la comarca. Con mantequilla, azúcar y nata realizaba un tofe casero que tenía un toque único. Animado por el olor de las natillas, Juanillo, que se había escabullido de su tarea con las hamacas, se asomó sigiloso a la cocina, sin que su hermana lo viera, y me pidió con una mímica exagerada que le echara en el vaso un poco de tofe y un cucharón de natillas. A sus dieciocho años seguía siendo el niño al que todos consentíamos. Sin que Alba me viera, le pasé uno de los vasos que había llenado. Juanillo me guiñó un ojo y me regaló una sonrisa.

Disfrutaba teniéndolos cerca, compartiendo esos momentos cotidianos.

—Alba... —pronuncié sin tener muy claro cómo proseguir—. Tenemos que tomarnos un café, que hace mucho que no lo hacemos. Y tengo muchas cosas que contarte.

—Ya me gustaría, tata. —Se giró y me miró fijamente con la espumadera en la mano—. Queda nada para julio y ya no descansamos ningún día hasta octubre. Y encima mi hermano quiere que este año no cerremos la cocina en todo el día. Como no vengas tú a tomarte el café aquí, no vamos a tener otra manera.

—Tu hermano está *chalao* —interrumpí obviando la última frase—. ¿Cómo no vais a cerrar la cocina a las cuatro como todo hijo de vecino? Vais a acabar muertos. Contratará ayuda, ¿no?

—Qué quieres que te diga. Si es que tiene razón... En invierno las pasamos canutas, que esta zona se queda muerta y no podemos vivir de lo que generamos solo los fines de semana. Nos cuesta la misma vida pagar los gastos en invierno. Y mira el chiringuito, se nos cae a cachos. Más pronto que tarde tendremos que hacer una reforma que nos va a costar un ojo de la cara. Somos los únicos que no lo hemos modernizado en toda Benalmádena. Tenemos que aprovechar estos tres meses y guardar para cuando venga el invierno. Y la ayuda va a ser poca cosa este año, no te creas, no salen los números. Mañana viene una amiga de Juanillo a ayudarme en la cocina. Y un par de chavalillos de la aldea vendrán de camareros. Otra persona más es imposible: nos hemos sentado y hemos hecho cuentas, y se llevaría lo poco que vamos a ganar.

»Y ya ves tú cómo se han puesto los demás chiringuitos de la zona, preciosos a reventar. Si el de al lado tiene unas lámparas que le han *costao* cinco mil euros cada una. Cuando paso por la puerta no puedo dejar de mirarlas. Aquí viene la gente porque somos baratos. Si subimos el precio de las raciones, nos vemos solos, y eso que nos queda un margen tan *escuchimizao* que nos tenemos que matar a trabajar.

—Alba, eso no es verdad. La gente viene aquí porque se come mejor que en ningún otro chiringuito. Pero bueno, no te preocupes, que si no salen los números yo os ayudo a la hora del almuerzo y la cena. Os echo una mano. A cambio quiero una hamaca en primera línea de playa para trabajar, que ya sabes que soy una maestra que no descansa en verano. Y una mesa en el salón para mis reuniones clandestinas, como las llama Fer. Y natillas, claro. Todos los días, doble ración.

—Tata, no sé qué haríamos sin ti —me dijo dándome un apretado abrazo—. Mi madre escogió a la mejor madrina del mundo. Con el padrino no atinó tanto, pero tú vales por los dos. Eres más buena que el pan. Qué suerte tengo de tenerte.

—Anda, empalagosa —añadí mientras me secaba disimuladamente la emoción de los ojos—. Corta ya la tarta de queso.

Alba sacó de un bote de cristal una mermelada de arándanos que había elaborado el día anterior y pintó la tarta con ella, ayudándose con un pincel de silicona.

—Llévale a Fernando la bandeja con el salpicón de marisco y las dos tortillas de papas, que la ponga de tapa con las bebidas —me ordenó con rapidez.

Al salir con la bandeja me encontré con Pepe, uno de los clientes fijos del bar.

—Zaira, hija, cuánto tiempo sin verte —me saludó con alegría—. Ayer estuve en la aldea y le pregunté a tu tío por ti.

—Buenas tardes, Pepe. ¿Qué se te había perdido a ti en la aldea? —pregunté, curiosa.

—Que fui a ver a tu tío para que me haga un chapucillo en la casa del campo, que se me están cayendo los azulejos del baño. No te lleves esa bandeja; ponme una tapita de salpicón, que vaya pinta tiene.

—La Mari te va a regañar como no te comas el puchero —bromeé mientras le servía una tapa generosa.

—Calla, que hoy ha hecho croquetas. No hay cosa que me guste menos que las croquetas del puchero de mi Mari. Llevo cincuenta años de suplicio, Zaira, por alabar las croquetas de una prima suya que era un bombón.

Siempre me reía con las ocurrencias de Pepe. Su sentido del humor transformaba los hechos cotidianos en anécdotas simpáticas.

El salón comenzaba a llenarse. Alba no paraba de freír pescado y de encender fogones para echar el arroz a las paellas que ya estaban encargadas. Fer intentaba calmar a la gente que tenía reserva y cuya mesa no estaba lista. Juanillo entraba y salía corriendo de la cocina, con comandas que acompañaba de una sonrisa y que dejaba para Alba pinchadas en un clavo de la pared. Yo no tenía muy claro dónde era más necesaria. Cuando entré en la cocina, vi a mi abuelo ayudando a Alba mientras vigilaba las sardinas desde la distancia. Así que decidí ayudar fuera.

—Zaira, por favor —me rogó Fer—. Dame dos botellas de

agua y una de vino para la mesa cinco. Y, si puedes, limpia la mesa cuatro, que son una familia algo impaciente.

Me puse un mandil que encontré bajo la barra y llevé la bebida que me había pedido Fer. Cuando llegué a la mesa, la botella de agua era para una de mis alumnas del colegio.

—Hola, bonita —me agaché a su altura para darle un beso.

La niña estiró los brazos al reconocerme y me dio un fuerte abrazo. Estuve unos segundos saludando a sus padres y rápidamente limpié la mesa que Fernando necesitaba.

Cuando volví a mirarle, su rostro se había tensado. No tardé mucho en darme cuenta de quién era el culpable. Bernardo se había sentado en la barra, junto a Pepe, y hablaba animoso.

—Zaira, ponme una caña —me ordenó sin saludarme.

—Buenas tardes a ti también. Da la vuelta y te la pones tú mismo, y de camino saludas a tu novia. También puedes quedarte un rato con ella, que necesita ayuda —le informé sin ninguna esperanza de que lo hiciera.

—Acabo de salir de trabajar. Mi turno ha acabado, así que cada barco mantenga su vela. Y no me puedo poner la cerveza yo mismo porque aquí el Plumillas no me deja pasar detrás de la barra.

Contuve las ganas de corregirle el refrán y entendí enseguida la prohibición de Fernando. Me mordí la lengua por haber sido tan tonta. Que no pasara detrás de la barra era la forma que tenía mi amigo de controlar que no se bebiera el barril entero. Cogí el vaso y lo puse debajo del grifo intentando que le cayera dentro toda la espuma del mundo.

—Mejor sigue en el colegio —me dijo contrariado—, que sirviendo cervezas no te vas a ganar la vida. Si me has puesto más espuma que otra cosa...

Pasaba de la cocina a la terraza y atendía el salón cuando Fernando no daba abasto. A las cuatro de la tarde, cuando la mayoría de las mesas ya estaban vacías, me senté en la terraza dejando que la brisa me diera en la cara. Desde donde me encontraba podía ver las olas del mar, que rompían en la orilla con fuerza y volteaban a los niños que jugaban y se divertían con sus vaivenes. Un niño pequeño lanzó al aire un puñado de arena y su madre le gritó. Al sobresaltarme, me di cuenta de que estaba tan cansada que casi podía dormirme allí sentada. No alcanzaba a entender que, unas horas después, mi familia pudiera trabajar de nuevo al mismo ritmo, sin descansar.

Cuando se fueron los últimos clientes, Fernando juntó dos mesas en el centro del salón. Cerró la puerta con llave y sirvió las bebidas. Sabía lo que tomábamos cada uno, así que no le hizo falta preguntarnos.

—Fer, ¿de qué te reías tanto? —preguntó Alba—. Escuchaba tus risas desde la cocina.

—Es que no sabéis lo que me ha pedido de postre una guiri. No me he podido reír más. La muchacha me mira muy seria y me pide un coño de chocolate.

—¿En serio? —pregunté incrédula.

—¡Digo! —afirmó mi amigo—. Quería pedir un cono de chocolate, pero se ha equivocado. Y claro, yo no sabía muy bien cómo explicarle qué era un coño. Cuando le he dicho que «coño» era igual a «*pussy*», la chavala se ha puesto roja como un tomate. Y su mesa ha estallado en risas. Son chicos que están en la escuela de arriba del hotel, donde estudian español. La del cono, la pobre, pone de su parte, pero creo que suspende seguro: no tiene vocabulario para aprobar el examen.

—Yo he tenido un *berejená* con una *cachí* y su *churumbel* —contó mi abuelo—. No entiendo a los padres de hoy en día. No solo no educan a sus hijos, también se molestan cuando otros hacen lo que ellos tendrían que hacer. El niño estaba jugando con la pelota al lado de la barca. Le he pedido que la echara para el otro lado, que le iba a dar a las sardinas. Pues a la señora le ha importado un pimiento verde. Y el niño ha hecho pleno en la barca, se ha quedado sin pelota y se ha quemado el brazo con el carbón que ha saltado. Y encima la señora me ha tenido que pagar los ocho espetos que ha estropeado el pelotazo. En cuanto ha empezado a decirme que tenía que pagarle la pelota y los gastos de la quemadura del niño, he llamado al Chavi, que estaba patrullando por el paseo, y todo *solucionao*. La guiri, cuando ha visto a la autoridad competente, me ha pagado los ocho espetos sin rechistar. Zaira, te he guardado las sardinas para tus gatos; están debajo de la barca.

—Abuelo, la has *tangao*. Nunca pones más de siete espetos a la vez. Mis gatos te lo van a agradecer mucho, ya les diré que la comilona es de tu parte.

Mi abuelo recibió con risas la recriminación de sus nietos por haber engañado a la señora de la pelota. Nos comimos las tres fuentes de pescado que Alba había frito, alternando cada bocado con la ensalada de aguacates y gambas.

—Abuelo, no puedes seguir almorzando dos veces, que te vas a poner como un barril —comentó Alba para provocarlo.

—Si lo hago por vosotros… —contestó mientras se servía más ensalada—. Alguien tiene que poner un poco de cordura en esta mesa. Además, lo que como con Amalia es un tapeo.

Todos protestamos al unísono. Juanillo se levantó y le plantó un beso en la calva al abuelo, que se sacudió al nieto con aspavientos.

—Zaira, ¿a qué hora vienes mañana? —preguntó Yeray—. Necesito saberlo para organizarme.

—Mañana estoy aquí temprano. He quedado con Víctor para desayunar.

En ese momento, todos pararon de comer y me miraron fijamente con cara de sorpresa.

# 3

A las seis de la mañana, Luna, mi gata, saltó sobre mí varias veces con ahínco para recordarme que mi obligación era darle de comer cuando ella tuviera hambre, sin importar la hora que fuera. Me desvelé, nerviosa, por el encuentro que tendría ese día. Por unos instantes me arrepentí de haber solicitado la cita. No podía olvidar la cara de desconcierto de Víctor cuando lo abordé un par de semanas atrás, en la puerta del ayuntamiento. Creo que era la última ciudadana de Benalmádena que esperaba que le pidiera audiencia.

No éramos dos desconocidos. Nos respetábamos en la distancia, que tenía una amplitud considerable debido a nuestras diferentes formas de ver la vida. Veníamos de barrios distintos: mientras que yo había crecido en la aldea, un asentamiento gitano a las afueras del pueblo, él lo había hecho en Carranque, un barrio humilde del distrito de Arroyo de la Miel donde los oriundos convivían con los extranjeros que estaban de paso. Aunque habíamos coincidido en ferias y romerías, en las que se mezclaban nuestras respectivas pandillas, nunca fuimos amigos cercanos. Siempre tuvimos un trato cordial y educado hasta el momento que nuestras vidas se rozaron en un desafortunado acontecimiento y mi indignación nos colocó en polos opuestos del camino. De aquello hacía demasiados años. Ahora él era el alcalde y yo, una maestra con un problema que solucionar.

Luna maulló para recordarme que me había despertado con un fin concreto. Me observaba con sus ojos verdes y giraba la cabeza para avisarme de que su paciencia estaba a punto de acabar, que ya podía yo espabilar. No me quedó más remedio que levantarme y abrirle una lata de comida húmeda. Después saqué a mis dos perros a dar un paseo breve, aunque me prometí a mí misma que el de la tarde sería más largo. Eché pienso en los comederos de la colonia de gatos que cuidaba y dejé agua fresca en todos los recipientes antes de marcharme.

Cuando llegué al chiringuito de mis primos, mi abuelo estaba fregando en silencio el suelo del salón. Abrí la puerta con mi llave y no me vio hasta que estuve a su lado.

—Abuelo, qué temprano has llegado, vas a acabar muerto tantas horas en pie.

—No te preocupes, hija, si llevo haciendo esto toda la vida. Y tú, ¿qué haces aquí a esta hora?

—Me ha despertado la gata y no podía dormir más, así que he pensado que el primer día de vacaciones era perfecto para comenzar con mis caminatas por la orilla. Te ayudo a fregar lo que queda y te vienes un rato conmigo —ordené esperando que aceptara.

—No tengo tiempo de dar paseos, hija, queda mucha faena —declaró sin dejar de limpiar.

Cogí un cubo y una fregona del almacén y empecé a retirar las sillas de la parte derecha, mientras que mi abuelo lo hacía en la izquierda.

—¿No fregó Fer anoche? ¿Tan tarde terminasteis? —pregunté extrañada.

—Vinieron los maestros de la escuela de cocina a cenar y estuvieron bailando y bebiendo copas hasta las tantas. Fernando estaba tan derrotado que le dijimos que se fuera a casa. Y con todo lo que nos queda por delante estos días, prefiero que se queden ellos durmiendo un poco más por la mañana.

—Abuelo, terminamos y nos llegamos a comer unos churros donde Paco, que hace mucho que no vamos.

—A lo de los churros no te voy a decir que no, pero mejor te acercas tú, los compras y nos los comemos los dos aquí tranquilos. Trae para tus primos, que están a punto de llegar.

Terminamos de fregar el suelo y me acerqué a la churrería de Paco, la más antigua de la zona. Compré treinta churros que el hombre me lio en varios papeles de estraza. Cuando volví, Fernando ya había llegado.

—Esos churros… ¿son para agasajar al alcalde? —bromeó mi amigo—. Espero que haya para mí. ¡Qué buena pintaza tienen! Dame uno, anda.

—Estos churros son para mi abuelo —avisé acaparándolos todos.

—El egoísmo te ciega y te pondrá como una vaca. Voy a echar a andar la cafetera. Abuelo, ¿te pongo un café?

—A mí otro —añadí guiñándole un ojo.

—Te lo voy a poner a cambio de por lo menos seis de esos churros —negoció Fernando.

El olor del café recién molido se esparció por todo el salón. Mi abuelo aspiró profundamente, disfrutando el momento.

—No hay otro café que huela como este —comentó en referencia al Santa Cristina, un café malagueño oloroso y de un sabor muy agradable—. Fer, ponme un crema sin descafeinar, que un día es un día. Y me voy a sentar un rato, que tengo las piernas que no me las siento.

No podía ver a mi amigo moverse detrás de la barra desde donde estaba sentada, pero tampoco me hacía falta para saber que lo engañaría y se lo pondría descafeinado. Mi abuelo no podía permitirse el lujo de jugar con su tensión alta ni un solo día.

—Suéltalo ya —inquirió mi amigo—. ¿Para qué has quedado tú con Víctor?

—Para qué va a ser, para decirle cuatro cosas. Alguien tiene que hacerlo —respondí sonriendo.

En ese momento se abrió la puerta y apareció Juanillo con una cara que no disimulaba las horas que le hubiese gustado seguir en la cama.

—Buenos días. Abuelo, no me has despertado y me he quedado frito. El grito que me ha pegado Yeray se ha escuchado hasta en el Arroyo. Ya no me da tiempo de peinar la arena. Tienes que levantarme temprano, hombre, que luego tengo que sufrir al insoportable de mi hermano.

—Ya la he peinado yo, hijo. Le he pasado el rastrillo a las hamacas y le he quitado toda la porquería. Siéntate y desayuna, que voy a hacerte un bocadillo de tortilla.

—Ya me lo hago yo, abuelo, que no soy manco —respondió mi primo—. Termina de desayunar. Qué buena pinta tienen estos churros, ¿son de Paco?

Asentí mientras cogía otro. No habíamos terminado de desayunar cuando una chica asomó la cara por la puerta. Tenía la tez blanca y un pelo moreno y rizado completamente pegado a la cabeza, hasta la altura de la nuca, que luego le caía en tirabuzones marcados hasta la cintura.

—Tamo, pasa que te voy a presentar a mi familia —anunció Juanillo—. Ella es Zaira, mi prima mayor. Es maestra en un colegio, pero nos ayuda porque no tiene más remedio. Él es mi abuelo, el jefe; no lo olvides, es el que paga. Y el que tiene cara de simpático es Fer, el Plumillas, el encargado del salón. Es buena gente, pero a veces se queda con las propinas, hay que vigilarlo de cerca.

Fer se levantó de la silla y lo golpeó con la servilleta en la cabeza en señal de protesta.

—Y los que van a entrar por la puerta son mis hermanos —prosiguió Juanillo—, Alba y Yeray. Yeray es un gruñón de aúpa, tiene un mal genio que tira para atrás, y Alba es la que más manda. Hay que hacerle caso o te deja sin postre. Es lo peor que te puede pasar, porque los postres son lo mejor del chiringuito.

Mis primos saludaron a la joven e intentaron atrapar a Juanillo, que alguna cuenta pendiente debió de dejar en casa, pero este salió corriendo antes de que lo alcanzaran llevando consigo un puñado de churros que se comería sentado en las hamacas. Fernando terminó, con disimulo, de prepararle el bocadillo de tortilla.

—Os hago el café y las tostadas, que yo he terminado —indiqué para que mis primos y Tamo se sentaran a desayunar.

—Tamo, ¿tú comes halal? —preguntó Alba para tenerlo en cuenta en el almuerzo.

—Sí —contestó con timidez—. Pero no te preocupes, puedo comer en mi casa.

—De ninguna manera —confirmó Alba—. De aquí te vas comida y, si me apuras, con fiambrera para la cena.

Miraba el reloj y calculaba el tiempo que faltaba para que llegase Víctor cuando sonó mi teléfono. Era él, que anulaba la cita. En ese momento sentí un pellizco de decepción. Estaba analizando esa sensación tan desagradable cuando recibí otro mensaje para aplazar el encuentro al día siguiente. Contesté con un «vale», escueto pero correcto, que dejaba entrever que no me había agradado el cambio.

Como tenía un par de horas antes de que me necesitaran mis primos, llamé a Sandra, una de mis amigas más cercanas. No me cogió el teléfono pero sabía dónde podía localizarla a esa hora. Estaría haciendo yoga frente al mar, en la última cala de Benalmádena.

La encontré sentada, con las piernas cruzadas y los ojos cerrados, disfrutando de la brisa marina, casi en la zona húmeda de la orilla.

Sandra y yo nos conocíamos desde niñas. Fuimos juntas al colegio. Ella era una niña popular de carácter extrovertido, rubia y pecosa, con un pelo lacio que enmarcaba una cara de muñeca que no dejaba de sonreír. Yo, en cambio, era tímida y me costaba relacionarme con los demás. Su padre, un inglés que se enamoró de la tierra y de su mujer a partes iguales, era un empresario de éxito. Tenía negocios inmobiliarios por todo el mundo y Sandra se podía permitir el lujo de vivir en un chalet de trescientos metros cuadrados frente al mar, en pleno paseo Marítimo. Aunque nunca envidié la suerte de mi amiga, que siempre pudo comprarse todo lo que deseaba, en algunas ocasiones, cuando era adolescente, me hubiese gustado experimentar aquella sensación. Ella, en cambio, sí envidiaba algo que yo tenía y disfrutaba: una familia grande y muy unida. Mi amiga, con un poco de suerte, veía a su padre una vez al mes. Su madre murió de cáncer cuando ella era una adolescente y la única persona cercana que le quedaba era una asistenta peruana que la cuidó desde niña y que seguía viviendo con ella, en una pequeña casa de invitados en su jardín.

A pesar de tener una situación económica solvente que le permitía vivir sin tener que trabajar, mi amiga estudió trabajo social y ejercía en el pueblo como jefa de servicio de Asuntos Sociales. Me gustaba su manera de luchar, de bajar a la calle para ayudar a los más humildes, de pelear por cada euro que quería ofrecer a las familias con pocos recursos. Su trabajo era su pasión. No necesitaba el dinero de la nómina a final del mes, pero sí que necesitaba sentirse útil e intentar paliar las desigualdades con las que se enfrentaba cada día. Eso era lo que más admiraba: la capacidad que tenía Sandra para hacer que se sintiera importante todo aquel a quien se encontraba en el camino.

Cuando Sandra abrió los ojos y me vio, me tendió los brazos para abrazarme, con un gesto cómico y sin levantarse.

—Qué alegría verte, Zaira, ven aquí que te achuche —me pidió sin darme otra opción.

—Sabía que te encontraría aquí. Te he llamado y no me lo has cogido.

Sandra miró el reloj y comprobó que eran casi las nueve.

—Oye, ¿tú no tenías una cita con Víctor esta mañana? —preguntó con curiosidad.

—Me la ha cambiado en el último momento, le ha surgido un imprevisto.

—Me temo que el imprevisto es mi padre —afirmó Sandra cambiando la voz a un tono cansino.

—¿Cómo?

—Mi padre salió para el ayuntamiento muy temprano. Necesita unos permisos para su nuevo hotel y estaba muy cabreado. Me ha dicho que no se movería de allí hasta que no se lo solucionaran. Conociéndolo, se ha plantado en el despacho de Víctor y no se va a levantar hasta que se lleve en la mano el documento. Anda, vamos a mi casa. ¿Has desayunado?

—He desayunado para tres días.

—Entonces nos damos un chapuzón en la piscina. Estoy de vacaciones y hay que disfrutarlas.

Cruzamos la calle y Sandra abrió la puerta con un mando a distancia. El jardín estaba perfectamente cuidado, gracias en gran parte a los consejos gratuitos de mi abuelo. Entramos en la cocina y Sandra comenzó a echar hojas verdes y aceites en una batidora enorme que resultó ser muy silenciosa. Sacó un vaso con el filo dorado y echó el ungüento.

—Sandra, ¿no pretenderás que me *junte* eso por todo el cuerpo? —pregunté sabiendo la respuesta.

—No protestes y hazlo, que es buenísimo —ordenó, risueña—. Tiene todas las vitaminas que necesita tu piel. Y si has comido lo que imagino que has comido, te va a ayudar a sintetizar todas las sustancias tóxicas que van a salir por ella. Y se absorbe enseguida y sin dejar rastro, ya verás.

—He desayunado churros y pan con aceite, no matarratas.

Mi amiga se rio. Tras embadurnarnos con el pegajoso invento, salimos al jardín. Esperamos a que se secara y nos dimos una ducha rápida antes de entrar en la piscina. Estuvimos charlando en el agua un buen rato, hasta que llegó la hora de irme.

—¿Me paso luego por el chiringuito y nos vamos a tomar un té? —me preguntó antes de marcharme.

—Hoy no puedo, tengo que ayudar a Alba. Pero si estás sola, vente a comer con nosotros, te aviso cuando nos vayamos a sentar.

—He quedado con mi padre. Y estoy segura de que Víctor habrá solucionado el problema antes de mediodía. Es tan guapo como eficiente —bromeó mi amiga.

—Está visto que hoy no estamos de acuerdo en nada —respondí riendo.

La casa de Sandra y el chiringuito estaban muy cerca. En diez minutos escasos tenía el mandil puesto y estaba ayudando a mi familia. Me dieron el puesto oficial de sirvebebidas, aunque ocasionalmente me podían degradar al de limpiamesas. A la una en punto llegaron los chicos de refuerzo. Rafa y Miguel eran dos niños muy estudiosos de la aldea, dispuestos a ayudar a cambio de sacarse un dinerillo extra para no tener que pedir a sus padres. Eran espabilados y enseguida se hicieron con la rutina.

Cuando no tenía ninguna tarea que hacer entraba en la cocina a charlar con Alba, que enseñaba con mucha calma a Tamo. Fue en una de esas entradas cuando advertí que mi prima tenía una marca morada en el brazo que no le había visto el día anterior.

—¿Qué te ha pasado aquí? —pregunté temiendo lo peor.

—Me he dado un golpe con el pico de la mesa —contestó, muy poco convincente.

Me acerqué y no fui capaz de controlar la mala sangre que me estaba rodando por el cuerpo.

—Tú y yo vamos a hablar de ese moratón después —le susurré al oído.

Recordé la conversación con Fernando de camino al mercado y me di cuenta de que me estaba volviendo a equivocar. Si, como sospechaba, se lo había provocado Bernardo al agarrarla, no estaba utilizando la mejor estrategia para acercarme a ella. Pero la ira me podía y no era capaz de controlarme. Menos mal que ese mediodía al novio de Alba no se le ocurrió presentarse en el chiringuito.

Las horas pasaron rápido. Estaba acostumbrada a manejar a veinticinco niños de tres años a la vez, así que estar atenta a lo que sucedía en el salón no me era difícil.

Alba había preparado una paella para almorzar. Una anulación en el último momento nos dio el privilegio de comer un plato rebosante de arroz con marisco.

—Abuelo, tengo que ir a dar una vuelta a los perros. Te llevo a casa y te echas un rato, que has empezado muy temprano.

Aceptó a regañadientes. Con mi abuelo podía conducir en el coche sin que el silencio fuera incómodo. Encendió la radio y, aunque no tenía el don de mi abuela, también disfrutaba canturreando.

En cuanto abrí la puerta de mi casa, mis dos perros salieron disparados en dirección a mi abuelo. Indignada con esa falta de lealtad, les negué el saludo cuando regresaron a demostrarme su afecto.

—Es que me ven menos y soy el que les da las golosinas —los justificó mi abuelo.

Pasamos directamente a la parte trasera de la casa, donde había más árboles frutales que espacio para moverse. Y, para acabar de colmar el lugar, mi abuelo me había plantado un huerto con tomates, berenjenas y pimientos.

—Anda, abuelo, vamos adentro que hace mucho calor.

Nos sentamos en mi salón, que no tenía más que dos sofás y una pequeña mesa baja. Saqué del congelador dos bombones helados de Casa Mira, una heladería con mucha solera que sabía que a mi abuelo le encantaba. Se le iluminó la cara.

—Este era el helado favorito de tu abuela. Cuando íbamos a Málaga, fuera invierno o verano, siempre nos llegábamos a la heladería a por uno. Qué bien nos sabía y qué trabajo nos costaba *ajuntar* las perras para poder comprarlo.

Nos comimos el helado en silencio. Mi abuelo recordaba su pasado y yo tenía la sensación triste de que ese momento compartido algún día formaría parte del mío. En cuanto se terminó el bombón se quedó dormido en el sofá.

Abrí la puerta para que entrara algo de fresco. Lo observé mientras roncaba plácidamente y pude apreciar lo mayor que estaba. Tenía el rostro cuarteado por arrugas profundas que se le dibujaban por toda la piel morena. Lejos quedaba el chaval de veinte años que un día llegó al pueblo huyendo de su destino.

# 4

Mi abuelo nació en Garrucha, un pequeño pueblo de Almería, donde vivió en el campo con sus padres y sus tres hermanos. Una casucha vieja, que solo tenía una habitación y una pequeña cocina, fue todo su hogar. No tuvo una vida fácil. La mayoría de los días no había más que una comida diaria, casi siempre caldos aguados que mi bisabuela inventaba con más imaginación que sustento. Trapicheaba con todo lo que podía. En las ferias y romerías, vendía limones con sal, manojos de espárragos que ataba con una cuerdecilla recia o mandarinas que robaba en alguna finca cercana. Aquel tiempo de pillería, escasez y carencias parecía haberse acabado cuando entró a trabajar en un bar de Vera, una localidad cercana. Al menos se aseguraba tres comidas al día y algunos cuartos para ayudar a su familia. Con una vieja bicicleta que el dueño del bar le regaló, más por asegurarse de que llegara temprano que por compasión, mi abuelo recorría la distancia que lo separaba de su nuevo trabajo. En aquel bar encontró su verdadera vocación. Era rápido y su sentido del humor se agradecía en tiempos de posguerra, cuando la tristeza por la pérdida de los seres queridos y la incertidumbre que creaban el temor y el miedo no ofrecían tregua ninguna.

Mi abuelo conoció a mi abuela en el día de la Vieja, una fiesta profana que se celebraba veinte días antes del Miércoles de Ceniza. Ese día las familias iban a pasar una jornada de romería en el campo y, como actividad estrella, se rompía la cabeza de la Vieja, una muñeca hecha de palos y papel de seda que estaba rellena de caramelos. Los más pequeños la apedreaban entre risas para hacerse con el codiciado tesoro.

Mi abuela estaba apoyada en un árbol y proporcionaba munición y refuerzo a sus hermanos pequeños. Mi abuelo se había acercado a mirar a los chavales que, carcajada tras carcajada, destrozaban la muñeca. La suerte quiso que una de las piedras que lanzó mi abuela rebotara en un árbol y le diera a mi abuelo en la cabeza, que sangró a borbotones. Aquel incidente, que los llevó a la casa de socorro y a bromear durante años, los unió para siempre. Mi abuela confundió el temblor que su cercanía provocaba en él con un síntoma de la conmoción cerebral, y mi abuelo, por pudor, no la sacó de su error. Pero lo cierto era que los ojos negros de mi abuela le habían anulado el *sentío* y que, por primera vez en su vida, presagió que la inquietud que tenía dentro no le dejaría vivir.

Pocas semanas después, mi abuelo fue invitado a una pedida. Para su sorpresa, la protagonista era la misma muchacha que desde el día de la romería no podía arrancar de su pensamiento. Asistió con la esperanza de poder quitársela de la cabeza, pero consiguió todo lo contrario. En la fiesta, cada vez que sus miradas se encontraban, mi abuelo temblaba como una hoja. Regresó a casa con la seguridad de que, si no luchaba por ella, nunca sería feliz.

Así que, con más valor que hechuras y un traje de su padre tres tallas más de la cuenta, se interpuso en el camino que mi abuela cogía a diario para ir a faenar al campo. «Quiero que te cases conmigo», le dijo envalentonado. «Ya me voy a casar con otro», contestó mi abuela, desconcertada, a lo que él rebatió con contundencia: «Que no, que te vas a casar conmigo».

Desde aquel día la esperó en el camino cada mañana con la misma proposición. Cada vez que lo veía, a mi abuela se le encogía el corazón. A lo que sentía por aquel temerario se le unía el miedo a que los vieran hablando. Acababa acelerando el paso, más por pánico que por vergüenza, sin poder disfrutar el encuentro que le daba la ilusión más bonita del día. En aquellos segundos, sumados con prisas, se gestó el amor más profundo, se dieron los besos más apasionados y descubrieron que su cercanía era lo único en la vida a lo que no estaban dispuestos a renunciar.

Así que, una noche de abril, mi abuelo se plantó en la casa de mi abuela, dispuesto a hablar con sus padres para que rompieran de un tirón el compromiso con el gitano que regentaba la herrería del pueblo. Mi abuela se temió lo peor cuando lo vio llegar y tuvo el tiempo justo para quitar de en medio cualquier objeto que pudiera herir a su amado en una reyerta. Lo que pretendía ser una romántica declaración de intenciones acabó con tres familias enfrentadas. La familia del prometido fue la más ofendida; no estaba dispuesta a dejar pasar el agravio que mi abuelo, con más embelesamiento que cabeza, había provocado. Y mi abuela tuvo que sufrir un encarcelamiento en su propia casa, donde la vigilaban las veinticuatro horas al día, sin posibilidad de establecer contacto con aquel hombre que había llegado para arruinarle la vida.

Con el empuje que proporciona el amor sin el que no se puede vivir y que se siente en cada poro de la piel, mi abuelo ideó un plan para ponerse en contacto con su amada. Abordó a Mariquilla la costurera, la mejor amiga de mi abuela, y le dio una nota para ella. Con un «¡Ay, Dios mío, en qué lío me vas a meter!», la mujer se metió el papel en el escote y siguió su camino, mientras movía la cabeza porque temía el peor de los desenlaces.

En la nota le indicaba a mi abuela el lugar donde la esperaría todas las noches hasta que consiguiera escapar. Cinco noches después, mi abuela logró zafarse de su hermana y encontrarse con él. Cuando estuvieron uno enfrente del otro, se abrazaron y tuvieron la seguridad de que no los separaría nadie.

«Te vas a casar conmigo», le repitió mi abuelo al oído.

Pero fue en aquel preciso instante cuando mi abuelo se dio cuenta de que no tenía pensado un plan para llegar a un final feliz y que no podían escaparse en plena noche, sin dinero ni rumbo ninguno. Así que le pidió a mi abuela que volviera sigilosa a casa, que preparara un hatillo con sus cosas y que se reunieran de nuevo siete días después. Eso le daría a él el tiempo necesario para encontrar algún sitio a donde ir.

Los tres días posteriores fueron para mi abuelo una agonía que solía relatar con gracia en las reuniones familiares. «No tenía dónde caerme muerto —contaba con una risa nerviosa—. Y lo peor es que sabía que cuatro días después iba a seguir siendo el mismo *enmallao* de siempre. Pero tuve la suerte de escuchar una conversación en el bar. Dos gitanillos hablaban de que había un campo en Benalmádena donde algunas familias gitanas estaban construyendo casas. Y recordé que uno de mis primos se había ido para allá. No me lo pensé mucho».

A la séptima noche mi abuela se escapó y a la luz de la luna marcharon rumbo a toda una vida juntos.

Comenzar desde cero no fue nada fácil. Tardaron diez días en llegar, con ampollas en los pies y un hambre exagerada. No fue dificultoso encontrar la aldea. Su primo y su mujer los acogieron, les pusieron un plato de comida caliente y les insuflaron el ánimo suficiente para tirar para adelante. Escogieron un terreno pedregoso, al borde del camino, alineado con varias casas de otras familias que estaban a medio construir.

—Aquí haremos nuestra habitación y allí, una enorme cocina —le contaba mi abuelo, que dibujaba con un palo en el suelo—. Y aquí haremos el cuarto de los chiquillos, y todo esto será el huerto.

—Quiero un lavadero grande —le pidió mi abuela.

—Vas a tener un lavadero enorme.

Encontraron trabajo en el pueblo: mi abuelo en el mar, de pescador, y mi abuela limpiando en la casa de una familia adinerada. Fueron años muy duros, pero el amor que se tenían les calmaba el cansancio y les insuflaba coraje para enfrentarse a las penalidades.

La suerte les cambió un día, cuando el dueño de la barca le contó a mi abuelo que iban a cerrar uno de los bares a los que suministraba el pescado, porque al hombre le había dado una embolia y no podía tirar del negocio. Aquella misma tarde, mi abuelo fue a buscarlo y le hizo una oferta que no pudo declinar: se haría cargo del bar junto con su mujer y así no tendría que cerrarlo. El hombre, que no se encontraba con fuerzas para seguir, vio una forma de garantizarse unos ingresos sin tener obligaciones y reconoció en mi abuelo la aptitud y las ganas de trabajar. Aquel día, con un apretón de manos trazaron el destino de toda mi familia.

El restaurante no era mucho más que cuatro postes de madera que dibujaban cuatro esquinas sobre la arena. Una cuerda que rodeaba las estacas delimitaba el espacio que abrigaba cuatro mesas quejumbrosas y algunas sillas viejas en las que sentarse era como jugar a la lotería y ganar como premio una buena caída. Una barca que servía de asadero y un viejo pupitre de colegio eran todo el mobiliario. Pero mis abuelos, con el ingenio que da haber sido pobres toda la vida y la determinación de salir adelante, consiguieron levantar un restaurante.

Ese hombre que tenía durmiendo delante de mí, que me parecía tan mayor y vulnerable, había levantado con sus propias manos cada viga, enlozado cada metro de suelo y acristalado las paredes entre esas cuatro esquinas para que el mar se viera desde el interior. Tumbado en mi sofá y con los ojos cerrados, percibía su fragilidad. Me emocionaba la certeza de que no era eterno, y la sola idea de que algún día me faltara me hacía tambalear.

Un ladrido de mi perro despertó a mi abuelo, que se levantó desconcertado y tardó varios segundos en reconocer dónde estaba.

—Zaira, hija, que es muy tarde y no hay nadie en las sardinas. Vámonos —ordenó.

—Vamos bien de tiempo, abuelo, no te preocupes.

Nos marchamos en silencio. Mi abuelo se despegaba del sueño y yo, de los recuerdos de esas narraciones que se acoplaban vivas en mi memoria.

—No tenías que haberme dejado dormir tanto, hija, mira qué horas son —me reprochó por el camino.

En esa ocasión me costó casi una hora encontrar un aparcamiento y encima, en cuanto entré, vi a Bernardo que hablaba con mi prima en la barra. Era la última persona con la que quería tropezarme.

—Tienes que decírselo, no seas tonta. Esto también es tuyo y también tienes que tomar las decisiones —le decía a media voz.

Mi prima se inquietó al ver que yo podía escuchar la conversación y cortó a Bernardo metiéndose en la cocina.

No le iba a perder de vista.

Comenzaban a llenarse las primeras mesas de la cena y Fer se acercó a hablar conmigo.

—¿A que no sabes quién ha reservado una mesa hoy?

—Sorpréndeme —contesté, risueña.

No hizo falta que me respondiera. En ese momento Víctor entró por la puerta acompañado por tres hombres más, todos con traje de chaqueta. Fernando los acomodó en la mejor mesa del salón, la que estaba pegada a las grandes cristaleras. Sentí un pequeño hormigueo que me salía del estómago y que llegaba hasta mi pensamiento.

—No pienso servir las bebidas a esa mesa —avisé—. Te va a tocar a ti.

—Zaira, no seas tonta, tienes que ayudarme. ¿O piensas quedarte detrás de la barra toda la noche? Han pasado muchos años, tienes que perdonarlo. Que llevas veinte años sin querer servirle… Creo que ya es hora de cambiar las tornas.

—Hay cosas en esta vida que no se pueden perdonar…

Me quedé con la palabra en la boca. Víctor venía en nuestra dirección.

—Hola, Zaira, quería disculparme. Esta mañana me surgió un imprevisto y no pude venir, pero mañana estaré aquí a la hora que me digas.

—No pasa nada —añadí con un tono seco—. Entiendo que un alcalde tiene cosas mejores que hacer que reunirse con una maestra de barrio.

Inmediatamente, me arrepentí tanto de lo que había dicho como del tono tan antipático que había utilizado.

Víctor inclinó el cuerpo sobre la barra para acercarse un poco más a mí.

—Zaira, por favor...

Un estruendo nos interrumpió. Un chico estaba discutiendo con Yeray. Había tirado las bebidas de una mesa en señal de protesta. Salí corriendo a la terraza y llegué justo a tiempo para interponerme entre los dos, antes de que el joven agrediera a Yeray, que no parecía amedrentarse. El chico increpaba a mi primo y le gritaba que no se marcharía, y lo hacía en un tono altivo y desafiante mientras que Yeray hacía grandes esfuerzos por contenerse.

Con la ayuda de los otros dos camareros, Víctor agarró al chico para alejarlo de mi primo. Lo acompañaron a la puerta y yo arrastré a Yeray hasta la cocina.

Estaba muy alterado.

—Hijo, ¿qué ha pasado? Nunca te había visto así —preguntó mi abuelo—. No puedes ir peleando con la clientela.

—Claro que no, abuelo, nunca me habías visto así porque nunca habían estado vendiendo drogas en nuestro chiringuito. Le he visto ofreciendo droga a varios clientes y le he pedido amablemente que se fuera, que en mi restaurante no iba a hacer negocio, y me ha dicho que no se iba. Y he perdido los nervios, no lo he podido evitar. Cuando le he insistido en que o marchara o lo sacaba yo, ha cogido y ha tirado todas las bebidas al suelo. Si no llegáis a venir lo saco de un puñado. Menudo sinvergüenza. Sé quién es, no se me va a olvidar su cara.

—¿Su tío no es policía en Torremolinos? —preguntó Fernando.

—Sí. Son de aquí, de toda la vida, y su padre tampoco es que sea un santo. Cuando tenía su edad también se metía en problemas.

—No sé quién es su padre, pero lo mismo tendríamos que ir a decirle cuatro cosas de su hijo —añadí contrariada.

—Sí que sabes quién es, pero ahora no caes. Si su padre estaba en tu mismo colegio.

—No queremos a indeseables como este dando vueltas por el chiringuito, pero hay que ser prudentes, Yeray, y resolver las cosas con menos violencia. Sabes que no nos podemos permitir espectáculos tan lamentables —avisó Fernando con certeza.

Yeray bajó la cabeza, avergonzado, y salió de la cocina para seguir atendiendo las mesas.

Ninguno de los que estábamos esa noche en esa cocina imaginamos que ese incidente sería el principio de una terrible pesadilla.

# 5

La noche anterior nos había dejado una sensación extraña a todos. Yeray se marchó cabizbajo, preocupado por la escena que había ofrecido a los clientes habituales. Nunca lo había visto enfrentarse a nadie. Era un chico de carácter tranquilo y conciliador, y aunque sabía que tras la muerte de sus padres no era feliz y que su amargura era patente para los que lo conocíamos, nunca exteriorizaba de forma agresiva ese malestar. En su puesto de trabajo siempre era agradable, cercano y atento. Sin tener la chispa y la gracia de Fernando, Yeray también caía bien a los clientes, que lo comenzaban a apreciar en cuanto venían un par de veces al restaurante.

Entendía su actitud. Que se vinculara el chiringuito con la venta de drogas tiraría por los suelos el trabajo y el esfuerzo de toda una vida, de toda una familia. Habíamos sido muy cuidadosos para mantener una imagen limpia, que rompiera con los estereotipos y los prejuicios que la sociedad nos asignaba de forma gratuita. No había sido fácil para ninguno de los que compartíamos el mismo tono canela en la piel. En mayor o menor medida, todos los miembros de mi familia habíamos sufrido ese menosprecio tan patente en la sociedad que se ignora si no se vive en primera persona o a través de alguien cercano. Todos habíamos sentido esa forma de mirarnos diferente que te embriaga de inseguridad y te pone en alerta, pendiente de la reacción de los demás, que te anima a anticipar y evitar situaciones desagradables tantas veces repetidas a lo largo de una vida.

Esa mañana no me despertó mi gata, sino un mensaje de Fernando en el que me avisaba de que quería hablar conmigo antes de que comenzáramos la jornada. Los mensajes madrugadores eran usuales entre nosotros. No siempre eran portadores de malas noticias. Podíamos compartir el resumen de una noche estupenda o simplemente preocuparnos el uno por el otro. Teníamos la complicidad necesaria para saber que no molestábamos y que el otro siempre estaría ahí para calmar nuestras inquietudes o disfrutar de nuestra alegría. Pero esa mañana intuí de lo que quería hablarme.

La casa de Fernando estaba a escasos metros de la mía, así que le pedí que se acercara y de esa manera aprovecharíamos para ir los dos en moto al chiringuito. Al menos ese día me ahorraría dar vueltas para encontrar aparcamiento. Estaba lavándome la cara, diez minutos después, cuando llamó a la puerta.

—Buenos días —masculló medio dormido—. Creo que me estoy haciendo mayor, las preocupaciones me quitan el sueño. Por cierto, ese pijama no es muy adecuado si viene cierto policía por aquí. Ese estilo abuela de la casa de la pradera es antimorbo.

—No va a venir ningún policía, solo somos amigos. Y los amigos no vienen de noche, vienen de día, algunos incluso cuando no ha amanecido, pero esos son los pesados—afirmé sonriendo—. Que las preocupaciones te quiten el sueño es un buen indicador de que te estás haciendo mayor, pero, amigo, creo que a ti el sueño nada te lo ha quitado lo más mínimo desde que eras un mocoso.

Fernando sonrió y se acercó a donde me encontraba sentada. Me apartó un mechón de pelo de la cara y me lo colocó detrás de la oreja. Me abrazó con fuerza, manteniéndome apretada en sus brazos unos instantes. Sabía que me quería como la hermana que nunca tuvo. Y que sus sentimientos hacia mí contenían una ternura que en privado expresaba sin reparos. Yo percibía lo mismo. No podía diferenciar entre el afecto que tenía a mis primos y el que sentía por él.

Nos sentamos en el sofá, uno frente al otro.

—¿Quieres un café? —pregunté mirándolo fijamente.

—No, tus cafés ecológicos son buenos para el ecosistema, pero no para mi estómago. Nos lo tomamos cuando lleguemos al chiringuito. ¿Has dormido bien?

—No muy bien —confesé a mi amigo—. El incidente de ayer no me gustó ni un pelo. Ese trapicheo me preocupa. Pero dime, cuéntame, de qué quieres hablarme. ¿Es sobre eso?

—No, no tiene nada que ver con eso. Sé que últimamente le doy muchas vueltas a la cabeza. Debe ser eso de pasar tantas horas con tu familia, que me está afectando. —Sonrió al terminar la frase—. A lo que iba, ayer pasó algo antes de que llegaras y quiero contártelo. Alba tuvo una discusión muy fuerte con Yeray y ya te digo yo que no eres capaz de adivinar el motivo.

Me quedé pensativa y esperé a que continuara hablando.

—El motivo fueron unas puñeteras cervezas de importación.

—¿Cómo que unas cervezas? —pregunté asombrada—. Nosotros no tenemos cerveza de importación.

—Tu prima quiere que tengamos una carta de cervezas amplia, con mayor variedad, pero Yeray se negó. Y tiene razón, no tenemos un público que se gaste cinco o seis euros en una cerveza. Quieren una caña barata y, a ser posible, con una tapa. No tenemos una clientela que venga a beber. Vienen a comer.

Me costó tan solo unos instantes hilar lo que me contaba mi amigo con la conversación que, cuando entré en el chiringuito el día anterior, Alba intentó que no escuchara.

—Por eso Bernardo le decía a Alba que reivindicara su papel de dueña. Es él el que quiere las cervezas de importación en el bar. A mi prima nunca le han interesado las cervezas ni se ha preocupado tampoco de las bebidas que se sirven.

—A esa misma conclusión he llegado. Varias veces he escuchado a Bernardo afirmar que lo que de verdad hace ganar dinero son los bares de copas. Que el alcohol es el verdadero negocio. Creo que por ahí van los tiros. Estoy muy acostumbrado a ver a Alba y Yeray discutir. Es mi pan de cada día. Trabajan juntos y viven juntos, es lo más normal de este mundo, pero ya te digo yo a ti que eso de ayer no pintaba nada bien. Alba tenía unas contestaciones rarísimas, salidas de tono. Y Yeray se sintió muy mal, lo sé porque lo conozco y porque me lo dijo después. No me gustó la situación ni un pelo. Hay que cortar esto antes de que vaya a más.

—Está claro cuál es el problema —añadí—. Ahora tenemos que buscar la forma de mediar para que no afecte a Alba y acabe enfrentada con su hermano. No tengo ni idea de cómo hacerlo, Fer, la ira me nubla los argumentos.

—Por eso quería hablarlo tranquilamente contigo. Sé que tarde o temprano va a salir la conversación delante de ti y la vas a liar, que nos conocemos, morena. Que tú eres de las que pides perdón antes de pedir permiso. Y todas las discusiones que tengamos con Alba son puntos que regalamos al otro equipo. Necesitamos tener la sangre fría. Y créeme que es muy difícil.

»Ayer llegó Bernardo y, sin mediar saludo con ella, la miró con cara de desprecio y le hizo un comentario desagradable sobre su aspecto. Cuando la chiquilla llevaba doce horas de pie trabajando sin parar. Me llevan los demonios, Zaira, cuando la veo tan bonita y tan risueña hasta que llega él y le borra, con sus palabras y sus malos gestos, la sonrisa de la cara.

—¿Y no dijiste nada? —pregunté, extrañada.

—Claro, no me pude callar. Le dije que no se merecía tener una novia como ella, que era un bruto sin sentimientos. Y alguna cosa más, hasta que Alba salió de la cocina y empezó a quitarle hierro al asunto. No puedo callarme. Lo tengo que coger solo y decírselo. Que sus tonterías se las diga a las yeguas de su establo, pero no a Alba. Esa es otra grieta más que voy a abrir con ella, cuando él se lo cuente a su manera, lo tengo clarísimo.

—No lo hagas, no hables con él. No va a servir de nada —afirmé convencida—. Lo único que vamos a conseguir es que nos oculte las cosas y eso es peor. Vamos a ser más inteligentes. Yo voy a hablar con ella de las cervezas, como si me lo hubiese contado Yeray, y luego, si te parece, entramos en la otra parte. Pero vamos a ir con calma. Con Yeray no sé si hablar, porque no es muy espabilado para estas cosas y si se entera podemos enredar el asunto aún más. Creo que es mejor mantenerlo al margen todo lo que podamos.

—Cuando se trata de Alba, calma tengo poca, Zaira, tú lo sabes. La quiero con toda mi alma —confesó emocionado.

—Y ella te quiere a ti —rebatí con certeza.

—Es mi familia Zaira, sois mi familia —me interrumpió—. La única familia que tengo. La veo infeliz, la veo cansada y llena de angustias, y no puedo soportarlo. Y ¿sabes lo peor? Que sé que no lo va a dejar nunca y que va a sufrir mucho.

—Vamos a impedir que eso pase. Los dos —anuncié sujetando su cabeza con mis manos—. Nosotros no vamos a dejarla sola.

—Pero ahora será mejor que nos vayamos o el abuelo nos va a dar con la fregona en la cabeza.

—Dame cinco minutos para que me quite el pijama antimorbo, me ponga algo decente y nos vamos.

Me puse un biquini y un vestido camisero de una tela muy fina que me había regalado Alba por mi cumpleaños. Cogí mi casco y nos marchamos en la moto. Una idea a la que no quería dar forma me rondaba por la cabeza. No sabía evaluar si lo que sentía Fernando ante la situación de Alba era la misma preocupación que sentía yo o la suya estaba envuelta en algo más. No recordaba ya cuánto tiempo había pasado desde que Fernando no me contaba que le gustaba alguna chica. Le encantaba comprarse ropa nueva y disfrutaba de cada cita antes y después, cuando la preparaba y cuando en la comida nos contaba a todos los detalles.

La que más le duró a Fernando fue Trude, una joven noruega que conoció una noche en el restaurante y que se aferró a él tres años y tres días. La chica volvió a su país un verano, aburrida de las altas temperaturas que no era capaz de soportar ni siquiera para mantener viva la historia de amor más bonita de su vida. Mi amigo no quiso ni oír hablar de irse a vivir a una ciudad donde a las cinco de la tarde se acababa la vida, tenías que ir tapado de la cabeza a los pies para no congelarte y no podías comer jamón serrano cada día sin dejarte el sueldo en la tienda. Asumió que a todo principio le llegaba un final y, después de diez noches de lamentos en mi sofá, con atracones de pizza y helados de todos los sabores, anunció que ya estaba preparado para regresar a su casa. Tardó unos cuantos meses en volverse a enamorar, en volver a sonreír. La misma sonrisa que portaba el día que lo conocimos.

Con nostalgia mi memoria retrocedió al instante en el que vimos a Fernando por primera vez, siendo un chiquillo. Aurora y yo estábamos frente al chiringuito, sentadas en la orilla, observando cómo jugaban Yeray y Alba. El otoño ya acortaba los días y la falta de clientes nos permitía alargar las tardes en la playa. Había llegado la hora de recoger y Yeray no quería salir del mar. Aurora, al meterse en el agua para sacar a su hijo, se dio cuenta de que a escasos metros había un niño en apuros. Estaba bañándose con un flotador circular que, al querer zambullirse, lo había volteado hasta quedar con los pies arriba y sin posibilidad de sacar del agua la cabeza, que tenía totalmente sumergida. Aurora corrió hacia él y le dio la vuelta todo lo rápido que pudo. El niño había tragado agua, pero se encontraba bien. La madre, una chica de más o menos nuestra edad, se había quedado dormida sobre la toalla que tenía extendida en la arena.

Nunca olvidaré su llanto, abrazada a su hijo, aquel lamento por el descuido que le pudo costar la vida al pequeño. Entre Aurora y yo la calmamos y la invitamos al chiringuito para que se tomara una tila. Fue aquel día cuando conocimos la historia de Marta, la madre de Fernando, y ambos entraron en nuestras vidas para quedarse. Escuchamos lo que nos contaba sentadas en las hamacas, mientras los niños hacían castillos de arena a nuestros pies.

Marta comenzó a hablar mirando al horizonte, sin ser capaz de mantener con nosotras un contacto visual. Tanto Aurora como yo tuvimos claro en aquel momento, por el dolor que destilaba, que era la primera vez que volcaba en palabras todas las experiencias que había vivido. A los diecisiete años había dejado su Asturias natal, embarazada.

Marta estaba enamorada de un chico encantador que pertenecía a su mismo círculo de amigos. Sin embargo, un repentino ataque de vómitos incontrolados le cambió un día el rumbo de su vida, porque la hizo salir antes de su trabajo en Talleres Soldevilla, una empresa que fabricaba alcantarillas. En casa, escuchó ruidos en su habitación y le pareció raro. A aquella hora, su madre debería estar con sus quehaceres de voluntaria en las recaudaciones de caridad y su padre, en el banco donde trabajaba. Recordó que su hermana estaba en casa aquel día, porque la familia para la que trabajaba de niñera había salido de viaje. Tardó unos instantes en percatarse de que había alguien más con su hermana en la habitación. Y, curiosa, fue a averiguar quién era. Para su sorpresa, estaba con un hombre en la cama, completamente desnuda. Sin dar crédito a lo que veía, su corazón se aceleró cuando se dio cuenta de que era su prometido el muchacho que la acompañaba.

Aquella escena, que no olvidaría nunca, fue un duro golpe que se acrecentó con la reacción de los que se suponía que la querían. Sus lamentos fueron acallados por la férrea intención de su madre de guardar las apariencias, que impertérrita se negaba a que un escándalo de tal magnitud los salpicara. También se encontró de frente con el mandato de su padre, que impuso como condición inamovible que continuaran con el noviazgo como si nada hubiese ocurrido, por el bien de toda la familia. Su argumento principal, basado en el sacrificio de aceptar las cosas como vienen para que no afectara a la vida social que tanto les había costado construir, hundió a Marta en la desesperación más profunda. No consiguió encontrar a su alrededor ni un ápice de empatía.

Ante una situación tan insostenible, solo divisó una salida. Agarró su dolor, se lo echó sobre los hombros y se marchó todo lo lejos que pudo. En el segundo autobús, cuando su pensamiento se serenó y los vómitos volvieron, cayó en la cuenta de que llevaba varios meses sin el periodo y que posiblemente estaría embarazada. Y de repente todo el miedo que sentía se canalizó en un amor puro por la criatura que llevaba dentro, un pequeño ser que le daría las fuerzas necesarias para salir adelante. Tuvo que ganarse la vida con valentía, y Aurora y yo sabíamos que cargaba a sus espaldas con un pasado duro, que le avergonzaba tanto que no era capaz de compartirlo, pero que volvería a sufrir si le hiciera falta para dar de comer a su hijo.

Aquella tarde estaba vigilando al niño mientras se bañaba en la orilla cuando se quedó dormida sin darse cuenta, agotada por todos los trabajos que amontonaba. Aquel día empezó una amistad que perduraría en el tiempo y que cambiaría por completo la vida de Marta y la de su hijo.

Fernando y Yeray tenían la misma edad y se hicieron grandes amigos. Aquello le facilitó las cosas a Marta. Que los niños quisieran estar juntos propició que Aurora le echara una mano, porque se quedaba con Fernando cuando Marta trabajaba y así esta podía suprimir los gastos de la niñera. Mi amiga Sandra nos ayudó y le pidió a su padre un trabajo para Marta en uno de sus hoteles. La vida de nuestra amiga se aligeró, se tornó más fácil, y con ella también la de Fernando, que desde aquel día formó parte de la familia. Incluso empezó a llamar a mi abuelo «*papa vieo*», como hacíamos todos los niños por aquel entonces. Fue tras la muerte de Aurora y su marido cuando la palabra «*papa*» pasó a ser un recuerdo sagrado para mis primos y todos comenzamos a llamarlo «abuelo», incluido Fernando, que recibía de él el mismo trato que daba al resto de sus nietos.

Marta siempre formó parte de nuestras reuniones familiares. Encontró en nosotras a unas amigas en las que confiar y una familia con la que celebrar. Hacía unos años que había vuelto a su Asturias natal, enamorada de uno de los socios del padre de Sandra. Que el hombre fuera el director del nuevo hotel que se abriría en su tierra fue un ingrediente adicional que lo volvió más atractivo, nos confesó una noche entre risas. Siempre había querido regresar, y lo hizo feliz y orgullosa de todo lo que había conseguido en la vida.

Por su parte, Fernando quiso quedarse. Siempre fue un niño inteligente y divertido que sacaba unas notas excelentes. Estudió periodismo, destacando en todas las asignaturas por sus altas calificaciones. En las prácticas en uno de los periódicos más importantes de la ciudad, conoció a Ana, una reportera inquieta con más corazón que ambición que supo ver el talento que tenía Fernando y le ayudó a desarrollarlo, empujándolo por senderos periodísticos poco convencionales. Mi amigo había compaginado el trabajo en el chiringuito con la facultad, pero, cuando en el periódico le pusieron sobre la mesa una oferta laboral para dedicarse a lo que había estudiado, su decisión nos sorprendió a todos. Se quedó trabajando de camarero con el único argumento de que allí era feliz. Todos, a nuestra manera, intentamos disuadirlo, pero ningún miembro de mi familia lo consiguió. Yo, que lo conocía mejor que nadie, sabía que le había podido más el corazón que la cabeza y se había quedado por ayudarnos, por no dejar solos a mis primos que sin él perdían mucho más que un camarero.

Su generosidad había trazado un camino y mi familia tenía la suerte de poder contar con él. «Quiero trabajar aquí, que la vida es muy corta y quiero ser feliz —defendió cuando insistí para que se lo pensara bien—. Aquí nadie me marca un horario ni me exige nada, nadie me grita ni me levanta a medianoche para cubrir una noticia. Y el sueldo es casi el mismo. Así que no hay nada más que hablar, me quedo trabajando con Yeray».

Sabía de sobra que no lo trataban como a un empleado. Del dinero que se generaba en el chiringuito, mi primo guardaba una parte para la gestión de los gastos y los empleados, le daba una pequeña parte al abuelo, para sus gastos, y el resto lo repartía entre los tres, aunque siempre le concedía a mi abuelo el honor de entregarles a cada uno un sobre con el sueldo. En ningún papel estaba escrito que Fernando fuera un socio más, pero en la cabeza de todos figuraba como tal. Luchaba por el negocio exactamente igual que sus dueños, por lo que mi familia se lo agradecía de una forma justa.

# 6

El sol brillaba con fuerza cuando llegamos al chiringuito y nos sorprendió encontrar a esa hora temprana a tantas personas en el interior. Mi abuelo servía un café a Víctor, que sentado en la barra hablaba animoso con él. Yeray, Alba y Juanillo ya estaban en sus respectivas tareas. Fernando me agarró del brazo antes de entrar.

—Zaira, deja el pasado atrás. Ya es hora de que lo perdones. Relájate, no tengas esa cara de mala leche y no le dispares a la primera de cambio —me susurró al oído.

—Hay cosas en la vida que no se pueden perdonar —me reafirmé.

—Tienes la capacidad de perdonar, claro que puedes hacerlo. Pero si lo haces, bajarás la guardia y eso es lo que no te quieres permitir.

Con las palabras de mi amigo resonando dentro de mí, retrocedí y me dirigí a los servicios, situados en la parte trasera del chiringuito. Me miré al espejo. No me había maquillado, pero mi piel canela, aunque todavía no se había bronceado por el sol, estaba bonita. Me recogí el pelo en una coleta alta, me solté varios mechones y me eché agua en la cara.

Alba vino a buscarme, preocupada al no verme entrar.

—Tata, ¿estás bien? —me preguntó pegándose a la puerta.

Abrí y sonreí.

—Víctor te está esperando. Lleva media hora, no le hagas esperar más. Te he hecho tortitas. Siéntate en la mesa de la terraza, la del fondo, que ahí tenéis más intimidad —me soltó de seguido casi sin respirar.

Por unos instantes, las dos nos quedamos calladas, una frente a la otra. Respiré hondo. Alba me agarró de las manos y me dio un tirón para que me decidiera a avanzar.

Entré dando los buenos días, con un tono algo más bajo del que me hubiese gustado. Víctor se volvió y me miró a los ojos. Llevaba puesta una camisa celeste cuyas mangas largas había doblado hasta la altura del codo. Le resaltaba su piel bronceada. Se levantó al verme y se acercó a mí más de lo que hubiese deseado. Mi prima Alba salió de la barra y nos acomodó en la mesa que había escogido. Cuando nos sirvió las tortitas y las tostadas que nos había preparado, Víctor sonrió.

—Voy a quedar con Zaira todos los días para desayunar —dijo mirando el banquete que mi prima había desplegado ante nosotros.

—Sois las dos personas más golosas de Benalmádena —afirmó Alba, señalándonos con el dedo índice—, seguidas de mi abuelo, que os pisa los talones. Os traigo crema de chocolate, caramelo y miel para las tortitas. Si queréis otro café o más zumo me lo decís.

Estaba tan nerviosa que no sabía por dónde empezar. Intentaba encontrar las palabras para expresar lo que necesitaba de él, pero un nudo en la garganta no me dejaba hablar. Sentía la tensión que había entre los dos.

—Zaira, quiero, antes de empezar, decirte algo. Sé que no quieres oír lo que te voy a decir, pero es que no puedo tenerte delante y no decirte lo que siento. Es una conversación que deberíamos haber tenido hace muchos años. Y es importante para mí que sepas que lo siento —me dijo inclinando el cuerpo ligeramente hacia el mío—. Siento mucho cómo actué aquella noche, siento mucho no haber encontrado la forma de ayudarte, siento que pasaras por aquello. Y sé que para ti fue muy duro y yo no estuve a la altura. Debí buscar la manera de ayudaros.

Agachó la cabeza unos segundos y me miró a los ojos de nuevo.

—No me has dejado acercarme a ti en todos estos años, y no he podido hablarlo contigo —continuó—. No imaginas cómo me alegra poder hacerlo ahora. Aunque sé que me vas a decir que ya no es el momento... que debí hacerlo aquel día. De veras que lo siento, Zaira. Llevo todos estos años con eso guardado. Con la pena de que no me diste la oportunidad de disculparme.

En ese momento noté que mis lágrimas comenzaban a brotar sin poder controlarlas. La vergüenza que sentía al no poder contenerme empeoraba las cosas. Me había bloqueado, sin saber cómo gestionar la emoción que estaba sintiendo.

Me vi de nuevo allí en aquella discoteca, aquel día, hacía veinte años. Bailábamos en la pista un tema que nos encantaba. Estaba mirando al chico que me gustaba y quitaba la mirada cuando él me la devolvía, avergonzada. Habíamos tenido varias conversaciones íntimas, pero no habíamos llegado a nada serio. Reía con Aurora, con la que no salía a bailar desde hacía varios años. Era su cumpleaños y Antonio se había quedado con los niños para que las dos pudiéramos ir a celebrarlo. Lo estábamos pasando muy bien. Y de repente oímos un revuelo. Varias personas advirtieron que sus carteras habían desaparecido. Notamos que nos señalaban. Algunos empezaron a rodearnos, nos miraban e increpaban. Escuchaba los insultos que comenzaron a ponernos nerviosas.

No me di cuenta de lo que ocurría hasta que sentí que alguien me agarraba por detrás y me inmovilizaba los brazos en la espalda. Alguien me jaló del pelo con tanta fuerza que pensé que me lo iba a arrancar. Oía los gritos de Aurora, que estaba corriendo la misma suerte. Víctor estaba enfrente de mí y me observaba inmóvil. Percibía su mirada clavada sin poder verlo. Me agarraron con fuerza y me arrancaron el bolso. Hurgaron en él y lo tiraron al suelo. Empecé a sentir unas manos que me registraban, que me tocaban todo el cuerpo. Luché con uñas y dientes para que no me manosearan, para zafarme de aquellas zarpas que recorrían cada rincón de mi ser de una manera obscena. Pero me agarraban varias personas. La humillación me hizo cerrar los ojos. Intentaba con ello volverme invisible.

Reaccioné con rabia y decidí luchar. Gritamos y pataleamos durante un buen rato. Escuchaba a Aurora pero no podía verla. Recuerdo las personas que me rodeaban, los gritos y las manos que me golpeaban con fuerza. Me solté y le clavé las uñas a alguien. Inmediatamente, otra persona me rompió la camiseta y me pegó un puñetazo en el pecho que me hizo caer al suelo. Lo siguiente que sentí fue otro tirón de pelos que me hizo gritar de dolor. No pude librarme de la mano que me los agarraba hasta que me los arrancó de raíz. Vi a Aurora tirada en el suelo; intentaba ponerse de pie, pero las patadas no la dejaban. Los chicos de seguridad vinieron a ayudarnos. Nos cogieron en volandas y nos sacaron del local. Nos invitaron a marcharnos para evitar más problemas. Nadie se preocupó por nuestro estado, por cómo nos encontrábamos, por cómo nos sentíamos.

Pese a los gritos y los insultos estábamos tan aturdidas que tardamos un rato en entender lo que había pasado. Pensaban que nosotras, las dos chicas gitanas, habíamos robado las carteras. Aurora y yo nos abrazamos llorando. Estrujábamos con rabia la una en la otra toda la pena que nadie podía entender, toda la humillación que se condensaba en lo más profundo de nuestro ser. Aquel día algo cambió en mi interior. Algo se quebró y creó una telaraña de miedos y recelos que nunca me ha abandonado del todo. Pasé varios días vomitando toda la angustia que los recuerdos me provocaban. Miraba cada día mi cabello, que parecía no querer crecer para que consiguiera olvidar el ultraje recibido. Y no lo hice, nunca conseguí olvidarlo. Aurora me cortó el pelo, para disimular la pérdida, mientras las dos llorábamos en silencio. Nunca hablamos de aquel episodio que nos cambió la vida. Yo no conseguí hablarlo con nadie, aunque mi madre se enteró e intentó que me expresara.

Pero ni ella ni mi abuela lograron que explicáramos nada de aquello y mucho menos que pusiéramos una denuncia. El simple hecho de saber que tenía que contar lo ocurrido con detalle delante de alguien me aterraba.

Pero si había algo que me dolía era el recuerdo del silencio de Víctor, de aquella mirada quieta ante lo que estaba sucediendo. No me lo encontré hasta semanas después. Salía del chiringuito y nos cruzamos. Me llamó y no le di la oportunidad, me giré. No quería verlo. Cada vez que la casualidad nos acercaba, yo salía corriendo en la dirección contraria. Lo intentó por medio de amigos comunes, pero no quise escucharlo. Ni verlo. Ni compartir el aire que respiraba.

Pese a ser cliente asiduo del restaurante, me entendió y respetó mi distancia, aceptando mi negativa a establecer ningún tipo de comunicación con él. Nunca le devolví la mirada, con el más descarado de los desprecios, y así escondí lo que me hacía sentir en algún rincón de mi inconsciente.

Delante de las tortitas, Víctor me miraba en silencio. Cogió una servilleta de papel y me secó las lágrimas que no conseguía parar. Ese gesto tan íntimo despertó todas mis alarmas. Esa cercanía hizo que mis muros se volvieran a levantar. Que mi frialdad se enervara para colocarme de nuevo en un lugar seguro.

—Ya ha pasado mucho tiempo —conseguí decir.

—No el suficiente para cerrar tus heridas —afirmó con sinceridad—. No puedo decir nada que justifique mi comportamiento. Solo quiero que sepas que no ha pasado un solo día que no me haya arrepentido de no haberte ayudado. Y sé que eso no cambia nada. Pero era un chaval de pocos años, tímido e inseguro, que se bloqueó y no supo cómo actuar.

—Creo que debemos comernos las tortitas o Alba se va a enfadar con nosotros —propuse en un intento de cambiar el rumbo de la conversación.

Me sentía débil y frágil ante la realidad que Víctor me acababa de recordar. Solo quería que la reunión se acabara y volver a sentirme segura.

—Dime en qué puedo ayudarte, Zaira. Te sigo en redes y sé todo lo que haces contra el racismo, el antigitanismo y el estigma de ser gitano. Y si me has solicitado este encuentro, imagino que es porque quieres pedirme algo importante.

—¿Y cuál se supone qué es «el estigma de ser gitano», Víctor? —pregunté, molesta por su léxico encorsetado de político.

—Zaira, en las administraciones hablamos de acabar con el estigma, de acabar con las etiquetas. Es la forma de hablar de integración.

—Pero es que yo no quiero integrarme. Quiero seguir manteniendo mi identidad. Lo mismo sería más adecuado hablar de asimilación. Asumiendo toda la diversidad.

Víctor se quedó pensando.

—Tienes toda la razón. Tenemos que retomar esta conversación en otro momento, si te parece. Creo que puedo aprender mucho contigo —añadió con franqueza—. Pero cuéntame de qué querías hablarme.

—Estoy trabajando con varias asociaciones, entre ellas Secretariado Gitano, Enseñantes con Gitanos y Dosta. Pero sus proyectos, que son magníficos, no me permiten aterrizar los objetivos que me gustaría conseguir aquí, en Benalmádena —expliqué un poco más tranquila.

—¿Y cuáles son esos objetivos? —preguntó con un sincero interés.

—Para empezar, quiero combatir el absentismo escolar, uno de nuestros grandes problemas, y también quiero trabajar para que todas las personas que viven en la aldea tengan posibilidades de acceder a un trabajo digno.

Víctor se quedó pensativo unos instantes.

—Vale. Se me ocurre que podemos reunirnos con la jefa de servicio en la delegación de Asuntos Sociales y trazar entre los tres un plan de acción. Además, creo que no te será difícil trabajar con ella.

—No, claro que no. Sandra y yo somos buenas amigas. Pero entiéndeme, Víctor, si he hecho el esfuerzo de estar sentada contigo en esta mesa es porque necesito que la realidad cambie, y eso no se consigue con palabrería política. Necesito un compromiso.

—Claro, te entiendo. Y lo tienes. Concertamos un encuentro en cuanto Sandra se incorpore de las vacaciones. —Miró su reloj, inquieto—. Y ahora tengo que irme, que tengo otra reunión.

Me quedé sentada en la mesa comiendo las tortitas que quedaban. Yeray fue el primero en acercarse.

—¿Todo bien? —preguntó, preocupado.

—Sí, todo bien. Ya sabes, viejos recuerdos que todavía duelen —confesé.

—Algunos provocan un dolor insoportable —añadió Yeray bajando la mirada.

No quise comentar nada que sumergiera a mi primo en la tristeza, pero sabía a la perfección a lo que se refería. Él no había superado la muerte de sus padres. Y no lo había hecho por algo que solo conocía yo. Algo que pasó el día antes del accidente y que cambió el rumbo de la historia. De su historia.

Era Yeray quien tenía que haber ido aquel día por los suministros, era él quien tenía que haber cogido el coche.

# 7

Estuve toda la mañana desconcentrada, ausente y perdida entre pensamientos y recuerdos. Y sentía que todos me observaban al percibir en mí un estado de ánimo tan apático e inusual. Terminamos el turno de comidas y me senté a trabajar en una esquina, en las hamacas, donde Yeray había improvisado una tienda de campaña con todo tipo de comodidades. Lo había hecho con solo dos toallas grandes que enganchó a la parte alta de la sombrilla.

Me sobresalté cuando Juanillo, sin mediar palabra, se sentó de golpe a mi lado.

—No te asustes, que soy yo. Quiero hablar contigo. Necesito que me ayudes en una cosa —dijo titubeando.

Me incorporé y aparté el ordenador para prestarle atención.

—Claro, dime.

—Necesito comprar un regalo, pero un regalo diferente. Un regalo que no sea una tontería —me contó algo nervioso.

—Vale, pero si quieres que te ayude a comprar un regalo tienes que contarme para quién es. O lo voy a tener muy difícil —afirmé intentando mostrar seriedad.

—Es para una chica. Tiene mi edad —dijo con timidez.

—Y es…

—Y es la chica más guapa de este mundo. La más guapa y la más simpática. La mejor. Y siempre tiene ideas originales y me regala cosas muy chulas y es muy inteligente y... Zaira, estoy loco por ella.

Me reí a carcajadas por la forma en que había soltado sus sentimientos.

—Quieres comprarle un regalo a tu novia —concluí.

—No es mi novia.

—¿A no? Entonces ¿qué es? —pregunté, burlona.

—No nos gustan las etiquetas. Y no me digas nada, que eso lo he aprendido de ti. ¿Me ayudarás? —me preguntó mientras se marchaba a atender a uno de los clientes que lo demandaba para que le sirviera unas copas.

—¡Te ayudaré! —le grité para que me escuchara.

Apagué el ordenador y fui al chiringuito. Era la hora con menos público y era fácil tener un rato para charlar con ellos. Mi abuelo estaba sentado con Alba y Yeray, y Fernando les preparaba un café.

—Ponme uno, Fer. Descafeinado —pedí mientras me sentaba en la mesa con ellos.

—Zaira —habló mi abuelo—, vamos a tener que cuidar más la terraza. Se nos ha ido una mesa sin pagar.

—No puede ser, si Yeray los controla muy bien —repliqué, extrañada.

—Es que la envolvente de hoy ha sido para enmarcar —contó Yeray—. Se han levantado, pero ya tenían la cuenta desde hacía rato. Me han dicho que me habían dejado el dinero en la mesa, he mirado y he visto la punta de los billetes debajo de la cuenta, así que me he quedado tranquilo. Pues no: eran dos billetes fotocopiados de publicidad.

No pude evitar reírme y espurrear todo el café que tenía en la boca, salpicando a todos los que estaban en la mesa.

—¡Zaira! ¡Mira la que has liado! —gritó Yeray levantándose de golpe—. Por eso no quería contarlo, abuelo. ¿Ves? Se parten de la risa a mi costa.

La camisa blanca de Yeray estaba llena de manchas de café. Al verlo, mi abuelo comenzó a reírse también.

—Pero, hijo, hay que contarlo. Para que estemos prevenidos —justificó mi abuelo.

—Hay que reconocerles el ingenio. Eran cuatro. Iban con un niño pequeño. Si los llego a pillar los pongo bien *coloraos* —añadió Yeray.

—¿La familia con un niño pequeño muy rubio que estaba sentada al fondo? ¿La que tenía el carrito? —pregunté.

—Sí —confirmó Yeray—. ¿Los conoces?

—No, pero sé dónde están alojados. El niño tenía en la mano una pelota del Hotel Hally, de esas de las que regalan para jugar en la piscina a los críos. Cuando les he llevado las bebidas, la pelota se le ha caído y se la he recogido yo. Es uno de los hoteles del padre de Sandra. La he reconocido porque había ayudado a Marta algunas veces a decorar el escaparate con ellas.

»Se han creído muy listos, pues se van a enterar. Alba, dame dos bolsas de congelados de las chicas, de las de cierre con zip, y el pendrive donde tienes la música. Fernando, dame el tíquet de la cuenta y los billetes falsos. Y las llaves de tu moto. Ya está bien, que se creen que por ser gitanos nos pueden robar siempre que quieran.

—No, no. Te doy lo que me pidas, pero las llaves de la moto no. Voy contigo, yo te llevo. Así me aseguro de que no te parten la cara, que no me fío ni un pelo de ti.

—Hija, no vayas —intentó persuadirme mi abuelo—. No merece la pena por unos cuantos euros.

—Abuelo —interrumpió Yeray—. Han comido marisco y pescado frito, y han bebido vino del bueno. La cuenta supera los doscientos euros.

—¿Cómo? Si no os abren la puerta, los esperáis en la recepción hasta que salgan. Y si hay que hacer turnos para pillarlos y que den la cara, se hace.

Todos nos reímos del cambio de opinión del abuelo al conocer la cuantía de la deuda.

—¿Para qué quieres el pendrive? —me preguntó Alba.

—Son las imágenes de las cámaras de seguridad —contesté guiñando un ojo.

—Tú has visto demasiadas series policiacas americanas —anunció Yeray—. Que estamos en España, aquí no es legal grabar a las personas mientras comen.

—Pero ellos se van a poner nerviosos y ni cuenta se van a dar. Hazme caso. A mi familia no le roba nadie —les dije mientras me sentaba en la moto.

El hotel estaba en la otra punta del pueblo, pero no nos llevó más de veinte minutos llegar. Aparcamos en la puerta. Miré quién estaba en la recepción y hablé con Sandra. Le conté lo que tenía pensado hacer y no dudó en ayudarme. Llamó a la recepcionista y, cuando esta colgó el teléfono, entramos.

—Estáis muy locas las dos —sentenció la trabajadora, muerta de la risa—. Esto es lo que vamos a hacer: están arriba, voy a llamar a uno de ellos y le voy a decir que lo esperan en la recepción. Cuando bajen, yo no estaré, me meteré dentro. Si se lía y el jefe quiere echarme la bronca, llamas a Sandra, que venga y lo aclare todo antes de que me pongan de patitas en la calle.

Fernando se movía nervioso.

No tuvimos que esperar mucho. En un par de minutos bajó un hombre con ropa deportiva y lo reconocí enseguida. Sin dudarlo, fui con paso enérgico hacia él.

—Buenas tardes, me llamo Zaira y trabajo en Las Cuatro Esquinas, el restaurante donde han estado comiendo. Ha habido un error y los billetes que han dejado, estos que ve en la bolsa y que tienen sus huellas, no son válidos. Así que venimos a que nos abonen la cuenta. Hemos traído también las imágenes de nuestra cámara de seguridad, por si le sigue pareciendo divertido, porque les puedo asegurar que a nosotros, que llevamos levantados desde las cinco de la mañana para limpiar el pescado que se han comido, mucha gracia, como comprenderá, estas cosas no nos hacen. Y estamos seguros de que a la policía, a la que vamos a llamar si no nos paga la cuenta en los próximos cinco minutos, tampoco —solté del tirón.

—Voy por mi cartera —dijo el hombre, avergonzado.

—Aquí le esperamos —respondió Fernando, que se envalentonó cuando vio la situación resuelta.

Cinco minutos después salimos del hotel con el dinero de la cuenta y una risa contagiosa que no éramos capaces de parar.

En el chiringuito nos recibieron entre aplausos y silbidos, y el abuelo se quitó el viejo sombrero de paja y me hizo una reverencia.

—Tu nieta parecía una agente del FBI. Que lo dejó sin palabras, abuelo. El *jambo* no dijo ni mu —contó Fernando moviendo los brazos de forma exagerada.

—Lo que hay que estar es más pendiente de estas cosas. Ahora, cuando vengan los niños, les decimos que hay que comprobar el dinero lo antes posible, antes de que el cliente se levante, y así nos ahorramos el mal rato. Va a venir mucha gente, y nos la van a querer dar más de una y más de dos.


No nos dio tiempo a disfrutar de la hazaña. La gente comenzó a llegar y todo empezaba de nuevo. Alba estaba agotada y entré a ayudarla en un par de ocasiones para que la espera de los clientes no fuera muy larga.

—Alba, tenemos que pedir más ayuda en la cocina. No puedes estar sola con Tamo —apunté cuando vi el trabajo que tenían que sacar adelante. O me quedo yo aquí y que se apañen fuera.

—Tengo que hablar con Yeray. No podemos, tienes razón.

—Mi madre puede venir a ayudarnos, si quieres —dijo Tamo sin pensarlo dos veces—. Ella necesita trabajar.

Juanillo nos había contado que el padre de Tamo trabajaba en un mercadillo, pero que apenas tenían para cubrir los gastos de la casa. Con tres hijos más y muchas deudas acumuladas por abandonar su país con prisas, cualquier ingreso era celebrado.

—Hablaré con Yeray y le diremos a tu madre que comience mañana, pero no podremos pagarle más de un par de horas —anunció Alba.

Mi prima sabía que su hermano no se opondría. Era evidente que ese verano el turismo había aumentado y que tenían demasiado trabajo para dos personas en la cocina. Al incrementar el volumen de trabajo, aumentarían también los ingresos y podrían pagar a alguien más.

A pesar de todo lo acontecido en la primera parte del día, por la noche volveríamos a vivir un momento incómodo. El restaurante estaba lleno cuando Fernando me pidió que entrara en la cocina.

—Tengo un problema con la mesa cuatro. Me han pedido una botella de vino de las caras. Y luego le han pedido al niño otra igual. Pero en la mesa solo veo una y nadie se la ha retirado. Y no me dan buena espina, se están riendo mucho. Tienen una risilla tonta muy sospechosa —nos contó Fernando a Alba y a mí.

—La han tenido que esconder en algún lado y ahora van a decir que no se la has servido. Voy a mirar disimuladamente desde la terraza, que desde ahí puedo ver debajo de la mesa. Mientras, tú no les quites los ojos de encima.

Salí a la terraza y comprobé que no había nada en el suelo, ninguna bolsa ni caja donde esconder la botella. Observé los bolsos de las chicas y solo una llevaba un bolso grande, con capacidad para esconderla dentro.

—Ya sé dónde está —le dije a Fernando—. Cuando les des la cuenta, si te llaman para reclamarte me avisas.

A los pocos minutos, Fernando les sirvió el postre y les entregó la cuenta. Estaba tenso, sabía que no podía poner en evidencia la palabra de un cliente y que tenía todas las de perder.

—Perdone —llamó la mujer del bolso grande—. Nos han cobrado una botella de vino de más, solo hemos pedido una.

Fernando respiró hondo y me miró. Pudo leer en mis ojos que quería que defendiera los hechos tal como eran.

—Señora, hemos servido dos —aclaró Fernando fingiendo tranquilidad.

—Discúlpeme —insistió la mujer—, pero solo hemos pedido una.

—Yo les he traído una y mi compañero les ha traído otra —explicó Fernando.

—No, está equivocado. Solo ha sido una, ¿no ve que solo hay una? —precisó la mujer señalando la botella vacía.

Yo estaba colocada estratégicamente detrás de ella y con un movimiento rápido le tiré el bolso al suelo, dando un golpe seco y fuerte. El estruendo de la botella al caer se escuchó en todo el restaurante.

La mujer miró a sus compañeros desconcertada. Luego se fijó en mí, reconociendo a la autora de los hechos, y me dedicó una mirada gélida que posiblemente contenía el deseo de que padeciera todos los males del mundo.

—Ahí está la botella, señora —añadí con calma—. Como no saque pronto los cristales se le va a manchar el bolso y es una pena, porque es un bolso caro. Vale por lo menos cuarenta euros.

—Vale mil doscientos euros —añadió la mujer, muy indignada, mientras volcaba los cristales encima de la mesa.

No se atrevió a acusarme por haberle tirado el bolso al suelo. Se sabía perdedora en el momento que decidió que era más importante salvaguardarlo del daño del vino que no mostrarse como una ladrona. Pagaron las dos botellas de vino y de propina dejaron la amenaza de escribir un comentario negativo en Google y no volver nunca más.

—Estaré encantada de contestar a su mensaje, señora, y de ilustrarlo con su foto sacando los cristales del bolso —advertí con altivez.

Cuando nos sentamos a cenar y le contamos al abuelo lo ocurrido, no podía parar de reír.

—Y tenías que ver la cara de los acompañantes cuando se dieron cuenta de que les habíamos hecho una foto y que la subiríamos a las redes si hacían algo —celebró Fernando.

Estaba agotada. Incluso más que cuando me iba de excursión con los alumnos del colegio. Esa noche terminamos temprano y Yeray nos mandó a todos a casa; él se quedaría fregando el suelo y cerrando. Con la excusa de echarle una mano, aproveché para pasar un tiempo a solas con mi primo.

Yeray y yo teníamos una relación extraña. No nos explicábamos nuestros problemas, pero teníamos la certeza de que podíamos contar con el otro si hacía falta encontrar soluciones. Podía adivinar lo que pensaba de alguien si veía cómo miraba, lo que ocultaba si bajaba los ojos y lo que le preocupaba si se mordía el labio superior. Conocía sus estados de ánimo, su forma de encerrarse en sí mismo y su inconmensurable capacidad de dar.

—¿Por qué me miras así? —me preguntó cuando nos sentamos en la barra a tomar un licor de manzana sin alcohol.

—Para ver si consigo adivinar tus pensamientos. Porque compartirlos, lo que se dice compartirlos, lo haces poco.

—No hay nada que compartir, prima. Si no me da tiempo ni a pensar, con toda esta responsabilidad que tengo… Siempre hay problemas a los que darle vueltas. Y menos mal que tú me ayudas. Los echo mucho de menos…

—Yo también. Cada día de mi vida. Todos los días me levanto con la misma pena. Creía que el tiempo me iba a dar un poco de calma en esta sensación de vacío tan grande. Pero no ha sido así —confesé con tristeza—. Sigo echándola muchísimo de menos.

—El tiempo tampoco ha calmado mi culpa. Amanezco cada día maldiciéndome por todo lo que hice. Si mi padre no se hubiese ido tan cabreado, no hubiese corrido tanto y a lo mejor…

—Yeray —corté mirándolo a los ojos—. Tú no causaste el accidente. No fue tu culpa. Y ya es hora de que lo asumas. Fallaron los frenos.

—Sí, fue culpa mía. Yo tendría que haberme levantado de la cama y haber cogido las llaves del coche. Yo. Si no hubiese hablado la noche anterior con mi madre, si no le hubiese pedido que intercediera por mí ante mi padre, no se hubiese ido con él a comprar. Ella fue solo para hablar con él, Zaira. Ella nunca iba, tú lo sabes.

—Pero ella lo decidió. Tú no la obligaste a ir. Puedes pasarte diez años más culpándote por lo mismo. Puedes pasarte veinte más encerrado, si quieres, sin aceptar quién eres y lo que quieres en la vida. Pero eso no te los va a devolver, Yeray. Nada nos los devolverá.

Mi primo tenía la cabeza entre las manos. No le quedaban lágrimas que derramar ni culpas que alimentar. Y me sentía impotente por no poder proporcionarle las estrategias para superarlo.

—Tienes que ser feliz, enamorarte, tener una vida fuera de estas cuatro esquinas —puntualicé sin ninguna esperanza de que lo hiciera.

—No quiero tener una vida. Sabes lo que eso conlleva, a todo lo que tendría que renunciar, y no estoy dispuesto.

—No vas a tener que renunciar a nada, Yeray. Los que te queremos aceptaremos todas tus decisiones. Y los demás no importan. Los demás no tienen nada que opinar aquí. Es tu vida.

—¿Y qué pasa con la tuya? —cuestionó mi primo intentando salir del centro de la conversación—. Tú también deberías enamorarte, tener una pareja y ser feliz.

—Soy feliz con mis gatos y mis perros. Y dan menos problemas que una pareja —me justifiqué sonriendo.

—Tú estás más cerrada que las conchas finas cuando las trae el Boquerón. Y mira que tienes un par de candidatos muy interesantes. Porque el alcalde ese te mira con unos ojos de corderito... Siempre lo ha hecho, aunque lo has ignorado toda tu vida.

—No digas tonterías. Solo quiere limpiar su culpa.

—Sí, sí, pero le dices ven y lo deja todo. O vas a creer que el que coma con todo su equipo aquí tan a menudo es casualidad.

—No, casualidad no es. Él lo ha dicho muchas veces: apoya a los suyos. Y no se va a ir a comer a Torremolinos. Come aquí y le da trabajo a su gente.

—Ya, pero no hace falta que te recuerde cuántos chiringuitos hay en Benalmádena. Podrías al menos tenerlo en cuenta y darte una alegría en el cuerpo de vez en cuando.

—Víctor no es la persona con la que yo querría darme una alegría —contesté convencida—. Más bien es todo lo contrario.

—Sí, «consejos vendo y para mí no tengo». Me dices a mí que olvide el pasado pero tú no eres capaz de perdonarlo. Y te voy a decir una cosa, Zaira: lo que hizo no fue tan terrible. Los que no tienen perdón fueron los que te agredieron. Él no te puso la mano encima. Ya sé lo que me vas a decir, pero a veces, según cómo te pilla el cuerpo, pues haces una cosa o no haces nada porque te bloqueas. Y él se bloqueó. No es de tu familia y tampoco era tu novio, así que esa indignación que tienes está ya más que caducada.

Sonreí por la forma que Yeray tenía de expresarse. A veces era muy tosco, pero defendía sus argumentos con seguridad.

—Anda, vámonos a casa y mañana seguimos arreglando nuestro mundo —le dije, cansada.

—Vete tú, yo voy a fregar el suelo y ahora me marcho. Así le quito esto al abuelo, que si no mañana comienza con la fregona en la mano.

Miré el suelo con la certeza de que estaba limpio. Decidí regresar caminando a casa. La madrugada estaba animada por la cantidad de turistas que se negaban a dar el día por acabado.

Al doblar la esquina me di cuenta de que me había dejado las sobras para los gatos encima de la barra y decidí volverme.

Faltaban unos metros para llegar cuando vi una figura que entraba en el restaurante. Me quedé paralizada cuando descubrí que se trataba de Víctor.

No quise tropezarme con él y me marché sin poder quitarme de la cabeza qué era lo que tenía que hacer el alcalde a esa hora en Las Cuatro Esquinas.

# 8

Justo amanecía cuando Amalia marcó el número de mi abuelo y dejó descolgado el teléfono con la única intención de que su amigo escuchara todo lo que acontecía en su casa. Sus hijos habían llegado de madrugada, ebrios después de una noche de fiesta, formando jaleo y con la firme resolución de meterla en una residencia de ancianos ese mismo día. La mujer lloraba desconsolada al otro lado de la línea. Mi abuelo salió corriendo para su casa, con el propósito de ayudarla, y le pidió a Yeray que me llamara a mí para que me fuera para allá. Fernando, avisado por Alba, temiendo mi reacción, se unió a la comitiva. Todos apreciábamos mucho a Amalia.

En el ascensor del bloque de apartamentos comencé a escuchar los gritos de los hijos, que también habían perdido las formas tras perder, con la argumentación del abuelo, la razón.

—Mamá, ¿es que no lo ves? —replicó el hijo mayor a Amalia—. Estos gitanos solo quieren tu dinero, están aquí para sacarte todo lo que tengas. Mira cómo vienen todos para no perder el chollo que tienen contigo. Ya viene otra más que también come del bote. ¿Vais a venir todos a defender el frente? Os podéis ir todos a la mierda.

—¿Tú vas a acusarnos a nosotros de querer sacarle dinero a tu madre? No tienes vergüenza ninguna —increpé acercándome demasiado a él.

—Es que no quieres verlo, mamá —objetó el hijo pequeño dirigiéndose a su madre—, pero te hacen ir a almorzar al restaurante. Y qué necesidad tienes de comer en la calle todos los días. Te quedas sin sueldo y tu estómago, tu estómago te lo va a hacer pagar más pronto que tarde.

Amalia estaba callada, sentada frente a sus hijos, sin ningún tipo de expresión en el rostro. Miraba a uno y a otro como si estuviera presenciando un partido de tenis. Sabía que su testimonio no serviría para nada. Se aferraba a nuestra intervención como única solución para evitar que se la llevaran lejos de su hogar.

—Mamá —replicó de nuevo el mayor de los dos—, mira la web de la residencia: tienen piscina y un médico veinticuatro horas. Vas a estar muy bien atendida y cuidada, y vas a hacer nuevas amistades. ¡Que la mires, te digo!

Todos nos acercamos de forma instintiva a él. Si volvía a coger la cabeza de Amalia con fuerza, la cosa iba a acabar muy mal.

—En un hotel de cinco estrellas —corté indignada—. La queréis meter en un hotel de cinco estrellas. E imagino que, para pagar esa impresionante residencia, tenéis que vender esta casa.

—Eso no es asunto tuyo, lárgate ya. No pintáis nada aquí, haced el favor de quitaros de en medio o no respondo —me rebuznó el hijo pequeño, amenazante.

—Lo mismo tienes razón y solo es asunto vuestro. Como vuestra también es la obligación de llevarla al médico, de comprarle los medicamentos y de cuidarla cuando está enferma. Pero como no os da la gana ni de llamarla por teléfono durante meses, ahora no me creo que os preocupéis por ella y por su bienestar —grité con un tono agresivo.

—¿Pero tú quién mierda te crees que eres para decidir nada? —vociferó el hijo pequeño—. Mi madre irá a la residencia que nosotros decidamos y punto.

—Señores —intervino mi abuelo en tono conciliador—, aquí nadie se va a ir a ninguna residencia. Y les voy a contar el porqué. Su madre y yo nos vamos a casar en unos días. Voy a ser su marido, así que no tienen que preocuparse de nada. Yo me haré cargo de ella y tomaremos todas las decisiones juntos. Les queríamos dar una sorpresa, pero ya ven, la han fastidiado.

Todos los que estábamos en esa habitación nos quedamos sin habla. Yo no cabía en mí de asombro. Se hizo el silencio más absoluto. Y, de repente, Amalia estalló en una risa alegre, con carcajadas limpias que resonaron en toda la casa. Casi se ahoga de tanto reír. Fernando me miraba sin saber qué decir. Mi abuelo también había enmudecido, al escucharse a sí mismo diciendo ese disparate. Los dos hombres se miraron.

—¡Lo vais a pagar caro! —gritó el mayor mientras tiraba del hermano y se marchaban cerrando la puerta con un sonoro portazo.

—Abuelo...

—Calla, hija, no me digas nada, no me digas nada. Que ya he dicho yo bastante. Vámonos a casa que Amalia tiene que descansar.

Nos despedimos con un abrazo e insistimos en la recomendación de que no les abriera la puerta si volvían. Caminamos con prisas en dirección al chiringuito. Tuve que hacer un esfuerzo para alcanzar a mi abuelo y le eché el brazo por encima de los hombros.

—Abuelo, cómo no te voy a decir nada si tengo que organizar una *pedía* —me burlé, riéndome.

—Mejor organiza la boda. Llama a Víctor y ponme el manos libres.

—Ay no, abuelo, ¿es que lo piensas hacer de verdad? —pregunté, aunque conocía de antemano la respuesta.

—Soy un hombre de palabra, hija, tengo que asumir las consecuencias de mis actos. Me he comprometido y voy a cumplir.

—Abuelo —habló Fernando—, que no estamos ya para mucha noche de bodas, ¿eh? Que la edad no perdona.

Mi abuelo hizo un intento de atizarle una colleja, pero Fernando fue más rápido y lo esquivó. Cuando entramos en el restaurante, Alba, Juanillo y Yeray salieron a nuestro encuentro para que les contáramos cómo había ido la improvisada reunión, pero ninguno de los tres fuimos capaces de articular ni una sola palabra.

—¿Qué ha pasado que venís mudos? —preguntó Alba—. ¿Tan mal ha ido?

Fernando y yo, sin poder evitarlo, estallamos en carcajadas y miramos a mi abuelo para que fuera él quien contara tan impactante noticia. Pero mi abuelo estaba nervioso, no conseguía encontrar las palabras para explicar el lío en que se había metido.

—Ha sido todo algo inesperado —comenté antes de volver a reírme a carcajadas—. Tan inesperado que el abuelo tiene que anunciaros algo.

—Abuelo —dijo Yeray—, ¿qué ha pasado?

—Que me caso. En cuanto Víctor me dé hora —añadió mi abuelo y se quitó rápido de en medio para no tener que dar más explicaciones.

—Para, para. ¿Cómo que te casas? ¿Con quién te casas, abuelo? —preguntó Yeray.

—Yo quiero ser el padrino —reclamó Juanillo cogiendo al abuelo por los hombros.

—Llama a Víctor, Zaira, ahora que volvéis a trataros.

—Yo no llamo a Víctor, que ni somos amigos ni voy a saber muy bien cómo explicarle todo esto.

—Si me decís qué es lo que tengo que decirle, lo llamo yo. Tengo que hacerlo, de hecho. Anoche se pasó por aquí porque había extraviado las llaves y hoy las he encontrado debajo del mostrador —añadió Yeray.

—Sí, las guardé, yo no sabía de quién eran. Tienes que decirle que case al abuelo con Amalia lo antes posible —aclaré—. Los hijos quieren meterla en una residencia y el abuelo, para que no lo hagan... ¡Joder! ¡Mirad! —grité al ver que los hijos de Amalia cruzaban la calle, enfurecidos, en dirección al chiringuito—. ¡Juanillo, corre! Mete al abuelo en la cocina. Madre del amor hermoso, la que se va a liar. Fernando, llama a mi primo Chavi, que venga o que nos mande a alguien.

Por suerte nos dio tiempo a reaccionar. Cerramos con llave y nos quedamos dentro. Los hijos de Amalia aporrearon la puerta para que les abriéramos, pero no lo hicimos. Les habíamos obstaculizado todos sus planes y eran malas personas. Vi que Fernando comenzaba a grabar con su móvil. En el momento que intentaron abrir y se dieron cuenta de que no podían, cogieron uno de los maceteros grandes que adornaban la entrada y lo lanzaron con fuerza contra el cristal de la puerta. A pesar de ser de un vidrio de seguridad reforzado, se partió en mil pedazos que se quedaron enganchados como una tela de araña, sin llegar a caer al suelo. Volvieron a golpearlo una segunda vez, pero tampoco consiguieron que los fragmentos cayeran. Más enojado aún, uno de ellos cogió una de las mesas de la terraza y la lanzó contra el muro del paseo Marítimo. Se quebró una de las patas, que salió disparada. El otro, al ver el resultado, hizo lo mismo con otra mesa.

En el interior todos estábamos muy nerviosos. Nos costaba no salir a defender lo nuestro. Veíamos cómo estaban rompiendo todo el mobiliario de nuestra terraza y la impotencia nos reconcomía por dentro. Pero teníamos claro que, en cuanto saliéramos a la terraza, nosotros seríamos los culpables. No estábamos acostumbrados a las peleas e intentábamos evitarlas a toda costa. Mi abuelo tenía orden de no salir de la cocina, para no enojarlos más. Yo intentaba contener a Yeray, que quería salvar las pocas mesas y sillas que quedaban intactas. Contemplamos con atención cómo iban rompiendo contra el muro de piedra todo lo que encontraban. Temíamos ya que rajaran todas las colchonetas, pero llegaron mi primo Chavi y su compañero. Les costó unos minutos detenerlos, pero cuando los metieron en el coche patrulla suspiramos aliviados.

Al salir de la cocina y percatarse de todo el desastre, mi abuelo se sintió compungido. Se sentó en una mesa y se frotó la cabeza con las manos. Lo veía sufrir y la pena podía conmigo. Es algo que siempre he digerido muy mal. El sufrimiento de los míos me produce un dolor insoportable, una angustia difícil de asimilar. Y en ese momento, veía la cara de Yeray, que miraba el destrozo de la terraza. Fernando me miraba a mí, conocedor de lo que estaba sintiendo, y con un parpadeo suave me hizo saber que no estaba sola para solucionarlo.

—Válgame Dios, la que he liado —reconoció mi abuelo sin poder dejar de mirar y remirar la catástrofe que lo rodeaba.

—Abuelo —dije poniéndome de rodillas delante de él—, tú no has liado nada. Tú solo has luchado por tu amiga. Esto lo han liado esos dos energúmenos. Tenemos grabadas sus amenazas de que te quieren matar, así que espero que les caiga una buena. Luego iremos a poner una denuncia. Pero tenemos que tener cuidado, abuelo, mucho cuidado.

—¿Eso dijeron? —preguntó asombrado—. Son de mala sangre. Son igualitos a su puñetero padre, que se pasó la vida reventando a golpes a la pobre Amalia.

—Y ahora, ¿qué hacemos? —preguntó Juanillo al tiempo que contemplaba todas las sillas y mesas rotas en la arena.

—No te preocupes, Juanillo, nos tocará comprar mobiliario nuevo, pero el seguro correrá con los gastos. Ya se encargarán ellos de pasarles la factura a esos dos individuos que están forrados de pasta. Vamos a salir ganando, que este verano vamos a estrenar. —Intenté sacarle una sonrisa al pequeño de la familia.

—Pero hay que solucionar el problema que tenemos hoy —afirmó Fernando—. Yeray, dame las llaves de la furgoneta. Zaira, vámonos, que tenemos que ir a la aldea. Vamos a reunir todas las sillas que podamos. Mañana compramos otras, pero hoy tendremos que encontrar unas cuantas o perderemos la mitad de la venta. Alba, acércame las pegatinas que pones en la comida cuando la vas a congelar.

Fernando me mandó el vídeo que había grabado, yo lo reenvié a algunos de mis primos. Les pedí que lo difundieran entre la familia para que nos prestaran las sillas que pudieran.

Diez minutos después, a la puerta de todas las casas de la aldea había una pila de sillas. Me emocioné al ver cómo salían a darnos ánimos y nos ofrecían todo lo que tenían para quedarse, en la mayoría de los casos, sin ninguna para sentarse a comer. Fernando fue colocando las pegatinas en la parte de abajo de los asientos para poder devolverlas sin error al día siguiente. No tuvimos que llegar al final de la calle, en pocos minutos teníamos suficientes para toda la terraza. Eso sí, aquel día íbamos a tener un mobiliario con un popurrí de colores y formas. Fernando también estaba emocionado. Saber que, cuando te hacía falta, tu familia y tus amigos estaban ahí era una sensación maravillosa. Esa solidaridad, que forma parte de nosotros y que en momentos como ese es tan necesaria, me hacía estar orgullosa de mi gente.

Cuando regresamos, Yeray estaba hablando con la compañía de seguros, que le proporcionaba las instrucciones para proceder con los trámites. Mi primo Chavi nos llamó a media mañana para saber cómo estábamos y para recordar a Yeray que se pasara a firmar la denuncia.

Al terminar de colocar las sillas, me di cuenta de que el resultado era espectacular. Teníamos sillas de plástico, de madera y de hierro.

—Fer, me encanta cómo ha quedado. La terraza tiene un colorido muy llamativo —señalé a mi amigo.

—Sí, pero no son todas muy cómodas. Aunque nos hacen el apaño. Llama a Víctor, que por más que nos riamos el abuelo ha dado con la clave. Es la mejor solución. No es ninguna tontería lo que ha dicho. Eso podría salvar a la pobre Amalia de la locura de sus hijos. Es un tipo grande este abuelo nuestro, siempre cuidando de la gente que quiere.

—Yo también lo creo. Le va a dar seguridad a Amalia para poder vivir más tranquila. Pero me preocupa, no te lo voy a negar. Son dos bichos y no quiero que le hagan daño al abuelo. Y ellos ya se veían con el dinero de la casa en los bolsillos. Ese cambio de planes los va a cabrear una buena temporada —aclaré.

—Vamos a pedirle al juez una orden de alejamiento. Tenemos las grabaciones, y todas las vecinas de Amalia son amigas suyas. Hay una jueza joven que vive al lado y que nos puede ayudar. La conozco porque ha venido un par de veces a comer con Víctor.

—¿Tienen una historia? —pregunté con rapidez, arrepintiéndome inmediatamente de haberlo hecho.

—Imagino que algo tienen. Los dos están divorciados, son atractivos y se ríen con mucha complicidad.

No me gustó nada la sensación de vacío que se acopló en mi interior con las palabras de Fernando. Qué me importaba a mí que Víctor tuviera una pareja con la que reír o llorar.

Intentaba arrancar ese pensamiento de mi cabeza cuando él entró por la puerta con Dolo, su secretaria. Dolo y yo no nos conocíamos demasiado, pero las pocas veces que habíamos coincidido me pareció una mujer afable, cariñosa y resolutiva. Me gustaba su sonrisa franca y su cercanía en el trato.

—Hola, Zaira, ¿cómo estás? —me saludó Dolo, animosa—. Nos han contado el incidente y hemos venido a ver si necesitáis algo.

Me sorprendió el motivo de la visita, pero me agradó la atención que nos prestaban. Sabía que a mi abuelo esa muestra de preocupación y de cercanía le iba a reconfortar.

—Por favor, sentaos, que voy a llamarlo y charlamos con él.

Mi abuelo le dio un afectuoso apretón de manos a Víctor y se sentó frente a él. Yo me senté a su lado, frente a Dolo.

—Hijo —habló mi abuelo—, voy a necesitar que me cases lo antes posible. Me he enamorado y los días corren muy rápido a esta edad.

Víctor sonrió. Pensó que mi abuelo estaba bromeando, pero luego me miró a mí y se percató de que la cosa iba en serio. Le explicamos con detalle la situación.

—Será un honor. Dolo le va a decir toda la documentación que tienen que presentar. Vamos a hablar con el concejal de Seguridad Ciudadana y vamos a reforzar la vigilancia unos días por esta zona.

—Estoy intranquila con esta situación. No son los actos vandálicos lo que me preocupa. Lo que me inquieta es que han amenazado de muerte a mi abuelo y eso no me gusta —añadí yo.

—Por eso hay que actuar —aclaró Dolo—. De todas maneras, imagino que habrá un juicio rápido y que el juez impondrá una orden de alejamiento.

—Zaira, vamos a poner todos los medios que estén a nuestro alcance para aumentar la seguridad. Ahora tenemos que irnos, pero estamos en contacto. Cualquier cosa, me avisáis —rogó Víctor.

Por primera vez en muchos años bajé la guardia. Al marcharse, Víctor pasó por mi lado y me rozó levemente la mano. Sentí que una corriente me recorría todo el cuerpo y, por la expresión de su cara, hubiese jurado que sintió lo mismo. Rechacé los pensamientos que comenzaban a flotar en mi cabeza y que no quería analizar. Al salir se tropezó con Sandra en la puerta. No podía escuchar lo que hablaban, pero sí podía intuir por su forma de señalarme que lo hacían de mí.

—Chica, ¿cómo estás? —preguntó Sandra mientras me abrazaba—. Me acabo de enterar y he venido corriendo.

—Hemos pasado un mal rato. A Yeray le iba a dar algo, sin poder defender lo suyo.

—Habéis hecho bien, Zaira. Cerrando la puerta ha quedado claro quiénes son los culpables. No hay posibles interpretaciones, que siempre estarían en vuestra contra —concluyó Sandra.

—Pero es duro, ¡eh!, tener que vivir siempre poniendo por delante todo tipo de precauciones para mostrar que somos inocentes. Es difícil soportar que siempre tienes las de perder en la vida por tu color de piel.

—Y siento que esto sea lo que te ha tocado vivir. Cada uno tiene una realidad y créeme que todas tienen lo suyo. Al menos, en la tuya tienes una familia que nunca te deja sola —comentó Sandra con tristeza.

—Anda, vente a la cocina, que llevamos mucho retraso. Vamos a ayudar a Alba.

Alba y Sandra tenían una relación muy especial. Mi amiga había perdido a su madre en la adolescencia y ayudó a mi prima cuando vivió lo mismo. La acompañó en el duelo, dedicándole tiempo y consuelo, algo que Sandra no obtuvo de ningún familiar cercano. Desde aquel momento, un lazo invisible las unió y, aunque solo se veían en reuniones y fiestas, la complicidad de la que disfrutaban siempre estaba presente.

—Sandra, ¡qué alegría verte! —exclamó Alba—. Si te quedas a comer te preparo suspiro de limeña.

—Me quedo a ayudar. Con suspiro o sin suspiro, hoy va a venir medio pueblo a ver lo que ha pasado y os van a faltar manos.

—Tamo —llamó Alba—. Acércate al súper y compra tres botes grandes de leche condensada, que hoy todos vamos a suspirar. Zaira, la terraza me encanta con tantos colores. Podríamos hacer algo así ahora que hay que comprar sillas nuevas, para que quede tan llamativo.

—A ver cómo convences a Yeray, es su territorio —reí pensando en la cara que iba a poner mi primo cuando se lo dijera.

La predicción de Sandra fue acertada. Ese día tuvimos más clientes que nunca. Multitud de curiosos que vinieron para conocer la historia de primera mano. Terminamos agotados y preocupados por lo que podía acontecer. Antes de irnos, el abuelo nos pidió que nos sentáramos.

—Sé que hoy he tomado decisiones muy precipitadas, pero creo que no hay más remedio. Amalia es mi amiga y no voy a abandonarla a su suerte. Siento mucho que os haya salpicado y lo hayáis pasado tan mal.

—Abuelo —dijo Yeray—, somos una familia. Y te apoyaremos en todo lo que decidas, aunque sea una locura; que no nos vamos a engañar, lo es. Pero quiero pedirte algo. Antes de casarte con Amalia, vamos a hablar con Alicia y que te haga la separación de bienes. Legalmente, tienes parte de este chiringuito y no me gustaría que acabara en manos de los hijos de tu prometida.

—Tienes razón y pienso que lo mejor es que eso también lo arreglemos y quede todo en vuestras manos. Es lo justo.

—Abuelo —intervine yo—, ¿quieres despedida de soltero?

Todos estallaron en risas.

—Si hay mujeres ligeritas de ropa, por supuesto que sí. Solo se vive una vez.

Nos marchamos a casa de buen humor. Pero yo estaba preocupada. Sabía que esa historia nos podía traer muchos dolores de cabeza.

En aquel momento no tenía ni idea de que ese día iba a ser el segundo engranaje que nos llevaría a una situación complicada, que sacudiría nuestras vidas con la fuerza de un huracán.

A las tres de la mañana sonó mi teléfono. Me preocupó al ver el número de Víctor en la pantalla. En unos instantes, pasaron un montón de posibilidades por mi cabeza y ninguna era buena.

Pero lo que Víctor tenía que decirme no lo podría haber imaginado jamás.

—Zaira, me acaban de avisar de que ha habido una pelea y que Juanillo está detenido.

—¿Está bien? ¿Está herido? —pregunté con angustia.

—Está bien, pero tienes que ir a buscarlo.

—Vale, puedo llegar a la comisaría en cinco minutos —contesté mientras me vestía.

—Estoy en tu puerta esperándote, yo te llevo.

Y justo ahí empezó la vida a girar en nuestra contra.

# 9

El camino se me hizo eterno, aunque no fueron más de cinco minutos. El silencio espeso que nos acompañó no auguraba nada bueno. Víctor me miraba de reojo, sin saber qué decir para calmar mis nervios.

—¿Seguro que está bien? —volví a preguntar por tercera vez.

—Que sí, que lo he preguntado y no hay heridos. Solo ha sido una pelea entre jóvenes. Eso es todo.

—Víctor, Juanillo es un niño tímido que no se ha peleado con nadie en su vida. Algo muy grave ha tenido que pasar si ha acabado en comisaría por una agresión. Y me temo que tenga que ver con lo ocurrido esta mañana. Estoy segura de que alguien le acusó de algo o dio la vuelta a lo que pasó y lo hirieron en el amor propio. Pero aun así no me cuadra que Juanillo llegue a las manos con alguien.

—Estoy seguro de que te lo va a contar. Y que será algo solucionable.

Dejamos el coche estacionado en la puerta. Salí con prisas y me tropecé con el bordillo. Estuve a punto de caer. Recuperé el equilibrio y entré sin saber muy bien ni a quién ni a dónde dirigirme.

Víctor tomó la iniciativa y se acercó a un policía que estaba sentado detrás de un mostrador. Estuvimos unos minutos esperando hasta que apareció Juanillo, que corrió a abrazarme en cuanto me vio. El policía continuó hablando con Víctor, mientras yo inspeccionaba a Juanillo de arriba abajo.

—Ahora me vas a contar lo que ha pasado, te vienes a dormir a mi casa. En cuanto lleguemos, te haces una foto en el salón y se la mandas a Alba para que te crea, que estoy segura de que se va a desvelar dentro de poco y se va a dar cuenta de que no estás. Y no te quiero contar la que puede liar. Y no sé qué porras hacías a las tres de la mañana en la calle, Juanillo, cuando tienes que levantarte a las seis —le recriminé enfadada.

Víctor nos llevó a casa y ninguno de los tres dijo una sola palabra en el camino. Le pedí a mi primo que entrara y que hiciera lo que le había pedido. Me quedé a solas con Víctor con la intención de agradecerle su gesto, aunque me cuestioné su atención.

—¿Por qué me ayudas? ¿Por qué has venido a recogerme? —pregunté, extrañada.

Víctor se quedó mirando al horizonte sin decir nada, sin saber qué contestar.

—Porque es lo correcto. Y siento que contigo quiero hacer lo correcto. No lo hice aquella noche y fue uno de los peores errores de mi vida.

—No hace falta que hagas nada. Pero gracias.

—Sí que hace falta, Zaira. Y no quiero que vuelva a pasar. Entra en casa y habla con Juanillo, pero no seas muy dura. He preguntado y él no ha empezado la pelea, lo único que ha hecho ha sido defenderse.

Las palabras de Víctor me tranquilizaron. Me despedí de él reiterando mi agradecimiento.

Cuando entré, Juanillo se había quedado dormido en mi sofá. Le acomodé un cojín para que no tuviera la cabeza doblada. Estuve unos minutos mirándolo. Aún era aquel niño al que cambiaba los pañales, el que lloraba a pleno pulmón cuando me iba a casa. Lo veía dormir y me preguntaba qué lo habría llevado a comportarse así. Esa noche no iba a saberlo. Me acordé de Aurora y de todo lo que se estaba perdiendo, y me inundó una profunda tristeza. Todo sería más fácil si ella estuviera a nuestro lado.

Me metí en la cama, agotada. Estuve a punto de mandarle un mensaje a Yeray, para decirle que no acudiría por la mañana, pero me di cuenta de que ni mi abuelo ni Juanillo iban a estar en muy buenas condiciones. Atrasé una hora mi despertador y escribí a Yeray para que peinase la arena que rodeaba las hamacas. Le avisé de que Juanillo estaba en mi casa y que lo despertaría un poco más tarde de lo habitual.

Fui muy optimista al pensar que iba a poder dormir. Pero no fue así. Giraba en la cama sin parar de darle vueltas a todo lo acontecido en el día. Estaba segura de que mi abuelo tampoco había pegado ojo, que estaría preocupado por los destrozos y las posibles consecuencias de sus actos.

No había podido hablar con Juanillo y me intrigaba lo que habría pasado para que acabara involucrado en una pelea. Sin saber cómo me vino a la cabeza el novio de mi prima. Me di cuenta de que Bernardo no había aparecido por el restaurante. Y de que Alba tenía los ojos hinchados, probablemente de llorar. Todo apuntaba a que habían tenido una de sus riñas. Desde que comenzaron a salir, ese tipo de distanciamientos eran frecuentes. Se peleaban por alguna razón que Alba no alcanzaba a entender y él rompía la relación. Desaparecía durante un par de semanas, que aprovechaba para ir de juerga en juerga recorriendo todas las discotecas de la zona. Y no regresaban hasta que Alba insistía entre lágrimas y con argumentos lastimosos, que le evidenciaban que no podía vivir sin él. A mí, esas semanas me daban la esperanza de que él conociera a otra chica que tuviera más dinero y más atractivo para él. Pero eso nunca ocurría. Alba le solucionaba la vida. Le preparaba fiambreras para almorzar y cenar cada día; incluso cuando estaban enfadados se las dejaba en la puerta de su casa. Le envolvía cuidadosamente el pan para desayunar y merendar al día siguiente. Sin contar que Alba era una chica preciosa, con un tipazo que hacía suspirar a más de uno cuando paseaba por la calle. Y si a eso le añadías la barra libre que tenía en el bar y la cantidad de tiempo para hacer su vida, Bernardo tenía un auténtico chollo en esa relación que no apreciaba.

Yo no era la única que sospechaba que Bernardo se aprovechaba de Alba y que la manipulaba a su antojo. El abuelo y Yeray habían sufrido varias semanas antes un episodio que nunca olvidarían. Alba se empeñó en que se vendieran quesos en el restaurante, un negocio redondo que Bernardo impuso a través de su novia y que no hubo forma de parar. Eran unos quesos caros, que supusieron para mi familia un desembolso sin precedentes. Y los quesos no habían tenido buena salida, como todos esperábamos; estaban allí expuestos, colocados en las estanterías junto a las bebidas. De los cincuenta quesos que se adquirieron se habían vendido solo los cinco que tenían el precio más bajo. El resto, con un precio elevado, miraban desde las baldas de madera a los comensales cada día. Había uno, de corteza gruesa y sabor recio, con una curación que prometía un deleite para los sentidos, que tenía el precio exorbitante de cien euros. En la pugna de Alba por adquirir los quesos y del resto de la familia por no hacerlo, nos topamos con un muro infranqueable. Alba argumentó que, si no se vendían enteros, lo haríamos en raciones en el restaurante. No hubo manera de convencerla de lo contrario. Y con la firme amenaza de que si los quesos no entraban ella salía de la cocina y de la vida del bar, mi primo Yeray cedió, conociendo de primera mano que lo único que había conseguido con esa compra era engrosar considerablemente el bolsillo de su cuñado con la generosa comisión que se habría embolsado.

Desde ese momento fuimos conscientes de la vulnerabilidad de Alba, de lo frágil que era en manos de un hombre que iba a sacar provecho de todo lo que pudiera. Y mi abuelo también se había dado cuenta, aunque no había hecho ningún comentario al respecto. Podía ver cómo observaba en la distancia al novio de su nieta, sin realizar juicios de valor pero sin perderlo de vista. Por el contrario, Yeray sí me confesó que le preocupaba mucho Alba y las decisiones que estaba tomando. Quería a su hermana por encima de todo y sabía que nunca podría vivir enfadado con ella, pero entendía que con Bernardo a su lado su relación nunca sería la misma. Ese pensamiento no me dejó dormir ni un solo minuto.

Desperté a Juanillo con la firme intención de hablar con él antes de que nos fuéramos a trabajar. Pero me encontré con una actitud esquiva que no fui capaz de derribar. Cometí el error de justificarlo por la vergüenza que debía cargar y me aferré al argumento que me había transmitido Víctor la noche anterior. Me acercaría a las hamacas después de comer y hablaría con él.

Llegamos tarde a trabajar y fue una mañana rara, marcada por el ánimo compungido del resto de mi familia. Fernando había ido a devolver las sillas a la aldea, mi abuelo estaba sentado tomando el segundo café del día y Alba ya trajinaba en la cocina. Yeray hablaba por teléfono, dando indicaciones a la empresa que nos traería las sillas para que encontraran el camino correcto.

Empujada por los pensamientos nocturnos sobre Alba, aproveché para entrar en la cocina y hablar con ella. Me sorprendió su aspecto demacrado y me temí lo peor.

—Alba, tienes muy mala cara. ¿Qué te pasa?

—No he podido dormir. Lo del abuelo me tiene muy preocupada —contestó mi prima.

—Pero te pasa algo más. ¿Estás bien con Bernardo? Lleva tiempo sin pasarse por aquí, lo que quiere decir que otra vez estáis peleados.

—No, es que tiene mucho trabajo y hace mucho calor para salir de casa —justificó, poco convincente.

—Mírame —le pedí cogiéndole la cara—. Sabes que lo único que quiero es que seas feliz. Y que Bernardo me puede gustar más o menos, pero, si te hace feliz, me lo como con papas y brindo con él. Pero no te veo bien, Alba, y desde hace mucho tiempo.

—Es que no es fácil tener una relación cuando trabajas catorce horas al día. Y encima yo soy muy celosa. No lo pongo muy fácil que digamos.

—Claro, es tu culpa, la relación no va bien por ti. Entonces no tienes de qué preocuparte: cambia las cosas que necesites y listo —añadí intentando que el sarcasmo con que cargaba cada una de mis palabras no fuera muy transparente.

—No es tan fácil, Zaira, cada vez que lo veo en una foto con una chica o le escribe a alguna en las redes sociales se me llevan los demonios.

—Alba, eso es inseguridad. Los celos vienen de ahí —dije intentando abrir alguna puerta que me dejara entrar—. Si confías en él, no tienes por qué sentir esos celos.

—Ese es el problema, que desde que me hizo lo que me hizo no confío en él.

—Eso lo hablamos en su momento. Sabías que, si le perdonabas la infidelidad, lo que te quedaba por vivir con él iba a estar marcado por la sombra de que podría hacerlo de nuevo. Y no es que te la pegara una noche. Alba, tuvo una relación paralela con otra persona durante semanas. —Enseguida me arrepentí de haber recordado esa parte.

—Pero él ha cambiado desde entonces, está mucho más atento y más pendiente de mí.

—¿Y eso borra los miedos? ¿Eso borra el pasado?

—No, no borra nada. Pero quiero estar con él. No puedo vivir sin él. Es el hombre de mi vida y quiero tener una familia a su lado. Es mi decisión y tienes que respetarla.

Cuando escuché esos argumentos se me cayó el alma a los pies.

—¿Y qué me dices del moratón de ayer? —Me salió un tono de voz más airado—. No me creí que te lo hicieras con ningún mueble.

—Eso fue una tontería, sabes que me salen cardenales en cuanto me doy un golpecillo de nada. Me cogió del brazo en una discusión para que no me saliera del coche en plena noche.

Estaba enfadada y me quería bajar; fue para protegerme, para que no acabara en la autovía sola.

—Alba, no voy a decirte lo que tienes que hacer. Pero te pasas la vida llorando, con los ojos hinchados. La persona que te quiera te tiene que hacer feliz, no desgraciada. Esto que tenéis no es amor.

—Claro que lo es, tata, solo que yo soy una mujer muy difícil y lo hago todo muy complicado. Tengo que aprender a no tomarme las cosas tan a pecho y no discutir tanto por todo.

Supe inmediatamente que mi prima se estaba creyendo todos los argumentos que Bernardo le grababa a fuego en su persona. Y me dolió tanto que tuve que salir de la cocina. Necesitaba respirar aire fresco y templarme para no decir algo de lo que sin duda me arrepentiría. Recordé los consejos de Fernando e inspiré hondo.

Al salir me di cuenta de que Sandra y Víctor estaban sentados en una mesa del fondo del salón. Me sentía muy alterada para tener una conversación con ellos. Los saludé con la mano, en un intento de no acercarme, pero me hicieron señas que no pude obviar.

—Hemos quedado para tomar unas decisiones urgentes —explicó Sandra—, pero, ya que estamos los tres, podemos empezar a abordar lo tuyo, si tienes tiempo de acompañarnos.

—Claro —dije animada—. Dadme un segundo para que coja la libreta.

Cuando me senté, Sandra comenzó a exponer sus impresiones sobre las necesidades de la aldea. Víctor estaba callado. Escuchaba atento lo que Sandra exponía y observaba de reojo mis gestos.

—He estado mirando y el porcentaje de desempleados en la aldea no consta en las estadísticas como elevado, porque ni tan siquiera están inscritos como demandantes de empleo. Por ahí tendríamos que empezar —concluyó Sandra.

—Yo he estado mirando los informes de la Junta sobre las profesiones más demandadas en la zona y traigo un listado. Me parece que las escuelas taller podrían ser una buena opción, no sé qué pensáis. Tendríamos que acordar qué formación consideramos más conveniente y ofertarla. No hay que decidirlo ahora, he traído una copia para cada una.

»Por otra parte, vamos a formar una comisión de absentismo escolar. La comisión va a estar formada por representantes de todos los centros educativos, Asuntos Sociales, la Fiscalía y la administración pública. Me gustaría que Sandra y tú participarais también en la creación de los protocolos a seguir. Existen algunos, pero están muy desfasados, hay que actualizarlos —añadió.

Estaba gratamente sorprendida. Víctor había trabajado con su equipo en las dos ideas que le había planteado. Me alegró mucho ver un poco de luz en dos problemas que me preocupaban, y también me reconfortó su interés.

—Por cierto, Zaira: antes de irme, Dolo me ha dado esto para tu abuelo. Es la documentación que necesitan para la boda. En cuanto la tengáis se la entregáis.

Se marchó de forma apresurada, seguramente porque llegaba tarde a algún compromiso posterior. Mi amiga me miró sonriendo. Tenía esa mirada pícara que utilizaba cuando iba a hablar de relaciones.

—Amiga mía, no te quiero decir nada, pero la tensión sexual entre vosotros dos se puede cortar con un cuchillo —bromeó Sandra—. Esto acaba en posición horizontal, te lo digo yo. Ahora te voy a decir una cosa: este no se lanza a no ser que lo tenga claro como el agua. Y tú, con ese carácter que te gastas, no se lo vas a poner fácil. No veo el momento de que esto explote por algún lado. ¿Y cómo lo vais a hacer?, pues no lo sé, lo mismo hasta me toca hacer de celestina.

—¡Sandra! —la regañé—. No te montes películas que solo estamos trabajando juntos.

—Sí, claro, y por eso te mira con esa cara de admiración. Niña, si es que ni parpadea. Que llevo trabajando con él muchos años y nunca lo he visto mirar así a nadie, hazme caso.

—En vez de inventar una historia romántica, dale vueltas a lo que nos ha dicho, a ver cuál es la formación que nos viene mejor.

—Zaira, no puedes perder esta oportunidad. Que no puedes cometer dos veces el mismo error. Está claro que la primera vez tuviste motivos para dejarlo escapar. Pero esta vez no. Esta vez es el momento perfecto: los dos estáis libres y tenéis esa química tan bonita que está diciendo «¡quítame la ropa!».

No pude evitar reírme de la forma tan teatral con que Sandra decía lo que pensaba. Nos interrumpió la llegada de las sillas y las mesas nuevas. Alba había ganado la partida y el colorido que comenzaba a bajar del camión me hizo sonreír. Sandra se despidió tras ayudar a descargar todas las piezas.

En cuanto terminó el turno de comidas, salí a buscar a Juanillo. Estaba hablando con una chica con la que tenía complicidad. Vi que Tamo iba hacia ellos, pero, cuando se dio cuenta de que mi primo estaba acompañado, le cambió la cara y se dio la vuelta. La decepción que advertí en su rostro me dibujó un triángulo amoroso. Era una niña encantadora, a la que todos comenzábamos a coger cariño. Alba comentaba que se trataba de una mujer de cuarenta años encerrada en un cuerpo de diecisiete. Su madurez y su forma de expresarse eran indicativos de una vida complicada, de haber vivido experiencias que la habían obligado a crecer antes de tiempo.

La vi esconderse en un pequeño recoveco que quedaba entre la terraza y los baños. Desde ahí podía observar a sus amigos. Dudé si acercarme o si lo mejor era dejarla sola.

Justo en el rincón donde se escondía Tamo, tuve un encuentro con Víctor el día antes de que la vida nos separara. Sonreí al evocar aquel recuerdo que había estado escondido durante años en mi memoria. Rememoré con ternura aquella madrugada. Mis amigas habían planificado una barbacoa para celebrar un cumpleaños. Siempre lo hacían frente al chiringuito, por la comodidad de tener acceso a todo aquello que se nos olvidaba. Normalmente era hielo, un cuchillo para partir el pan o servilletas de papel.

Solíamos pasar toda la noche en la playa, sin parar de comer y beber. Aquella noche, justo al lado nuestro, había otra celebración: un amigo de Víctor se marchaba a otro país y estaban despidiéndolo. Nunca nos llegamos a fusionar, pero fue inevitable que algunos chicos se acercaran a nosotras y que entablaran conversación. Víctor había pasado toda la noche mirándome en la distancia, como llevaba meses haciendo, aunque no habíamos mantenido mucho más que unas cuantas charlas en grupo. Casi rozando el amanecer mis amigas decidieron tirarme al agua, y salí huyendo para salvarme. Me escondí en el pequeño almacén contiguo al chiringuito, aguantando la risa mientras escuchaba cómo me buscaban. De repente, se abrió la puerta y me sobresalté al ver entrar a Víctor. Me puso con suavidad el dedo en los labios para pedirme silencio.

—Tienes que dejar que me esconda aquí —me dijo susurrándome al oído—. Quieren tirarme al agua y esta mañana saqué cinco medusas. Si me dejas esconderme, me salvas la vida.

Sonreí y asentí. Escuchábamos a nuestros amigos reír mientras nos buscaban. Alguien hizo el intento de abrir la puerta, pero yo tiré con fuerza para que diera la impresión de que estaba cerrada con llave. Con aquel movimiento me coloqué demasiado cerca de Víctor. Uno frente al otro, no podíamos movernos sin rozarnos. El espacio era demasiado pequeño. Nos miramos y, sin que ninguno de los dos diera el primer paso, nuestras bocas se encontraron. Fue un beso largo, suave, con el que nuestros cuerpos fueron acercándose. Sus dedos se enredaron en mi pelo y sentí que me temblaban las piernas. Nos miramos y su sonrisa franca se presentó como el mejor de los escenarios posibles. Continuamos besándonos mientras las caricias nos envolvían, hasta que los dos supimos que no íbamos a parar. Quería recorrer cada centímetro de su piel con la misma intensidad que quería que él recorriera la mía. Susurraba mi nombre y sentía que cada célula de mi cuerpo vibraba con una intensidad desconocida. Me sorprendía mi propia excitación, que disfrutaba de la suya como si siempre hubiesen jugado juntas.

De repente paró, me miró a los ojos y me preguntó si quería seguir, si estaba segura. No me dio tiempo a contestar a su pregunta. La puerta se abrió de golpe y los dos fuimos llevados en volandas al agua.

Nuestras ganas se ahogaron en el mar, entre las risas de nuestros amigos, que nunca supieron lo que habían interrumpido. No imaginaron que aquella noche Víctor y yo comenzamos algo que se cortaría de cuajo al día siguiente, cuando mis ojos le pidieron ayuda y no encontré la misma mirada que me había acariciado la noche anterior.

Cuando supe que estaba sola y que nunca podría estar a su lado.

Ahora, mirando aquel rincón donde se resguardaba Tamo, me daba cuenta de que nada había cambiado.

Seguía estando sola.

# 10

Solo habían pasado dos semanas desde que entregaron la documentación necesaria en el ayuntamiento. Víctor lo preparó todo para que mi abuelo y Amalia se casaran en el castillo El Bil-Bil, un sitio precioso muy cercano al chiringuito. Fue construido en los años treinta del siglo pasado como residencia de verano de una familia adinerada, pasó por varios dueños y en los años ochenta el Ayuntamiento lo rescató de su lamentable estado para convertirlo en un centro cultural multifunción. Allí se atendía a los turistas, se exponían obras de arte y se celebraban bodas civiles.

Como todo había sido tan precipitado, no nos quedó mucho tiempo para los preparativos. Y tampoco es que pudiéramos cerrar un solo día el chiringuito. Perderíamos la caja y a esas alturas del verano eso era impensable.

—Os lo voy a dejar muy clarito —dijo mi abuelo en la hora de la comida—. De esto no se tiene que enterar nadie. No quiero filtraciones a la prensa ni a la familia, que pueden liar la de Cristo.

—Abuelo, te vas a perder los regalos. Por lo menos díselo a los más pudientes —bromeé mientras me comía un boquerón al limón.

—Zaira, que nos conocemos. Que bastante tengo ya con que esta locura os salpique a vosotros. Tú, *callaíta*. Eso sí, a mi boda venís todos como Dios manda. No quiero ver a nadie con ropa del trabajo, que para eso nos vamos a casar a las nueve de la mañana.

—Abuelo, pero ¿tú después de la boda sigues viviendo con nosotros? —preguntó Juanillo.

—Bueno... eso ya lo veremos en su momento —rehuyó el abuelo.

Todos dejamos de comer en el mismo instante. Esa información nos dejó boquiabiertos.

—¿Cómo? —preguntó Fernando—. Pero yo creía que todo esto era un paripé para que los hijos de Amalia la dejaran tranquila. Abuelo, que te estás enredando tú solo.

—A ver, he pensado en quedarme allí unos días. Por si aparecen los dos fieras. Como les voy a mandar la foto de la boda, no quiero que vayan a buscar a Amalia y la encuentren sola.

—No puedes hacernos esto —afirmó Juanillo—. Te necesitamos con nosotros, abuelo. ¿Quién va a sacar la basura? ¿Quién va a quitar mis calcetines sucios del salón?

Mi abuelo tiró un trozo de pan que Juanillo esquivó con facilidad.

—Voy a subir a casa de Amalia ahora, a preguntarle cómo quiere el ramo de novia —conté, divertida—. Me dijo ayer que ya tenía un vestido.

Mi abuelo se frotó la cabeza, nervioso ante mi última frase.

—¿Qué pasa, abuelo? ¿No tiene vestido? —preguntó Alba.

—Sí, hija, sí que tiene —confirmó mi abuelo sin ofrecer más información.

—Entonces ¿qué es lo que pasa? —pregunté sabiendo que algo se callaba.

—Puñeta, que es el vestido de novia más feo que he visto en mi vida.

—No seas tan exagerado, anda —pedí, sonriendo—. Seguro que no está tan mal.

—Zaira, créeme que lo es. Se lo ha comprado la vecina por internet. Y le ha comprado un vestido de novia, pero de disfraces.

—Qué bruto eres, abuelo —añadió Alba—. Tú no entiendes de moda, seguro que a ti te parece feo pero no lo es.

—¿Qué vecina se lo ha comprado? ¿La de la puerta de al lado? —pregunté extrañada.

—Esa misma —confirmó mi abuelo—. Yo pienso que lo que ha pasado es que, como ellas no ven bien, buscaron con el micrófono de Google «vestidos de novia *low cost* años sesenta» y el Google ese ha entendido «vestidos de novia locos sesenta». Y ese se ha comprado. Pero es un disfraz. Que no es un vestido de verdad.

Todos rompimos a reír sin poder parar. Mi abuelo se enfadó al ver nuestras carcajadas, hasta que se contagió.

—Pues nada, abuelo —dije yo sin poder aguantar la risa—. Si la novia ha marcado el estilo de la boda, por ahí que vamos los demás. Si ella tiene el vestido de novia hippy, pues todos la acompañamos y nos arreglamos para la ocasión.

Sacamos los móviles y empezamos a buscar disfraces que nos pudieran servir. Mi abuelo no daba crédito. Se sabía perdedor, conocía que nos encantaba disfrazarnos y no nos podía reprochar nada: lo habíamos heredado de él. Si había alguien en este mundo que disfrutara entre ropajes y pelucas, ese era mi abuelo.

En menos de media hora habíamos encontrado el traje perfecto para cada uno de nosotros. Y cuando le enseñamos las opciones del novio no aprobó ninguna.

—Estáis locos si pensáis que voy a ir con esas pintas. Ese pantalón de las campanas abajo me gusta, mira a ver si lo hay en blanco. Esa peluca no, que tiene poco pelo. Ya que me pongo peluca, quiero que sea frondosa.

—Fer, este traje es perfecto para ti —dijo Alba mostrando un traje con un estampado de bolígrafos que no podía ser más feo.

Fernando fue hacia ella y le cogió la cabeza por detrás, le dio un beso tierno y la abrazó por el cuello. Ella se dejó mimar y le puso la cabeza en el hombro. Me di cuenta de la buena pareja que hacían. No sé cómo había estado tan ciega y no me había dado cuenta antes de lo que Fernando sentía por Alba.

Pasamos un rato riendo mientras mirábamos en internet los complementos. Mi abuelo estaba espantado de ver todo lo que echamos a la cesta de la compra de la tienda online.

—Deberíamos avisar a Víctor, o le va a dar un patatús cuando nos vea llegar a todos disfrazados —dijo Alba.

Debatimos unos minutos y estuvimos de acuerdo en que no se lo diríamos.

—Qué le vamos a contar, cuando nos vea se va a partir de la risa. Además, luego se va a venir a desayunar con nosotros. Vamos a comprarle un disfraz, que me consta que le encantan estas cosas —añadí.

—Preparemos algo especial. Ya que no podemos hacer un banquete, para no perder el día, sí que podríamos barruntar un desayuno por todo lo alto —compartió Alba.

—Yo te ayudo. Si queréis, hacemos un par de tartas y pedimos unos churros. Podemos encargar unos bollos en la panadería y hacemos unos bocadillos, para que haya variedad salada.

—Abuelo, ¿estás seguro de que no quieres que venga nadie más de la familia? Mira que mi madre, cuando se entere de que te has casado y que no la has avisado, no te quiero contar... —le advertí convencida de que se iba a enfadar.

—No seas pesada, tu madre no tiene que venir desde Granada para este teatro.

—Estoy de acuerdo con Zaira —declaró Yeray—. Si se lo dijéramos a toda la familia, se quedarían después a comer en el chiringuito y haríamos la caja más cuantiosa del verano. Abuelo, piénsatelo, que la familia es muy grande.

—Y dale la burra al trigo. Que no. Y el que me lo vuelva a decir tampoco viene. Es mi boda y son mis condiciones —sentenció el abuelo.

Seguimos pinchándolo un rato más hasta que comenzó a agobiarse y se escabulló para perderse en su barca. Alba y yo aprovechamos los minutos que teníamos libres antes de la cena para visitar a la novia y preguntarle por el ramo. Cuando nos enseñó su vestido, nos dimos cuenta de que el abuelo no se había equivocado. Era horroroso. Ni Alba ni yo sabíamos qué decir.

—No me digáis que no es espectacular —dijo Amalia—. Pero esperad a que me lo pruebe, que es como queda bonito.

Se metió en su habitación con el vestido en la mano.

—No puedo, Alba, tenemos que decirle algo. Porque cuando nos vea aparecer a todos disfrazados, vete tú a saber lo que va a pensar la mujer.

—Ay, Zaira, ¿y cómo se lo decimos?

Cuando Amalia salió vestida de novia estaba preciosa; con el horrendo vestido el mejor complemento era su sonrisa. Alba y yo la miramos sin saber qué decir.

—Teníais que haber visto la cara de vuestro abuelo. Era muy parecida a la vuestra. El pobre no ha podido disimularlo. Que sí, que lo sé, que nos hemos equivocado al pedirlo por el internet. Pero que, oye, no está tan mal, que cuando me lo puse me sentí hasta guapa y decidí tirar para adelante.

Alba y yo suspiramos aliviadas. Sobre todo porque así podríamos mejorarlo un poco.

—Quizá deberíamos coser un poco aquí —informé señalando la abertura del vestido que enseñaría las bragas de la novia si no la cerrábamos.

—Sí, pero yo ya no soy capaz de enhebrar la aguja. Si me podéis ayudar os lo agradecería. También me gustaría hablar con vosotras. Sentaos aquí un momento.

Nos sentamos en el viejo sofá de Amalia. Alba tenía otra alegría en la cara, así que supuse que algo tendría que ver Bernardo en ese cambio de estado de ánimo.

—Sé que vuestro abuelo hace esto con la mejor intención del mundo y que no busca absolutamente nada de mí. De hecho, vino el otro día esa prima vuestra tan mona para que firmáramos la separación de bienes. Pero no puedo permitir que esta casa acabe en manos de mis hijos, no se lo merecen. Y mira que os lo estoy diciendo y me está doliendo el alma, porque los he parido yo. Pero tienen la sangre de mi marido, que era peor que un dolor. Y han heredado su falta de sentimientos. Por eso, niñas, quiero dejarle a vuestro abuelo esta casa, y el poco dinero que tengo ahorrado a vosotros. Tengo escondida la mitad del dinero en un sitio y la otra mitad en otro. Os lo voy a enseñar por si un día me pasa algo.

—Amalia, no creo que nosotras debamos...

—Calla, Zaira, y escúchame. Todo lo que tenga en el banco será para mis hijos, y no quiero que cojan ni un duro. No es que sea una mala madre, es que no se han preocupado lo más mínimo por mí. Todo lo contrario, no me han dado más que irritaciones. Vosotros sí que os preocupáis. Tu abuelo me trae la cena todas las noches con el mismo cariño con el que almuerza conmigo. Voy al médico porque vosotros me lleváis.

—Es un placer para nosotras, Amalia —añadió Alba—. Sabe que es como de la familia.

—Ahora sí que vamos a ser familia —respondió Amalia riendo—. Y por eso quiero que lo poco que tengo lo disfrutéis los que os lo merecéis. Haced caso a esta abuela que os ha tocado en suerte y venid conmigo.

La seguimos al dormitorio y sacó de un mueble unas zapatillas de estar por casa. Metió la mano en el interior y extrajo un fajo sorprendente de billetes.

—Aquí hay una parte y en las botas negras está el resto. Si algún día me ocurre algo, quiero que salgáis corriendo y lo cojáis. Si no lo hacéis me presentaré en espíritu cuando sea de noche —amenazó Amalia.

—No nos diga eso, Amalia, por Dios —rogó Alba—. Con lo miedica que soy. Se lo agradecemos mucho, pero no creemos que nosotras merezcamos esto. Estoy segura de que tendrá nietos y sobrinos a quienes dejárselo.

—Zaira, una parte es para tus colonias de gatos. Sé que cuidas de muchos gatos callejeros y que pagas de tu bolsillo las castraciones y la comida. Pues lo que hay en la zapatilla es para ti. Alba, tú puedes quedarte con la otra parte, y la repartes con Yeray y con Juanillo, que ahí hay tres veces más. El piso lo voy a poner a nombre de vuestro abuelo en cuanto seamos marido y mujer, y no se hable más.

»Y ahora cóseme el vestido, que tendréis mucho trabajo en el chiringuito. Zaira, quizá podrías decirle a esa chiquilla tan apañada de la aldea que maquilla a novias que venga y me pueda poner un poco de color en esta cara.

—Claro que sí —confirmé—. Mi prima Coral estará encantada de venir a maquillarla. Además, es muy buena guardando secretos. Seguro que no se lo cuenta a nadie.

Amalia se levantó para despedirnos apenas le arreglamos el vestido. Alba y yo guardamos silencio hasta el ascensor.

—Tata, qué pena me da que esta mujer tenga que dejar su dinero a extraños teniendo familia. No puedo entender cómo no la quieren, si es un amor de persona.

—No somos extraños, Alba. A veces la familia que te toca no es lo buena que debería ser, pero la vida te pone delante a amigos que suplen esa carencia. Y tu abuelo es una persona maravillosa que le ha ofrecido a esta mujer una última etapa que va a disfrutar con los cinco sentidos. Y ya te digo yo que el abuelo ya no sale de la casa de Amalia. Lo conozco y, cuando vea que es útil y que la hace feliz, no la deja sola. Además, yo creo que en el fondo está enamorado de Amalia.

—Nosotros lo hemos hablado muchas veces en casa —me confirmó Alba—, que cuando más feliz está es el rato que pasa sentado con ella comiendo. Amalia es más joven que el abuelo y muy guapa, es normal que se sienta atraído por ella.

—Verás que al final van a tener noche de bodas, niña, y el abuelo se nos va a quedar *baldao* para poner las sardinas —dije muerta de la risa—. ¿Y si les compramos como regalo de bodas unas cuantas noches de hotel en Marbella, en uno que tenga pensión completa, con baile y fiesta todo el día? Estoy segura de que los recién casados se lo pasarían pipa.

—Me parece una idea genial. Pero antes de decirle nada tenemos que buscar un espetero para que no pueda negarse. Y creo que ya sé de alguien. Paco, el padre de Mara, ha sido espetero y seguro que nos echa una mano. Tiene mercadillo en agosto, pero Mara estará vacaciones y puede sustituirlo. Los llamo después. Le tienen mucho cariño al abuelo, seguro que acepta.

Llegamos al chiringuito animadas por la idea de que la boda, que comenzó siendo un mero trámite, estaba ilusionando a toda la familia.

En los días previos a la ceremonia, los preparativos con un cachondeo sin precedentes pusieron de los nervios a mi abuelo. Cuando le probamos el traje acabó tirado por el suelo de la risa. Era el traje de novio más feo que había visto en su vida. Y como no podía parar de reír, no podíamos levantarlo. Entre Fernando y Yeray intentaron auparlo varias veces, pero la risa se les contagió a ellos también y estuvieron un rato llorando en el suelo los tres. Tuvimos que cortar las mangas, a tijeretazos, porque los quince minutos exactos que pasó entre carcajadas le dejaron claro que la mala calidad de la tela proporcionaba un calor insoportable. Fernando y Yeray se habían comprado unas pelucas de los años sesenta que les hacían reír cada vez que se miraban el uno al otro. Juanillo los observaba y sentenciaba que tenía una familia que estaba completamente loca.


No vi a Víctor hasta el día de la boda. Cuando llegamos, él ya estaba allí esperándonos. Llegábamos tarde, nos habíamos entretenido decorando el portal de Amalia con flores frescas.

Víctor me miró extrañado. No acababa de entender mi maquillaje tan colorido ni mi pelo lleno de florecitas. Cuando vio a Yeray y a Fernando, pensé que no podría oficiar la boda. Intentaba ponerse serio y meterse en su papel, pero los movimientos de Fernando y de Yeray con sus pelucas no se lo permitían. El remate final llegó, sin embargo, con la aparición de mi abuelo disfrazado y de Amalia con un vestido de novia tan sexy. Víctor estalló en carcajadas.

—Si me lo llegáis a avisar hubiese venido preparado —nos regañó cuando todos estuvimos dentro del castillo.

Sin mediar palabra, le lancé el disfraz que le habíamos comprado. Con curiosidad abrió la bolsa y sacó su contenido.

—¿De quién ha sido la idea? —preguntó, divertido.

—De Zaira —informó Juanillo—. Dijo que era el disfraz perfecto para ti.

Víctor sacó de la bolsa un chaleco de flores grandes y un pantalón de campana con el mismo estampado. No dudó en ponérselo encima de su propia ropa. Yo no podía parar de reír cuando vi que se colocaba la cinta del pelo, que se pasó por la frente y amarró en el cogote.

Alba y Juanillo fueron la madrina y el padrino. Yeray y yo, los testigos. Y Fernando se encargó de portar los anillos y las arras.

La ceremonia fue muy corta pero bonita. Además de leer los artículos correspondientes y dar los consentimientos pertinentes, Víctor tuvo unas bellas palabras para los novios:

—Para finalizar, y antes de que firmemos vuestra acta matrimonial, quisiera daros un pequeño consejo: disfrutad del amor en los grandes acontecimientos, como el día de hoy, pero también en las cosas más pequeñas y simples. En los «buenos días» regalados al amanecer, en ese saber que estáis ahí para ayudaros mutuamente. En las cenas al aire libre, en la complicidad que os hace reír a carcajadas. En el compartir ese plato metiendo ambas cucharas. En las miradas que dicen mucho más que las palabras. En los abrazos que se acompañan con un «te quiero» y enternecen el alma.

»Y ahora sí que tengo el honor de ser el primero en felicitaros y desearos lo mejor —concluyó.

Me emocioné y me pregunté si ese era el concepto que Víctor tenía del amor.

Mi abuelo, sin escuchar el «puede besar a la novia», cogió a Amalia y le plantó un beso en los labios que escandalizó a la buena mujer y nos hizo reír a todos.

Firmamos en el acta matrimonial, felicitamos a los novios y con buen humor nos marchamos al restaurante a desayunar.

Regresamos a pie, llamando la atención de los viandantes. Los extranjeros nos grababan con sus móviles como si fuéramos una atracción turística más. Mis primos posaban de forma divertida para las cámaras que se llevaban una imagen pintoresca de las vacaciones como recuerdo.

El chiringuito estaba preparado para la ocasión, con guirnaldas blancas y lazos de raso que adornaban las ventanas. Alba y yo lo habíamos preparado de madrugada, con esa complicidad que tanto me recordaba a la que tenía con su madre. Nos sentamos en las mesas engalanadas con paños de hilo y servilletas a juego, con la cristalería de las grandes ocasiones y flores frescas en el centro, en un jarrón de porcelana. Yeray y Fernando tomaron nota de los cafés y zumos y nos sentamos a desayunar. Dolo y Tamo, que nos acompañaban bajo la promesa de que no subirían ninguna fotografía a las redes sociales, disfrutaban alegres de la celebración.

Víctor se sentó frente a mí, lo que me resultó bastante incómodo. Podía observarlo mientras hablaba con los demás, pero era consciente de mi mirada. En esa cercanía me pregunté qué habría sido de nuestras vidas si no hubiese ocurrido aquello. O si nuestros amigos no nos hubieran interrumpido y hubiésemos llegado hasta el final. Nos faltó una conversación, una muestra de cariño, una sonrisa más que abriera un mundo de posibilidades. O quizá lo único que nos sobraron fueron aquellas casualidades que nos alejaron, que despojaron a nuestro destino de la oportunidad de acercarnos.

Alguien puso música romántica y los novios salieron a bailar. Amalia parecía haber rejuvenecido diez años en unas horas. Coral había hecho un trabajo espectacular con su maquillaje, aunque sabía que la felicidad que se reflejaba en su cara era su mayor atractivo.

Fernando sacó a bailar a Alba, que aceptó encantada. Juanillo se lo pidió a Tamo y Yeray corrió a por Dolo. A Víctor solo le quedó una opción, y supe que no tenía salida.

Me ofreció su mano y estuve a punto de negarme, pero, adivinando mi titubeo, con un suave pero firme tirón me acercó, puso mis manos en su cuello y me agarró por la cintura. Al arrimarme a él pude oler su perfume. Con un leve gesto, casi imperceptible, me acercó un poco más. Podía notar su aliento sobre mi piel, y el cosquilleo que sentí en el cuello se extendió por todo mi cuerpo. Su cercanía me aturdía, pero no quería que terminara la canción; quería que fuera eterna y que el tiempo se congelara en sus brazos. Creo que Fernando pensó lo mismo y puso otra balada sin que se acabara la anterior. Podía ver también la cara de Tamo, apoyada en el hombro de Juanillo, que disfrutaba del momento.

Víctor colocó la mano en mi espalda y me acercó a su cuerpo todo lo que pudo, sin brusquedad. No quedaba ni un solo centímetro de separación entre nosotros. No hizo falta decir nada. Podía sentirlo pegado a mí y por primera vez me relajé en su presencia. Me dejaba llevar por la música, una vieja balada que hablaba de amistad. Sentí como me cogía la mano despacio y con su contacto me estremecí. Nos mirábamos fijamente a los ojos cuando la música cambió. Nos separamos con la sensación de que algo había cambiado y que nuestra cercanía no era solo física.

Pasamos un par de horas bailando y comiendo. Habíamos preparado la noche anterior los fondos de paella y los postres, por lo que pudimos apurar hasta las doce y media de la mañana.

No recordaba haber visto a mi abuelo tan feliz desde hacía años. Amalia bailó sin parar, demostrando un don oculto que ninguno habíamos sospechado. No podía creer que era la misma mujer que temía caerse al venir al restaurante. El tiempo pasó muy rápido entre bailes y risas, entre miradas que ya no ocultaban intenciones y se buscaban con descaro.

Víctor se había ofrecido a llevar a mi abuelo y su nueva esposa al hotel de Marbella, donde pasarían la luna de miel. Cuando se despidió de mí, me dio un abrazo tierno. Le correspondí mientras le daba las gracias por acompañar a los novios. Me miró a los ojos y volví a sentir que todo mi cuerpo se estremecía. Mi primo Yeray nos miraba sin dejar de sonreír. Sabía que no me diría nada delante de los demás, pero que al final del día buscaría la oportunidad de hablar conmigo.

El resto de la jornada se nos hizo eterna. Los almuerzos parecían no acabar nunca y las cenas se alargaron más de lo normal. Estaba tan cansada que tuve que sentarme en varias ocasiones en una silla para aliviar el dolor de piernas. Solía pasar muchas horas en clase de pie, pero no me servían de entrenamiento para jornadas con tanto estrés. Cuando lo habíamos recogido todo y Fernando buscaba sus llaves para llevarnos a casa, apareció Bernardo. Irrumpió borracho en el salón llamando a su novia a gritos. Alba se acercó para intentar calmarlo, pero tuvo que sujetarlo con fuerza para que en sus tambaleos no cayera al suelo.

—Vente conmigo en mi coche, que nos vamos —dijo sin poder mantener un tono de voz homogéneo.

—Estás borracho, Bernardo, no puedes conducir así —le dije muy enfadada—. Vete a tu casa y duerme, mañana será otro día.

Entonces Bernardo hizo el intento de pegarme un empujón, pero el impulso que cogió le hizo perder el equilibrio.

—No me voy sin Alba —insistió.

—Ya me voy con él, lo llevo yo a casa —dijo Alba.

—Alba, no te va a dejar conducir. No dejes que él conduzca en ese estado, que os matáis —intervino Fernando, muy preocupado.

—No te vas con él —sentenció Yeray—. No está en condiciones. Zaira, trae tu coche, que lo vamos a llevar a su casa.

—Fernando, coge uno de los plásticos grandes, que es capaz de vomitar en el coche.

Nos costó un buen rato meterlo dentro y llevarlo a su casa. Veía a Alba cuidarlo con un cariño que él devolvía con desplantes y palabras de desprecio.

Cuando terminamos, Yeray me pidió charlar un rato en mi casa. Imaginé que no quería tener una conversación con Alba y decir cosas de las que se arrepentiría más tarde. Solo conseguiría que su hermana se sintiera peor y no era el momento.

—Invítame a una cerveza —me pidió casi en un susurro.

Una brisa fresca, que rara vez disfrutábamos en verano, nos incitó a sentarnos en el porche. Cogí cuatro cojines del sofá y nos colocamos en el suelo.

—Estoy reventado —dijo Yeray mientras estiraba las piernas y acomodaba los cojines.

—Ha sido un día largo. Y hemos bailado y reído, que eso ayuda a estar todavía más cansados.

—No me he querido ir a casa, Zaira, porque sin el abuelo todavía voy a notar más el vacío. En un día como hoy se les echa aún más de menos. Iba a discutir con Alba y no quería terminar el día así.

—A mí me ha pasado igual. La he echado en falta con una intensidad que duele.

—Todas las noches me pregunto por qué tomé esa decisión. Por qué lo llevé a mi casa —confesó con dolor.

—Yeray, no fue tu culpa, lo hemos hablado cientos de veces.

—No puedo olvidar la cara de mi padre cuando nos sorprendió desnudos en la cama. Él nunca lo hubiese aceptado. Se horrorizó, Zaira, no fue capaz de asumirlo.

—Claro que te hubiese aceptado. Tarde o temprano se hubiese tenido que hacer a la idea. Y estoy segura de que no te dejaría hacer lo que te estás haciendo ahora. No te permites ser feliz, no te permites tener una pareja. Aurora nunca hubiese querido esto para ti.

—No puedo hacerlo de otra manera, prima. Un gitano gay es una deshonra para una casa.

—Pero qué me estás contando. Eso que estás diciendo no tiene ningún sentido. Una deshonra es el que roba o el que trata mal a su mujer. El que ama, sea al sexo que sea, nunca puede ser una deshonra. Mírame —le pedí acercándome a él—: los que te queremos no te vamos a juzgar. Si lo hacen los demás, qué más te da. No te tienen que importar lo más mínimo. Tienes derecho a ser feliz.

—Por mi culpa mis padres murieron. Cuando mi padre me vio allí, en la cama con ese chico, me gritó que su hijo había muerto. No te puedes imaginar lo que sentí. Esa noche mi madre me abrazó y me dijo que se le pasaría. Le imploré para que hablara con él. Por eso lo acompañó a comprar aquella mañana. Si yo no me hubiese llevado a aquel chico a casa, mis padres estarían vivos. Si no le hubiese pedido a mi madre que intercediera por mí, estarían con nosotros.

—Yeray —dije en otro intento vano de calmar su dolor—. Lo que acabó con la vida de tus padres fue un accidente, no tú. Se les rompieron los frenos y se estrellaron.

Mi primo bajó la cabeza y respiró hondo. Compartió en silencio su pena por la vida de sus padres, que se quebraron en un instante. Por la suya, que perdió la oportunidad de ser feliz. Por la de todos, que habíamos sufrido el dolor insoportable de saber que ya no los volveríamos a ver. Me dominó otra vez la impotencia que me producía no poder calmar ese dolor, no poder cambiar sus argumentos y que de una vez por todas pasara página a sus angustias y escribiera una nueva llena de letras esperanzadoras.

Lo abracé en silencio. Echaba de menos las tardes con Aurora, con las que comparaba las de esos días y que sentía vacías. Vivía una soledad cruel a la que me enfrentaba siempre que tenía algo que compartir y no me tropezaba con su sonrisa. Los dos sabíamos que sin ella nuestras vidas nunca estarían completas.

Nos quedamos dormidos en los cojines, con las piernas entrelazadas como cuando Yeray era un niño pequeño y se colocaba a mi lado para que le leyera cuentos de hadas y dragones. Me dormí sintiendo que no podía hacer nada para que volviera a disfrutar del amor y de la vida. No sabía cómo hacerlo. Cómo cambiar sus planes.

Pero sabía que no me iba a rendir.

# 11

La radio siempre sonaba de fondo en mi casa enmarcando las tareas diarias. La voz de la locutora no me resultó familiar, posiblemente estaba supliendo ese día a alguna compañera de vacaciones. Presté una atención especial cuando escuché una noticia sobre Benalmádena: un chico joven había aparecido en la calle, tirado en el suelo, con un golpe en la cabeza. Se encontraba en estado crítico y desconocían si se iba a salvar. Nombraron el hospital donde se encontraba ingresado en coma y comentaron que se había abierto una investigación. Miré rápidamente mis grupos de chat, tenía muchos primos jóvenes viviendo en Benalmádena. Pero no había ningún mensaje al respecto y, si el agredido fuera algún miembro de mi familia, la noticia hubiese corrido como la pólvora.

Me vestí muy temprano. Había quedado con Sandra para dar un paseo por la playa antes de comenzar la jornada.

Cuando salí de casa, las calles estaban desiertas; tan solo me tropecé con algunas personas que volvían de fiesta a sus hoteles. El camino se me hizo más largo de lo habitual, ya que acarreaba conmigo la sensación de angustia que sentiría en ese momento la familia de aquel chico. Siempre que algún joven sufría un accidente, sentía una empatía especial por lo vivido con mis primos.

No había nadie en el chiringuito. Abrí con la intención de dejar allí la ropa y las chanclas para poder caminar en biquini, llevándome tan solo las llaves en la mano.

Me encantaba disfrutar del mar por la mañana, cuando amanecía. Las barcas más atrevidas se acercaban a la orilla y desplegaban las redes con rapidez, antes de que los turistas espantaran sus presas con el baño. Las gaviotas rebuscaban en la arena los restos de comida que los visitantes y los lugareños habían dejado tiradas. Sentía que era la playa que me pertenecía, el mar que me había visto nacer y crecer. Cuando se llenaba de extranjeros, de gritos y de familias que la abarrotaban de sombrillas, sillas y bártulos, se me tornaba ajena y perdía el vínculo que nos unía. Caminé despacio. Notaba que el agua me acariciaba los pies descalzos, que las olas me acompañaban en mi paseo con su vaivén. La brisa era fresca y húmeda y acompasaba un agradable olor a salitre. Sandra apareció a los pocos minutos. Llevaba un vestido corto semitransparente y unas sandalias de plástico. Se situó a mi lado sin saludarme. Se descalzó y se quitó el vestido.

—Somos privilegiadas por vivir cerca del mar. Podemos disfrutar de esta maravilla todos los días —dijo mi amiga—. Cuéntame todos los detalles de la boda, que me encantaron las fotos.

—Fue precioso. Creo que hacía mucho tiempo que no nos lo pasábamos tan bien —conté emocionada—. Ver feliz a mi abuelo me reconforta. Se lo merece. Y estaba pletórico. También Amalia. Barrunto que lo que nació como una ayuda ha desembocado en una bonita historia de amor. Y me alegro mucho por ellos. Amalia necesita alguien que la quiera y mi abuelo es el mejor queriendo y cuidando a los demás.

—Pues entonces no entiendo esa tristeza que tienes en los ojos. Me ha contado un pajarito que Víctor y tú no dejasteis pasar el aire mientras bailabais. Lo mismo ahí hay otra historia de amor verdadero —dijo mi amiga, divertida.

—Tengo una familia muy chismosa por lo que veo. Lo pasamos bien. Y no empieces, que nos conocemos. Solo bailamos un par de canciones. No quiero acercarme a Víctor más de lo necesario. Fue algo puntual. Mi abuelo lo invitó a desayunar, por educación; al fin y al cabo él aceleró las cosas para que se pudieran casar lo antes posible. No me mires así, que sé lo que me vas a decir.

—Que no te entiendo, Zaira, que no entiendo lo que te pasa. Es un buen tipo, está loco por ti y es un tío real. Lo que ves es lo que hay, no hay dobleces. Esto es lo único que te voy a decir.

—No tengo tan claro que sea tan buen tipo —bromeé—. Y mucho menos que esté loco por mí. Es arrogante, le gusta demasiado el protagonismo, ser el centro de atención, y su vida y la mía no son compatibles. Víctor vive de cara a la galería, de evento en evento, de fiesta en fiesta. Qué hago yo en una vida como esa. Para mí, un viernes noche leyendo un libro es un planazo. No compartimos ni un solo escenario, no encuentro ni un punto en común. No hay nada, absolutamente nada, que en el día a día pudiera hacernos felices.

—Estás engañándote a ti misma. Sabes que esa imagen de Víctor a la que te aferras no es real. No es arrogante ni necesita ser el centro de atención. Y sí que tenéis mucho en común, pero tú no quieres verlo. Los dos estáis siempre trabajando para los demás y os pasáis la vida solucionando los problemas ajenos. Hacéis exactamente lo mismo, Zaira.

»Víctor tiene una forma particular de hacer política. Igual que tú tienes una forma peculiar de dar las clases, sin libros de texto ni deberes agobiantes. Aunque parezca lo contrario, su centro de interés no es él mismo, son los demás. Pero está en el punto de mira, en el foco de todas las miradas. Y te lo digo yo que conozco su peor faceta, la de organizar presupuestos que nunca me llegan. Tenéis tantas cosas en común que te asombrarías. Y los dos coméis en el desayuno como si se fuera a acabar el mundo.

—Yo no desayuno tanto, eres una exagerada. Es la comida más importante del día —defendí risueña.

—Sí, pero no eres un camello que necesite almacenar en las jorobas. Pues a Víctor le pasa exactamente igual. Podéis hacer cada día un bufet libre para desayunar. Eso os haría felicísimos a los dos.

—Soy feliz sola. Me siento libre, independiente. No necesito compartir mi vida con nadie. No quiero perder mi forma de disfrutar de la vida. No tengo que dar explicaciones, ni estar alerta a un teléfono que no suena o a un mensaje que no llega —argumenté a mi amiga—. Tengo una paz absoluta, puedo salir con quien quiera y cuando quiera. Y este estado de libertad es el que quiero seguir manteniendo.

—Zaira, te estás boicoteando. Es que con el amor de la persona que te quiere es como más se disfruta la vida. Y te lo dice una que no acierta con las candidatas ni a la de tres. No quiero que te obligues a tener una relación con Víctor, pero tampoco que salgas corriendo. No frenes lo que sientes, tienes que dejarte llevar. Hazme caso, disfrútalo. Es un buen tipo. Y lo mejor de todo es que los dos tenéis una luz especial. Los dos sumáis y aportáis a las personas que tenéis alrededor. Llevo toda la vida a tu lado y nunca he conocido a nadie que encaje mejor contigo. No eres fácil, amiga, tu capacidad de dar no la asume bien cualquiera. Estoy segura de que Víctor lo haría de maravilla.

—Te recuerdo que, cuando tengo mal de amores, la que me tiene que soportar eres tú.

Sandra me cogió de la mano y sonrió. Sabía que me resultaba muy difícil expresar mis sentimientos, compartir mi intimidad con alguien. Al perder a Aurora, perdí también la complicidad que me ayudaba a vencer mi timidez. Sandra se había esforzado mucho por ocupar aquel lugar, por preocuparse tanto de lo que necesitaba como de lo que sentía. Pero yo seguía sin poder contar lo que pasaba por mi cabeza, expresar mis sentimientos con palabras. Me costaba desnudarme incluso con ella, la amiga más cercana que tenía.

—Prométeme que lo pensarás —añadió para romper el silencio y cortar la conversación.

—No hay nada que pensar. Víctor seguirá su camino y yo, el mío. Y no voy a dar pie a escenas como la del otro día, donde me sentí tan incómoda.

—¿De verdad te sentiste mal? —preguntó Sandra.

—No, no me sentí mal —reflexioné unos instantes para tratar de ser sincera—. En sus brazos me sentí bien. Ese es el problema: con él me siento vulnerable, con su cercanía pierdo el control de mí misma. Y eso no me gusta. Eso es realmente lo que me crea incomodidad.

—Eso es lo que te asusta, Zaira. No quieres sufrir. Pero no lo entiendo, en el amor siempre te ha ido bien. Eres la única persona que invita a su fiesta de cumpleaños a todos los exnovios y vienen encantados.

—Seguro que no soy la única.

Sandra sonrió y estrechó mi hombro contra el suyo en un gesto cariñoso. Habíamos finalizado el paseo y nos acercamos a Juanillo, que estaba sentado en el filo de una hamaca. Estaba triste, tenía la mirada perdida en el mar. Sandra observó lo mismo que yo y con un gesto me indicó que entraba dentro para que yo pudiera hablar con él.

—Con esa cara de *avinagrao,* hoy vas a espantar a todas las guiris que busquen las mejores hamacas del lugar —comenté con la intención de que sonriera.

—¿Qué haces, prima? —me saludó sonriendo—. Estoy *dormío* todavía, pero no quiero ni entrar por un café. Yeray me ha echado una bronca por llegar a las cuatro de la mañana a casa. Y si ahora voy a pedirle un café, comienza de nuevo. Y con el dolor de cabeza que tengo, lo que menos necesito son más gritos.

—Él solo quiere que descanses, Juan. Si te acuestas a esa hora, descansas poco. Y aquí el día es muy largo.

—Pero prima, es que si no salgo no tengo vida. En invierno estoy estudiando y en verano echo aquí más horas que un reloj. Yo soy joven, necesito divertirme, salir con mis amigos y mis amigas.

Tenía toda la razón. Si no era capaz de compaginar las dos cosas, perdería toda su juventud quemándose los pies en esa arena. Pero también comprendía a Yeray, no quería que su hermano se pasara la vida cansado, con el peligro de caer enfermo. Tenía que intervenir.

—Vamos a hacer una cosa. Los sábados y los domingos me vengo temprano, peino la arena de alrededor de las hamacas y saco las colchonetas. Y las cuido hasta las once, que ya me meta con Alba en la cocina. Así puedes quedarte hasta las diez y media en la cama. Pero ni un minuto más.

—Pero Yeray no va a querer, te va a decir que ya haces bastante con estar aquí ayudándonos en la comida y la cena. Y tiene razón, no tienes por qué trabajar más. Se supone que estas son tus vacaciones —replicó Juanillo.

—A Yeray me lo dejas a mí, que yo hablo con él. Sabes que saco mi lado docente y me lo meto en un bolsillo. Voy a ir por el café. Se lo pido a Fernando, que ese no te echa ninguna bronca.

Juanillo me sonrió agradecido. Se levantó y me abrazó con cariño. Era más alto que yo y quedé completamente atrapada en sus brazos. Me sorprendió el cambio que había experimentado su cuerpo en tan poco tiempo.

Entré en el chiringuito pensando en la mejor manera de exponerle mi idea a Yeray. Esperaría al momento adecuado y le dejaría claro que se trataba de una decisión genuina. Al principio se negaría; tenía que llevar preparados los argumentos para que aceptara. Yeray solía ser razonable y podía convencerlo fácilmente. Quería y protegía a sus hermanos con fervor, pero a veces era inflexible con ellos. Yo podía tumbar esa inflexibilidad siempre que desplegara argumentos que él no pudiera rebatir.

—Ponme un café para Juanillo —pedí en voz baja a Fernando—. Que está que se cae de sueño.

—Normal, si ha llegado a las tantas. Como vea su hermano que se lo llevas, te va a dar a ti también. Se ha enfadado con él. Ya estaba caliente con la factura de la luz, que es una barbaridad —aclaró Fernando.

—Le llevo el café sin que se dé cuenta. ¿Paco ha llegado ya? —pregunté.

—Sí, acaba de llegar, pero ha ido a afilar un cuchillo. Que dice que con ese no se apaña. Menos mal que está aquí: si tenemos dos días más a este niño en los espetos, perdemos toda la fama —añadió Fernando.

—No podemos culpar al chico. Lo contratamos para servir mesas, no para hacer espetos. Tú mejor que nadie sabes que es todo un arte.


Salí y vi a Paco en la barca. Acababa de llegar y estaba colocando el carbón. Llevábamos tiempo sin coincidir, pero fue una figura muy cercana en mi infancia. Paco formaba parte de la mayoría de mis recuerdos en la aldea, donde compartía con mi madre una bonita relación de amistad, además de ser miembro de su familia.

Mi madre se quedó embarazada de mí muy joven, de un amor que le duró un verano y que se engrosó en seis abrazos, un «te quiero» forzado y unas cuantas promesas que se esfumaron el mismo día que se despidieron. Cuando se dio cuenta de que algo no iba bien, no quedaba ni rastro de aquel romance fugaz. No tuvo valor para decírselo a mis abuelos y fueron Coral y Paco, sus dos primos más cercanos, quienes intercedieron por ella. Mi madre se derrumbó al conocer mi llegada; sintió que se había acabado la vida y no tuvo fuerzas para afrontarlo. Mis abuelos acogieron la noticia con resignación, aceptando que no había nada que hacer. El verdadero apoyo lo recibió de sus primos. Paco y la Redonda, como llamaban a Coral desde niña por la forma circular de su cara, la acompañaron en el embarazo, la mimaron y la cuidaron con una ternura que le dio fuerzas para reencontrar la ilusión por vivir.

Mi padre jamás supo de mi existencia. Le dejó a mi madre la promesa de que volvería y la pena de que nunca lo hizo. Fueron sus primos los que la sacaban a rastras de la cama, la peinaban y la vestían a regañadientes. Le daban un paseo por la playa, la llevaban a tomar horchata fresca en la plaza del pueblo y le calmaban sus antojos, que casi siempre tenían que ver con chocolates de algún color determinado. Los primeros meses fueron para mi madre un infierno. Estar en boca de todos, oír el murmullo cuando la veían pasar, sufrir la vergüenza de haber deshonrado a su familia fue muy doloroso para ella. Se sentía culpable por la pena que veía en mis abuelos, que intentaban vivir lo que les había tocado con resignación. Lo único que alivió su pesar fue que mi abuela también se quedó embarazada y pudo compartir con ella la experiencia.

Nunca supe de mi padre ni tuve la curiosidad de buscarlo. Mi abuelo fue la única figura paterna que conocí. Él me enseñó lo necesario sobre mi cultura y me inculcó unos valores que siempre han regido mi vida con fuerza. Fue mi padre cuando necesitaba un correctivo y mi abuelo para mimarme con cariño. Velaba por mí exactamente igual que lo hacía por sus otras dos hijas.

Mi madre trabajó duro para sacarme adelante. Mi abuelo le buscó un empleo en el mercado, en un puesto de frutas. Y allí se dejó la juventud y la alegría, entre melocotones y cerezas que le marcaban el cambio de estación. Perdió las ganas de salir, que se quedaban atrapadas en las noches en las que yo lloraba sin parar por no querer dormir.

La frutería de la familia Carmona fue mi primer escenario de juegos, pero me duró hasta que salté del carrito y comencé a corretear. Explorar el mundo mientras tiraba las cajas de frutas se me antojó divertido. Como no podía permanecer quieta, un cuadrado sin salida no era un espacio adecuado para una niña acostumbrada a jugar libre en la orilla del mar.

Mi abuela asumió la tarea de cuidarme. Fingió que tenía mellizas y me agarró de la mano para criarme con unos límites bien claros. Aurora y yo compartimos las comidas, las meriendas y los baños como dos hermanas, sin diferencias en el trato. Cuando mi abuela le compraba ropa a Aurora, tenía que hacerlo por partida doble y sin variar un solo estampado, para no crear un conflicto que tardaría días en desaparecer. Estuvimos en el mismo colegio, donde los profesores terminaban el curso sin entender muy bien que el padre de una de sus alumnas era el abuelo de la otra.

Paco siempre fue una figura cercana, que estuvo presente en las reuniones familiares y nos contagió a todos de su buen humor y su optimismo. Tenía arte para convertir las cosas cotidianas en anécdotas cargadas de gracia.

—Muchacha, ¡qué guapa estás! —exclamó Paco cuando me acerqué a la barca—. Anda, vente conmigo un rato y charlamos. ¿Cómo vas en el colegio? Me dijo mi hija que había un clima muy rancio, ¿no?

—Hay, como en todos lados, gente que tiene muchas ganas de hacer cosas y otra que no tanto. Y yo intento mantenerme al margen, pero, ya sabes, tengo mucho carácter y me cuesta un poco callarme.

—Te pasa igual que a mi hija, que también se mete en líos por defender lo que piensa. Y esa cantidad de alumnos por clase es inaudita —se quejó—. Me han dicho que estás ayudando mucho a la familia. Me alegro, eres una bendición.

—No me queda otra, Paco, hay que salir adelante. Y si mi familia me necesita, pues aquí estoy. Además, tú sabes que a mí esto me gusta, me he criado aquí.

—Eso me decía tu madre la semana pasada cuando fuimos a verla a Granada. Que tú no sabes vivir sin estar en el chiringuito. Qué bien vi a tu madre, qué guapa y qué feliz junto a ese hombre. Me alegro de que haya decidido irse con él, es un buen tipo.

—Sí, es muy feliz. Le costó dar el paso. Sabes que la familia tira mucho y vivir lejos es duro, pero como están a una hora de aquí se hace soportable. Viene a menudo sin avisar. No se acostumbra a que soy una mujer adulta y sé cuidarme sola.

—Los padres nunca nos acostumbramos a eso —reconoció con resignación—. Por cierto, ¿has escuchado lo del chico que ha aparecido tirado en el suelo? Qué mal lo tienen que estar pasando esos padres. Es el hijo de Andrés, el de la inmobiliaria de la plaza. Tienes que acordarte de él, porque, cuando erais pequeñas, Aurora y tú tuvisteis problemas con él en el colegio. No recuerdo muy bien qué pasó, pero sé que tu abuelo tuvo que ir a hablar con su padre.

—Sí, sé quién es. Era mayor que nosotras. Pobre hombre, no tiene que estar pasándolo nada bien. Espero que se recupere.

—Esperemos que sea así… Anda, que no te entretengo más, te dejo que vayas con tu prima a arreglar el pescado. En la comida seguimos charlando. Tráeme una tapilla de esas que hace Alba de vez en cuando —dijo guiñándome un ojo.

Me metí en la cocina tras pedirle a Fernando que me llamara si me necesitaba. Alba estaba alegre y canturreaba su copla favorita moviendo la cintura mientras cocinaba.

—Hoy tenemos un buen día, me alegro —le dije dándole un beso en la mejilla.

—Sí, tata, quería pedirte un favor. Bernardo ha reservado una mesa para cenar mañana en un restaurante. ¿Podrías hacerte cargo tú de la cocina? No habrá mucha gente y Tamo te ayudará.

—Claro, lo he hecho otras veces, cuenta con ello. ¿Dónde te va a llevar? —pregunté con curiosidad.

—No lo sé, dice que quiere darme una sorpresa. Y además ha reservado una noche de hotel, pero le voy a decir a Yeray que me voy a dormir a tu casa, si no te importa.

—Alba, no tienes que estar mintiendo a tu hermano. Eres una mujer adulta que puede tomar sus propias decisiones.

—Pero tengo que escuchar su sermón sobre que las mujeres tenemos que darnos a valer, y no tengo ganas de aguantar la moralina. Voy a hacer tartas de queso para hoy y mañana. Va a sobrar seguro, pero si no queda pones la Selva Negra que está en el congelador. Y las *mousses* de chocolate. Pero acuérdate de sacarlo todo un rato antes de servirlo.

—Que sí. Pero no sé para qué me dices nada, si luego me llamarás diez veces para darme instrucciones —dije conociéndola.

—Vete con Fernando, que está empezando a llenarse el salón. Nosotras podemos solas. Por cierto, hoy ha reservado una mesa un amigo tuyo.

—Vaya por Dios. Yo que quería un almuerzo tranquilo.

—Mira, Zaira, ya ha llegado el Italiano. Ese hombre es imparable —río Alba—. Lleva viniendo por lo menos veinte días seguidos. Y cada vez llega con una mujer distinta. No sé cómo le da tiempo a conocerlas.

—Debe tener una agenda repletita.

—Dile a Fer que te cuente su teoría —pidió Alba.

Encontrar a Alba tan feliz me llenaba de contradicciones. Por un lado, así era como quería que estuviera, con esa sonrisa y esas ganas de disfrutar de la vida. Pero, por otro, sabía que Alba solo respondía al refuerzo intermitente que Bernardo le ofrecía. Tras un tiempo de turbulencias y ausencias, en el que Alba sufría con amargura, se presentaba como el novio perfecto y ofrecía una versión mejorada, azucarada y sin reproches. Sabía que muy pronto esto cambiaría y que volverían las peleas, los ataques a su autoestima y que ella se sintiera desgraciada. Me sentía mal por no poder sacar a Alba de ese círculo y me prometí a misma buscar la manera de conseguirlo.

Salí de la cocina y lo primero que vi desde la barra fue a Víctor hablando con una chica. Vestía una blusa naranja y le acariciaba el brazo despacio, con actitud cariñosa. Había tres personas más con él. Solo conocía a Isabel, la concejala, una chica joven e inteligente que me agradaba. Atravesé el salón y me senté en una de las hamacas que tenía una parte a la sombra. Respiré hondo, no me había gustado lo que había sentido al ver a Víctor con esa chica: esa sensación de vacío, ese pellizco en el centro del estómago. Podía observarlos desde donde estaba sin ser vista.

No era la primera vez que Víctor, a lo largo de todos estos años, venía con una chica al chiringuito. Incluso lo había visto muchas veces con su exmujer y sus hijos. Pero nunca había experimentado nada como lo que sentía en ese momento. La chica se le acercaba continuamente, sin dejar de sonreír. Él parecía muy atento a la conversación y también le sonreía. El resto del grupo esperaba a que les atendieran, hablando entre ellos. La chica le apoyó la mano en el pecho y con complicidad le dijo algo al oído. Fernando los interrumpió indicándoles que la mesa estaba lista. Vi que se acomodaban y que ella se sentaba al lado de Víctor, que presidía la mesa. Observé cómo acercaba su silla de forma disimulada. Víctor y Fernando intercambiaron un par de frases y parecieron buscarme con la mirada. Me metí en la cocina hasta que se hubieron sentado.

—Niña, ¿dónde te metes? Víctor me ha preguntado por ti. Ve a saludarlo —me pidió Fernando.

—No voy a ir a saludarlo —dije, muy cortante.

—Zaira, ¿qué te pasa? Si no quieres ir a saludarlo, llévale las cinco cañas que han pedido.

Me resigné a hacerlo. Fernando no paraba y estaba solo. Los dos chicos que nos ayudaban estaban en la terraza con Yeray, que tenía más mesas ocupadas.

Llevé las cañas e intenté no mirarlo. Saludé y coloqué las cervezas en el centro de la mesa. No había regresado a la barra cuando sentí que alguien me cogía del brazo.

—Zaira —escuché antes de volverme.

Cuando me giré lo tenía demasiado cerca. Retrocedí un par de pasos para poner distancia y debí de hacerlo de forma muy brusca por su cara de desconcierto.

—Necesito hablar contigo —dijo con seguridad.

—Ahora no, Víctor, estoy trabajando y tú estás con tus amigos. Hablamos en otro momento.

—Escúchame, Zaira. Es importante.

En ese momento, Fernando se acercó para hablarme y me marché dejando a Víctor con la palabra en la boca.

—La madre que parió al Italiano, que por comer gratis está subiendo la autoestima de media Benalmádena.

—¿Cómo que «comer gratis»? ¿No paga? —pregunté, extrañada.

—Yo tengo una teoría al respecto —me confesó Fernando—. Él se va por las noches al puerto, a un pub o dos donde va gente mayor, se liga a alguna señora, le dora la píldora durante toda la noche, le pide el teléfono y le dice que la va a invitar a almorzar al día siguiente. Las llama siempre, pero se excusa con que le han robado la cartera y no puede quedar con ellas. Y ellas se lo creen, Zaira, se lo creen siempre. Y acaban pagando la cuenta.

—Fer, ¿tú cómo has hilado esta teoría?

—Primero, porque nunca repite señora. Segundo, porque siempre pagan ellas. Y tercero, porque soy muy listo —rio mientras me guiñaba un ojo.

La teoría de Fer cobró más fuerza en cuanto analicé al sujeto. Era un tipo alto y guapo, que ya parecía estar buscando otra víctima entre las mujeres que tomaban el sol en las hamacas. Intenté adivinar la edad del Italiano, pero no fui capaz de decidirme por una en concreto entre los treinta y los cuarenta.

Trataba de verificar la teoría de Fernando cuando la risa exagerada de la chica de naranja llamó mi atención. Víctor la miraba sonriendo. Lo que sentí dentro de mí me preocupó. No quería ponerle nombre pero sabía exactamente lo que era. Me fijé un poco más en ella. Era morena y tenía unos ojos grandes y expresivos. Llevaba una minifalda blanca que mostraba sus bronceadas y torneadas piernas. Todas las partes de su cara estaban maquilladas en exceso. Me llamó la atención que no le quitaba ojo a Víctor ni un solo segundo.

—Sí —afirmó Fer, que leyó mi pensamiento—. Si le lanzas un lápiz se le queda clavado en la cara de la cantidad de capas de maquillaje que lleva puestas. Y es mona, no necesita usar todos los potingues que tiene en su cuarto de baño. Es de las que gastan una pasta en productos virales y en cada cita tienen que utilizarlos todos.

Me reí de los comentarios de mi amigo, que tenía una forma divertida de expresar lo que pensaba.

—Qué bruto eres —comenté entre risas—. Anda, llévale las natillas, a ver si terminan de comer ya.

Mi mirada y la de Víctor se encontraron varias veces; en una de ellas se mantuvieron durante unos segundos. Sabía que estaba molesto conmigo. Lo vi escribir en el móvil y una vibración en mi bolsillo me indicó que el mensaje era para mí.

No lo cogí.

Con la sensación de que me faltaba el aire, salí del chiringuito. Quedaban pocas mesas ocupadas y Fernando podría hacerse cargo solo. Me di cuenta de que la puerta de la caseta donde Juanillo guardaba las herramientas estaba abierta y fui a cerrarla. Grité al sentir unas manos que me metieron dentro.

—Perdóname, pero esta es la única manera de que me prestes atención —se disculpó Víctor.

Me quedé sin habla. Coincidíamos en el mismo sitio donde nos besamos por primera vez, aunque el espacio era un poco más amplio porque la puerta estaba abierta. Me miró a los ojos y me cogió la barbilla. Pensé que iba a besarme y el corazón se aceleró.

—Zaira, escúchame, te lo ruego. Tengo algo que decirte: el chico que está en coma, hay una historia detrás que se está investigando.

—¿Y qué tiene eso que ver conmigo? —pregunté.

—El chico es el mismo con el que se peleó Yeray hace unos días, aquí en el chiringuito. Han salido en la investigación grabaciones en las que se les ve discutir. Alguien grabó la pelea que tuvieron aquí. Y van a venir de un momento a otro a interrogarlo. Tienes que hablarlo con Yeray antes de que vengan.

No podía creerlo.

Si el nombre de un chico gitano salía en una investigación policial los problemas llegarían tarde o temprano.

Víctor me abrazó con fuerza.

Y presentí en ese momento que todo mi mundo se iba a desmoronar.

# 12

Víctor permaneció en silencio esperando mi reacción. En su cara veía preocupación y eso todavía empeoró mi presentimiento.

—Si tienen grabaciones de la discusión, la cosa se complica. Discutieron porque ese chico estaba vendiendo droga en el chiringuito.

—¿Cómo? —preguntó Víctor, extrañado.

—Por eso se pelearon. Yeray le dijo varias veces que se fuera y siguió ofreciendo drogas a los clientes, mesa a mesa. Pero, como eso se sepa, lo van a convertir en un ajuste de cuentas rápidamente —expliqué, segura de lo que decía.

—No, Zaira, no digas eso. Todo se aclarará, la policía encontrará al culpable —añadió Víctor en un intento por calmarme.

—La policía, cuando tiene un culpable, no busca otro. Voy a hablar con Yeray antes de que vengan a por él. Es mejor que se vaya a casa y lo busquen allí. Será muy complicado aquí: se montará un espectáculo y habrá alguien que lo grabará en vídeo.

—Creo que tienes razón, habla con él y yo lo llevo a casa. No creo que tarden mucho en venir a interrogarlo.

Respiré hondo con la sensación de que todo pendía de un hilo. Sabía perfectamente lo que ocurriría: cuando uno de nosotros se ve envuelto en una investigación, tiene que demostrar que no es culpable, porque para nosotros no existe la presunción de inocencia. Yeray se convertiría así en el centro de la investigación. Lo habíamos vivido muchas veces en nuestro entorno. Ninguno de los miembros de mi familia había estado en la cárcel. Ni siquiera teníamos una multa de tráfico. Sin embargo, cuando ocurría alguna cosa, nuestras puertas eran las primeras a las que se golpeaba. Y nos trataban como culpables hasta que el asunto se aclaraba. Vivíamos angustiados con la posibilidad de que eso nos sucediera, y que en alguna ocasión algún inocente pagara por algo que no había hecho. La historia de nuestro pueblo está repleta de culpables que nunca pudieron demostrar su inocencia.

Llamé a Yeray, que estaba recogiendo las mesas.

—Necesito hablar contigo, ven al baño —le pedí con una cara que no dejaba lugar a dudas de que algo grave ocurría.

—¿Qué te pasa, prima? ¿Le ha pasado algo al abuelo? —preguntó, preocupado.

—No, el abuelo está bien, todos están bien. Es sobre el chico que encontraron herido, tirado en la calle. Es el mismo que estuvo vendiendo drogas aquí el otro día, el hijo de Andrés. En la investigación han aparecido unos vídeos de la discusión que tuvisteis. Va a venir la policía a recogerte para interrogarte. La investigación la llevan los nacionales, así que es mejor que te vayas a casa y que vayan a buscarte allí. Víctor te está esperando para llevarte.

»Voy a llamar a Alicia. No quiero que digas ni una palabra hasta que no esté Alicia contigo, ¿me oyes? Les dices que hasta que no llegue tu abogada no quieres declarar. Da igual lo que te digan, que si es rutinaria o la madre que los parió. Hazme caso. Ni una palabra hasta que llegue la prima.

—¿La vas a llamar tú? —preguntó Yeray, rascándose la cabeza con preocupación—. Yo ahora mismo no soy capaz ni de marcar un número de teléfono.

—Ya le he mandado un mensaje y le he pedido que se vaya para tu casa. No te preocupes de nada. Yo me quedo aquí atendiendo la terraza. Tú solo ve a la comisaría y cuenta la verdad.

No tienes nada que temer. No has hecho nada, así que muestra tranquilidad.

—Tú sabes que eso no funciona así. Me van a tener setenta y dos horas interrogándome y va a ser una pesadilla. Los dos lo sabemos. Soy gitano y soy culpable nada más que me ponga al lado del nacional, Zaira. Y encima amenacé al tipo ese, le dije que si volvía le partía la cara. No sé si voy a poder mostrar tranquilidad. Vamos a ver cómo acaba esto. Como no encuentren al culpable me cargan el muerto a mí. Que para nosotros justicia hay muy poca. Y encima su tío es policía. Eso hará que aprieten más las tuercas.

—Sí, pero no lo hiciste, y ese tipo seguro que tiene una vida muy complicada y muchos enemigos, dedicándose a lo que se dedica. Así que no van a faltar candidatos. —Intenté tranquilizarlo—. Vamos a tomarnos las cosas con calma. Ahora mismo no tienen nada y necesitan un culpable. No estás solo, Alicia es una de las mejores abogadas de este país y te va a ayudar.

—No me servirá de nada si todos los enemigos del chico tienen el color de piel más claro que el mío —alegó Yeray con pesar.

—Mírame, primo. Nunca nos hemos metido en líos y todo va a salir bien —dije sin creerlo.

Víctor apremió a Yeray para que lo acompañara antes de que apareciera la policía. En mi interior, un nerviosismo acelerado no me dejaba tomar decisiones. Si me aterraba la situación era porque conocía lo que iba a pasarle a Yeray. Todos los prejuicios que le iban a salpicar los sufriría sin ni siquiera conocer a ese muchacho. Esperaba que el interrogatorio fuera corto y que lo mandaran pronto para casa. Pero en el fondo de mi alma sabía que eso no sería así.

Esperé a que se fuera la última mesa y cerré el restaurante.

—¿Dónde está Yeray? —preguntó Alba.

—Ha salido un momento con Víctor, que lo necesitaba para algo. Vamos a sentarnos a comer.

Intenté mostrarme tranquila en la comida pero era incapaz de tragar un bocado. Fernando me conocía lo suficiente para saber que algo pasaba. Y que no lo quería contar delante de los chicos, así que, sin dejar de observarme, tuvo paciencia y esperó. Cuando el personal se fue a descansar, le pedí a Paco que no se marchara y que oyera lo que tenía que decir a mi familia. Quería que él también lo supiera y que lo transmitiera en la aldea con veracidad, sin rumores que fueran de un lado a otro y distorsionaran la realidad.

Comencé a hablar y pegaron a la puerta. Era Bernardo, que llegaba en el momento más inoportuno. Pasó y se sentó en la barra, no sin antes ordenarle a Alba que le pusiera una cerveza. Dudé si hablar delante de él, pero era la pareja de mi prima y parecía inevitable que no se enterara tarde o temprano.

—Tengo algo que contaros —dije con seriedad.

Cuando terminé de explicarles lo que había sucedido, Fernando se levantó de la silla y se puso las manos en la frente. Fue el más rápido en unir las piezas del puzle. En su cabeza ya había anticipado, igual que yo, todo lo que ocurriría.

—No puede ser —intervino Alba—. Por eso se ha ido Yeray. Tata, que él no ha hecho nada, a ver si se lo quieren cargar a él.

—Alba, Yeray no ha hecho nada y no le va a pasar nada —intentó tranquilizarla Fernando.

—Zaira, escúchame —habló Paco—. Llama a tu primo Chavi y dile lo que está pasando. Ellos tienen amigos en los nacionales y le pueden ir informando. Fernando, tendrías que ir a por el abuelo a Marbella, porque como lo vea en la televisión le va a dar algo. Es mejor que esté aquí con nosotros. Si no ocurre nada y lo sueltan rápido, lo volvemos a llevar al hotel, que está ahí al lado.

»Yo me voy para la aldea y buscaré a tres o cuatro personas que nos ayuden esta noche. No podemos cerrar el negocio y parecer más preocupados de lo que estamos, pero centrados no vais a estar, así que vamos a necesitar ayuda. Vosotros tenéis que quitaros de en medio. En el momento que suelten a Yeray, volvéis y listo. Pero me temo que no será rápido. Si la policía no tiene nada y es la única pista que siguen, lo van a retener todo el tiempo que puedan.

—Llamaré a Sandra para que recoja al abuelo —dije sacando el teléfono.

—No me puedo creer que tu hermano me vaya a joder la noche que lo tengo todo pagado —recriminó Bernardo a Alba.

Me sorprendió el reproche de Bernardo. La situación era muy complicada para mi familia y él se preocupaba por la cena que tenía con Alba al día siguiente. Estaba a punto de ir a reprenderlo con una rabia que no podía contener cuando noté que Fernando me agarraba.

—¿Estás loca? ¿Qué quieres? ¿Otro vídeo para que puedan decir lo agresivos que somos? Cálmate, ya lo resolveremos cuando esto haya pasado.

Alba se metió llorando en la cocina al ver que Bernardo salía del chiringuito indignado, tras pegar un portazo.

Tuve ganas de seguirla y gritarle todos los improperios que Bernardo se había ganado a pulso, de dejarle claro que el egoísmo de su novio me exasperaba, pero no era el momento. Alba necesitaba mi apoyo, no mis reproches, así que decidí no entrar a consolarla hasta que estuviera más calmada y mi indignación no me dominara.

—Ana viene para acá. Le he mandado un mensaje.

—¿Qué Ana? —pregunté.

—Ana, mi amiga periodista. Tenerla a nuestro lado nos va a venir muy bien para mostrar nuestra verdad. No van a tardar mucho en salir noticias publicadas, si es que no han salido ya —anunció Fernando, que corrió a buscar en internet si había trascendido.

—No se me hubiera ocurrido nunca, Fer, pero Ana es una periodista muy comprometida, seguro que nos echa una mano. Además de tener muchos contactos —reconocí mientras me sentaba, agotada—. Espero que quiera ayudarnos.

No sabía qué hacer y me sentía impotente. Vi a Fernando

entrar en la cocina para consolar a Alba. Paco se había marchado y entonces me di cuenta de que faltaba Juanillo.

Intenté localizarlo en las hamacas, pero no estaba. Finalmente me acerqué al baño y encontré la puerta cerrada.

—Abre, Juanillo, soy yo —le rogué.

Tardó unos segundos en quitar el pestillo. Desde que era pequeño tenía la costumbre de esconderse para evitar los problemas.

—Ven aquí, ya verás como no pasa nada.

—Le van a pegar, prima, lo sé. Y le van a obligar a que diga que ha sido él.

—No digas tonterías. Tenemos a la mejor abogada, y no se va a separar de él. No le va a pasar nada. Además, no hay pruebas y lo van a tener que soltar.

—Van a intentar que confiese y lo va a pasar muy mal —lloriqueó Juanillo al tiempo que apoyaba la cabeza en mi pecho.

—Escúchame, Juan. Somos un pueblo que ha sufrido más de doscientas cincuenta leyes para hacernos la vida imposible. Han querido exterminarnos, nos han humillado, violentado y asesinado. Y aquí estamos. No nos rendimos. Yeray es fuerte. Estamos en Benalmádena, una ciudad abierta con nacionalidades de todos los colores. No nos van a dejar solos. —Lo abracé con fuerza.

Juanillo intentó calmarse, respirar hondo y mantenerse entero para afrontar todo lo que se nos venía encima. Volvimos al salón y nos sentamos alrededor de la misma mesa en la que habíamos comido. Fernando, que se había acomodado en una de las hamacas, entró tras encontrar la primera noticia que había aparecido en la prensa, en un periódico local.

—Ya han publicado una noticia, Zaira, y no es buena. Directamente, han utilizado un titular sensacionalista.

—Enséñamelo, quiero verla —dije mientras me levantaba para mirar su pantalla.

Cuando terminé de leerla, las piernas me temblaban. Tuve que volver a sentarme. Se habían cumplido todos mis temores. La prensa ya lo daba por culpable, y para ello había reproducido una serie de mentiras sin fundamento, sin veracidad alguna.

Víctor pegó en la puerta. Juanillo abrió y con rapidez se sentó a mi lado.

—Lo acabo de leer. Sabíamos que iba a pasar —dijo Víctor cogiéndome las manos entre las suyas.

—Pero todo es mentira —añadí sin apenas fuerzas—. No está acusado de nada y no se le puede relacionar con la venta de droga. Es el muchacho el que trapicheaba, no mi primo. Yeray no ha tocado las drogas en su vida. Ni siquiera ha estado cerca de ellas. No es justo que tengamos que leer esas mentiras.

Sentía unas enormes ganas de llorar. De gritarle al mundo que Yeray jamás había hecho nada malo. Que era una de las mejores personas que yo conocía. En pocos minutos, las noticias se habían multiplicado. Todas las redes sociales se habían llenado de versiones de la noticia, cada una más inverosímil que la anterior. No se hablaba de otra cosa en todo el país. Unos supuestos amigos nuestros, que no habíamos visto en la vida, confirmaban las informaciones falsas.

Alba salió a la terraza y comenzó a llorar de rabia. Fernando corrió hacia ella, no quería que algún indeseable la grabara y utilizara su imagen para burlarse en las redes sociales.

Estábamos desconcertados, nerviosos, sin saber qué decir ni qué hacer. Al poco rato, llegó Paco. Venía con sus tres hijos y Manuel, otro de mis primos.

—Zaira, id a casa. Nosotros nos encargamos de todo. Con la ayuda de los trabajadores podemos sacar esto adelante una noche, no va a pasar nada. Mi hija Mara se queda en la cocina con Tamo y su madre, y mi Susana atenderá la terraza con Manuel. Mi hijo se encarga de los espetos y yo me quedo en el salón con los camareros. No podemos cerrar, no daremos más de qué hablar —afirmó Paco con decisión—. Id tranquilos, he pasado muchas horas de mi vida en este chiringuito y sé cómo funciona todo.

Agradecí a Paco la ayuda con un fuerte abrazo. Hice lo mismo con mis primas y con mi primo Manuel, al que hacía tiempo que no veía.

—Gracias, Mara —dije emocionada—. No sabéis cuánto os lo agradezco. Te iba a llamar esta semana, pero sabía que tendrías el mismo lío que yo en el instituto. Me alegro de que estés aquí.

—Para que luego digan que los maestros no trabajamos, y no tenemos ni tiempo de ver a los seres queridos —bromeó mi prima—. Zaira, no hay nada que agradecer. La familia está para esto. Para ayudar cuando hace falta y para defender lo nuestro, y créeme que hoy vamos a hacer las dos cosas a la vez.

»Ya sabes que también estoy de vacaciones, de manera que cuenta conmigo para lo que necesites. Mi padre me ha dicho que hay una periodista amiga de Fernando que os va a ayudar.

—Sí —confirmé—. La estamos esperando. No te puedes imaginar lo que acaban de publicar. Han dicho ya poco más que Yeray está acusado y que detrás hay un ajuste de cuentas. Esto es una pesadilla y me temo que acaba de empezar.

—Para nosotros nunca es fácil, Zaira. Nunca. Pero a luchadores no nos gana nadie, así que vamos a demostrar la verdad. Yeray es una buena persona y se lo vamos a contar al mundo entero —defendió Mara contagiándome su fuerza.

Ana llegó con una libreta en la mano. Se abrazó a Fernando y luego vino a saludarme. Cuando Fernando estaba haciendo las prácticas con ella, solía venir a menudo a comer al restaurante. Era una mujer encantadora, que escribía más con el corazón que con la cabeza. Sus artículos retrataban con mucha fuerza las emociones de los entrevistados y mostraban siempre la parte más humana de la noticia. Habíamos tomado café con frecuencia, sin que Fernando nos sirviera de enlace. Teníamos una química especial que nos hacía estar cómodas la una con la otra.

—Ya estoy aquí —afirmó para ponerse a nuestra disposición—. Acabo de leer lo que ha salido publicado. Necesito que me contéis todo lo que sabéis con detalle para sacar algo que lo contrarreste. Chicos, no os desaniméis. Esto es duro, porque ser el centro mediático es algo nuevo y complicado, pero igual de rápido que llega se va. Tenemos que empezar por el principio. Necesito que me contéis lo que pasó ese día y lo que ocurrió después.

—Vámonos a casa —anunció Alba—. Allí estaremos más cómodos y podremos hablar con tranquilidad.

Le di las llaves de mi coche a Fernando, yo era incapaz de conducir. Víctor se quedó parado sin saber muy bien si era adecuado seguirnos. Al fin y al cabo era el alcalde y tenía un rol que no podía olvidar.

—Víctor, vente con nosotros si puedes, nos vendrá bien una cabeza más pensando —añadió Fernando—. Y la tuya está muy acostumbrada a resolver embrollos. Llamo yo a Juanillo, que nos lo hemos dejado en las hamacas.

—Zaira —dijo Víctor en cuanto cerré la puerta del coche—. No te voy a dejar sola. Esta vez no.

Me cogió la mano y la apretó entre las suyas. Me dedicó una sonrisa franca y arrancó el coche. Sentí que era honesto y que lo que acaba de decir era realmente lo que sentía. Mi teléfono me avisó de que tenía un mensaje. Era mi prima Alicia, que me indicaba que ya estaba con Yeray en comisaría y que todo iba bien. Me tranquilizaba saber que contaba con ella.

Llegamos a la casa y nos sentamos en el salón.

—Bien, por lo que me contáis —comenzó Ana— no tienen nada, absolutamente nada que implique a Yeray. Solo un vídeo con una discusión previa, pero tampoco la violencia que se observa en las imágenes es exagerada. Y toda la información que han publicado mis compañeros, como si fuera veraz, es solo un puñado de especulaciones.

—Exactamente —confirmó Fernando.

—Esto va para largo. Tenéis que nombrar un portavoz de la familia —confirmó Ana mirando por la ventana—. Hay periodistas esperando fuera. Voy a salir a hablar con ellos y a calmar los ánimos un poco. Esto pasa porque es verano y no hay noticias. Y lo poco que hay se explota en todos lados. Vamos a tener que echar mano de una buena dosis de paciencia.

Me senté en el sofá, consternada. No podía creer cómo se había complicado todo en tan poco tiempo. Nos había cambiado la vida en un par de horas. Sin hacer absolutamente nada.

—Es mejor que seas tú el portavoz, Fernando. Esperemos que se resuelva antes, pero de todas maneras vamos a tener que hablar con la prensa cuando el rumor crezca. Tú conoces sus códigos y sabes defender mejor las ideas. Yo puedo acabar de los pelos de alguna periodista —reconocí con sinceridad.

—Poned la tele —dijo Ana en cuanto entró, después de hablar con los periodistas—. Están retransmitiendo en directo.

Vimos en la televisión nuestra propia casa. En un momento tuve la sensación de que estaba soñando y que todo era una pesadilla. Cómo era posible que en aquella pantalla se estuvieran exponiendo nuestras vidas. El vértigo que sentí me mareó. Tuve que sentarme y cerrar los ojos. La velocidad con la que transcurrían los acontecimientos me impedía asimilarlos.

—Voy a llamar a la local para que despeje vuestra casa. Pondremos un control al principio de la calle para que no pasen —anunció Víctor cogiendo el teléfono.

—No va a solucionar mucho —predijo Ana—. Buscarán la forma de llegar, pero al menos tendremos unas horas de paz.

Guardamos silencio para escuchar a la periodista que estaba en la puerta. Frases inconexas resonaban dentro de mí: «Familia gitana complicada», «comportamientos agresivos», «no es la primera vez que se meten en líos», «tuvieron un enfrentamiento anterior, posiblemente por marcar los territorios de la venta de drogas». No pude más. Abrí la puerta y salí como una loca directa a decirle cuatro cosas a la periodista. Fernando y Víctor me agarraron con rapidez y no me dio tiempo a llegar a mi meta. Pero mi imagen de loca histérica que quería matar a la periodista quedaría grabada en las retinas de todos los espectadores.

Me senté en el sofá en un estado lamentable. No tenía fuerzas para cogerle el teléfono a mi madre, que me había visto en la televisión.

—Zaira, ven conmigo —me pidió Fernando, visiblemente enfadado.

Lo seguí hasta la cocina. Se puso enfrente de mí. Podía ver las gotas de sudor que le caían por la frente.

—Escúchame con atención. Solo te lo voy a decir una vez. Esto va a ser muy difícil para todos. Van a ser setenta y dos horas muy tediosas. No puedo permitir que lo compliques todavía más. Tienes que controlarte. Si todo sigue así vas a escuchar cosas muy duras de tu familia y no puedes empeorarlo todo revoloteando de los pelos a todo el que diga algo que no te gusta. Están haciendo su trabajo. De forma pésima, es cierto, pero es su trabajo y no van a dejar de hacerlo. No nos beneficia nada lo que acabas de hacer.

Escuché mi nombre y mis apellidos en la televisión. Fui al salón para oír lo que la locutora decía. Me definía como la prima del acusado, una maestra que sospechosamente pasaba muchas horas en el chiringuito. Me reí cuando escuché lo de «sospechosamente». Dudé si reír o llorar. Analicé la imagen que estaban mostrando de mí y me puse muy nerviosa. Los padres de mis alumnos estarían viendo las noticias. No era para nada mi vida lo que se exponía. Hablaban de mi con especulaciones que me dibujaban como una persona fría y calculadora. Me dolía, me dolía tanto que perdí las formas y me levanté agitando la cabeza, sin parar de moverme por la sala. Víctor intentó calmarme. Me abrazó y me acarició la cabeza como a una niña pequeña. Permanecí un buen rato en sus brazos e intenté ordenar mis pensamientos. Había perdido el control de la realidad, de lo que pasaba a mi alrededor. El miedo a que la cosa empeorara empezaba a ser una constatación que me impedía respirar con normalidad.

Cuando el abuelo llegó, yo seguía con el mismo ataque de nervios que no me permitía estar sentada dos minutos seguidos. Ana había escrito una entrada para las redes sociales y esperábamos su publicación con impaciencia. Deseábamos que, igual que unas palabras habían alterado nuestro mundo, otras lo devolvieran a la tranquilidad.

Mi abuelo estaba preocupado por las noticias que familiares y amigos no paraban de comentarle. Le enseñamos los vídeos que se habían colgado en las distintas páginas web. Se notaba que ese día no había ninguna noticia que fuera sustanciosa y habían engrosado la nuestra hasta perder su forma original. Me angustiaba que siguieran regando el bulo con más mentiras que nos afectaran a todos de manera personal y profesional.

Alicia me mandó un mensaje para avisarme de que me iba a llamar. Pero no quería que pusiera el manos libres.

—Zaira, hay una contradicción que nos ha complicado mucho la cosa.

—¿Qué contradicción? —pregunté con angustia.

—Yeray asegura que después del chiringuito se marchó a casa. Pero no lo hizo. Las cámaras de tráfico lo sitúan llegando a casa tres horas después. No sé qué hizo ese tiempo y no puedo ayudarle si me lo oculta.

—No sé qué hizo, pero sé que a las cuatro, cuando llegó Juanillo, él estaba ya en casa, porque le echó una bronca.

—Sí, pero es que Juanillo llega pasadas las cuatro. Esto no pinta bien, Zaira. Yeray nos está ocultando algo.

Sabía perfectamente lo que estaba ocultando Yeray. Y sabía que, si se lo contaba a Alicia, mi primo no me lo iba a perdonar en la vida. No sabía qué hacer. Tenía que tomar una decisión rápida.

—Sé lo que estuvo haciendo Yeray. Seguramente tenía una cita con alguien que no quiere que se sepa.

—¿Te refieres a que está con una mujer casada? —preguntó Alicia.

—Algo así —contesté poco convincente.

—Zaira, no me jodas, ¿eh? ¿«Algo así» qué porra es? Tienes que decirme la verdad. Ese chico se movía en entornos muy turbios y, si Yeray ingresa en prisión y le dan una paliza mal dada, no nos va a servir de nada que pongas en su esquela que estaba haciendo «algo así». ¡A ver si nos damos cuenta de la gravedad del asunto! —gritó Alicia, muy alterada.

Las palabras de mi prima me convencieron para decir la verdad.

—Yeray es homosexual y seguramente tuvo una cita con alguien que conoció en la aplicación que utiliza para ligar.

Alicia se quedó callada. Procesaba la información que acababa de recibir.

—¿Estás segura de eso?

—De que es homosexual, totalmente; de que estuvo en una cita, me lo imagino, no lo puedo confirmar. Él lo lleva todo con el secretismo más absoluto. Si lo sé es porque en una ocasión le dije que no podía pasar toda la vida reprimiéndose, que sería muy negativo para su salud mental, y para tranquilizarme me contó que de vez en cuando usaba la aplicación. Ahora, también te digo que, si tiene que escoger entre entrar en la cárcel o salir del armario, va a elegir lo primero.

—Y tampoco puedo hacerlo yo ante la posibilidad de que entre en la cárcel. Saltaría a los medios de comunicación como una noticia más y todo se volvería muy complicado para él allí dentro —analizó Alicia en voz alta.

—Alicia, hija, no me asustes. ¿Por qué iba a entrar Yeray en la cárcel si no ha hecho nada? —añadí, ofuscada.

—Ya sé lo que voy a hacer. Y no lo voy a consultar con él. Voy a argumentar que estuvo con alguien, pero que está casada y no quiere revelar su identidad. Necesito saber dónde suele ir para mirar las cámaras que lo sitúan de regreso, entrando en Benalmádena.

—Conociéndolo, estoy segura de que queda con chicos de Marbella o Estepona, lejos de aquí, para que no lo reconozcan.

Y seguramente será con extranjeros que estén de paso, con los que no se implica emocionalmente. Alicia, por favor, no le digas que te lo he contado.

—Zaira, en este momento, que Yeray sepa que lo sé es el menor de sus problemas. Necesito encontrar la forma de demostrar que es inocente y, por ahora, lo único que he podido demostrar es que ha mentido. Que no sé cómo puede estar esta familia tan escasa de neuronas para no pensar que lo van a pillar —añadió indignada.

Me colgó el teléfono con la promesa de que me mantendría informada.

Fernando y Ana hablaban de encontrar soluciones.

—Ana, ¿y si hacemos conexiones en todas las redes sociales? Podemos hacer directos para contar que estás dentro de la casa con la familia. Siempre has sido una activista a favor del pueblo gitano. Entrevístanos, se hará viral enseguida —afirmó Fernando.

—Lo había pensado. Tengo a varias becarias recabando información del chico y de su entorno para tener una visión más global, pero hasta que no podamos organizarla vamos a actuar con calma. Tampoco queremos que haya vídeos nuestros que se puedan malinterpretar. Sé que es difícil, pero tenemos que meditar las acciones que vayamos a hacer. Estáis en el punto de mira y la cosa puede empeorar si actuamos de forma incorrecta.

»Creo que debería empezar entrevistándote a ti, en cuanto te calmes —me dijo—. Vamos a preparar una entrevista en la que se muestre la realidad de la familia. Y en la que puedas esclarecer lo que pasó el día de la pelea. Luego entrevistaré al abuelo, que una persona mayor defendiendo a los suyos siempre produce ternura. Si él está de acuerdo, claro.

—Haced lo que tengáis que hacer —añadió el abuelo—. Yo hablo lo que tenga que hablar.

—Víctor, si te parece lo mismo debería empezar contigo —rectificó Ana—. Conoces a la familia desde hace muchos años y tenerte de nuestra parte será muy positivo.

—Claro, lo que necesites. Pero creo que deberíamos hacerla en el ayuntamiento. Si me ven aquí, en casa de la familia, no va a sonar muy imparcial.

—Sí, es mejor en otro escenario: tu despacho o la puerta del ayuntamiento sería perfecto. Lo malo va a ser salir de aquí sin ser vistos —añadió Ana.

—Detrás está la moto de Yeray —aportó el abuelo—. Si os ponéis los cascos y avanzáis por un par de tramos de tierra, salís a la carretera de atrás. Víctor conoce bien la zona, no habrá problemas.

En ese momento me entró un mensaje de ánimo de Sandra. Tras dejar al abuelo con nosotros, se había marchado al restaurante, por si podía ayudar. No tuve fuerzas para responder. Miré a mi abuelo, que murmuraba algo entre dientes. A su lado estaba Alba, que llevaba mucho rato sentada en el sofá, callada. Nos contemplaba a unos y a otros con la cara desencajada. Unas profundas ojeras se habían instalado debajo de sus ojos negros.

Me senté a su lado. Intenté que mi presencia la reconfortara mientras observábamos a Ana y a Fernando preparar la entrevista de Víctor. Los dos habían trabajado mucho tiempo juntos y se notaba que les era fácil ponerse de acuerdo. Ana llevaba las riendas sin autoridad, dejando que Fernando aportara todo lo que creía necesario, pero reconducía siempre el testimonio hacia los senderos seguros, sin los riesgos que podía calcular de forma rápida por su experiencia. Una becaria llamó a Ana un par de veces y esta anotó varias informaciones en la libreta que siempre llevaba consigo.

Cuando Ana y Víctor se marcharon para grabar en el ayuntamiento, todos nos quedamos callados. Cada uno intentaba ordenar su interior para encontrar algo con que aliviar a los demás, sin éxito. Veía a todos los míos sufrir. Y mi sufrimiento se magnificaba. No podía atender a sus sentimientos si los míos estaban rotos en mil pedazos. La desesperación que sentía me asfixiaba de forma creciente. No veía a Juanillo y me extrañó.

—¿Dónde está Juanillo? —pregunté.

—Se habrá metido en su habitación —contestó el abuelo.

Fui a buscarlo a su dormitorio y no lo encontré. Miré por toda la casa y comenzó a preocuparme su ausencia. Quería saber cómo lo estaba viviendo, qué estaba sintiendo. Él era el más sensible de todos. Lo llamé al móvil y escuché el timbre del teléfono en su habitación. Lo cogí y vi que su amigo Gustavo le había mandado un mensaje. Lo abrí pensando que sería alguna duda sobre las hamacas que yo podría solucionar. En la notificación aparecía un emoticono con una cara de asombro. Una cara que respondía a un vídeo que le habían mandado con anterioridad. Al ver la miniatura del vídeo me dio un vuelco el corazón.

Cuando terminé de visualizarlo sentí que las piernas no me respondían. Tuve que agarrarme al escritorio.

No podía creerlo.

No podía ser cierto.

# 13

Bebí un poco de agua en la cocina, en un intento vano de calmarme. Tenía que hablar con Juanillo. Nunca se separaba de su móvil. Era extraño que no estuviera en la casa, no lo había visto salir en ningún momento. No podía mostrar el vídeo delante de todos, pero necesitaba comentarlo con alguien o me volvería loca. El nerviosismo que me había provocado era visible en mis manos y piernas temblorosas. Me senté un instante en la cama. Indecisa, aplacé la posibilidad de visualizarlo de nuevo, no lo soportaría. Miré el móvil como si contuviera al mismo demonio.

Respiré hondo, me insuflé fuerzas y salí al patio para ver si Juanillo había dejado alguna pista de su paradero. Tanto su bicicleta como su patineta estaban allí. Entré en el salón y me senté junto a Alba, que taciturna concentraba su mirada en algún punto exacto de las baldosas del suelo. Le acaricié el pelo como cuando era pequeña, con su cabeza en mi regazo. Le susurré palabras de ánimo carentes de fuerza; no era capaz de llenarlas, de encontrar la forma de engañarme a mí misma. En mi interior arreciaba un vendaval que no conseguía calmar, que con fuerza me desordenaba el pensamiento y me provocaba unas terribles ganas de llorar. Tenía que tragarme esas ganas, tenía que ser fuerte y conseguir no convertirme en un problema más.

Mi abuelo estaba abatido, pensando en lo que estaría pasando Yeray. No lo verbalizaba para no preocuparnos más. Sin dejar de mirarnos, lo oíamos suspirar de vez en cuando. Había envejecido en unas horas más que en los últimos años, se había vuelto frágil y vulnerable. El miedo que sentíamos todos los que estábamos en esa habitación era superior a las circunstancias que nos rodeaban. No era proporcional a los hechos, todos lo sabíamos. Fernando, que vivía entre dos mundos, era el que más claro lo percibía. Pertenecía a nuestra familia, compartía nuestra forma de sufrir y de disfrutar de la vida, pero no había padecido el desprecio por tener un color diferente de piel. Para una familia cualquiera, lo que nosotros estábamos viviendo hubiese sido poco más que un trámite incómodo. Para nosotros era distinto: nuestro origen nos llenaba de inseguridad, nos hacía revivir historias pasadas y nos paralizaba de miedo. En nuestras cabezas se repetían las imágenes de lo que podía estar ocurriendo en comisaría, y ninguna de las versiones era amable con Yeray. Y lo peor es que teníamos la seguridad de que no nos equivocábamos.

Ana regresó y, para mi sorpresa, lo hizo seguida de cerca por Juanillo, pero no quise preguntarle delante de todos dónde había estado. No los había visto salir juntos, por lo que intuí que se había escabullido para hablar con su novia. No era una información fácil de revelar en un momento como ese.

—La entrevista con Víctor ha ido muy bien —explicó Ana—. Vamos a editarla y la colgamos completa. Ha sido muy afable y se ha posicionado con la búsqueda de la verdad. No ha abogado por la inocencia de Yeray, pero se ha implicado para explicar cómo ha sido vuestra vida siempre en Benalmádena. Y la primera entrada publicada ya tiene más de veinte mil visitas, lo que es buena señal.

—Ana, los comentarios que están dejando los lectores son demoledores —contó Alba—. No puedo leerlos sin que me entren náuseas. Qué tristeza que todo el mundo piense eso de nosotros.

—Alba, no creen nada de eso —le contestó Ana—. Las redes sociales son así de crueles. La gente vuelca ahí su veneno sin valorar el daño que hacen. Pero son efímeras: igual que te resaltan y te suben a lo más alto, se olvidan de ti. Lo aclararemos todo y esto no será más que una pesadilla. Ahora vamos a preparar la entrevista con Fernando. Cuanto más material tengamos grabado, mejor podremos contraatacar en caso necesario.

No podía quitar los ojos de Juanillo, que miraba nervioso a todos lados. De vez en cuando entraba en su cuarto, pero salía antes de que pudiera acercarme a hablar con él. Sandra me llamó por si necesitábamos algo de comer, pero en ese momento ninguno de los que estábamos allí podíamos probar bocado. Caía la noche y recordé que mis animales sí que tendrían hambre. Mi amiga se ofreció a venir por la llave y ocuparse de ellos hasta que esto terminara. Me sentí aliviada y agradecida por tener una amiga como ella, que se preocupaba y me apoyaba en los momentos difíciles. Llamé a Mara para ver si todo iba bien en el restaurante. Mi prima bromeó con que iban a hacer la caja más grande del año con todos los curiosos que se habían acercado a comer esperando encontrar información de primera mano. Todo marchaba bien; estaban siendo acosados por periodistas y habituales, pero mi familia tenía muy claro el mensaje de tranquilidad que debían dar.

Ana nos pidió silencio para grabar la entrevista. Fernando se mostró tranquilo y risueño. Restó importancia a las acusaciones y desmontó todos los rumores que poco a poco se habían convertido en acusaciones. Ana fue dura, certera y directa, abordando las cuestiones que todo el mundo daba por sabidas de forma clara y sin olvidar nada que se pudiera resolver con la imaginación. Fernando le contestó de forma sincera y rotunda, y se expresó como una persona contratada por la familia que llevaba toda la vida con nosotros.

Cuando terminaron, los dos se mostraron muy satisfechos. Ana lo mandó a editar con un compañero del periódico y se dispuso a salir. Necesitaba información de primera mano, ir a buscar los orígenes de la noticia. Cerró su libreta y se despidió con un afectuoso abrazo a cada uno.

—Me acercaré al hospital y daré una vuelta por el barrio del chico. A ver lo que se cuece por esos lares. Seguro que los vecinos me cuentan cosas interesantes. Tengo un amigo que trabaja en el hospital. Estoy segura de que puedo investigar sobre el estado del chico y algo sobre lo que ha ocurrido, que también será de gran ayuda.

Ana se marchó en plena noche, sola. No consintió que Fernando la acompañara. Había tantos periodistas en los alrededores que no había motivo para sentirse insegura.

Cuando nos quedamos solos, mi abuelo tomó la palabra y nos dejó muy claro que nadie se iba a rendir:

—Vamos a salir de esta como hemos salido de todas —dijo incorporándose en el sofá—. Y lo haremos todos juntos. Nos tiene que importar muy poco lo que piense la gente; nosotros sabemos lo que somos, los valores que tenemos y nos vamos a defender ante el resto del mundo.

El tiempo avanzaba con lentitud, las horas parecían caer del reloj al ralentí. Recibíamos visitas de familiares que venían a saber si podían ayudarnos en algo. Pero no notábamos progreso alguno. El calor de los nuestros nos aliviaba; el afecto que suscitaban era reconfortante, porque te abrigaba una sensación de apoyo que te instalaba en un escenario menos frío. Pero no hacía desaparecer el miedo. El miedo que sentíamos a que a Yeray le ocurriera algo. El miedo a que le dieran un mal golpe o que lo trataran con dureza. Todos sabíamos que lo estaría pasando muy mal. Nunca había estado en un calabozo. Y por su cabeza nunca pasó esa posibilidad. Mi familia no había tenido problemas con la justicia. Ninguno había tenido ningún conflicto.

Mi abuelo siempre fue muy férreo y estableció el límite del que no podíamos pasar. Ahora lo veía en el sofá sentado, derrotado, sufriendo por la incertidumbre de no saber de su nieto y la inquietud de dejar el chiringuito en manos extrañas. Me acerqué a él. Tenía que prepararlo para lo que estaba por venir.

—Abuelo, quizá lo retengan setenta y dos horas. Tenemos que decidir qué hacemos. Si vamos al chiringuito, la prensa vendrá con nosotros. Y si no vamos, cerrar los dos días más fuertes del año nos va a suponer unas pérdidas importantes.

—Tenemos que ir —afirmó mi abuelo—. No tenemos que escondernos de nada ni de nadie. Seguiremos con nuestra vida normal hasta que suelten a Yeray. Llama a Víctor y dile que nos pongan mañana una pareja de policías en la puerta para que no estemos solos si hay algún altercado.

Charlé con Víctor un par de minutos. Estaba corriendo por la orilla del mar, como solía hacer cada noche. Le di las gracias por la entrevista y lo noté extraño. Aunque parecía hablarme con naturalidad, lo sentía diferente, con una distancia que no había existido en las escasas conversaciones anteriores. Aceptó poner seguridad en el chiringuito, pero lo noté muy lejano. Rechacé esos pensamientos para centrarme en los míos.

El abuelo se había quedado dormido en el sofá. Alba y Fernando leían en su móvil las noticias que no dejaban de brotar adornadas con mentiras variopintas. No recordaba haberlos visto nunca tan tristes e inquietos, tan llenos de incertidumbres. Alba propuso que nos acostáramos en la habitación de Yeray y cubrió al abuelo con una manta. Si lo desvelaba no volvería a coger el sueño. Juanillo fue el único que no aceptó y se marchó a su dormitorio. Estuve a punto de seguirlo para hablar del vídeo, pero sabía que llamaría a su novia en cuanto se quedara solo y valoré que le sentaría mejor ese apoyo.


Fue difícil conciliar el sueño. Me preguntaba cómo estaría Yeray, qué le pasaría por la cabeza. Seguro que no llevaría nada bien estar encerrado; verse privado de libertad, siendo inocente, le dolería en el alma. Pero más le dolería saber que sufríamos. Estaba convencida de que su preocupación por nosotros era mayor que cualquier cosa que estuviera viviendo. Tampoco podía quitarme de la cabeza el vídeo que había visto en el móvil de Juanillo, y que iba a complicar las cosas. Las imágenes volvían a pasar delante de mí una y otra vez, sin que me atreviera a interpretarlas. Tenía que haber una explicación para todo y estaba segura de que mi primo me la daría.

Pasé el resto de la noche dando vueltas entre las sábanas, viendo como Fernando y Alba tampoco podían dormir. Me marché al cuarto de Alba para que la luz de mi móvil no les impidiera descansar. Leía sin parar las noticias publicadas y encontraba los artículos cada vez más repletos de mentiras, que presentaban nuevos rumores como si fueran verdades absolutas.

Me quedé dormida pensando en Aurora y en lo que haría ella si estuviera con nosotros. Sin duda, lucharía con uñas y dientes para defender a su hijo. Su recuerdo hizo que me sintiera más sola que nunca. La echaba mucho de menos. Su fuerza me era muy necesaria; la extrañaba en mi día a día, pero mucho más si las cosas se torcían.

Cuando me levanté al amanecer, mi abuelo estaba calentando leche en la cocina. No hizo falta preguntarle si había descansado. La noche había sido pesada para todos. Como habíamos decidido, nos fuimos al chiringuito todos juntos, sin apenas hablar pero con la cabeza alta. Al salir, los periodistas, que habían pasado toda la noche en la puerta de la casa, recogieron a toda prisa sus pertenencias y nos siguieron.

Esa noche había entendido a la prensa que nos perseguía. Después de leer todo lo publicado, me había dado cuenta de que nos presentaban como una familia gitana problemática, que regentaba un negocio que posiblemente era una tapadera del tráfico de drogas y que estaba implicada en una pelea que había llevado a un ciudadano respetable a un coma quizá irreversible. Teníamos la noticia pegada en la piel. Podíamos dar mucho juego si descubrían algo más, y qué mejor que seguirnos a todas partes para conseguirlo. La sensación que me producía la persecución no me agradaba, pero entendí que estaban haciendo su trabajo. De forma pésima, cuando las informaciones eran sobre mí. No solo no me sentía identificada con el personaje que habían creado, sino que era totalmente opuesto a la realidad.

Me llamaban «matriarca» de una forma despectiva, y añadían la palabra «clan» para darle más fuerza. Tuve ganas de gritarle al mundo que los clanes eran un invento de los *jambos* aburridos que no tenían nada mejor que hacer. Y que los patriarcas y las matriarcas también eran una creación suya, basada en nuestra figura de los hombres y las mujeres de respeto. Pero no hubiese servido de nada. Me habían descrito como una persona horrible que no tenía amigos. Una de las cosas que más me dolió fue el argumento de que iba al chiringuito por motivos ocultos que nada tenían que ver con el apoyo a mi familia. Ese me hizo mucho daño. Y a Yeray, lo declaraban culpable sin ningún tipo de reparo. Ningún artículo, excepto los de Ana, le concedía la presunción de inocencia. En todos era el gitano violento que había arruinado la vida de un chico inocente, un futuro truncado en una cama de hospital.

En pocas horas habían creado un monstruo y habían perfilado una familia a su altura. Una imagen muy alejada de nuestra realidad.

—Menuda pesadilla —exclamó Fernando—. Y todavía me preguntáis por qué me quedé en el chiringuito. Ahí tenéis la respuesta, yo no soy capaz de hacer ese trabajo. Agobiar a las personas para cazar la noticia, sin respetar nada. Inventar para provocar daño. Nunca podría vivir con eso.

Aparcamos en una calle cercana, temiendo que no hubiera aparcamiento en nuestra misma calle. Al cruzar el paso de peatones próximo al chiringuito, Alba fue la primera en darse cuenta.

—¡Dios mío de mi vida! —exclamó mi prima— ¿Qué han hecho?

La fachada del restaurante estaba llena de pintadas. Habían escrito con letras rojas la palabra «GITANOS» y la habían tachado, en señal de repulsa. A su alrededor, frases cargadas de odio no nos deseaban nada bueno. Cuando nos acercamos, vimos que habían pintarrajeado también los cristales, un par de hamacas que Gustavo había olvidado recoger y toda la fachada trasera.

Nos echaban. Nos querían fuera del pueblo. Y el mensaje quedaba muy claro en letras rojas y negras. El racismo había llegado para quedarse.

—Fernando, graba todo esto para el seguro —conseguí decir—. Voy a llamar a Mara, vamos a necesitar mucha ayuda para quitar estas pintadas.

Nuestro paso se volvió lento sin dejar de mirar hacia arriba. No podíamos articular palabra. Mirábamos la fachada sin creerlo. Por primera vez en mi vida me sentí avergonzada. Me daba una vergüenza terrible que todos nuestros clientes vieran aquello. No podía hablar. No era capaz de poner en palabras lo que sentía. Todas las palabras que conocía se quedaban pequeñas para albergar tanta angustia, tanta impotencia, tanta injusticia.

Cuando entramos en el chiringuito, mi abuelo estaba llorando. Consternado, se sentó en la mesa que ocupaba cada mañana para desayunar. Se tapó la cara con las manos y durante unos segundos guardamos silencio escuchando su llanto, que nos arrastró a todos a una profunda pena. No soportaba el desconsuelo de verlo así, tan abatido y afectado. El chiringuito era su vida, la creación que inventó cuando le robó cuatro esquinas al mar. Me alegré de que Aurora no estuviera para verlo. Que no tuviera que sentir la aflicción que todos sentíamos.

Maldije a los que habían introducido su odio en nuestras vidas. A todos los que, en forma de letras, habían dejado su mala sangre en nuestra fachada. Sabía que eran personas que solo necesitaban un pretexto para expulsar todo el veneno que tenían dentro. Y lo encontraron en el trato que nos habían dado los medios de comunicación.

Mi abuelo se acercó a la pared y tocó las pintadas con las manos. Puede ver el dolor en su rostro, la pesadumbre en sus movimientos. Era la tercera vez que veía a mi abuelo llorar en la vida. Y en las dos anteriores fue por pérdidas importantes. Miré a Fernando, que contenía su rabia cómo podía. Juanillo gritaba con desesperación y pegaba puñetazos al aire junto a las hamacas. Sujeté a Alba, que estuvo a punto de caer al suelo; en ese momento recordé que no habíamos comido nada desde hacía muchas horas. La senté en una silla e intenté encontrar palabras que cohesionaran lo que estábamos sintiendo de forma individual. Le pedí a Fernando que preparara café y tostadas y llamé a Juanillo para que entrara.

—Esto que ha pasado hoy no va a hundirnos —afirmé—. Las personas que han hecho esto quieren vernos destruidos y fuera del pueblo. Y no les vamos a dar ese gusto. Este es nuestro pueblo y este es nuestro negocio, y vamos a luchar con uñas y dientes para defenderlos. Así que nos vamos a comer unas tostadas y vamos a tirar como sea. Y si creen que van a entrar por la puerta y nos van a encontrar tristes y abatidos, están muy equivocados. Nos van a ver más unidos que nunca. Estoy convencida de que esas pintadas no las han hecho personas del pueblo.

Sabía que ese odio no había convivido con nosotros toda la vida, que no estaba en las personas que venían a comer con nosotros a diario. Benalmádena era un sitio donde coexistían con respeto diferentes nacionalidades, donde la diversidad era aceptada de forma natural.

Algunas personas que paseaban por la orilla se paraban frente al chiringuito. Miraban a mi familia como si fuera una atracción de circo, esperando encontrar algo que contar a sus amigos.

Un chico se acercó por la parte de atrás y se metió en el salón, aprovechando la cristalera abierta. Sacó el móvil para grabarnos como si fuéramos un espectáculo. Corrí hacia él con la intención de impedirlo. Fernando fue más rápido y me agarró del brazo justo cuando estaba a punto de quitarle el móvil de un manotazo. Mientras me grababa, reía y comentaba que éramos la familia del asesino. Nos escupió y salió corriendo. Capturó mi ira, mi indignación al ver que violaba nuestra intimidad, y eso le divertía. Sentí un profundo asco. No era del pueblo, no lo había visto nunca. Él era la sociedad que nos preguntaba continuamente por qué no nos integrábamos, por qué preferíamos seguir viviendo con nuestras costumbres y nuestras leyes. En momentos como ese, era muy fácil encontrar las respuestas.

Mi abuelo dio una vuelta al restaurante para valorar los daños. Juanillo le siguió. Fernando me cogió por los hombros y me miró a los ojos.

—Zaira, tienes que ser fuerte y estar templada. Si te enfrentas con todos los que quieren sacar partido de esto les estás dando carnaza para que sigan atacándonos. No puedes generar más problemas, mira cómo está el abuelo —argumentó Fernando.

Mi amigo era inteligente. Sabía que lo único que me iba a hacer reaccionar era la pasión que sentía por mi abuelo. No quería que pasara por más de lo que ya estaba padeciendo. Lo miré y sentí un enorme pesar. No se merecía vivir aquello.

—Escribe en el grupo de la familia que necesitamos disolvente, trapos, brochas y pintura blanca —habló mi abuelo—. Y que vengan todos los que puedan. Tenemos cuatro horas antes de que llegue la gente. Vamos a dejar esto limpio como una patena. Fernando, baja al almacén a buscar cubos y trapos y sube algún cepillo de mango largo, que lo vamos a necesitar.

Los primeros en acudir fueron Paco y Mara. En cuanto vieron cómo estaba todo, tomaron el control y comenzaron a reclutar familiares para que nos ayudaran.

—Zaira, vamos a ocuparnos de quitar todas las pintadas —me indicó Mara—. Vosotros haced vuestras tareas diarias de forma normal. Y no os preocupéis de lo que hay fuera. Solo son daños materiales y son solucionables. No dejéis que eso os afecte más de lo necesario. Es lo que esos racistas quieren. Y lo que ellos no saben es que nosotros tenemos algo que ellos no van a tener en la vida: la solidaridad de los nuestros.

»Mírame, sé que es duro pero pasará, y la vida volverá a encajar todas las piezas por pesadas que sean. Y no estáis solos. Somos una familia muy grande y os vamos a arropar con todo el cariño del mundo. Nos han escrito Vanessa, de Dosta, Beatriz, de FAKALI, y Fede, de Enseñantes con Gitanos, que nos están ayudando con los mensajes en las redes. Ser racista no es gratuito. Tu abuelo tiene que llamar a la policía y denunciar esto.

—Gracias, Mara —dije abrazándola—. Lo siento mucho por mi abuelo, está sufriendo y no se lo merece. Primero, esos dos energúmenos nos rompen las sillas por querer ayudar a la pobre Amalia, y ahora esto. Jamás imaginamos que nos podía pasar algo así. Muchas gracias por todo tu apoyo.

—No tienes que dar las gracias. Tú harías lo mismo. Todo esto que ahora es una pesadilla, luego os dará publicidad y la gente solidaria, para compensaros por el daño sufrido, vendrá a comer. Por eso y porque la curiosidad por conoceros los atraerá. Vamos a trabajar.

»Vendrán primos de Fuengirola y de Torremolinos. En las redes sociales hay un movimiento de apoyo, y gitanas de toda España nos están llamando para ver qué pueden hacer. Mostraremos entre todos que su odio, el odio que vuelcan en nuestra piel canela, lo canalizamos con rabia para generar cosas buenas. Es la mejor lección que les podemos dar. Ánimo, prima, que te toca tirar de este carro. Pero no estás sola, mira lo que viene por ahí.

Llegaban primos y primas que hacía mucho tiempo que no veía. En pocos minutos, el chiringuito estaba rodeado por los míos que, risueños, limpiaban todo el desastre. Yo los miraba desde el salón vacío con la certeza de que era afortunada en la vida por tener una familia como aquella, que hasta en los momentos difíciles era capaz de arrancar unas risas y ponerse a cantar por bulerías.

Una chica periodista, que estaba apostada frente al chiringuito, se acercó y le pidió a Paco una brocha para ayudar. Algunos compañeros le siguieron y colaboraron en la tarea. Fernando salió y les ofreció bebidas frescas. A las doce ya habían terminado y se marcharon dejando el exterior sin rastro de las pintadas.

Teníamos que realizar las tareas diarias, pero el desánimo nos mantenía bloqueados.

—No sé ni cuánto pescado limpiar —comentó Alba, sentada en la mesa con mi abuelo y Fernando—. Mara dice que ha hablado con Chavi y que no saben nada de la salida de Yeray.

—Ya sabremos, hija. No te preocupes, que es fuerte y estará bien. Limpia el de siempre, ya veremos si sobra lo que hacemos con el resto —contestó mi abuelo.

No tenía buena cara. Las ojeras pronunciadas le habían envejecido el rostro. Sus gestos eran pesados por el cansancio. Estaba preocupada por él, pero tenía que hablar con Juanillo. Sabía que no era un buen momento, pero no podía esperar más. En cuanto terminara con el pequeño de la familia, volvería con mi abuelo. Me necesitaba más que nunca.

—No me huyas —ordené cogiéndolo por la muñeca—. Tenemos que hablar y va a ser ahora.

Juanillo me miró asustado.

—Y no solo de la conversación que tenemos pendiente, que no vayas a pensar que se me ha olvidado —continué—. A ver si vas a creer tú que te voy a recoger de comisaría y te vas a ir de rositas.

En ese momento, cuando su mirada se encontró con la mía, se dio cuenta de que conocía el contenido del vídeo. Su primera reacción fue echarse a llorar.

—Lo has visto, ¿verdad? ¿Qué vamos a hacer ahora? —preguntó Juanillo entre lágrimas.

Me desarmó. Se me cayeron las ganas de reñir, de pedirle explicaciones y de todo lo que pudiera hacerle sentir peor de lo que ya se encontraba. Por el contrario, me inundaron unas enormes ganas de protegerlo, de decirle que no sucedería nada y de asegurarle que lo íbamos a solucionar. Pero lo cierto es que sabía que, en el momento que ese vídeo saliera a la luz, no habría marcha atrás. Ya no habría solución y estaríamos perdidos.

—Igual que te ha llegado a ti, le llegará a la policía. Y creo que debemos hablar con Alicia y mandárselo para que empiece a preparar lo que se nos viene encima. No puedo entender cómo te lo has callado y no me lo has dicho, Juanillo. Esas cosas no se pueden ocultar.

—Zaira, ¿se lo digo al abuelo? —preguntó, consternado.

—No, el abuelo tiene bastante con lo que ha vivido hoy como para enfrentarse a eso también. Vamos a esperar. Lo mejor es que se lo demos a Alicia, que cualquiera la escucha si se entera que nosotros lo teníamos.

—Lo mismo no se difunde y no lo ve nadie —dijo con un hilo de esperanza.

—Juan, seguramente ese vídeo lo ha visto medio pueblo. Y de ahí las pintadas. Tienes que estar preparado para lo peor —susurré pegándome a su oído—. Y no puedes hundirte, que te vamos a necesitar fuerte. Necesito saber qué pasó antes y después de lo que se ve en el vídeo, porque estoy segura de que todo tiene una explicación.

Juanillo asintió con la cabeza. Intuía que estaba a punto de derrumbarse. Conocía mejor que nadie que no tenía la fortaleza suficiente para soportar lo que nos quedaba por vivir. Y no se me ocurría cómo ayudarle. Mi abuelo nos interrumpió. Su semblante serio y la tristeza de sus ojos nos conmovió.

—Zaira, hija, ve a ayudar a Fernando a montar el salón, que está muy nervioso —me reclamó.

Cuando me acerqué a mi amigo, entendí a mi abuelo. Fernando estaba agitado y se movía de un lado a otro sin terminar ninguna de las tareas que empezaba.

—No sé hasta dónde va a llegar esto. Mirad lo que dice este periódico, no se pueden reunir más burradas juntas. Tenemos que estar preparados para no perder los nervios. Zaira, me dirijo a ti porque eres la primera que los pierdes. Ponte aquí y mira al frente.

Desde donde me indicaba, se podía observar a los periodistas que habían vuelto a su tarea después de ayudarnos. Hacían su trabajo, buscaban noticias para llenar el vacío informativo que nos había tocado en suerte. Miré sin ninguna expresión en el rostro a las cámaras que me grababan. Sentí un pellizco de miedo y de terror ante lo que nos esperaba. Pensé que me estarían viendo todos mis alumnos y sus familias, y me preocupó lo que estarían pensando. Había recibido algunos mensajes de algunos compañeros ofreciéndome su apoyo, pero no había tenido tiempo de contestarlos con la atención que merecían.

Por un momento estuve tentada de hablar con Fernando, de contarle lo que iba a ocurrir, pero no lo hice. Al menos que tuviera unas cuantas horas más de paz.

Mi madre me llamó desde Granada para saber cómo estábamos. Me anunció que llegaría a media tarde y le rogué durante un buen rato que no viniera. El abuelo ya tenía suficiente con las emociones que lo rodeaban para tener que lidiar con una más. Me costó convencerla y lo único que conseguí fue un aplazamiento hasta el día siguiente. Al colgar, oí que Alba y el abuelo discutían en la cocina. El cansancio y los nervios confluían en un escenario muy propicio para tomar malas decisiones. El abuelo no quería que me mostrara un vídeo. Las piernas me temblaron, pero suspiré aliviada cuando me di cuenta de que era de Víctor.

Estaba al lado del padre del chico, en el hospital. El padre, visiblemente emocionado, anunciaba que el estado de su hijo no tenía buen pronóstico, que los médicos no albergaban muchas esperanzas de que se recuperara. Hacía mucho tiempo que no lo veía, pero era uno de los amigos de la pandilla de Víctor, con el que Aurora y yo habíamos tenido un par de enfrentamientos en el pasado. Recordé la referencia que me dio Paco: en una fiesta infantil insultó a Aurora hasta hacerla llorar. Y mi abuelo, al conocer los hechos, se presentó en su casa para hablar con los padres. La cosa no llegó a más porque entendieron la situación y obligaron a su hijo a pedir disculpas a Aurora en público. Su físico no había cambiado nada. Seguía exactamente igual a como lo recordaba.

La periodista preguntó a Víctor por el culpable. Me costó asumir que hablaban de mi primo Yeray. Víctor no pensó su respuesta. Contestó con rapidez y afirmó que era la justicia la que tendría que decidir sobre la culpabilidad y la sentencia. Yo esperaba que defendiera a mi primo, que dijera que no era culpable, y eché en falta un apoyo que indicara la posibilidad de su inocencia. Me enfadó de una manera desproporcionada. Entendí que la lejanía que había sentido en mi última conversación con él era el preámbulo de esta actitud. Víctor me dejaba sola otra vez. Era una televisión nacional y se había mostrado tan poco empático que había sumado puntos a la culpabilidad de Yeray. Ni siquiera había insinuado lo contrario. No había aportado absolutamente nada que ayudara a su defensa.

—Está haciendo su trabajo, Zaira —lo disculpó Fernando—. Y estaba al lado del padre del chico. No podía hacer otra cosa.

—Y es su amigo —añadí con enojo—. Y nosotros no somos nada. Lo ha dejado muy claro. Ha dado por sentado que Yeray es culpable. No lo ha desmentido, ni siquiera ha apuntado una duda razonable. Estoy muy decepcionada.

—No son amigos —lo defendió Fernando—. Más bien todo lo contrario.

—Eran de la misma pandilla —argumenté—. Recuerdo haberlos visto juntos en ferias y romerías.

—Cuando eran jóvenes, puede ser —confirmó Fernando—. Se rumorea que se pelearon en su juventud por una mujer y que nunca se volvieron a hablar.

—Aun así, podía haber dicho algo, algo que hubiese ayudado a Yeray. Y no lo ha hecho. Conoce a Yeray de toda la vida. Ha comido en su restaurante cientos de veces.

—Zaira, cálmate. Está en medio de un conflicto que se desarrolla en su pueblo con dos familias que son vecinas. ¿Qué quieres que haga? No puede posicionarse. No es tan fácil para él, por muy enamorado que esté de ti.

—No está enamorado de mí —dije mientras salía fuera y dejaba a Fernando con la palabra en la boca.

No fue buena idea. En el momento que puse un pie en el exterior, me salió al encuentro mi primo Chavi que, con la ayuda de su compañero, paró a la periodista que quería ponerme el micrófono en la boca. Con un gesto me pidió que me metiera dentro. Me estaba volviendo loca. Estaba totalmente superada por la situación.

Juanillo estaba en la terraza, vigilando desde allí las hamacas. Tan solo tenía un par de ellas ocupadas por extranjeros que no sabían lo que estaba ocurriendo. Tenía que pensar algo para ayudarlo a enfrentarse a todo lo que venía de camino. Pero no tenía ni idea de qué decirle ni qué hacer.

La hora del mediodía se acercaba y comencé a temerme lo peor. Los lugareños no iban a venir a comer y los extranjeros no entrarían si veían el restaurante vacío, porque desconfiarían de un sitio sin público. Paco, que ya había regresado para comprobar como estábamos, me leyó los pensamientos y se retiró unos metros de nosotros para llamar por teléfono. Mi abuelo se acercó a llevarle la comida a Amalia, que se había quedado en casa a petición de su marido.

A los veinte minutos comenzaron a llegar los mayores de la familia. Sin saludarnos, se sentaron en la terraza. Cerré los ojos para tragarme mi emoción. Una vez más nos iban a ayudar. Con su presencia al menos captaríamos a los turistas que no entendían las noticias pero que tampoco se atreverían a entrar en un establecimiento vacío. Pidieron un refresco para no hacernos demasiado gasto. Le pedí a Alba que preparara raciones de pescado para nuestros familiares, era lo mínimo que podíamos hacer. Cuando me acercaba a llevárselas me cogían de la mano, me daban ánimos y me ofrecían el cariño más sincero.

Necesitaba serenarme, sacudirme la emoción que me embriagaba para poder encontrar las soluciones. Recordé que tenía el traje de baño puesto. Le dije a Fernando que me iba a refrescar y me dio un beso en la mejilla. Mi amigo sabía utilizar el silencio como nadie, acompañarme sin palabras y ofrecerme el afecto necesario para que recordara que no estaba sola. Ese acompañamiento era una de las cosas que más había valorado en mi vida. Y en ese momento lo hice aún más.

Vi entrar al Italiano con una señora alta y esbelta. Les sonreí con esfuerzo al indicarles su mesa y me marché a bañarme.

Me metí en el mar despacio, sintiendo como el agua me enfriaba la piel. Quise hundirme hasta el fondo y que los problemas se hundieran conmigo. Nadé con todas mis fuerzas hasta que el cansancio me hizo parar. Allí, en el mar, sola, lloré. Lloré gritando por todo lo que quedaba por sufrir. Por todo lo que íbamos a padecer. Pensé en mi abuelo, en lo que pensaría cuando viera el vídeo y en lo que iba a sufrir por su nieto. Imploré a Aurora para que me diera fuerzas, para que me indicara el camino que debía seguir. Lloré por mí, por el miedo que me daba no ser fuerte y no poder cambiar el rumbo de los acontecimientos. Mis lágrimas cayeron al mar, que me acompañaba en silencio como un escenario privilegiado de la historia. Cuando alcancé la orilla, vi que dentro del chiringuito había mucha gente levantada, incómoda, como si algo hubiese ocurrido.

Cuando Fernando se me acercó, adiviné en su cara que algo trágico había pasado.

Álvaro, el muchacho que estaba en el hospital, había muerto.

# 14

Me senté junto a mi abuelo, que intentaba asimilar la noticia. Mi primo Yeray era entonces culpable de asesinato para la opinión pública, sin paso previo, puesto que la presunción de inocencia parecía haberse evaporado incluso antes de que fuera patente en ningún contexto.

Alba salió de la cocina con los ojos hinchados, conocía la noticia. Se sentó con nosotros. Fernando se puso a su lado y le cogió la mano con cariño sin dejar de mirarnos a todos. Examinaba nuestras reacciones, atento posiblemente para ayudar a quien más lo necesitara.

—Esto lo cambia todo —murmuró Alba con voz temblorosa—. Ahora sí que va a empezar la verdadera pesadilla.

Algo golpeó contra el cristal de la puerta de la entrada. Era un objeto grande y contundente, quizá una piedra. El cristal se había resquebrajado por la parte central, pero los trozos no habían caído al suelo. Alcé la mirada y vi a mi primo Chavi y a su compañero que subían al coche patrulla para perseguir a los culpables, unos chavales que huían en una moto de gran cilindrada. Estaba convencida de que, si los atrapaban, no les iba a ocurrir absolutamente nada.

Mi abuelo no podía pronunciar una sola palabra. Intentaba procesar la información y calcular el riesgo que corríamos. Lo de la piedra había sido solo el principio.

—La científica de este país es de las mejores del mundo —anunció Fernando—. Estoy seguro de que darán con el responsable. Y sabemos que Yeray no lo ha hecho, así que el culpable tiene que andar por la calle riéndose del mundo.

—Pues espero que lo hagan pronto o nos quedamos sin chiringuito —afirmé, convencida de que sería lo que ocurriría.

Vi entrar a Víctor en ese momento. Seguía muy molesta por su intervención en la televisión; cuantas más vueltas le daba más segura estaba de que podía haber ayudado a Yeray. No quería discutir con él, estaba cansada. Así que, cuando acabó de saludar a mi familia, me escabullí y me metí en el almacén, convencida de que allí no me buscaría. No bajaba nunca al viejo trastero, un sitio lleno de cachivaches que mi primo Yeray y Fernando intentaban mantener en orden sin éxito. Había sillas amontonadas, viejas colchonetas y algunos muebles antiguos. No había terminado de inspeccionar el lugar cuando escuché unos pasos que me indicaron que alguien bajaba. Sabía que era Víctor, que me había seguido.

—No quiero hablar contigo —le dije antes de que pronunciara una sola palabra—. Dijiste todo lo que tenías que decir ayer.

—Zaira, sé que este no es el mejor momento, pero necesito que dejes que me explique —habló Víctor mirándome a los ojos.

—No hay nada que explicar —dije dispuesta a subir las escaleras.

—Solo dame un minuto, por favor —rogó Víctor—. Tampoco te pido tanto. Sé que estás enfadada. Sé que podía haberlo hecho mejor. Cuando lo estaba diciendo me estaba dando cuenta de que no sonaba igual que en mi cabeza. Y la presentadora aprovechó la ocasión para poner en valor mi neutralidad. Pero no es eso lo que pienso y no es eso lo que siento. Sabes que Yeray es mi amigo y que creo en su inocencia.

—Lo que tú sientas u opines me trae sin cuidado —le dije acercándome a él—. Yeray debería haber sido tu amigo ayer, cuando te necesitaba, no hoy. De poco le sirve que me lo digas aquí, delante de estos trastos.

Víctor me agarró por los hombros y me puso delante de él.

—Pero es que lo que tú pienses y sientas sí me importa a mí. Escúchame, Zaira, por favor, no puedes hacerme esto otra vez. No puedes huir de nuevo.

—¿Yo? ¿Otra vez? —grité más de lo que me hubiese gustado—. Tú eres el único que cuando te necesito me dejas sola. Sabías que era una entrevista importante, que se vería en toda España, y no mostraste ni un poquito de empatía por él. No me hables de hacer lo mismo y de dar la espalda, que eso es tu especialidad.

Víctor me miró a los ojos con furia. Con un movimiento rápido me pegó a su cuerpo, sin que pudiera anticiparlo. Me cogió la cabeza y me atrajo hacia él. Me besó con fuerza, intentando calmar mi rabia con su boca. Respondí al beso entreabriendo mis labios, con una pasión que me sorprendió, que no quería reconocer como propia. Mi cuerpo entero reaccionó a ese gesto tan íntimo que unía mucho más que una boca con la otra. No quería que terminara. Ninguno de los dos quería que ese beso acabara, por el temor a la conversación posterior y a que fuera lo único que compartiéramos. Nos separamos por la necesidad de volver a coger aire y respirar con normalidad. Mi cuerpo había respondido con demasiada fuerza a algo tan pequeño como un beso. Me miró a los ojos con dulzura, esperando encontrar en los míos un poco de calidez.

—Será mejor que te vayas —afirmé con sequedad—. Tu amigo acaba de perder a un hijo y te va a necesitar.

—No es mi amigo, Zaira, es solo un vecino del pueblo. No hay nada que puedas decirme que me vaya a alejar de ti. Esta vez no. Ni lo intentes, no va a funcionar —dijo con seguridad—. Ignoro qué va a pasar en un futuro y sé que no es momento de plantearlo. Y sé que mi papel ahora te va a doler, porque tengo que hacer declaraciones neutrales, a favor de la justicia. No puedo hacer otra cosa. Pero sé que voy a estar al lado de esta familia. Lo he estado siempre. He venido a comer cada semana durante años, he traído a turistas y familiares con el único propósito de ayudaros y de estar cerca de ti. Eso no va a cambiar. Pero no puedo apoyar a Yeray en público más de lo que he hecho. Y tienes que entenderlo.

—No te equivoques, Víctor, ayer no lo apoyaste, todo lo contrario. Diste a entender que era culpable.

—No, no hice eso. Dije que teníamos que confiar en la justicia. Y estoy poniendo todos los medios que tengo a mi alcance en la investigación. Ahora voy a llamar a todas las puertas posibles para pedir más ayuda, más personal, más recursos. Pero lo que viene no es fácil. Hay que preparar a la gente de la aldea y necesito que me ayudes.

—¿A la gente de la aldea? —pregunté, extrañada.

—Sí. Ahora mismo hay dos patrullas allí, intentando calmar cualquier intento de acercamiento.

—Pero no lo entiendo. Yo vivo a las afueras y mis primos viven justo antes de entrar.

—Zaira, hay personas que se están organizando en las redes, grupos racistas que solo necesitan una excusa para destruir, para volcar su odio. Acuden desde diferentes puntos de España, no son del pueblo. Son racistas que están esperando que ocurra algo así para sacar basura.

No podía creerlo. Lo pensé unos instantes y estuve de acuerdo con la valoración de Víctor: la cosa se podía complicar para mi familia.

—¿Hay algo nuevo en la investigación? —pregunté con la intención de saber si el vídeo había llegado a manos de la policía.

—No, que yo sepa. Yeray está bien, preocupado por vosotros. Un equipo ha venido hoy para interrogarlo. Son especialistas, así que estoy seguro de que detectarán enseguida que es inocente. Son los mejores.

—Ojalá —comenté esperanzada por la noticia que me daba. Sabía que Yeray lo estaría pasando mal por nosotros. Que estaría preocupado por que algo saliera mal. Y sobre todo por mi abuelo—. Es una situación muy dura para mi abuelo. Hoy, cuando hemos llegado y ha visto la fachada, ha sufrido mucho.

—Siento que haya pasado eso. Lo que no puedo entender es cómo nadie ha llamado para denunciarlo. Tuvieron que tardar un buen rato en hacer todas las pintadas. No calculé ese riesgo, di la orden de que os cubrieran a primera hora de la mañana —admitió con resignación—. Vamos, te llevo a la aldea, te espero y te traigo de regreso.

—Sí, pero voy a hablar antes con los que están en el restaurante. La mayoría son de pueblos vecinos, pero hay varias parejas de la aldea.

Justo antes de subir, Víctor me agarró de nuevo y me abrazó, poniendo mi cabeza en su pecho. Por unos instantes me sentí segura, protegida con mi cuerpo pegado al suyo. Me resultó tan extraño, tan inusual, que hubiese deseado que el abrazo durara mucho más. Me acarició la mejilla y las contradicciones me abrumaron. Quería golpear a Víctor por lo que me había hecho sentir el día anterior, pero en sus brazos me sentía confiada. Corté el abrazo con premura y salí del almacén preocupada por la posibilidad de que la aldea se viera envuelta en problemas.

Me senté una por una en todas las mesas que estaban ocupadas por los míos. Les conté lo que temíamos que pasara y les pedí que estuvieran atentos a cualquier movimiento que se gestara en las redes sociales. En el preciso instante en que me levantaba de la mesa, ellos se encargaban de transmitir el mismo mensaje a los suyos, haciendo crecer de forma rápida la cadena.

Víctor y yo nos marchamos a los pocos minutos. Me preocupé al recordar el vídeo y lo que alargaría la situación. No podríamos permitirnos muchas semanas de pérdidas.

Cuando llegamos a la aldea, llamé a la primera casa. Era de una prima de mi edad, que la había heredado de sus padres. Salió a recibirme con cariño y me abrió las puertas de su hogar al instante. Víctor insistió en quedarse en el coche, pero no se lo permitió. Mi prima llamó a Mara y a la Redonda, las dos únicas que ese día no estaban trabajando fuera. En menos de diez minutos estábamos sentados los cinco alrededor de una mesa.

—Era de esperar —comentó Mara cuando expusimos lo que creíamos que podría suceder—. No es el único sitio donde ha pasado algo así. Y las redes sociales ayudan mucho a coordinar estos planes descabellados.

—Voy a poner seguridad en la entrada, pero es imposible proteger todo el perímetro de la aldea. Cualquiera puede acceder andando por la ladera. Le daré a Zaira el teléfono del jefe de la operación para que os lo facilite. Cualquier cosa que veáis, llamáis; no tratéis de resolverlo por vuestra cuenta o se complicará aún más.

—Insistiré en eso —afirmó Mara—. Ahora marchaos, que nosotros nos encargamos de correr la voz. Zaira, no te preocupes por nosotras. Sabemos defendernos muy bien, no pasará nada.

Abracé a las tres mujeres antes de irme. No podría soportar que esto las salpicara a ellas también. Serían tiempos duros si teníamos que convivir con el temor de que los energúmenos llegaran para destrozarlo todo. Al menos la policía estaría en la zona.

Cuando regresé al chiringuito, Sandra hablaba con Juanillo, que parecía muy afectado. Fernando se acercó y me pasó su teléfono. En la línea estaba Ana, que quería reunirse conmigo. No supe muy bien dónde hacerlo, con tanta gente a nuestro alrededor y las zonas públicas asediadas por periodistas. Pero Sandra podría ser la solución. Hablé con ella y le pedí que nos prestara su casa por un rato, para tener intimidad.

—Claro, Consuelo está en su país y no hay nadie en la casa de invitados. Yo voy para allá y os la abro. Allí podéis estar cómodos y con privacidad.

Fernando estaba inquieto. Demasiado café y demasiadas horas sin descansar estaban afectando a mi amigo. Yo no tenía mejor aspecto. El beso con Víctor era una imagen que aparecía en mi cabeza cada pocos minutos y me hacía sentir culpable por no centrar mi mente en lo que era importante. Tenía que reconocer que hacía mucho tiempo que no sentía nada igual al besar a alguien. No era el momento para tener la cabeza ocupada. Necesitaba tener la mente fría y estar concentrada en la situación que vivía mi familia.

—Quiero que recopilemos lo que tenemos hasta ahora —dijo Ana mientras dejaba encima de la mesa unos folios llenos de esquemas—. La cosa se está complicando y tengo motivos para pensar que no están investigando en otra dirección.

—¿Qué quieres decir? —pregunté, preocupada.

—Quiero decir que si no están buscando al culpable es porque creen que ya lo tienen.

Me levanté nerviosa de la silla y miré por la ventana. Los rosales de Sandra, repletos de flores, llenaban de color el rincón del jardín que más me gustaba.

—¿Cómo sabes eso? —consultó Fernando—. ¿Tienes una fuente dentro?

—Algo así —respondió Ana—. Tengo información suficiente para saber que no hay otra línea de investigación. Tenemos que esperar a la autopsia para tener más datos, pero por el parte médico sabemos que sufrió un único golpe fuerte en la cabeza. En el cuerpo había restos de alcohol, pero nada de drogas. He estado en el lugar de los hechos y creo que lo que pasó fue que lo golpearon y perdió el equilibrio. Cayó hacia atrás con tan mala suerte que se dio con el bordillo. Fue en la misma calle donde está su portal, justo enfrente. No hay cámaras de seguridad.

Ana torció el gesto y adoptó un tono aún más grave:

—Os voy a ser sincera, tenemos que investigar nosotros. Si la policía no tiene ningún otro sospechoso, tenemos que buscarlo. Y vamos a empezar ahora mismo. Zaira, tú no puedes venir.

—¿Por qué no? —pregunté, contrariada.

—Llevas escrito en la cara que eres gitana. Y los vientos en este momento no corren a favor de la integración —comentó Fernando en un intento de bromear—. Yo iré con Ana. Intentaré estar de vuelta a la hora de la cena.

—No te preocupes, me temo que podré yo sola con el salón. Le pediré a Sandra que me ayude. ¿Qué es lo que vais a hacer? —pregunté con curiosidad.

—Vamos a empezar por el principio. Zaira, comienza a investigar sus redes sociales. Analiza cada foto y anota todo lo que creas que proporciona información sobre el chico. Eres psicóloga, elabora un perfil del muchacho. Necesitamos saberlo todo. Fernando, nosotros vamos al barrio; vamos a pegar casa por casa, a ver si alguien vio o escuchó algo. No hay ni una sola prueba que conecte a Yeray con la escena del crimen. Eso quiere decir que la policía está más perdida que el barco del arroz. En cuanto terminemos nos reunimos y vemos lo que tenemos.

Me marché sola para el chiringuito con la sensación de que no iba a poder aportar gran cosa a la investigación que Ana había planeado hacer. Sabía que Fernando era bueno indagando. Cuando hizo las prácticas, él y Ana sacaron a relucir una trama de blanqueo de dinero que le mostró a Fernando con qué sensaciones no se quería levantar por la mañana.

El restaurante estaba vacío. Hasta los tíos de la aldea se habían ido. Le dije a mi abuelo que lo mejor era que cerráramos esa noche y nos fuéramos a descansar. Con pesar asintió. Bernardo hablaba en la barra con Alba, que parecía molesta por algo.

—¡Es que esta mujer es tonta! —gritó Bernardo—. A ver si crees que la vida se para por las tonterías que haga tu hermano. Eres mi novia, tendremos que tener relaciones en algún momento, ¿no? ¿O yo no importo nada? Solo te importa tu hermano.

—Bernardo, por favor —le pidió Alba—. Creo que no es el momento ni el lugar para hablar de estas cosas. Ahora me voy un rato contigo y hablamos.

Alba estaba tan avergonzada que no sabía cómo actuar. Si se metía dentro y evitaba la confrontación, sabía que él gritaría hasta soltar todo su veneno. Pero también tenía claro que, cuando su novio tenía ese comportamiento, era imposible calmarlo. Sin saber cuál era la mejor opción, si entrar o quedarse fuera, optó por ponerse delante de él y esperar a su reacción.

—«Hablamos», no. No tengo ninguna intención de hablar. Estoy harto de hablar contigo. Ahí te quedas con tu bonita familia, que yo me voy a buscarme la vida —dijo marchándose con prisas.

Alba salió corriendo detrás de él y lo agarró del brazo. Olvidó que los periodistas la grababan. Cuando Bernardo se dio cuenta, se fue para el que le estaba apuntando con la cámara y estuvo a punto de agredirlo.

Suspiré al comprobar cómo se complicaba todo en un momento. Cómo no éramos capaces de resolver la situación con calma y sin dar más carnaza a los que intentaban demostrar que éramos una familia problemática. Alba entró llorando y sentí que no podía consolarla. Y no podía porque lo único que quería era decirle que estaba enamorada de un ser despreciable, horrible, que la utilizaba y la trataba con la punta del pie. Que estaba confundida, que quien te quiere no te hará llorar. Que tenía que dejar a ese cínico que acababa de informarle en público que si no tenía relaciones sexuales con él, se las buscaría con otra. Pero no era el momento. Me llevaban los demonios y la ira no era buena compañera de discurso. Nunca era el momento. Ese era mi verdadero problema. Y estaba dejando que Alba malgastara su vida con alguien que la estaba maltratando.

—Ahora no, tata —me dijo en cuanto me vio entrar en la cocina—. Lo que menos necesito ahora es escuchar uno de tus sermones.

—Lo sé. Sé que nunca necesitas de mis sermones. Y estás consumiendo tu juventud sin escucharlos, pero con un hombre que no te da absolutamente nada. Vamos a sentarnos en el salón un momento, por favor —rogué intentando estar calmada.

—Claro que me da, tata, yo soy feliz con él. Cuando estamos solos me hace reír, es atento y cariñoso. Pero luego tiene un pronto muy malo que no sabe controlar.

—Alba, una pareja no es para meterla en una jaula de cristal y convivir con ella dentro. Una pareja te hace feliz en todos los contextos de tu día a día. Tienes que sentirte orgullosa de él, compartir tu vida, no los tres ratos que a él le sobren. Y con esto no te estoy diciendo que no tengáis un espacio individual...

—Me callé al darme cuenta de que no estaba llevando la conversación por donde quería.

—Bernardo me quiere, pero tiene un carácter difícil. No se controla y dice todo lo que se le pasa por la cabeza, sin filtro ninguno.

—Ese es el verdadero problema, Alba, lo que a él se le pasa por la cabeza. No el filtro que le falta. Estás pasando un mal momento. Tu hermano está detenido. Y a él lo único que le preocupa es que no tiene intimidad contigo. No piensa ni por un solo momento en ti. No te pregunta cómo estás y si necesitas algo. Y él es tu familia, y no tiene excusa ninguna, que tu primo Manuel es su jefe y le hubiese dado los días que hubiese necesitado para ayudarte.

—Es que él no soporta el restaurante. No sirve para estar trabajando detrás de una barra —argumentó Alba.

—Alba, te pasas la vida justificándolo. Y no se lo merece. No le gusta trabajar detrás de una barra, pero sí que se siente cómodo en el otro lado. Y le importa bien poco que tú estés sudando tinta en la cocina, no entra a ayudarte.

—Pero si no sabe ni hacer un huevo frito. ¡Cómo me va a ayudar, tata!

—Mírame a la cara y dime las cosas buenas que tiene Bernardo. Dime las cualidades positivas que todo el mundo puede ver y disfrutar —le pedí en un último intento por mostrarle la realidad que se negaba a ver.

—Tiene muchas cosas buenas —dijo sin enumerarlas.

—Dímelas, me encantará conocerlas.

—Es muy bueno con los caballos, es muy trabajador y es responsable.

—Alba, el primo Manuel le ha echado cientos de broncas por llegar borracho al trabajo. Y si no lo ha despedido es por ti.

—No seas exagerada, que han sido solo un par de veces. Que ha ido a alguna fiesta y se le ha ido el santo al cielo y se ha tenido que ir a trabajar del tirón y...

—¿Y dónde estabas tú? —interrumpí—. Te lo digo yo: en la cama.

—Pero eso es culpa mía. Me dice que me vaya con él, pero yo tengo que trabajar y si trasnocho no puedo con mi cuerpo al día siguiente. No es fácil ser mi pareja, tata, no es nada fácil vivir con una persona que trabaja tanto como yo y que tampoco es que sea una belleza.

—Qué me estás contando, Alba. Tú eres una belleza. Eres una de las mujeres más guapas que conozco.

—Tata, me sobran por lo menos diez kilos.

—Alba, no te sobra ni un gramo, pero estoy segura de que el que te hizo creer eso también es Bernardo.

—Él me lo dice por mi bien, para que me cuide y no me convierta en una mujer con sobrepeso.

No podía creerlo. Alba tenía una talla cuarenta. No le sobraba ni un solo gramo. En cambio, a Bernardo le sobraban veinte kilos y le faltaba cerebro. Cuanto más indagaba, más me daba cuenta de la manipulación que sufría mi prima. La había herido tanto en su autoestima que no se consideraba merecedora del amor de nadie. Me enfadé conmigo misma por no haber puesto remedio antes. Por no haber hecho más por ayudarla.

—Alba, ¿te estás oyendo? Aquí el que tiene sobrepeso es Bernardo. Y con lo que bebe no considero que ponerse a dieta entre dentro de sus planes. Tienes una talla cuarenta, por el amor de Dios. Tengo dos tallas más que tú y no me considero una mujer con sobrepeso.

—Tata, es que tú estás equilibrada, por todos lados igual. Yo solo engordo de cara y de barriga.

—De verdad que no puedo creer lo que me cuentas —dije en un intento por calmarme—. Puedo entender que estés enamorada, pero no puedo entender que quieras compartir tu vida con alguien que no te valora, que no te apoya y que no te cuida. Lo mismo tendrías que empezar a pensar si Bernardo está enamorado de ti.

Alba miró al suelo. Las lágrimas que llevaba rato aguantando comenzaron a brotar sin remedio. Me sentí mal, muy mal, no era momento para que sufriera por eso, pensé.

—Perdóname, Alba, no es momento para tener esta conversación. Será mejor que nos vayamos a casa y descansemos. Voy a decirle al abuelo que apague el fuego de la barca y nos vamos.

Después de hablar con mi abuelo, rodeé el chiringuito para ir a buscar a Juanillo y que se viniera con nosotros también. Quería charlar con él, saber cómo se encontraba, pero estaba hablando con varios amigos en la orilla. Su cara de preocupación me conmovió. Los amigos reían e intentaban arrastrarlo en sus bromas, pero no lo conseguían. Supuse que le vendría bien estar un rato más con ellos y le mandé un mensaje diciéndole que le dejaba su ropa y sus llaves en el pequeño almacén, porque cerrábamos y nos íbamos.


En casa, me senté en el sofá y me sentí sola. El silencio de mi salón contrastaba con el estruendo de mi cabeza. Oí un ruido fuera y me acerqué a la ventana. Sandra llegó en bicicleta cargada con una vieja mochila a la que tenía cariño y negaba una merecida jubilación.

—He traído provisiones para una fiesta de pijamas —me dijo enseñándome una bolsa repleta de golosinas.

—Espero que hayas traído mis favoritas.

—No lo dudes, he ido a la tienda noruega por ellas. Traigo una colección de bombones de todos los colores posibles y caramelos de regaliz salados. Pero también traigo hambre, así que vamos a pedir algo que aporte un poco de proteínas al cuerpo.

—¿No te valen los hidratos de carbono? Tengo una pizza en el congelador.

—Qué se le va a hacer, me intoxicaré por solidaridad. Soy una buena amiga. Podrías haber recibido algunos otros dones de tu familia, como el de cocinar como tu prima o tu abuelo. Pero no, me tocó la amiga de los ultraprocesados.

Me cogió por los hombros y me acompañó a la cocina. La puse al día de lo que estaban haciendo Ana y Fernando y de la tarea que me habían encomendado.

—Creo que son una familia acomodada, ¿no? Recuerdo que el padre era un pieza en su juventud y acabó peleado con medio pueblo. Pero del hijo no sé absolutamente nada. Vamos a mirar sus redes sociales. Empieza por Instagram, que es la que más usan.

Cuando comencé a mirar las fotos sentí una pena enorme por ese chico que había perdido la vida de forma tan trágica y siendo tan joven. En todas las imágenes parecía feliz. En la última, llevaba una camisa rosa de marca y sonreía junto a dos chicas. Los tres mostraban sus copas, que debían contener algún cóctel de color rojizo. Miré atentamente la postura corporal de las muchachas, ninguna parecía ser su pareja. Continuamos revisando las fotos en busca de algo que fuera significativo.

—Está claro que era muy sociable, tiene un montón de fotos con personas distintas —confirmó Sandra.

—O quizá era todo lo contrario. Que todas sean con personas distintas nos indica que no tenía muchos amigos de los que están siempre en la vida de uno, lo que es raro a los dieciocho. Si te fijas, en la mayoría salen chicas extranjeras, que puede que estén de paso. No hay fotos de grupo ni con amigos haciendo una barbacoa o pasando un día en la playa —concluí sin tener muy claro lo que podría aportar eso a la investigación de Ana.

—Mira esta —dijo Sandra enseñándome su móvil—. La chica que sale aquí detrás me suena.

Miré la imagen detenidamente. Estaba hecha desde una mesa al lado de un bar de copas. Se veía a tres chicas tomando un refresco. Las tres eran ajenas a la foto. No posaban y no parecían darse cuenta de que alguien las estaba fotografiando de fondo.

—Es Saray, la hija de mi primo Manuel. Me da la impresión de que les hizo esta foto sin su consentimiento, pero con toda la intención de que salieran en su selfi.

Abrí la foto y vi que Saray sonreía a alguien que tenía enfrente, pero que no aparecía en la imagen. Cuando la amplié, me di cuenta de que la otra chica era Tamo. Muy maquillada, parecía una mujer distinta a la que venía a trabajar cada día.

Esa foto me acababa de dar la clave. Era una de las piezas del rompecabezas que me faltaba.

# 15

Ana y Fernando aparecieron casi de madrugada. Aunque traían cara de cansados, se les veía animados. Sandra y yo llevábamos horas revisando las imágenes de las redes sociales. Preparamos una ensalada y calentamos la media pizza que nos había sobrado de nuestra improvisada cena.

—Esto es lo que hemos averiguado —comenzó a contarnos Ana—: Álvaro siempre fue un chico problemático que tenía una relación pésima con su padre. Chocaban continuamente por su similitud de caracteres. No se le conocía oficio ni beneficio, aunque todos los que estamos aquí sabemos a qué se dedicaba.

—No hemos averiguado para quién distribuía, pero sí que todo el mundo sabía de sus trapicheos. No era muy querido en su barrio. Ha habido un testimonio que nos ha conmovido especialmente —explicó Fernando—. Y me temo que no va a ser el último que vamos a encontrar.

—Hemos hablado con unas chicas que estaban sentadas en la plaza al lado de la casa de Álvaro. No se miraban entre ellas, distraídas con sus móviles, y tenían unos veinte años. Cuando hemos preguntado por él, nos han dicho que era una basura y que estaba mejor muerto. Una ha querido ser más explícita, pero las amigas no la han dejado hablar. Hemos esperado casi dos horas, a que se fueran a casa, para poder abordar a esa chica en el camino. Lo he hecho yo sola para no intimidarla. No me ha costado mucho que me contara toda su historia. Tiene una hermana de quince años que ha estado enganchada a varias drogas y que ha hecho verdaderas barbaridades para conseguirlas. Y sabemos que Álvaro le proporcionaba tusi.

—¿Quieres decir que ofrecía droga a adolescentes? —pregunté, incrédula—. El tusi es la cocaína rosa, no es muy común en esa edad.

—Eso parece —contestó Ana—. La chica se ha echado a llorar, lo ha pasado francamente mal. No he querido indagar más, porque es una menor, pero tenemos un dato muy importante. El padre de esta chica tuvo una pelea con Álvaro. Lo denunció a la policía y se abrió una investigación, pero no pudieron probar nada. Tengo que hablar con él. Es nuestro primer posible interesado en que Álvaro desapareciera del mapa. Mañana lo voy a buscar. Quizá nos dé algún dato interesante.

—Esto va a ser una tarea enorme —anuncié, desolada—. Si ese chico vendía droga a los adolescentes, muchos padres lo deben de odiar. Y cualquiera puede haberlo golpeado.

—No desesperes —dijo Ana—. Encontraremos al culpable, ya verás. Somos inteligentes y tenemos en nuestro equipo al mejor investigador de la ciudad.

Fernando sonrió y se metió en la boca el último pedazo de pizza.

—Hay algo más —dijo Ana—. Otra cosa que nos ha llamado la atención. No tiene amigos en el barrio. Ni uno solo.

—No tiene amigos en ningún sitio —ratifiqué—. En sus redes sociales no hay nadie que salga más de una vez con él en una fotografía, ni una sola vez. Siempre se hace selfis solo o rodeado de gente que está de paso. Creo que es gente a la que le pedía hacerse una foto. O a la que le vendía la droga.

—Hay una cosa que no entiendo —preguntó Sandra—. El tusi es una droga sintética muy cara. No tenía constancia de que se vendiera en Benalmádena. Si este chico se dedicaba a esto, debería manejar pasta. Y no hay alarde de ello en ninguna de sus fotos. Y eso es rarísimo. Normalmente este tipo de personas suelen llevar ropa de marca, relojes caros y coches de lujo. Y Álvaro aparece comiendo en el Burger King. Hay alguna pieza que no encaja aquí.

»Pero vamos a averiguarlo ahora mismo —continuó—. Levantaos, que nos vamos de marcha. Nos vamos al puerto, a buscar a un conocido mío que sabe de esto muchísimo más que nosotros. Ha salido de prisión no hace mucho y tengo que gestionarle unas ayudas, así que va a estar encantadísimo de colaborar.

Salimos rápido, sin entretenernos. Le di las llaves a Fernando para que condujera. Ana se sentó delante y Sandra y yo nos acomodamos detrás. Aparcamos después de dar una decena de vueltas, bastante cerca de nuestro objetivo.

—Voy yo primera a hablar con él. Cuando lo tenga en un lugar apartado, aparecéis vosotros —nos propuso Sandra—. Estoy segura de que lo encontraremos aquí; no tiene ni un euro y de algo tiene que vivir. No conoce otra cosa.

—Menuda reinserción después de cumplir la condena —murmuré en voz baja.

No tuvimos que caminar mucho para encontrar al Pájaro, el apodo que heredó de su familia paterna. Estaba ofreciendo folletos de viajes turísticos en barco a un grupo de turistas que venían de despedida de soltera.

—Pájaro, ven un momento, necesito hablar contigo —llamó Sandra desde la galería que albergaba los locales comerciales.

—Que yo no estoy haciendo nada malo, ¿eh? Solo estoy trabajando honradamente —le contestó a Sandra mientras levantaba las manos para mostrarle los folletos.

—No te preocupes, solo quiero que me ayudes en una cosa. Si necesitara comprar cocaína rosa, ¿dónde tendría que ir a buscarla?

—Usted está loca, señorita. Eso es muy malo y usted es muy bonita para echarse a perder. Olvídese de eso.

En ese momento nos acercamos todos y el hombre se desconcertó.

—¡¿Qué?! ¿Sois de la pasma? Yo me voy de aquí, que no he hecho nada y al final pringo como siempre.

—Espérate un momento, hombre, que no somos de la policía. Somos periodistas y estamos haciendo una investigación sobre la distribución de drogas en la costa del Sol —mintió Fernando—. Y tu nombre no va a salir en ningún lado.

—No quiero líos, que al final me dan por chivato.

—Escúchame —dijo Sandra—. Mañana mismo voy a mandar tu solicitud de ayuda y voy a molestarme en llamar para que la aceleren. Un favorcillo que te voy a hacer, así que hazme tú a mí otro, hombre…

—Pero vamos a ver, que yo de droga no sé *na*. ¿Qué quiere que le diga?

—Muy fácil: quién es el que mueve en el pueblo lo gordo. No queremos el menudeo —afinó Fernando—. Un nombre y nos vamos.

—Pero qué nombre os voy a dar yo, si no sé ninguno.

—Contéstame a esta pregunta —propuse cuando me di cuenta de que yo podía tener la respuesta—: ¿siguen siendo los mismos que hace veinte años?

El Pájaro se quedó pensativo unos segundos.

—Pues claro, cualquiera cambia las cosas con vosotros. No hay manera, ellos son los reyes y eso no va a cambiar en la vida.

—Vámonos —ordené—. Ya sé quiénes son.

Caminamos en silencio hasta el coche y, en cuanto nos subimos, Fernando llegó a la misma conclusión que yo.

—Ha dicho que son como tú, así que se refería a que son gitanos. Y si siguen siendo los mismos tienen que ser los Bocachanclas. No hay ninguna duda.

—Exacto, ellos siempre han manejado la droga de toda la costa, pero no son gitanos. La gente cree que sí, porque el hermano mayor tiene la piel muy morena. Al vender drogas y tener ese aspecto, los prejuicios hacen el resto —argumenté.

—No podemos ir a verlos, son gente muy peligrosa —dijo Sandra.

—Pero sé de alguien que los conoce muy bien y que siempre se ha ganado su respeto. Querían a toda costa vivir en la aldea y cada vez que se vendía una casa eran los primeros en ofrecer una suma considerable de dinero. Algunas veces triplicaban la oferta. Pero nunca lo consiguieron, en gran parte porque nos unimos; no queríamos gente entrando y saliendo de nuestra calle con drogas.

—¿Por qué ese interés en la aldea? —preguntó Ana.

—Porque está apartada del pueblo, no va nadie que no viva allí, no es un sitio de paso y la policía no aparece. Algunas de las casas están incrustadas en la ladera, con muchos recovecos, por lo que tienen la privacidad suficiente para cargar y descargar sin que nadie vea nada. Mi primo Manuel estuvo en el colegio con uno de los Bocachanclas, el más pequeño de los hermanos, y se hicieron muy amigos. Manuel luchó mucho para que no siguiera la estela de su familia. Incluso le propuso poner un negocio juntos, pero no lo consiguió. Manuel sintió mucho la decisión de su amigo sobre su futuro, todos pudimos ver de cerca los intentos que hizo por sacarlo de allí. Dejaron de salir juntos cuando mi primo entendió el riesgo que corría si iba con él en el coche, los paraba la policía y llevaban drogas. Fue difícil para ellos; se querían y se vieron separados por las circunstancias.

»Si alguien puede acercarse a ellos, ese es Manuel. Sé que durante este tiempo han estado en contacto y que, aunque ha luchado con uñas y dientes para que no se establezcan en la aldea, lo sigue apreciando —concluí.

—Esto cada vez se vuelve más complicado —aportó Sandra—. Aunque hoy me he sentido una detective sacada de una película de sobremesa, con chantaje e intercambio de favores incluidos. Madre mía, cómo me ha gustado, lo mismo me planteo un cambio de rumbo.

Todos nos echamos a reír. Fernando dejó a Ana junto a su coche y llevamos a Sandra a su casa, porque cambió de planes cuando mi amigo manifestó que quería quedarse a dormir conmigo.

Sonó mi teléfono en cuanto entré por la puerta. Era un mensaje de Víctor, en el que me decía que no se podía quitar de la cabeza el beso de esa mañana. Al leerlo sentí un cosquilleo extraño en mi estómago, una sensación que se expandía por el resto de mi cuerpo y que revivía cuando Víctor ocupaba mi pensamiento. Habían pasado tantos años, habíamos vivido tanto que no podía creer que siguiéramos sintiendo la misma química, la misma sensación al besarnos. No le contesté, lo dejé para más tarde como el que se deja el último bombón para después de cenar, aplazando el dulce momento.

Fernando no estaba dispuesto a dormir en el sofá. Se dio una ducha y se metió en la cama conmigo.

—No vas a creer el numerito que ha dado Bernardo en el restaurante.

—¿Qué ha hecho esta vez? —preguntó mientras se incorporaba y se colocaba un cojín en la espalda.

—Delante de todos le ha recriminado a Alba que no tienen intimidad. Y que él no tiene que pagar los errores de su hermano.

—¡No puede ser verdad! —exclamó Fernando—. No puede llegar a ser tan cínico.

—Pues vas a poder ver que sí: se ha marchado, Alba ha salido llorando tras él y los han grabado. Estoy esperando a descubrir en qué parte de nuestro culebrón colocan la escena. Pero seguro que sale en algún programa de televisión. Y eso no es lo peor, Fer, lo peor es que he tenido una conversación con ella y he sido consciente de todo el daño que le está haciendo. Le está anulando la autoestima y, si no para ya, el daño va a ser irreparable.

—Lo sabía, sabía que era malo con avaricia y que le iba a hacer mucho daño. No me coge de sorpresa.

Un mensaje de Sandra nos interrumpió. Nos mandaba el link a una noticia publicada en uno de los periódicos más importantes del país. Al pinchar sobre el enlace, lo primero que vimos nos dejó helados. En la foto central, una periodista con un micrófono entrevistaba a un hombre. El hombre sonreía. Tardamos unos segundos en identificar quién era.

—No puede ser verdad —exclamé. Fernando tenía la misma cara de incrédulo que yo.

—Madre mía, esto se pone feo —añadió Fernando al ver la longitud de la entrevista.

El hijo de Amalia había aprovechado la ocasión para «aportar información» a los medios de comunicación. No queríamos leer la noticia, pero no teníamos otra opción.

Fernando la leyó en voz alta. Dolía la versión que estaba ofreciendo al mundo. Nos presentaba como una familia de estafadores que llevaba años enganchando emocionalmente a su anciana madre y que había ideado un plan para quedarse con su herencia, un piso con unas maravillosas vistas al mar. Describía con detalle ese maléfico plan en el que yo era la gestora, mis primos, los agentes asociados y mi abuelo, el ejecutor. La chica le preguntaba por las acciones legales que habían interpuesto y el hijo de Amalia afirmaba que habían presentado ya una denuncia en comisaría.

—Genial, mañana saldrán en todos los programas del corazón como los hijos impotentes que sufren por su madre. No me puedo creer que nos esté pasando esto —comentó Fernando—. ¿Qué más nos va a pasar?

Me callé. Sabía que estaba punto de salir a la luz algo que empeoraría aún más las cosas.

Escuchamos un ruido. Pegaron a la puerta. No esperábamos a nadie y nos sobresaltamos. No era una hora para visitas, así que corrimos a abrir temiendo que hubiese sucedido algo más.

Era Alba. Tenía la cabeza tapada con un pañuelo y lloraba en silencio.

—¿Qué haces aquí a estas horas, chiquilla? —pregunté—. Estás loca, con lo oscuro que está todo. Anda corre, pasa.

—No podía dormir —reconoció con pesar—. He visto una noticia… Le hacen una entrevista al hijo de Amalia y estoy convencida de que mañana estarán los dos en todos los medios de comunicación contando su versión. Y no puedo dejar de llorar.

—Nosotros hablábamos de lo mismo, mañana va a ser un gran día para esos dos tipejos —dijo Fernando—. Me acaba de escribir Ana, que tiene una amiga que los va a entrevistar y la está poniendo en antecedentes.

—Fernando, dile a Ana que entrevisten a la vecina de Amalia —dije—. En ese edificio todo el mundo conoce a esos señores y podrán dar otra versión. Si se exponen para hundirnos tenemos que contraatacar.

—Buena idea —reconoció Fernando—. También es cuestión de buscar a sus ex. Las dos se pelearon con ellos por el acoso al que sometían a Amalia, además de por ser dos alcohólicos. Si quieren guerra, la tendrán.

Cuando Fernando acabó de intercambiar mensajes con Ana, apagamos la luz para dormir un poco. Mi cama era grande y los tres cabíamos con comodidad. Cuando empezábamos a relajarnos, Alba lanzó otra bomba que nos hizo perder el sueño de nuevo.

—También van a entrevistar a Bernardo.

Encendimos la luz y Fernando y yo nos incorporamos a la vez.

—Alba —exclamé nerviosa—, eso puede ser peor que lo del hijo de Amalia. No puedes permitírselo.

—Lo he intentado, pero no he conseguido que cambie de opinión.

—¿Y qué tiene él que decir en todo esto? —cuestionó Fernando—. No lo entiendo, no tiene ni idea de nada y no es lo que se dice una persona afable que mida sus palabras. Estoy convencido de que va a meter la pata hasta el fondo.

—Tranquilos, he hablado con él y le he dicho que si habla una sola palabra mal de mi familia no lo vuelvo a ver en la vida. Así que lo hará bien.

—Oh, Alba, cuánto me tranquiliza eso —ironicé—. Se le ha dicho eso cientos de veces y por motivos diferentes en todos estos años y luego has vuelto con él. Al día siguiente, para ser más exactos. Bernardo tiene muy claro que puede hacer todo lo que quiera contigo, que tú se lo permites.

Me arrepentí inmediatamente de mis palabras. Fernando me miró con un «te has pasado» escrito en la cara. Pero lo más triste de todo es que los tres sabíamos que yo había dicho la verdad.

—Yo sé que Bernardo no os gusta, que no os cae bien, pero no es el monstruo que creéis —defendió Alba con vehemencia—. En el fondo es un hombre bueno que me quiere y desea lo mejor para mí.

—Alba, no es que nos caiga mal o que no nos guste. Desde fuera vemos cómo te trata y no demuestra mucho que te quiera. Tú estás dentro de la relación y no eres capaz de analizarlo con imparcialidad. Pero a nosotros nos duele ver cómo te habla y cómo te grita —confesó Fernando—. Muchas veces me he tenido que salir del restaurante para no partirle la cara. Te mereces algo mejor. No quieres ver que estás dentro de una relación tóxica que lo único que te hace es daño.

—Es que no me hace daño —se defendió Alba—. Es el hombre de mi vida y me hace muy feliz. Y vosotros tendríais que alegraros por mí. La muerte de mis padres fue un golpe muy duro y me costó mucho volver a sonreír. Y fue Bernardo el que me hizo sonreír de nuevo, el que me devolvió las ganas de vivir.

—Y soy capaz de entender eso, Alba —dije intentando no ser tan dura—. Pero las características personales de Bernardo no van a cambiar. Y es un hombre egoísta y sin un gramo de empatía en su cuerpo. Esas cualidades no son las mejores para convertirse en la pareja perfecta. Además, es machista, se cree superior a las mujeres. No puedes esperar que cambie, todo lo contrario.

—Es que no me entendéis. Yo lo quiero.

—Claro que te entendemos. Y sabemos que eso es así, pero también sabemos que no es suficiente. Para que una pareja sea viable hace falta algo más que el amor de uno de sus miembros —aclaré.

—Y los dos pensáis que Bernardo no me quiere.

—Alba, no es que creamos que no te quiere —aclaró Fernando—. Es que su forma de quererte no es muy sana. Bernardo llega a Las Cuatro Esquinas y, en vez de darte un beso y un abrazo, que sería lo más lógico, lo primero que hace es decirte «qué pelos llevas» o «qué ojeras tienes», y en el mejor de los casos te suelta un «ponme una caña». Pero nada más. Eso que tú vives como normal no lo es. Solo se dirige a ti para decirte lo que tienes que hacer. Y nunca le parece bien nada de lo que haces. Y tú haces muchas cosas bien. Eres una mujer preciosa, trabajadora y con un corazón de oro.

—Aunque ahora mismo no estamos muy cotizados en el mercado —bromeé—, estoy de acuerdo con Fernando. Nuestra intención con esta conversación no es que rompas tu relación, es que te des cuenta de cómo es vista desde fuera. Todo lo que hace Bernardo tiene una justificación para ti, pero hay cosas que son injustificables. Si quieres vivir esta historia y no quieres renunciar a ella, tienes que coger un sitio más adecuado y dejar claras muchas cosas. Y no permitir que te humille continuamente en público es una de ellas.

Alba reaccionó de forma positiva a mi última frase. Vio un salvavidas para que aceptáramos su relación y se aferró a él. Fernando entendió que la estábamos alejando de nosotros y que eso lo aprovecharía Bernardo. No quería correr ese riesgo.

—Voy a haceros caso. Le voy a poner las cosas claras. Y nuestros problemas los vamos a resolver en privado para que no os afecten a vosotros.

En ese momento Fernando y yo pensamos lo mismo. La conversación no había servido para absolutamente nada. Alba escondería las cosas para que no la censuráramos y poco más.

No era capaz de ver la realidad, así que decidí dejar el tema. Un mensaje de mi prima Alicia me cambió el humor.

—Es Alicia. Está convencida de que soltaran mañana a Yeray. No tienen ninguna prueba contra él, así que no pueden retenerlo más. Dice que no ha probado bocado y que continuamente le pregunta por nosotros. Espero que esta pesadilla acabe mañana.

—No te engañes, Zaira, la pesadilla solo acabará cuando encuentren al culpable. Ahora mismo, la opinión pública cree que Yeray es el asesino, y va a seguir siendo así con la ayuda de los hijos de Amalia. Lo que tenemos que conseguir es que Yeray no venga al chiringuito. Porque, si lo ven allí, todos los medios de comunicación irán a por él. Y eso va a ser un caos —aclaró Fernando.

—Nadie va a evitar que mi hermano vaya a trabajar. Eso lo sabemos. Ya le podemos decir misa, que no lo vamos a convencer. Creo que para esto tenemos que hablar con el abuelo. La única forma es que el abuelo se lo diga. Yeray no será capaz de contradecirlo. Y opino que es mejor que se lo pongamos fácil y le digamos que se quede en casa solo un día, para que vaya viendo todo lo que hay liado y se vaya haciendo a la idea —añadió Alba—. Vamos a descansar un rato, que mañana será duro.

Un par de horas fueron suficientes para reponer fuerzas. Nos despertó mi teléfono con una buena noticia.

—Alicia me ha mandado un mensaje —dije al consultar el móvil—. Que vayamos a comisaría, que lo van a soltar.

Nos vestimos lo más rápido que pudimos. Los tres habíamos convivido con el mismo temor y saber que no habían encontrado nada en su contra nos hizo respirar de alivio. Yo era la única que sabía que el alivio sería momentáneo, pero me aferraba a la esperanza de que el vídeo hubiera desaparecido y que todo volviera a la normalidad.

Cuando llegamos a la comisaría, Yeray estaba saliendo con Alicia, asombrado de la cantidad de medios de comunicación que lo esperaban en la puerta. Alicia nos hizo un gesto para que nos quedáramos en el coche. Entendimos que no quería que compartiéramos nuestra alegría con todos los periodistas que se habían congregado allí. Metimos a Yeray en el coche y dejamos que Alicia hiciera las declaraciones.

—Qué alegría poder abrazarte, hermano —dijo Alba—. Esto ha sido una pesadilla. ¿Cómo estás? ¿Cómo te han tratado?

—Ha sido horrible. Estar ahí encerrado ha sido una tortura. Me han tratado bien, pero me han interrogado cientos de veces. Una y otra vez las mismas preguntas. Ayer vinieron unos policías nuevos, y estos sí me hicieron preguntas diferentes, como más profundas. Me pidieron muchas explicaciones de todos vosotros sobre qué relación teníamos. No sé si era una estrategia para ver si mi cara cambiaba cuando mentía, pero al menos me trataron como si fuera inocente. Los anteriores me preguntaban continuamente cómo lo hice y qué es lo que había ocurrido.

»No os podéis imaginar la paciencia que he tenido —reconoció Yeray—. Pero claro, el miedo a meter la pata y a liarla me hacía estar sereno. Ha sido muy duro. Espero que esto se acabe aquí. Y que no tenga que volver más a ese sitio, porque al principio compartí calabozo con cada tipo… Madre mía, da miedo saber que esos especímenes están sueltos por el mundo.

—Pues nosotros tampoco lo hemos tenido nada fácil, Yeray, no te vamos a engañar —le dije—. Nos hicieron pintadas en el chiringuito y nos rompieron el cristal de la puerta con una piedra. El abuelo lo ha pasado fatal. Hay periodistas hasta en la sopa. Y hoy esperamos el plato fuerte. Ayer, los hijos de Amalia hicieron unas declaraciones a un periódico y contaron una película de terror. Ya te puedes imaginar cómo nos dejaron. Vamos a casa para que te puedas dar una ducha y decidimos qué hacer.

Cuando Yeray salió del coche, Juanillo ya lo estaba esperando y los dos se abrazaron con fuerza. Juanillo lloraba sin poder evitarlo y Yeray intentaba calmarlo, asegurándole que se encontraba bien. Alba y yo no pudimos aguantar la emoción que nos producía tan tierna escena. Mi abuelo salió y también abrazó a su nieto, que casi no se mantenía en pie de pura hambre.

—Pasa, hijo, que te he preparado un bocadillo de jamón serrano que te vas a chupar los dedos —dijo mi abuelo mientras le pegaba una palmadita en la espalda.

—Gracias, abuelo —contestó Yeray—, pero antes necesito darme una ducha, que huelo a gato muerto.

Antes de que le diera tiempo a Yeray de irse al baño, recibí un mensaje de Sandra pidiéndome que pusiera la televisión. La primera imagen que vimos fue la de los dos hijos de Amalia sentados en un plató de televisión, con cara de afligidos, como si se les acabara de morir un ser querido.

«Hemos sufrido mucho por culpa de esa familia —contaba uno de ellos con fingidas lágrimas en los ojos—. Son malas personas, que solo quieren dinero. Se han aprovechado de mi madre hasta dejarla sin un euro. Imagínese cómo era la cosa que todos los días iban a recogerla para que fuera a su chiringuito a comer. Y cuando terminaba, mi madre, toda inocente, les daba el monedero para que se cobraran y ellos cogían el dinero que querían. Viendo que era muy manipulable y que mi madre tenía una casa muy bonita y grande, a orillas del mar, decidieron que el abuelo se casara con ella para quedarse con todo. Se han casado hace unos días y han conseguido que nos deshhere. Estamos sufriendo mucho porque nos sentimos impotentes. Hemos acudido a la justicia, pero no se puede hacer nada».

Todos callábamos. Yeray ni parpadeaba. Mi abuelo se puso las manos en la cabeza. La presentadora hizo preguntas sobre la manipulación que supuestamente ejercíamos y la clase de personas que éramos. El perfil perfecto de una familia malvada.

Fernando cogió el móvil y llamó a Ana. Luego volvió a llamar a un número de teléfono que ella le había proporcionado.

La presentadora anunció que había alguien que quería entrar en directo.

Fernando se presentó como un camarero del chiringuito.

Y dijo todo lo que tenía que decir.

# 16

Esperamos en silencio a que le dieran paso para hablar.

«Buenos días. Me llamo Fernando y soy un trabajador del chiringuito. Les voy a dar algunos datos que le faltan a la historia que están contando esos "señores" —dijo haciendo hincapié en la última palabra—. Yo soy el que muchas veces cobraba el menú de Amalia, y tenía orden de los dueños del bar de no coger más de dos euros. Nunca, en años, se le ha cobrado más de dos euros por una comida. Un precio simbólico. Y lo que están contando es totalmente falso.

»Estos señores llevan años queriendo meter a Amalia en una residencia de ancianos para vender el piso, y ella ha luchado para que no fuera así. No quiere pasar sus últimos días sola y encerrada. Cuando esa señora está enferma, es la familia del chiringuito la que la lleva al médico, no sus hijos, que pasan meses y meses sin llamarla por teléfono. Y esto lo pueden ustedes verificar con la propia Amalia. Y pueden hablar con todos sus vecinos, que oyen los gritos de esos señores cada vez que van a su casa con el único propósito de quedarse con la propiedad para venderla. Amalia es una más de esa familia y el abuelo, antes de casarse con ella, lo primero que hizo fue firmar la separación de bienes, un documento que puedo facilitar al programa. Y también pueden confirmar con Amalia que esa separación de bienes es una idea que parte de su marido, no de ella».

No dio tiempo a reflexionar. La presentadora anunció que tenían otra llamada en la línea de aludidos.

La voz de Amalia sonó tranquila, lo que le dio cierta credibilidad. Yeray me miraba preocupado, el testimonio de Amalia podía ser clave para aclarar las cosas. Fernando estaba sudando y, aunque su intervención había calmado los ánimos, no estaba satisfecho del todo.

«Soy Amalia —dijo con calma—. Soy la madre de los dos hombres que tienen al lado. Y siento decir que soy una madre muy avergonzada del comportamiento de sus hijos. Pero no vayan a pensar que es algo nuevo, no. Llevo muchos años avergonzándome de su forma de ser y sobre todo de tratarme. Como bien ha dicho Fernando, una de las mejores personas que he conocido nunca, la familia entera es lo mejor que me ha pasado en la vida. Me han cuidado, me han querido y me han dado el cariño que no me han proporcionado mis hijos en todos estos años.

»A quien ellos acusan de manipularme y de casarse conmigo por mi dinero es el hombre al que amo, el que me ha traído durante todos estos años, hiciera viento o lloviera, la cena a mi casa. Nunca he pagado un euro por ella. En cambio, ellos, cuando supieron que me iba a casar, sí que fueron y destrozaron el chiringuito, lo que, como ustedes comprenderán, como madre tengo que condenar. No se resuelven las cosas rompiendo el negocio de nadie. Y esta es la verdad, muy dolorosa para mí, para una madre. Porque no se pueden imaginar lo que me está doliendo exponerla en público».

Conocía a Amalia y sabía la vergüenza que estaba pasando. No era una mujer que expresara sus sentimientos con facilidad, y quedarse desnuda ante un país entero le estaría costando mucho esfuerzo. Y más que era su familia la que se estaba descubriendo ante una audiencia que iba a sacar sus propias conclusiones.

«Mamá, estás mintiendo —dijo el mayor de los hijos—. Te han comido la cabeza. Estás como si estuvieras en una secta».

Amalia respiró hondo. Todos pensamos que se iba a derrumbar y se echaría a llorar.

«Hijo, puedes seguir mintiendo todo lo que quieras. Soy tu madre y la única que te va a querer pese a todo. Pese a que seas una mala persona y pese a que me quieras meter en una residencia. Que tengan un buen día».

La presentadora se quedó por unos instantes sin saber qué decir. Los hijos de Amalia intentaron aportar más datos sobre su versión de la historia, pero la sinceridad de Amalia y su forma de trasmitirla les había robado toda la credibilidad.

En ese momento, sentí una inmensa pena por ella. Lo que sufría Amalia en su vida sí que era una verdadera condena. Era tan ajeno al concepto de familia que nosotros disfrutábamos que me sentí una privilegiada. Para nosotros la familia era algo sagrado. No se dejaba a ningún miembro atrás y todos los conflictos se solucionaban con ayuda de nuestros mayores, que siempre estaban dispuestos a mediar. No éramos una familia perfecta, ni mucho menos, pero el amor que nos teníamos estaba por encima de todo. Nuestro abuelo, para nosotros, era la figura más entrañable y querida de la familia. Le respetábamos y cuidábamos a partes iguales. Su bienestar estaba siempre por encima del nuestro. Era algo implícito, que no teníamos necesidad de hablar. Pertenecía a nuestro código ético y nadie se planteaba que pudiera ser de otra manera.

Tardamos un rato en digerir la conversación de Amalia y otro en convencer a Yeray para que se quedara en casa. Como esperábamos, no fue fácil y tuvo que ser mi abuelo el que dijera la última palabra, ejerciendo su autoridad de forma afable.

—Llevas varios días sin dormir y necesitas reponer fuerzas, y ya te digo yo que hoy te quedas aquí, sin negociación. Mañana ya hablaremos —ordenó.

Lo aceptó protestando. Argumentaba que estaba descansado y que podía aportar más en el restaurante, pero mi abuelo fue implacable.

Nos fuimos al chiringuito con la esperanza de que el día fuera mejor que los anteriores. Las pérdidas que se acumulaban se iban a notar en invierno, pero ya las afrontaríamos como pudiéramos. Nos alivió que solo hubiera un par de chicos de la prensa en la puerta; nada que ver con lo que habíamos vivido durante los días anteriores.

Mucho más relajados por la certeza de que Yeray estaba bien, comenzamos con las tareas diarias. Yo me encargaría del salón con la ayuda de los dos camareros y Fernando se haría cargo de la terraza. No esperábamos el público habitual para la época en la que estábamos, así que pensábamos que todo iría bien. Podíamos ir cambiando de sala a los camareros según las necesidades.

Nos sentamos a desayunar con otro ánimo, con una energía renovada, con un descanso en el cuerpo y en el espíritu que nos permitía coger fuerzas de nuevo. Aunque no teníamos ganas de bromear, como de costumbre, nuestro apetito sí que había resurgido y lo demostramos dando cuenta de los platos de tostadas.

—Oye, Alba —recordé de pronto—. ¿No le hacían a primera hora la entrevista a Bernardo?

Alba miró la taza del café fijamente y guardó silencio unos segundos. Una mirada avergonzada nos adelantó que algo había ocurrido.

—No se la hicieron al final. Bueno, sí, le hicieron un cuestionario previo y luego decidieron no seguir, seguro que diría alguna barbaridad de las suyas —contó Alba queriendo quitarle importancia al asunto.

—Seguro que sabes lo que dijo. Anda, cuéntanoslo —pidió Juanillo.

Alba se lo pensó, pero seguramente decidió que unas risas nos iban a sentar bien aquella mañana.

—Se puso a contar que en el chiringuito se vendían los mejores quesos de la ciudad —narró Alba sin poder aguantar la risa—. Y cada vez que le preguntaban por algo del chiringuito, decía que no sabía, que él lo único que hacía aquí era vender los mejores quesos de la zona.

Mi abuelo se atragantó con el café al darle un ataque de risa. En ese momento deseé que nadie ni nada rompiera lo que teníamos, que no ocurriera lo inevitable y que pudiéramos dormir tranquilos el resto de nuestras vidas. Que esos desayunos entre risas fueran lo más emocionante del día. Comenzaba a albergar la esperanza de que sería así. Me empezaba a relajar, dejando que mi memoria selectiva guardara en algún rincón lo que me impidiera ser feliz.

En cuanto terminamos de desayunar aproveché para charlar un rato con Juanillo en las hamacas. Quería tener una conversación para saber cómo se encontraba. Era consciente de que había pospuesto ese tiempo a solas por no contagiarle el miedo que yo sentía, pero quizá él tenía más miedo que yo y necesitaba hablarlo con alguien. Me di cuenta de que la angustia lo estaba ahogando. Y no era capaz de transmitirle un poco de tranquilidad. Lo encontré huidizo, sin ganas de tratar el tema, y lo entendí: lo que no se nombra parece que no exista. Pero necesitaba hacerle preguntas, saber qué pasaba por su cabeza.

Charlamos un rato y, para no agobiarlo más, me marché y me metí en la cocina. Ayudé a Alba a limpiar y trocear las verduras, a preparar los postres que había escogido ante la posibilidad de tener que congelar el sobrante. La mañana pasó muy rápido. Y todos disfrutamos de la paz que se respiraba. Sin perder de vista la puerta de entrada, fuimos viendo cómo los periodistas llegaban, se quedaban un rato apostados en la acera de enfrente y se iban con las manos vacías. No estaba Yeray, que podía haber sido la foto del día, y dentro no pasaba nada que generara una noticia. Eso sí, a mediodía tuvimos las mesas llenas. La mayoría eran curiosos que se acercaban para saber cómo le había ido a Yeray y cómo se encontraba. Algunos periodistas también lo intentaron; se hicieron pasar por comensales interesados, pero Fernando los calaba al instante y nos avisaba para que tuviéramos cuidado. Nuestra respuesta era siempre un amable «está bien, gracias» que no daba lugar a seguir indagando.

Justo cuando se retiró la última mesa, apareció Víctor con un montón de papeles en la mano. Me pidió que me sentara con él unos minutos y me expuso su contenido. Estaba contento, animado y sonreía sin parar. Yo lo miraba intentando no contagiarme de la cercanía que me ofrecía. La complejidad de los momentos que vivía me hacía ser precavida, poner barreras que me protegieran de una herida que solo era una posibilidad.

—Ya he formalizado la Comisión del Absentismo y tengo un calendario oficial. Te he traído una copia para que me des el visto bueno antes de mandárselo al resto de los participantes.

»Espero que las cosas estén más calmadas por aquí —dijo para cambiar de tema—. He hablado con Yeray esta mañana y lo he encontrado muy bien. Subiéndose por las paredes, pero bien. No le ha gustado que lo dejéis en casa, pero habéis hecho lo correcto. Si él estuviera aquí, los medios de comunicación no hubiesen parado de hacerle fotos. Les hubieseis regalado la noticia. De esta manera, no hay fotografía ni imágenes.

—Ya sabes cómo es mi primo, no puede estar sin trabajar. Hoy lo hemos conseguido, pero me temo que mañana no va a poder ser. Estoy segura de que lo tendremos aquí.

—Se me ha ocurrido que mañana, que estarás más descansada, podemos salir a dar un paseo cuando termines —me invitó con timidez.

—Termino muy tarde.

—Nunca es tarde para caminar por esta orilla, Zaira. Te mando un mensaje por la noche y me vas diciendo. Hay dos periodistas que al entrar me han preguntado por Yeray. Les he dicho que se ha ido de vacaciones unos días, lejos de aquí. —Me guiñó un ojo, sonriendo, y se marchó.

La perspectiva de dar un paseo con él, de compartir un rato de intimidad me ilusionaba. Lo disfrutaba mientras lo pensaba y sabía que lo volvería a disfrutar cuando sucediera.

Las ideas que me había propuesto Víctor sobre mis proyectos me encantaban. Eran los dos problemas principales en ese momento. Tanto el absentismo como el abandono escolar eran muy altos entre la población gitana, y trabajar para que eso cambiara era esperanzador.

Sandra vino después de comer y le conté la primera propuesta de Víctor, guardándome para mí la segunda. Habíamos quedado con Ana para seguir haciendo averiguaciones sobre el asesinato. Aunque todos preferían dejar la cosa como estaba, animé a Ana a seguir; no quería que nos volviera a salpicar y que no estuviéramos preparados. En realidad, ese argumento sobre la necesidad de encontrar la verdad enmascaraba mi miedo, porque sabía que la historia no había acabado.

Estuvimos las tres charlando un rato. Expusimos lo que teníamos y planteamos las respuestas que nos quedaban por encontrar.

Sandra se quedó ayudando en el chiringuito mientras Ana y yo íbamos a visitar a mi primo Manuel. A aquella hora estaba en su oficina rodeado de papeles. Con anterioridad habíamos acordado cómo se lo íbamos a pedir. No iba a ser fácil para Manuel, pero lo conocía desde que era un niño y si a algo no se podía negar era a ayudar a la familia. Nos esperaba serio. Lo habíamos avisado con un mensaje, pero desconocía el motivo de la visita.

—Acomodaos en las sillas, voy a coger una de la sala de espera para mí —dijo mientras salía.

Manuel era tratante de caballos. Se dedicaba a la cría de pura raza y tenía los más bonitos y cuidados de la ciudad. Otra parte de su trabajo consistía en salvar animales que sus dueños habían abandonado a su suerte, dándoles una segunda oportunidad. El año anterior había empezado a dar clases de equitación y me había implicado en uno de sus proyectos. Los martes y los jueves, un grupo de niños con autismo participaba en una terapia con caballos. Era una experiencia preciosa, que Manuel y yo disfrutábamos por igual. Los caballos parecían entender a esos niños que se comunicaban con ellos con un código secreto y creaban relaciones de amistad que nos llenaban de ternura. En la puesta en marcha de ese proyecto habíamos pasado muchas horas juntos, pegando a puertas, contactando con organizaciones y ofreciendo la propuesta a las familias. En ese momento teníamos lista de espera y buscábamos la forma de poderlo ampliar.

Cuando estuvimos sentados, él fue el primero en hablar.

—Contadme, ¿en qué puedo ayudaros?

—Estamos investigando la muerte de Álvaro, el chico que apareció tirado en la calle. No tenemos mucho, pero sabemos que se dedicaba a trapichear con drogas. En especial con el tusi, la cocaína rosa. Hemos investigado y todo nos lleva a los Bocachanclas.

Manuel nos miraba incrédulo.

—¿Pero vosotras os creéis que sois del CSI? —preguntó sin tener claro si aquello que le exponíamos era una broma. Examinó nuestras caras y por nuestra seriedad concluyó que no.

—Manuel, necesito que hables con el pequeño de los Bocachanclas y le saques algún tipo de información sobre Álvaro —rogué—. Es importante para nosotras. Cualquier cosa que averigües nos será útil.

Manuel no daba crédito a lo que le planteábamos.

—Definitivamente estáis chaladas. Pero me da a mí que no me estáis contando toda la verdad. Esto me da muy mala espina, Zaira.

Cogió su teléfono y seleccionó un nombre de su agenda que no alcanzamos a ver.

—Oye, necesito hablar contigo. ¿Podemos vernos en un rato en la entrada de la aldea? Perfecto, en dos horas estoy ahí. Gracias.

Manuel cortó la comunicación y nos miró.

—Muchas explicaciones me vais a tener que dar. Y más cuando no le ha hecho falta saber ni para qué lo quería. Tenía claro que era para lo de Yeray. No sé en qué lío estáis metidas, pero no me gusta un pelo. Y Ana, de mi prima me lo espero todo, pero tú eres una periodista respetable, así que me tenéis *desconcertao*. Gastar *cuidao* dónde os metéis. Os llamo en un par de horas, ahora tengo que irme a una reunión para conseguir más fondos.

Nos levantamos y nos fuimos. Al subirnos en el coche, caí en la cuenta de algo que no había contemplado.

—Lo mismo nos estamos equivocando —anuncié a Ana—. Estamos dando por sentado que la pelea tuvo algo que ver con las drogas, pero a nivel personal no era muy amigable. Puede que se peleara con alguien por otro motivo.

—Sí que lo he contemplado, por eso estoy abriendo otras líneas de investigación.

El corazón me dio un vuelco. Yo conocía otros motivos pero no estaba dispuesta a exponerlos. No sabía si Ana nos iba a seguir apoyando cuando apareciera el vídeo. La sola posibilidad de perder su ayuda me aterraba. Había intentado hablarlo con ella en varias ocasiones, explicarle que existía un nuevo testimonio gráfico que iba a cambiar el rumbo de las cosas, pero no logré reunir el valor necesario.

—Tenemos que reconstruir lo que hizo ese día. Pero sin acceso a su móvil y a su cuenta bancaria es muy difícil —añadió Ana.

—Pero ese trabajo ya lo ha tenido que hacer la policía —deduje—. Tan solo hay que acceder a él.

—Mañana tendremos algunos datos —anunció Ana, risueña—. Y lo vamos a hacer por la vía legal. Hablaré con Alicia. Lo mismo ella tiene alguien dentro que nos puede ayudar.

—Alicia tiene ojos y contactos en todos lados —confirmé—. Estoy segura de que nos conseguirá esa información.

—Voy a buscar al padre de la chica, la que nos contó la historia de su hermana. Luego os veo y me ponéis al corriente.

De camino al chiringuito, le di vueltas a la reunión de Manuel con su amigo. No estaba convencida de que mi primo consiguiera toda la información necesaria. Estaba segura de que yo podía hacerle preguntas que a Manuel no se le iban a ocurrir. Sabía dónde habían quedado. Solo tenía que esperar un rato a que mi primo le expusiera la idea y unirme a ellos para plantearle todas mis dudas.

Llamé a Sandra para que me sustituyera un rato más. Después fui a casa de Yeray, que estaba leyendo en la tableta de Juanillo todo lo que se había publicado sobre él.

—Esto es desolador, cómo se pueden decir tantas tonterías —exclamó Yeray, muy desanimado—. Ahora entiendo cómo inocentes llegan a ser condenados. La opinión pública y la televisión hacen el resto. Se me ha juzgado, Zaira, no se me ha dado por inocente nunca. Y las cosas horribles que ponen sobre ti me han sorprendido aún más. Eres poco más que una mafiosa en potencia.

—Bueno, no es la primera vez que vemos algo así. Ha ocurrido en la historia cientos de veces. Pero no tienes que preocuparte ahora de eso. Pasará. Igual de rápido que creció, igual de rápido se borrará de la memoria colectiva.

—El abuelo ha sufrido mucho, cómo me voy a olvidar. Todos lo tenéis que haber pasado fatal.

—No ha sido fácil, pero tú te has llevado la peor parte. Estabas sufriendo por ti y por todos nosotros, incomunicado.

—Creo que han sido los tres únicos días de mi vida que he estado sin hablar con el abuelo y con mis hermanos —sonrió Yeray.

Me despedí con un beso en la mejilla. No me había equivocado respecto a lo que Yeray había sufrido en su cautiverio. No estábamos acostumbrados a vivir sin la familia y había sido muy dura para él esa incomunicación. Sentí unas enormes ganas de volver corriendo y decirle que quedaba la peor parte por pasar, pero decidí dejarlo descansar. Ya había sufrido bastante.

Llegué a la zona donde mi primo tendría el encuentro, en la entrada de la aldea. No vi a Manuel, así que pensé que mi plan no iba a funcionar. Pero, cuando retrocedía para marcharme, me di cuenta de que el coche de mi primo estaba aparcado en la puerta de una cafetería cercana.

Entré escuchando el latido de mi corazón. Estaba muy nerviosa. No sabía cómo se iban a tomar mi intromisión. Saludé a Manuel en la distancia y este me hizo un gesto con la mano para que me acercara.

—Ella es mi prima Zaira —me presentó Manuel sin añadir nada más.

—Como le estaba contando a tu primo, ese chico nunca ha trabajado para nosotros. Y no me consta que lo hiciera para nadie más. Y aquí no se mueve nada sin que mi familia lo sepa. Sé de él lo que todo el mundo en el pueblo, que era un bala *perdía* que no sabía qué hacer con su vida y que amargaba la existencia de su padre igual que su padre se la amargó a su abuelo —contó el Bocachancla.

—¿Y quién puede vender en la zona cocaína rosa? —pregunté.

—Que yo sepa, en el pueblo nadie. Lo más cercano posiblemente sea Marbella, allí cada vez hay más distribuidores a gran escala. Pero ya te digo, si alguien de allí estuviera vendiendo en el pueblo yo me hubiese enterado.

No quise decirle que estaba equivocado. Que Álvaro había vendido cocaína rosa y no se había enterado. Pero me guardé el comentario, no quería ofenderlo. Le hice algunas preguntas más y le di las gracias.

Cuando me marché, le mandé un mensaje a Ana para contarle lo que había averiguado. Ella tenía noticias y quedamos en vernos en mi casa.

—He hablado con el padre de la chica y creo que tengo algo importante —me contó Ana—. La muchacha había tenido problemas con las drogas anteriormente, aunque entonces Álvaro no tuvo nada que ver. El padre supone que estaba intentando introducir esa droga en la ciudad y que sabía que su hija era una presa fácil. Solo se la dio gratis una vez para que la probara y la chica le insistió en que le pasara más. Una noche en la que el padre salía de casa para ir a trabajar, se tropezó con Álvaro y su hija en el portal y escuchó que la chica le reclamaba a Álvaro que le vendiera más tusi. El padre entró en cólera y se enfrentó con Álvaro. Pero lo extraño es que el padre reconoce que no le volvió a dar droga. Aquí hay alguna pieza que no me encaja. El padre tampoco me supo explicar muy bien. Voy a tener una segunda conversación con él cuando hable con su hija.

La narración de Ana me hizo ser consciente de que cualquiera podría haber matado a Álvaro y que sería imposible encontrar al culpable. Me desesperé.

—Esto va de mal en peor. Cada vez tenemos el camino más complicado —reflexioné en voz alta.

—Por otro lado, he estado investigando lo que hizo Álvaro aquella noche. Y he encontrado algo que me ha llamado mucho la atención. Estuvo en un lugar de copas y lo echaron por un altercado. Pero en el local nadie ha sabido decirme qué es lo que ocurrió.

—Y ¿quién te ha dicho eso? —pregunté sin entender de dónde había salido ese rumor.

—Me lo ha contado una chica de la plaza. Pero no tenía más datos. He ido al local y nadie me ha sabido decir nada.

—Vale, yo voy a seguir mirando las redes sociales. He revisado Instagram, pero me quedan las otras. ¿Hay alguna manera de conseguir el usuario de TikTok de Álvaro? —pregunté.

—Sí, creo que sí que puedo conseguirlo. Me pongo a ello, en cuanto lo tenga te mando un mensaje. Me marcho a la redacción, que tengo que escribir un par de artículos.


Volví corriendo al chiringuito. Me sorprendió verlo tan lleno de gente. Entré en la cocina y vi a Fátima, la madre de Tamo, discutiendo con su hija. Las dos callaron en el momento que yo entré. Parecía que Fátima quería obligar a su hija a decirme algo, pero la chica se negaba.

Tras una retahíla de regaños, que pude captar por el tono pero no entendí porque hablaban en árabe, Fátima se rindió. Alba, que había estado en la terraza, entró en la cocina y se alegró de verme. Me di cuenta de cuánto tiempo llevaba sin sonreír. Cuando la miraba seguía siendo la niña pequeña a la que quería proteger; la angustia por no poder hacerlo me acongojaba.

—Qué bien que estés aquí, Zaira. No sé qué pasa hoy, que hay tanta gente. Necesito que me ayudes, me voy a quedar sin pescado. Necesito que vayas al supermercado y me traigas todo lo que veas que nos pueda servir. No tenemos boquerones, ni calamares, ni rosada. Si ves que no hay nada de eso, cualquier alternativa es buena antes que nada.

—Hay rosada y calamares congelados, el abuelo los congeló estos últimos días —recordé.

—Qué va, ya no queda nada, está todo vacío. Corre, anda, no te entretengas.

Salí a toda prisa, cogí dinero de la caja y me fui. En el primer supermercado apenas encontré nada de pescado, así que decidí ir a otro más alejado. Cuando terminé en la pescadería y me puse en la cola fue cuando lo vi. Tenía la tez pálida y los ojos más hundidos. El padre de Álvaro me miró con indiferencia, pero su memoria le recordó quién era yo y me volvió a mirar. Por unos instantes me sentí vulnerable. Pensé que iba a gritarme y que me avergonzaría. Era la prima de Yeray y comprendía su desconcierto al tenerme cerca si todavía lo consideraba culpable.

Pero no dijo nada. Bajó la cabeza y siguió su camino. Triste y cabizbajo. Imaginé que no le quedarían fuerzas, que estaría agotado. Aunque también entendía su necesidad de saber quién había matado a su hijo. Saber quién era el culpable.

Regresé al chiringuito angustiada. Me había traído conmigo la tristeza de ese hombre. Solté el pescado que había conseguido y Alba suspiró aliviada.

—Salte fuera, que haces mucha falta. Fernando se está volviendo loco. El abuelo te puede ayudar, que no hay sardinas. Se nos han acabado.

Fernando me indicó que saliera a la terraza. Volvía a hacer terral y el salón era la primera opción de una clientela que suspiraba al notar el aire acondicionado. En la terraza solo había cinco mesas ocupadas. En una de ellas estaba el Italiano, sentado con una señora mayor que le doblaba la edad. Una enfrente del otro, reían con complicidad. Me entraron unas ganas enormes de decirle a la mujer que no se dejara engañar por ese hombre, que cada día venía a comer con una señora distinta. Me guardé mi indignación para otro momento y seguí trabajando. Les serví una mariscada y la botella de vino más cara de la carta. Estaba claro que iban a disfrutar del momento.

En pocos minutos se llenó la terraza y no tuve tiempo para pensar más.

—Deja de pensar en Saray y trabaja, anda —le reclamé a Juanillo, que parecía absorto en sus pensamientos.

Juanillo abrió mucho los ojos, sorprendido al escuchar el nombre de su novia.

—¿Cómo lo has sabido? —preguntó.

—Me lo ha dicho Manuel esta tarde. Y me ha comentado que vaya organizando la *pedía*.

—¿En serio? —preguntó Juanillo, asustado—. Ya sabía yo que al final se enteraba.

—No, estoy bromeando. Manuel no sabe nada. Lo he descubierto yo sola, y no te voy a contar cómo. Pero sí te voy a confirmar que tu secreto está a buen recaudo, no lo sabe nadie de la familia.

Juanillo suspiró aliviado.

—Anda, ve tú, que son muy pesadas —me indicó señalando a unas chicas que no paraban de coquetear con él de forma descarada—. Quieren quedar después y ya no sé cómo decirles que no. Diles que eres mi novia, a ver si me dejan.

Me reí a carcajadas por la idea de Juanillo. Podría parecer cualquier cosa menos su novia.

—Prima, yo quiero pedirla, pero Saray no quiere. Y yo no sé qué hacer —confesó Juanillo.

—Pues es muy fácil, tienes que respetar lo que ella quiera.

—Sí, pero es que Manuel se va a enterar y va a venir a buscarme. Que lo sé yo. Y ¿qué le digo? No le puedo decir que estamos saliendo sin su permiso, Zaira, que está muy feo.

—Tienes un argumento que ofrecerle a Manuel: está con Mara y no ha hecho ninguna *pedía* porque ella no ha querido. Pero, si te quedas más tranquilo, ¿por qué no hablas con él?

—¿Y qué le digo?

—La verdad. Que estás saliendo con Saray, que la quieres, que a ti te gustaría hacer una fiesta de *pedía* pero que ella no quiere, y que tú tienes que respetarlo.

—Yo me muero de la vergüenza, prima —confesó Juanillo.

—Tienes que ir con el abuelo. Él te lo pondrá muy fácil. Y además lo honrarás, ya sabes cómo le gustan esas cosas. Será como una *pedía* informal. Manuel sabrá de tus intenciones y los deseos de Saray serán respetados. Igual que tú estás teniendo en cuenta lo que ella piensa, ella tiene que entender lo que piensas tú y no se va a negar a que vayas.

—¿Vendrás conmigo? —preguntó Juanillo, preocupado.

—Si tú quieres, claro. Pero insisto, creo que debe ser el abuelo.

—Sí, el abuelo, pero tú también, que me sentiré más seguro. Lo hablaré con Saray y luego lo hablaré con la familia. Espero que Alba y Yeray no se enfaden por dejarlos fuera.

—No los estás dejando fuera. No es una *pedía*, solo vas a decirle al padre que estás saliendo con su hija y que quieres que conozca tus intenciones. Ellos se van a alegrar de que hagas las cosas bien, Juanillo. Y todos te van a apoyar.

Se animó y su rostro se relajó. Reflexioné sobre los cambios que se producían y cómo las nuevas generaciones iban a encontrar el equilibrio entre seguir las tradiciones y avanzar. Sabía que Saray era una buena niña, inteligente y luchadora. Estudiaba baile flamenco y había ganado varios premios por un arte que encima de un escenario no necesitaba de focos para brillar. Pero Juanillo no podía evitar sentirse mal por no seguir las costumbres, sobre todo porque sabía que el padre de Saray, Manuel, era muy tradicional.

Yo sonreía al imaginar al abuelo en ese momento. Siempre quiso seguir con la tradición, pero ni Yeray ni Alba le habían dado el gusto. Se resignó y aceptó que ninguno de los dos iba a tener una pareja gitana. Sería un motivo de alegría para él que Juanillo sí lo hiciera. Mi abuelo conocía a Saray desde niña, formaba parte de su familia y sabía de los valores que le había inculcado su padre.

Estábamos a punto de cerrar cuando recibí un mensaje de Víctor. Me pedía que no me marchara hasta que llegara él. Por unos instantes pensé que le había entendido mal y que quería dar el paseo ese mismo día. Pero cuando lo vi entrar, supe que no traía buenas noticias.

Cerré la puerta para que nadie nos interrumpiera. Víctor me invitó a que saliéramos fuera y nos sentamos en la orilla, con las espaldas apoyadas en el poste de la primera sombrilla de la fila. Guardó silencio como si le costara encontrar las palabras adecuadas.

—Zaira, tengo que decirte algo que no te va a gustar.

Esa frase encendió todas mis alarmas de nuevo. Sentí una zozobra que ya me era familiar. Víctor sacó su teléfono y seleccionó un vídeo de la galería.

No hacía falta que me lo mostrara.

Sabía qué vídeo era.

# 17

No supe qué decir. La luna llena se reflejaba con timidez en el mar, opacada por ligeras nubes que querían jugar con ella. Víctor me miraba extrañado, sin saber por qué no me sorprendía el vídeo que me mostraba. Olía a brisa marina, al carbón quemado que mi abuelo acababa de apagar. Me levanté y me quedé de pie con los pies metidos en el agua.

—No pareces muy sorprendida —dijo Víctor.

—Ya lo había visto. Puedo explicar lo que ves, no es lo que parece —justifiqué con calma.

—Zaira, lo que se ve es lo que parece. Tu primo y él se pelean y los tienen que separar. Y a las pocas horas muere. No hay lugar a interpretaciones. Lo siento de veras. Aquí hay hechos. Y están muy claros.

—Mi primo no lo mató —reivindiqué con seguridad.

—Y yo quiero creerlo, Zaira. No deseo otra cosa más en este momento que creerte. Pero me temo que el resto del mundo no va a pensar lo mismo. Sé que va a ser muy duro para vosotros.

—Estás dando por hecho que mi primo lo mató. Y no lo hizo. Es incapaz de hacer daño a nadie.

—Zaira, a veces hay accidentes. Puede que le diera un mal golpe y que eso le provocara la muerte. Puede que no fuera su intención.

—No lo hizo. Víctor, créeme. Necesito que me creas. Al menos tú. Álvaro vendía drogas, tenía enemigos, alguien tuvo que hacerlo.

—No se ha podido probar eso. No hay testigos, no hay nadie que haya testificado que eso sea cierto. No tenía antecedentes.

—Pero sí tuvo una denuncia puesta por vender drogas a una menor —recordé esperanzada—. Podrían tirar de ahí.

—Zaira, cuando se interpuso esa denuncia hubo una investigación. Estuve al tanto de todo. Se le hizo un seguimiento durante mucho tiempo y no se pudo comprobar nada. Estaba limpio. No hubo ninguna actitud sospechosa y se le siguió durante semanas. De haber vendido drogas, lo hubiesen descubierto.

—Víctor, si ese vídeo llega a manos de la policía va a ser el final de mi primo. Tú lo conoces, es muy buena persona. Sería incapaz de matar una mosca. Mucho menos de matar a un ser humano.

—Zaira, lo sé, pero no podemos evitar que el vídeo llegue a la policía. Voy a estar contigo.

—Lo sé, pero me quedaba la esperanza de que no se difundiera.

—Lo siento mucho, Zaira, de verdad. Ojalá pudiera hacer algo.

—Al menos no se lo has entregado tú a la policía, algo es algo. Sé que te causará problemas si se enteran de que lo conocías y no se lo diste.

—Posiblemente, pero ya me inventaré algo. Diré que pensé que estaba manipulado o algo parecido. Ya se me ocurrirá qué decir, no te preocupes. Tengo que marcharme, te llamo luego.

No podía pensar con claridad. No podía ordenar la maraña de pensamientos que se agolpaban en mi cabeza. Y lo peor es que no quería compartirlos con nadie. Quería que disfrutaran de las horas que nos quedaban de paz, de los minutos y los segundos en los que éramos una familia unida y la tranquilidad, una sensación placentera.

Dudé si no me había equivocado. Si no tendría que haber compartido el vídeo con ellos y haber tomado algún tipo de decisión. O al menos habérselo enseñado a Alicia, que seguro que hubiese sabido qué hacer. Pero me lo callé con la esperanza de que desapareciera.

No supe cuánto tiempo estuve allí sentada en silencio. Recordé a Aurora y nuestras tardes de playa. Nuestras risas inoportunas, que éramos incapaces de aguantar y que estallaban cuando menos lo esperábamos. Cuánto la echaba de menos. Me hacía tanta falta que la imaginaba ahí, a mi lado, compartiendo ese momento tan angustioso y triste. Notaba su presencia conmigo, sintiendo lo mismo que yo sentía en ese instante. No quería que acabara esa noche. Pensé en el abuelo y en su dolor, en todo lo que pasaría de nuevo. En los de la aldea y en lo que volvería a afectarlos.

Si Aurora estuviese conmigo sería más fácil. Ella sabría qué hacer, sabría defender a su hijo. Yo no tenía ni idea de lo que iba a escoger. Deseaba que se comunicara conmigo de alguna forma. Que me indicara el camino que debía seguir. Cerraba los ojos para sentirla cerca. Le preguntaba mentalmente por la solución, por la salida. Y lo único que encontraba era el recuerdo de Aurora riendo mientras me echaba arena en los pies, salpicándome de agua en la orilla cuando la temperatura fría del mar no me dejaba meterme dentro. Pensé en Alba y en cómo iba a sufrir al ver a su hermano en el vídeo. Alba tenía una personalidad que se crecía en los malos momentos, pero su resistencia al dolor era muy limitada.

Sentí un frío extraño e intenso y me levanté para irme. Ahí, sentada, no podía solucionar nada. Tenía que buscar al culpable y tenía que hacerlo cuanto antes.

No recuerdo cómo llegué a casa. Ni el camino que tomé ni la prisa que me acompañaba. Solo recuerdo que cuando llegué tenía un mensaje de Ana con el nombre de usuario de TikTok de Álvaro. Me senté en el sofá y aspiré la fragancia a vainilla que mi ambientador automático esparcía cada dos horas. Entré en la aplicación y comencé a visualizar sus vídeos.

Me resultó extraño verlo ahí en mi móvil. Sonriente y vivo. La cámara lo quería y lo trataba bien, resaltando unas facciones que se dulcificaban en las distancias cortas. Me di cuenta, por la cantidad de vídeos, que era la red social que más utilizaba. Comencé por el primero que tenía colgado de una larga lista. La fecha me indicaba que era de un año antes. Álvaro hacía un baile de moda, de esos que los jóvenes repiten delante de la cámara sonriendo. No era demasiado largo, pero tuvo una gran acogida. Los treinta comentarios le animaron a seguir, aunque no tenían más de cinco palabras cada uno y no expresaban mucho más que una aprobación. Se sucedieron más bailes, todos en la playa, en una plaza cercana a su casa o en su dormitorio. Observé su habitación sin saber muy bien qué buscaba. Me llamó la atención uno de los tiktoks, que estaba grabado frente a nuestro chiringuito, en la orilla del mar. Lo reconocí cuando giró la cámara y enfocó un trozo de nuestra terraza. Se titulaba «Un día en la playa» y lo único que hacía era mostrar la cantidad desorbitada de personas que compartían una mañana en la arena. En otro vídeo hacía unos saltos sobre sí mismo, volteretas y piruetas variadas, mostrando su excelente forma física. Unas chicas se reían de fondo.

Me quedaban pocos vídeos por visualizar cuando me topé con uno que me hizo levantar del sofá. No podía creer lo que acababa de descubrir. Una de las personas que compartían el tiktok con Álvaro era un conocido nuestro. Miré la hora y comprobé que era demasiado tarde para mandarle un mensaje a Ana, pero la vi en línea y pensé que todavía estaría en la redacción trabajando. Así que escribí diciéndole que había encontrado algo y ella me llamó de inmediato.

—Ana, creo que he descubierto algo. He localizado un vídeo interesante con alguien que conocemos. Álvaro sale haciendo un baile con un señor que viene todos los días al restaurante. Le llamamos el Italiano, pero por lo que acabo de ver y escuchar tiene tanto de italiano como yo. Su acento es totalmente fingido. Habla más malagueño que nosotras. Es un personaje muy pintoresco que come a diario en el chiringuito con mujeres a las que sospechamos que embauca. No sabemos muy bien si viene por nuestra comida o porque sabe de nuestra discreción.

—No te entiendo, Zaira —me cortó Ana—. ¿Álvaro está bailando con un cliente vuestro?

—Sí, y no es un cliente cualquiera. Por la noche seduce a señoras mayores, prometiéndoles que al día siguiente las llamará para ir a almorzar o a cenar en nuestro chiringuito. Al día siguiente les cuenta que no puede hacerlo, porque le han robado la cartera, y que es una pena, porque ya tenía la mesa reservada. Y las señoras lo invitan a él. Come gratis cada día en nuestro restaurante.

—No se le puede negar el ingenio, su plan no tiene fisuras. Qué personaje. Y me pregunto qué hacía Álvaro con él. Sigue mirando a ver si encuentras algo más. Tenemos que averiguar quién es este tipo. Pero será muy difícil, si no paga con tarjeta no podemos saber su nombre —dedujo Ana.

—Y ya te digo yo que Francesco, como se hace llamar, no es. Pero no tenemos más datos. Nunca ha pagado con tarjeta y nunca ha reservado la mesa por teléfono. Normalmente viene temprano y se sienta en el mismo sitio.

—No te preocupes, que ya pensamos cómo conseguir la información. Lo mismo tengo que concertar una cita con él. Pero para eso tenemos que saber por dónde se mueve. Y no hay muchos bares de marcha con ambiente para personas mayores… —reflexionó Ana en voz alta—. Voy a hacer un par de llamadas. Estoy segura de que no tienes sueño, así que ponte guapa, que te recojo en media hora. Nos vamos de marcha.

Me di una ducha rápida, ilusionada por lo que acababa de descubrir. Algo me decía que íbamos por buen camino. Me puse un vestido negro por encima de la rodilla, discreto, que me haría pasar desapercibida. Ana me recogió puntual. Tenía cara de cansada. Sus ojeras eran pronunciadas y el maquillaje, que seguramente la acompañaba desde primera hora de la mañana, casi se le había borrado del rostro.

—Ya he averiguado los sitios donde tenemos que ir. También he hablado con el padre de la chica de nuevo, pero no me ha aportado gran cosa. Solo me ha confirmado lo que ya sabíamos, que le dieron la droga para probar —me informó Ana mientras conducía—. Creo que la muchacha estaba enamorada de Álvaro, y de ahí que le fuera detrás. Posiblemente, él le diera la droga por la insistencia de ella. He encontrado una publicación que dice: «Adiós, amor de mi vida» y una foto de Álvaro.

—No lo tengo claro. Puede que ella se la pidiera o que él viera en ella una víctima perfecta. Todo el mundo sabía que la chica había estado ingresada en varios centros por consumir diferentes sustancias a su corta edad.

Aparcamos cerca de la zona donde se encontraban los bares de copas. Dimos un par de vueltas en los dos locales con más ambiente, pero no vimos al Italiano. Fuimos a otros tres más, pero tampoco hubo suerte, no encontramos ni rastro de él. Ana no estaba dispuesta a rendirse.

—Déjame ver el vídeo —me pidió.

Lo tenía abierto en la aplicación. Vi que hacía una captura de pantalla para conseguir una fotografía fija del Italiano. Lo repitió un par de veces más hasta conseguir una imagen nítida.

Volvimos al primer bar y preguntamos a una de las camareras. Ana le contó que habíamos quedado con él, pero que se nos había hecho tarde. La chica negó con la cabeza; nos dijo que lo conocía de vista, pero que esa noche no había estado por allí. Lo intentamos en dos locales más, sin éxito. En el tercer bar la camarera lo reconoció, era un asiduo del establecimiento. Nos dimos cuenta de que no era de su agrado por la forma despectiva que utilizó al hablarnos de él. Ana aprovechó la tesitura y consiguió con gran maestría sonsacarle información. Fue improvisando sobre la marcha y cuanto más grande se hacía la historia más empatía conseguía por parte de la chica.

Ana le contó que su madre lo había conocido en un bar y que le había sacado unos cientos de euros, pero ella lo había descubierto y quería vengarse. La chica, que lo venía observando desde hacía tiempo, no cabía en sí de pura indignación. Lo tenía más que calado y admitió que la historia que le contaba le cuadraba perfectamente con las relaciones que establecía en el local. A la hora y media ya teníamos trazado un plan para la venganza. La camarera, que se llamaba Sara, nos avisaría cuando llegara. Y Ana se presentaría como una víctima adinerada, manipulable y predispuesta al amor.

—Tienes que traer ropa y bolso de marcas que se identifiquen fácilmente. Es en lo primero en que se fija. Una vez aquí, ya te ayudo yo. Le digo que te has interesado por él y que me has preguntado su nombre. En el momento que se lo pongas fácil, cae en tus redes, seguro. Y si ve que hay dinero, no falla, es un cebo al que no puede resistirse —argumentó Sara.

Nos fuimos con la certeza de que nos llamaría en cuanto apareciera. Solía ir con frecuencia, así que no tardaríamos mucho en saber del Italiano.

—Ana —hablé en el camino—. Quiero agradecerte todo lo que estás haciendo por nosotros.

—No hay nada que agradecer, solo hago mi trabajo.

—No es verdad: estás haciendo tu trabajo, pero esto no forma parte de él. No sé qué haría sin ti. Eres la única que me ofrece su ayuda —dije recordando la conversación con Víctor—. Y quiero darte las gracias.

—Encontraremos quién lo hizo y lo celebraremos con champán.

—Eso está hecho. Y un *pescaíto* frito para acompañarlo.

Cuando me despedí de ella y salí del coche, sentí de nuevo el peso de los acontecimientos. Y a eso le uní el remordimiento por no habérselo contado a Ana. Temía que después de saberlo no quisiera ayudarme más. Entré en casa agotada y me di una ducha con la que pretendía despejarme, pero no lo conseguí. Un vacío inmenso se instaló en mi pecho. Echaba de menos a Aurora, su forma práctica de encontrar las soluciones a todo. Hablé con ella en voz alta, pidiéndole de nuevo que me marcara el rumbo que debía tomar. Deseaba con todas mis fuerzas que me ayudara.

Miré el móvil con el anhelo de encontrar un mensaje de Víctor. Lo necesitaba. Me hubiera gustado que me acompañase esa noche, que me abrazase y susurrase palabras que calmaran mi estado de ánimo. En cambio, estaba sola, sintiendo que el mundo se desmoronaba a mi alrededor. No quería llamar a nadie, hablarlo con nadie. Si lo hiciera, acortaría las horas y provocaría que empezara a sufrir de nuevo la persona con la que lo compartiera. Así que decidí acostarme, sabiendo que no iba a dormir nada pero que al menos había regalado a los míos una última noche de paz.

Analicé una y otra vez todo lo que tenía y no encontraba por ningún lado al culpable. Me preguntaba qué relación uniría al Italiano con Álvaro. Recordé en ese momento que no había terminado de revisar todos los vídeos. Me puse cómoda y continué con la tarea. Los tres siguientes tiktoks eran con el Italiano. Bailes sensuales que las chicas comentaban sin pudor. Estaban perfectamente sincronizados y me di cuenta de que habían compartido un montón de horas ensayando. El cuarto me proporcionó una información que no esperaba. El vídeo empezaba con una chica de espaldas. Bailaba frente a él y la risa me era familiar. Cuando se giró, no podía salir de mi asombro.

Tamo bailaba con Álvaro en su habitación. Se reía y parecía pasarlo bien. Me preguntaba por qué Tamo no nos había comentado nada. No tenía muy claro lo que acababa de ver. Me parecía muy extraño que tuvieran relación. Ahora me tocaba averiguar de qué tipo era esa relación. Y sobre todo necesitaba aclarar por qué Tamo no nos lo había dicho. Ese vídeo me dejó muy inquieta.

Seguí visualizando el perfil sin que nada me llamara la atención hasta que llegué al penúltimo tiktok publicado, en el que encontré algo muy curioso. A simple vista podía haber pasado desapercibido. Pero yo prestaba atención a todos los detalles, intentando desgranar toda la información que me proporcionaba. En el vídeo se veía a Álvaro con una mujer y un hombre tomando copas en un bar. La cara de la mujer me era familiar, pero no recordaba dónde la había visto antes. Congelé la imagen y entonces la reconocí. Tenía un peinado distinto, con el cabello rizado de forma natural, y su maquillaje también era diferente, mucho más ligero. Se trataba de la misma chica que acompañó a Víctor al chiringuito, la que no le quitaba ni los ojos ni las manos de encima.

Ahora tenía nuevos hilos de los que tirar, pero ni siquiera eso conseguía animarme. Me sentía en un laberinto lleno de caminos que debía explorar con el miedo de que ninguno llegara a ninguna parte. Y el que más me desconcertaba era el de Tamo.

Intenté calmarme y dormir unas horas, pero no pude. Sonó el despertador sin que hubiese descansado un solo minuto. Mis movimientos eran lentos y estaban condicionados por el temor que sentía.

Durante toda mi existencia había vivido sabiendo que yo era diferente. Que mi concepto de familia era propio y genuino. Que la forma de defender mis valores era etiquetada por la sociedad con palabras variopintas. Cuando era más joven, esa diferencia no me afectaba. Disfrutaba de las cosas como venían y no profundizaba en los matices que me apartaban de la normalidad. Pero fui acumulando experiencias y sentí en mi propia piel el dolor del rechazo, la congoja de depender de lo que provocas en los demás. Con todo ello, la vida me había modelado un sutil cambio. Convertí ese cambio en mi bandera, en mi contienda diaria, y desde entonces no había parado de combatir para que los prejuicios no nos afectaran. Pero toda mi lucha iba a servir de poco dentro de unas horas. Volveríamos a ser el centro de atención, a ser analizados y machacados hasta que nuestras identidades se difuminaran y tan solo quedara la etiqueta de culpables en el foco principal.

Me marché al chiringuito a pie, llevando conmigo una tristeza que casi no me permitía respirar con normalidad. Necesitaba hablar con Tamo, que me explicara por qué no nos había dicho que conocía a Álvaro. Recordé entonces la discusión con su madre en la cocina. Estaba segura de que le estaba pidiendo que nos lo contara. Contacté con ella para vernos fuera del chiringuito, no quería hablar delante de todos. Sabía dónde vivía y fui para su casa. La avisé cuando estaba en el portal.

Tamo bajó con un caftán blanco y el pelo suelto. Su rostro no estaba relajado, y noté enseguida que esa conversación no iba a ser agradable para ella.

—Buenos días, Tamo. Quiero preguntarte algo. Ayer vi un vídeo en el que bailabas con Álvaro. No nos dijiste que lo conocías. Necesito que me cuentes todo lo que sabes.

—No sé nada —comentó con timidez—. Álvaro y yo nos conocimos en la feria del año pasado. Él estaba con un amigo bailando en una caseta y yo llegué con mi amiga. Su amigo y mi amiga se liaron y nosotros tuvimos que soportarnos el resto de la noche.

—Pero te vi bailando con él en un tiktok —repliqué.

—Solo lo hice para darle celos al chico que me gusta —dijo, avergonzada—. Estuvimos hablando por Instagram un par de semanas y, cuando se lo propuse, me dijo que sí. Pero no me sirvió de mucho.

Sabía que Tamo me estaba ocultando algo. Intenté hacer preguntas que la acercaran, que me dieran la oportunidad de conocer la verdad que escondía, pero se cerraba en banda.

—¿Conoces a alguien que odiara a Álvaro? —pregunté, directa.

—Álvaro me daba un poco de pena, no tenía muchos amigos. Creo que me escribía tanto porque nadie más le hacía caso. No era mala gente, pero no sabía relacionarse con los demás. Tenía muchas ganas de tener amigos y llegaba a agobiarme un poco. Pero no era mal chaval.

—¿Qué pasó el día que estuviste en su casa?

—Nada, no nos enrollamos ni nada. Él sabía que me gustaba otro. No pasó nada. No estábamos ni solos. Fui porque sabía que los padres estaban en su casa. Si llega a estar solo no voy ni de coña. Pero cuando llamé al portero y me abrió su padre, confirmé que no me había mentido, que estaban sus padres, y subí.

—Después de ese día, ¿volvisteis a quedar?

—No, no fui más a su casa. Su padre no me gustó. Me dio mal rollo y pasé de volver a ir.

—¿Por qué no te gustó su padre? —interrogué con curiosidad.

—Le hablaba muy mal, lo insultaba todo el rato, le decía que era un vago que no hacía nada en la vida. El hombre tenía razón en el fondo, porque Álvaro ni estudiaba, ni trabajaba ni nada. Todo el día haciendo tiktoks y en la calle. Se notaba que se llevaban mal. Y tampoco me gustó porque me miró mal. Me miró de arriba abajo, como si fuera menos que él. Además, le hizo un comentario sobre el tipo de amigas que tenía y me desagradó mucho.

—¿Te contó si se llevaba mal con alguien o había tenido una pelea reciente?

—No, qué va. Siempre me hablaba de que no tenía amigos, de que la peña pasaba de él y no entendía muy bien por qué. Era un poco raro, ya sabes.

—No, no sé —la contradije—. ¿Por qué era raro?

—Era un poco friki. Tenía tantas ganas de tener amigos que los agobiaba. Si te mandaba un mensaje y no lo devolvías a los dos minutos, ya te estaba preguntando si pasabas de él.

—¿Quién era el amigo con el que fue a la feria?

—No era de aquí, era un madrileño que había venido a pasar unos días. Creo que se conocieron en un bar de copas y luego decidieron ir a la feria juntos. Pero después de eso, el chico estuvo con mi amiga el resto de las vacaciones y no se volvieron a ver.

Seguía con la sensación de que no me estaba contando toda la verdad, aunque no quería presionarla más.

—Tamo, si se te ocurre algo que pueda servirnos para encontrar al culpable, por favor, dínoslo.

Afirmó con un gesto y subió a prepararse para ir a trabajar. No era capaz de integrar todo lo que me había contado Tamo con la información que tenía anteriormente. Cada vez había más piezas del rompecabezas que no encajaban.

—Buenos días —sonó Ana al otro lado del teléfono—. Le he dado un par de vueltas a la cabeza y creo que no tenemos muy claro cómo era Álvaro. Necesitamos más información para crear un perfil. Y, amiga, eso te toca a ti, que eres la psicóloga. Tenemos que hablar con sus profesores, y supongo que eso no te será difícil.

—Por la zona donde vivía, con un poco de suerte estudió en el instituto de mi prima Mara. Ella lleva poco tiempo allí, pero seguro que encuentra alguna profesora que nos pueda contar algo. Voy a llamarla ahora mismo. Luego hablamos.

Le pedí a Mara lo que necesitaba. Esa misma mañana había quedado para desayunar con una compañera que además era la orientadora del centro. Álvaro había sido alumno suyo, se lo comentó cuando salió su muerte en las noticias. Quedó en llamarme en cuanto hubieran hablado.

Antes de llegar al chiringuito, pasé por la churrería de Paco. Estaba convencida de que sería la última mañana que desayunaríamos juntos en mucho tiempo. Y no estaría mal que lo hiciéramos con lo que más nos gustaba a todos. Me atendió el nieto de Paco, Agustín, el mecánico que se encargaba de arreglar la mayoría de los coches del pueblo. Noté que me miraba con desdén, y me hizo un desaire ignorando mi petición. Al insistir, su abuelo, que estaba en el interior del establecimiento, me escuchó y salió a atenderme.

—Perdónalo, muchacha, es que mi nieto está aventado —dijo Paco a modo de disculpa.

Con los churros en una bolsa y un mal sabor de boca por el trato recibido, caminé despacio hacia el chiringuito. Agustín había sido el mecánico de mis primos durante muchos años, hasta yo misma le había llevado el coche en varias ocasiones. Me afectó ese cambio de actitud, condicionado por todo lo que estaba ocurriendo.

Cuando llegué, Yeray estaba sentado a la mesa, contento por su vuelta. Me dio pena verlo tan feliz, tan tranquilo, sin sospechar que en breve volveríamos a sufrir. Tuve que tragarme mi pena para que no notaran nada.

Con todo lo que tenía en la cabeza había olvidado lo más importante: avisar a Alicia. Salí un momento fuera para tener intimidad y Alba comenzó a bromear sobre la soledad que necesitaba para llamar y si Víctor tenía algo que ver al respecto.

Hablé con Alicia. Le expuse brevemente lo que se visualizaba en el vídeo. La noté muy preocupada. Me regañó por no habérselo dicho con anterioridad, porque le hubiese resultado más fácil organizar su trabajo. Me disculpé y colgué. Cuando iba a entrar, me di cuenta de que Juanillo no estaba sentado en la mesa, sino detrás de mí. En su cara comprobé que había escuchado toda la conversación.

Nos sentamos a desayunar con los demás e intentamos disimular nuestro estado de ánimo. No fue fácil. Mi abuelo bromeaba con la luna de miel que había tenido que aplazar. Alba estaba radiante, con un anillo que le había regalado Bernardo a modo de disculpa por su falta de apoyo. A mí me comían los demonios. Que Alba se conformara con un simple abalorio como compensación a todo el daño que le había hecho su ausencia me parecía inaudito. Me tragué mi rabia para no romper la tranquilidad que disfrutaba el resto de mi familia. Yeray volvía a tener color en las mejillas y un apetito feroz.

Y Fernando los miraba a todos sonriendo. Necesitaba contagiarme de la energía que me trasmitía mi familia.

Juanillo se levantó por un zumo de naranja. Le pedí que me pusiera otro a mí. Estaba sentada de cara a la puerta de la entrada, así que fui la primera en ver a la policía aparcar. Entraron y todos nos levantamos a la vez. Busqué con la mirada a Juanillo. Y no lo vi por ninguna parte. La sangre se me heló en el cuerpo al darme cuenta de lo que estaba ocurriendo. Corrí a buscarlo en las hamacas para frenar el disparate que sabía que estaba a punto de cometer.

Pero no llegué a tiempo.

# 18

Salí a la playa a buscarlo. En cuanto me acerqué a la orilla, vi sus chanclas tiradas en la arena. Cerré los ojos pidiéndole a Aurora que lo ayudara. Cuando los abrí, comprobé si estaba en el agua. No lo encontré. No vi ninguna figura nadando con rapidez.

Entré en el chiringuito de nuevo. Tenía que evitar mirar al mar para que la policía no se diera cuenta. Mi abuelo estaba desconcertado. No entendía por qué esos señores buscaban a Juanillo. Nadie lo entendía. Fernando me miró en busca de respuestas y supo que yo sí las tenía. Le dije a los policías que mi primo se había marchado hacía un rato a casa de un amigo, pero que no sabía qué amigo era, que no me había dicho el nombre. No se me ocurrió nada mejor.

Yeray temblaba y tuvo que sentarse en una de las sillas. La policía dio una vuelta por el restaurante, bajó al almacén e inspeccionó la cocina y los baños por si se había escondido allí. Traían un papel en la mano que les autorizaba a buscar entre nuestras cuatro esquinas. Alba estaba a punto de un ataque de histeria. No entendían absolutamente nada. Muy nerviosa, le mandé un mensaje a Alicia para explicarle que Juanillo se había escapado y que la policía lo estaba buscando. De todas las posibilidades que había barajado en el escenario de la detención, ninguna había contemplado la huida.

Avisé a Ana, quería que se enterara por mí. Pensé que se sentiría mal si lo leía en las noticias.

Cuando la policía se marchó, respiré hondo y conté a mi familia lo que estaba ocurriendo.

—Hay un vídeo —hice una pausa y respiré hondo—. Se ve a Juanillo en una calle cercana a la casa del chico. Álvaro se mete con su novia y Juanillo se lanza hacia él para agredirlo. Pero tres amigos se meten en medio y lo evitan. También se ve a Juanillo alejarse mientras lo amenaza a gritos.

—Madre del amor hermoso —exclamó el abuelo—. ¿Hace cuánto sabes que ese vídeo existe?

—Desde que Yeray estaba en el calabozo. Lo vi en el móvil de Juanillo sin querer.

—¿Y no nos lo dices? —recriminó Yeray—. ¿Tú quién te crees que eres, Zaira, para ocultarnos algo así? Debiste contarlo en el momento que lo viste. Ahora no tiene solución. Mira lo que has conseguido. Juanillo se ha sentido solo y ha huido, ahora sí que es culpable ante los ojos del mundo. Eres una inconsciente, has arruinado la vida de mi hermano.

Me eché a llorar desconsolada. Quizá Yeray tenía razón. Posiblemente, había cometido el peor error de mi vida.

—¿Dónde está? —preguntó Alba—. Dime al menos que sabes dónde se ha escondido.

Negué con la cabeza, sin poder dejar de llorar. No podía gestionar el dolor que me producían las palabras de Yeray, aunque las entendía. Sentí que el mundo se derrumbaba a mis pies y que había cometido una terrible equivocación.

—Zaira, de verdad, no creo que pueda perdonarte esto en la vida. Será mejor que te vayas —habló Yeray—. No quiero verte la cara y acordarme de que lo podías haber evitado.

—De aquí no se va nadie —replicó mi abuelo—. No es momento para reproches. Lo hecho, hecho está, hay que buscar soluciones. Hay que mandar un audio a la familia, a toda la aldea, y pedirles que, si lo ven, le digan que se entregue. Si no lo hace pronto lo tendrá más complicado. Ya tenemos dos policías de paisano en la puerta. No miréis todos a la vez, están en un coche en doble fila.

Indicó la dirección con la mirada y continuó hablando:

—Estoy seguro de que pedirá ayuda a alguno de nuestros primos. Y se la van a dar, así que no tenemos que perder la calma porque estará bien. Por lo que tenemos que preocuparnos es por conseguir que no le den cobijo y que nos ayuden a entregarlo.

—Abuelo, sabes que eso no va a pasar. Si Juanillo no quiere, no lo van a entregar —aportó Yeray—. Y no sé qué decirte, no sé si Juanillo soportará lo que le queda por pasar. Quizá es mejor que esté escondido.

—Hijo, ¿qué estás diciendo? —preguntó mi abuelo—. ¿Quieres que tu hermano sea un prófugo de la justicia? Yeray, eso no puede ser.

—No sé si puede ser o no, abuelo. Lo que sí sé es que Juanillo no lo mató. No lo hubiese dejado tirado en la calle y se hubiera ido. Y, si no fue él, tiene que haber sido otra persona. Nuestra única esperanza es que encuentren a quién lo hizo. He estado en el calabozo y sé lo duro que es. Y el carácter de Juanillo no lo resistiría. Confesaría solo para que acabara todo.

—¿Pero tú te estás escuchando, hijo? Si la policía está centrada en buscar a Juanillo, no va a averiguar nada. No van a abrir más líneas de investigación.

—Abuelo, te recuerdo que estás en el mismo país de Dolores Vázquez, que era inocente y fue a la cárcel por el linchamiento mediático. Y no quiero pensar lo que sufrió esa mujer sabiendo que no había sido ella y que nadie la creía.

—¿Se ha llevado el móvil? —preguntó Alba de repente.

—No —contestó Fernando—, está aquí.

Fernando no había hablado hasta ese momento. Nos había observado en silencio. Miraba a Alba, que no pudo evitar que las lágrimas le comenzaran a caer.

—Lo siento —dije, compungida—. No sabía qué hacer. Quería evitaros el dolor, tenía la esperanza de que el vídeo no saliera a la luz.

Lloré para expulsar todo lo que llevaba días guardando en mi interior. Mi abuelo y Fernando vinieron a consolarme, entendiendo que no había sido nada fácil para mí.

—Tenemos que encontrar al que lo hizo. No hay otra solución. Juanillo no podrá estar escondido toda la vida. Y la policía lo va a dar por culpable al haber huido, así que no investigará a nadie más. ¡Cómo se nos puede complicar tanto todo! —se lamentó Fernando.

—Yeray, perdóname —dije al tiempo que le agarraba las manos—. No tenía ni idea de que Juanillo se iba a escapar.

Mi primo bajó la cabeza, arrepentido por sus palabras, y me abrazó con suavidad, sin mirarme a los ojos. No tenía que haberlo ocultado. Había sido educada para compartir en familia los problemas, para encontrar soluciones conjuntas a las vicisitudes de la vida, para que me apoyara en nuestros seres queridos.

—¿Qué te dijo? —preguntó Alba con tono despectivo—. ¿Al menos pudiste hablar con él qué fue lo que pasó ese día?

—Álvaro iba detrás de su novia y la molestaba continuamente. En un bar le hizo una foto a Saray sin su consentimiento. Discutieron y los echaron del local. Luego fueron a comer un helado a la plaza y se volvieron a encontrar. Y Álvaro lo volvió a provocar. Le dijo algo así como que tuviera cuidado con su novia, que había visto que en el tablao la manoseaba todo el mundo. —Hice una breve pausa antes de continuar—. Juanillo se irritó y se lanzó a pegarle, pero tres amigos lo impidieron. Esto fue lo que grabaron, además de las amenazas de Juanillo cuando se marchaba. Desistieron del helado, Juanillo acompañó a Saray a su casa, con varios primos más, y después se fue para la vuestra.

—¿Juanillo y Saray son novios? ¿Todos lo sabíais menos yo? —preguntó Alba, sorprendida.

—No, no lo sabía nadie, Alba. Yo lo descubrí por casualidad en una foto.

—Hay algo que no me cuadra. Recuerdo que ese día llegó muy tarde a casa. Tuvo que hacer algo desde que se peleó hasta entonces —afirmó Yeray—. No se llega a las cuatro de la mañana de tomar un helado. La heladería de la plaza cierra a la una.

—No lo sé. Le pregunté si se vino para casa y me dijo que no. Que se sentía mal y fue a dar una vuelta. Noté que no me quería decir dónde había estado.

—Estupendo, para colmo no tenemos coartada para la hora de la muerte. Estamos mejor que queremos —anunció Fernando.

Tenía razón, todo era muy complicado. Teníamos que averiguar dónde había estado Juanillo esas horas.

—Lo primero es encontrarlo. Tenemos que ir a casa de Manuel y hablar con él. Creo que tengo que ir yo, a ver cómo se toma que Saray tenga novio y él sea el último en enterarse. Y encima que el niño está huido de la justicia —añadió el abuelo.

—Abuelo, mejor se lo explico antes a Mara y que ella nos diga cómo lo hacemos. Además, ella puede correr la voz por la aldea y, si está escondido en alguna casa, nos lo dirá —propuse.

—¿Y si le ha pasado algo? ¿Y si con los nervios se ha ahogado? —sollozó Alba.

—Juanillo se ha criado en esta playa, es el mejor nadador de la familia. Y está en plena forma —la tranquilizó Fernando—. Además, el mar hoy está tranquilo, no hay ni una sola ola.

—Tampoco sabemos si se ha ido nadando —argumenté—. Puede haberse escondido en algún sitio y luego haber andado por la orilla tranquilamente. De aquí al espigón quién sabe si no se ha encontrado con algún conocido y a estas horas está escondido en casa de algún amigo hasta que él crea que es seguro ocultarse en la aldea.

—Sí —confirmó mi abuelo—. Juanillo es el más listo de todos, estoy seguro de que no ha improvisado. Debía de llevar días planeando qué hacer. Y también estoy seguro de que alertó a las personas necesarias para su fuga.

—Yo también opino lo mismo —añadió Yeray—. Y sabe que estamos muy preocupados, así que buscará la manera de decirnos que está bien. Mientras Zaira va a la aldea, nosotros seguiremos como si no pasara nada. Nos están vigilando, cuanta más naturalidad mostremos mejor.

Cogí las llaves del coche y me fui corriendo. Nerviosa, intentaba hilar el discurso que diría a mi prima. Me preocupaba la reacción de Manuel al conocer, en el peor momento posible, que su hija tenía novio. No iba a ser fácil explicarle todo lo que había pasado, esperaba que Mara me ayudara. Enseguida me di cuenta de que me seguía un coche oscuro. Me paré en la esquina para asegurarme. El coche que venía detrás se detuvo también. Sentí un pánico irracional. Me calmé y agradecí al cielo que Juanillo fuera tan aficionado a las series policiacas como yo. Siempre me las comentaba emocionado y se fijaba en el trabajo minucioso que realizaba la policía. Desconocía si era mejor idea ir a la casa de Mara directamente o aparcar el coche en la mía y salir por detrás. Sabía cómo llegar a la aldea sin ser vista. Me llevaría unos minutos más, pero al menos no metería a la policía en sus calles y evitaría que se alarmaran.

Cuando aparqué en mi casa, el coche oscuro se quedó a cierta distancia, la suficiente para que no pudieran verme salir por detrás. Diez minutos después estaba en la aldea.

Mara se encontraba en su porche tomando un refresco con Saray. Desde que Mara había vuelto a la aldea, hacía poco, pasaba mucho tiempo en su casa. Los alumnos que finalizaban la etapa de primaria en mi colegio comenzaban la secundaria en el instituto con Mara. Hablar de esa transición había consumido muchas tarrinas de helados y tardes de invierno. Tenía confianza con ella, pero dudé si debía hablar delante de Saray. Evalué que tampoco tenía mucho sentido ocultarle nada, era inevitable que se enterara.

—Menuda cara que traes —me dijo mi prima, que se puso en pie al verme.

—Mara, ha pasado algo. La policía ha venido a llevarse a Juanillo.

Saray se levantó preocupada del balancín.

—¿Está detenido?

—No, se ha escapado. No sé dónde puede estar. Y necesito que me ayudéis a encontrarlo. Si huye parecerá más culpable todavía.

—¿Por qué dices «más todavía»? —cuestionó Mara—. Nunca lo han considerado culpable. Creía que las sospechas recaían en Yeray.

Les conté la existencia del vídeo y todos los hechos que había desencadenado. Saray palideció y no pudo evitar que sus ojos se humedecieran. Tuve ganas de abrazarla y de compartir su incertidumbre. Mara, en cambio, intentaba analizar la situación.

—No puede ser. Saray, ¿tú sabías algo de eso?

—Yo estaba con él cuando ocurrió. Fue por defenderme.

—¿Cómo que por defenderte? —preguntó Mara.

Saray sintió que tenía que contar la verdad, pero no sabía cómo hacerlo. Me miró pidiéndome ayuda.

—Saray y Juanillo están *ennoviaos*.

Conté a Mara lo que había ocurrido aquella noche. Saray bajó la cabeza, avergonzada.

—No te preocupes, ya sabía que es Juanillo quien te gusta. Cada vez que alguien pronuncia su nombre se te ilumina la cara —confesó Mara—. Y no soy la única que se ha dado cuenta.

—¿Mi padre lo sabe? —preguntó Saray, sorprendida.

—Claro que lo sabe. La aldea es muy chica y para llegar a tu casa hay que pasar por otras. Y aunque no pase de la esquina, ya lo han fichado. Ya sabes que aquí los rumores corren como la pólvora.

—¿Por qué no me ha dicho nada?

—Estaba esperando a que se lo dijeras tú. Estaba tranquilo porque sabía que Juanillo es un buen niño y que va en serio.

—Saray —corté a Mara sin poder evitarlo—, ¿te dijo Juanillo dónde se iba a esconder?

—No, me dijo que no pensaba entrar a la cárcel, porque no iba a poder salir nunca. Quiere esconderse hasta que la policía encuentre al culpable. Pero me dijo que es mejor que yo no lo sepa, porque me van a interrogar y ellos notarán si digo la verdad o no. No quiere meterme en problemas. Sí que me dijo que estaría bien y que no le iba a faltar de nada, que no me preocupara.

—Claro, pero calculó mal. Si lo dan por culpable no van a investigar nada más —añadí desesperada—. Tengo que encontrarlo y pedirle que se entregue.

—No es buena idea, Zaira —contó Saray—. Tenía mucho miedo. No lo soportaría. Yo estoy más tranquila sabiendo que está escondido. De ninguna de las dos maneras voy a poder verlo, pero al menos sé que no le van a pegar ni le van a hacer nada. Hoy he escuchado en la radio una noticia de un chico gitano, que supuestamente se había suicidado en la cárcel y luego se ha descubierto que tenía el cuerpo *reventao* por una paliza.

—De verdad que no sé lo que es mejor. Pero esto va a ser un infierno, Mara. Para nosotros y para vosotros. Me temo que os va a salpicar a todos.

—Tú de eso no te preocupes —me tranquilizó mi prima—. Ahora tienes que estar con los tuyos. Yo hablo con Manuel y con todos los de la aldea. Si sabemos algo de él, te lo haremos saber, no te preocupes.

Me marché llevándome la sensación de que Saray sentía algo parecido a lo que sentía yo. Ese dudar continuo sobre qué era lo mejor para Juanillo sin llegar a una conclusión que nos aliviara.

Cuando miré el móvil tenía seis llamadas pérdidas. Cinco eran de Víctor y una, de Ana. Obvié las de Víctor y le devolví la llamada a Ana.

—Acabo de leer las noticias. ¿Habías visto el vídeo antes? —me preguntó Ana—. No puedo creerlo, Zaira. Voy para allá.

—Sí, lo había visto. Voy para mi casa, te espero allí.

Entré por el mismo sitio por el que me había marchado. Salí al porche y le puse la comida a los gatos, que se rozaron conmigo en señal de cariño. La policía me observaba. Eso me provocaba un nerviosismo interior desconocido para mí, una sensación desagradable que me hacía sentir vulnerable.

Ana llegó veinte minutos después. Me abrazó sin mediar palabra. Me di cuenta, al recibir el apretón, de cuánto lo necesitaba.

—No es necesario que te pregunte cómo estás. Te lo veo en la cara. Ni tampoco voy a entrar en recriminaciones de por qué no me lo dijiste. Imaginó que de eso ya habrás tenido bastante.

—Te lo agradezco, creo que no soportaría un solo reproche más. No sé qué hacer. No sé si hice bien o hice mal ocultándolo y tampoco sé dónde está Juanillo. Y me siento fatal por pensar que esconderse es lo mejor para él.

—Escúchame, Zaira, la energía que uses dándole vueltas a lo que ya no tiene remedio es energía tirada. Vamos a concentrarnos en lo que podemos hacer. Tenemos que demostrar que Juanillo es inocente. Y para eso tenemos que centrarnos. Necesito ver ese vídeo. No lo he conseguido.

—No lo tengo. Espera, sí, está en el móvil de Juanillo. Vamos al chiringuito, se dejó el teléfono allí.

Cuando salíamos me sorprendió la llegada de Víctor, que se bajó rápido del coche en cuanto nos vio.

—Zaira, espera, necesito hablar contigo —me dijo.

—No es buen momento, Víctor.

—Espera un segundo, déjame explicarte que yo no entregué el vídeo. Solo quiero que te quede claro.

—Lo sé, no te preocupes —añadí convencida—. Te veo luego. Arranca Ana.

Ana me obedeció mirándome de reojo.

—Vaya, supongo que aquí está pasando algo interesante —afirmó moviendo la cabeza.

—No lo supongas, aquí hay una historia que tenía fecha de caducidad antes de empezar. Víctor tiene una concepción de la amistad que no es compatible conmigo.

Sabía que esa frase no resumía mis sentimientos hacia él, pero ni yo misma quería aceptarlos. Su manera de ver la vida y de pasar por los acontecimientos de forma plana, sin mi intensidad en la implicación personal, era algo que nunca nos iba a poner de acuerdo.

—Pues el señor alcalde no lo tiene tan claro como tú, querida —argumentó Ana.

—Él nunca tiene las cosas claras. Ese es su problema. Que en el momento que más se le necesita es cuando menos está. Siempre llega tarde.

—No seas tan dura —pidió Ana—. No sé qué ha pasado, pero si algo es evidente es que ese hombre está loco por ti.

Guardamos silencio hasta llegar al chiringuito. Me sentía mal por haber tratado a Víctor de manera tan brusca, pero no sabía cómo arreglarlo. Estaba tan confundida que necesitaba tiempo para pensar y aclarar mis sentimientos.

Mi familia intentaba trabajar como si nada hubiese ocurrido, pero sus caras no mostraban normalidad. Pedí a Alba el móvil de Juanillo. Fue fácil desbloquearlo, porque siempre utilizaba como contraseña la fecha del aniversario de bodas de sus padres. Había borrado todos los chats, pero pudimos rescatar el vídeo. No había vaciado la papelera.

—Esto no prueba nada —dijo Ana cuando lo vio—. Lo hizo delante de testigos y los testigos presenciaron que se marchaba. Tenemos que encontrar a Juanillo y pedir que declare.

—No va a ser tan fácil. Ha tenido días para prepararlo y estoy segura de que lo ha planeado muy bien.

—Aun así, debemos buscarlo. Lo conocéis, conocéis su entorno y conocéis a quién pediría ayuda.

—Ana, no tenemos ni idea. He alertado a la aldea, pero si algún primo o amigo le da cobijo no nos lo dirá. Respetarán lo que él les pida.

—Entiendo. Centremos nuestros esfuerzos en encontrar al culpable. Alguien tuvo que hacerlo.

—Gracias, Ana. Gracias por tu ayuda y gracias por creer en nosotros.

—Tengo olfato, querida. No me falla nunca y sé que esta familia es incapaz de hacerle daño a nadie.

Nos interrumpió Mara, que venía con una amiga. Supuse que era Marusella, la orientadora de su centro, la que nos había dicho que conocía a Álvaro. Su sonrisa sincera y la forma cercana de saludar me hizo sentir cómoda enseguida.

—Siento no haber podido venir antes —se disculpó—. Pensábamos hacerlo el otro día, pero un imprevisto de noventa y cinco años nos obligó a posponerlo.

Nos sentamos en una mesa apartada y Mara comenzó la conversación advirtiendo que yo estaba muy nerviosa.

—Maru —rogó Mara—. Cuéntanos todo lo que sepas de Álvaro.

—Imagino que el secreto profesional no tiene ya mucho sentido —se justificó—. Álvaro era un niño muy peculiar. Desde que entró en el instituto tuvo problemas con sus compañeros. Carecía de las habilidades sociales para relacionarse. Intentaba acercarse a los demás, pero sus pautas eran siempre inadecuadas. No sabía comenzar las conversaciones ni los juegos; lo hacía burlándose de la persona o acercándose con intensidad, lo que agobiaba al otro.

»Tuve una entrevista con los padres cuando los profesores me lo derivaron en primero de secundaria. Pero su padre negaba rotundamente que su hijo tuviera algún problema. Lo justificaba diciendo que era igual que su madre, una persona sin amigos a la que los demás no querían cerca. Y todo esto lo expresó en su presencia, así que imaginaos. Lo culpaba de hacer las cosas mal, pero nunca valoró que existiera la posibilidad de que algo se lo impidiera, que no fuera culpa de Álvaro. Es que no sabía hacerlo de otra manera.

—¿Fue agresivo? —interrumpió Ana.

—No, todo lo contrario —respondió Marusella—. Llegó a las manos un par de veces con alumnos problemáticos, pero solo se defendió. Sin mucho acierto y siempre salió perdiendo. Nunca comenzó una pelea.

—¿Y su madre? —pregunté.

—Me reuní dos veces con ella. Una con su marido y en esa ocasión ni le escuché la voz. Tan solo bajaba la cabeza cuando el padre la culpaba de lo negativo que le ocurría al chico. Poco más que ella era la causante de todo. Pero cuando hablamos a solas, la cosa fue distinta. Comentamos lo que le ocurría a su hijo y me reconoció que su educación no había sido la más adecuada. No se le habían puesto límites ni se le había enseñado a empatizar. No se había relacionado con iguales, solo con adultos.

—¿Crees que podría ser un síndrome de Asperger sin diagnosticar? —pregunté.

—No lo creo. Nunca le pasé ninguna prueba, pero al hablar conmigo me di cuenta de que las relaciones con los adultos estaban perfectamente construidas. Creo que era más una falta de aprendizaje. De hecho, se llevaba mejor con los profesores que con los alumnos. Mi impresión siempre fue que su padre era una figura demasiado autoritaria, muy estricto con él, y que su madre era todo lo contrario: lo sobreprotegía sin tener muy claro lo que hacía. El padre viajaba mucho por trabajo, por lo que la madre tenía tiempo para convertir de nuevo a su hijo en un bebé.

—¿Tuvo alguna relación con la venta de drogas? —interrogó Ana.

—No, nunca me llegó información al respecto. Tampoco es que tuviera muchas habilidades para llevar a cabo esa tarea. Piensa que para distribuir hay que tener contactos, una red social amplia o capacidad para captar clientes. Álvaro no tenía ninguna de esas tres cosas.

—¿Qué se rumorea respecto a su asesinato? —quiso saber Ana.

—Pues tampoco he escuchado demasiado al estar de vacaciones, pero en la tienda, en los comercios, el tema de conversación es la familia gitana que se lo ha cargado. No se habla de otra cosa. Lo siento —se disculpó—. Creo que he sido poco delicada al exponerlo, pero esa es la realidad.

—No te preocupes —la tranquilicé—. Soy consciente de lo que se dice. Y ahora, con la huida de Juanillo, todo se va a complicar.

—Es un comportamiento entendible ante el miedo —nos contó Marusella—. No se le puede culpar por eso. Juanillo es un buen niño y estoy convencida de que demostraréis su inocencia.

Mara y Marusella se marcharon con prisas porque tenían que atender otros asuntos urgentes. Mara volvió a prometerme que me mantendría informada.

Estaba despidiéndolas cuando vi llegar a Víctor, que al parecer no estaba dispuesto a rendirse.

—Víctor, por favor, ahora no. No es momento para hablar. Quiero pensar que el vídeo no lo enseñaste tú, pero me cuesta.

—Sí que es momento. Y lo vamos a hacer como tú decidas: a gritos o sentados en esa mesa.

Me sentí acorralada. Me senté fuera, en una de las mesas de la terraza, para que mi familia no pudiera escuchar lo que me tenía que decir.

—Lo siento. No pensé que saldría así —murmuró.

—Vale, ya te has disculpado —dije levantándome—. Tengo que trabajar.

—Espera un momento, por favor. —Me sujetó con suavidad y me volvió a sentar—. Necesito explicarte cómo llegó el vídeo a manos de la policía. Le llegó al jefe de la Policía Local de Fuengirola y este lo puso en conocimiento en comisaría. Tengo que hacer una rueda de prensa y estoy preocupado. No quiero que nada de lo que vaya a decir te moleste.

—¿Qué es lo que vas a decir? —pregunté, en efecto molesta.

—La verdad. Lo que se ve en el vídeo y que Juanillo está en busca y captura.

—¿Es necesario? —pregunté—. ¿No puedes esperar hasta mañana?

—Lo siento, no puedo. Y sé que no te va a gustar oírlo. No puedo evitarlo. Y tampoco puedo apoyar a Juanillo en su huida.

Me levanté y me fui. No quería escuchar sus lamentos y no estaba dispuesta a dedicarle más tiempo. Comencé a limpiar la barra. Lo vi en la mesa, sentado, con la cabeza entre las manos y mirando fijamente al suelo. Mi primo Yeray se acercó y estuvo hablando con él. Los observaba desde donde estaba sin que se dieran cuenta.

Ana se había quedado sentada en un rincón, tecleando en su portátil. Escribía un artículo para el periódico con los últimos acontecimientos. Me hizo un gesto con la mano para que me acercara.

—Mándame una captura con la foto de la chica que salía en el vídeo de Álvaro, la que vino a cenar con Víctor. Voy a aprovechar que está algo aturdido para preguntarle.

Le mandé la foto y vi cómo se acercaba a él. Mi primo Yeray se levantó y les dejó intimidad.

No oía lo que hablaban pero podía adivinar que Víctor le contaba algo durante el rato suficiente como para contener información relevante. Intuí que cambiaban de tema y Víctor me miró con pesadumbre. Quizá estaban hablando de mí. El rato que charlaron se me hizo eterno. Quería saber qué tenía que ver esa mujer con Víctor.

Salí a resolver una duda que tenía el camarero que sustituía a Juanillo en las hamacas y me di cuenta de que el pequeño almacén estaba abierto. Cuando fui a cerrarlo caí en la cuenta de que esa mañana no lo había usado y que solo Juanillo, mi abuelo y yo teníamos la llave. Entré y entendí que Juanillo no se había ido por el mar, como nos había hecho creer. Había tenido una bolsa escondida allí todo el tiempo, con unos zapatos y algo de ropa, y seguramente dinero. Noté que había movimiento dentro del restaurante y vi que la policía hablaba con Yeray y Víctor. Les enseñaban un papel que posiblemente era una orden de busca y captura. Ana me llamó para que entrara.

—Zaira, tienen una orden de registro. Es mejor que cierres y que no dejes entrar a nadie —dijo Víctor.

—Creo que esto es un hecho histórico —dije en voz alta—. La primera vez que la justicia actúa tan rápido en este país.

Mi abuelo me regaló una mirada que significaba «hija, no compliques más las cosas de lo que están».

Ana me pidió permiso, señalando su móvil, para hacer una foto, seguramente para ilustrar el artículo. Asentí. Si íbamos a salir en las noticias, qué mejor que de su mano. Al menos su información sería veraz.

Víctor se marchó dedicándome una última mirada.

Le devolví otra, fría y sin quitar los ojos de los suyos, una en la que le dejaba claro que no le iba a perdonar si en su declaración decía algo que pudiera perjudicar a Juanillo.

# 19

Cuando la policía llegó para hacer el registro nos pilló desprevenidos. No esperábamos que fueran a irrumpir en nuestra intimidad con esa brusquedad. Por su forma de revolverlo todo, nos dimos cuenta de que no solo buscaban a Juanillo; buscaban pruebas, algo que les indicara su paradero y que tuviera que ver con Álvaro. Buscaban a un supuesto asesino. Me estremecí al pensarlo.

Los ruidos que provocaban al retirar los objetos nos mantenían en vilo. Tiraron la mercancía de las cajas, rompieron contenedores de plástico, volcaron cajones y sacaron utensilios de los muebles de la cocina. Alba enmudeció, espantada, arrinconada en la barra, contemplando la escena como una mera espectadora. Sufría con cada cosa que caía al suelo, con cada objeto que rompían. Sus cuchillos cerámicos, que con tanto mimo cuidaba, rodaron por la encimera después de ser rociados con un líquido pegajoso. Las sartenes y las ollas fueron esparcidas por toda la cocina, dejando un desbarajuste que nos iba a costar horas arreglar.

Sandra llegó alertada por Fernando, que la llamó para que tuviéramos una mano amiga en esos momentos. Sandra hizo algo que ninguno de nosotros había sido capaz de hacer, desconcertados por el miedo. Les pidió cuidado, que no trataran las herramientas de trabajo con tanta brusquedad. Lo único que consiguió es que la echaran. La vi salir mirándome a los ojos. Ella también estaba pálida, sintiendo en su piel lo que estábamos sufriendo nosotros.

Una decena de personas se amontonaban en las cristaleras exteriores, mirando al interior con curiosidad. Observábamos con impotencia cómo pegaban sus caras al cristal para apreciar mejor lo que ocurría dentro. Esa sensación de vergüenza, de colocarnos en el centro de atención con un sentimiento de culpa falso que no se nos iba a despegar de la piel en mucho tiempo, nos abrumó, nos anuló la voluntad, nos dejó absortos ante lo que ocurría. Fernando pidió a un policía que saliera fuera y le pidiera a la gente que no nos grabara. Lo hizo con desgana y brusquedad.

Ana, que seguía en el salón, miraba atenta la escena y de vez en cuando tecleaba en su ordenador. Nadie le había prestado atención.

No podía quitarme a Juanillo de la cabeza y veía en la cara de mi abuelo la misma incertidumbre. Cuando terminaron el registro y se marcharon, un par de horas después, todos nos sentamos alrededor de la mesa que había escogido el abuelo. Cogió aire y echó un vistazo al salón. Se frotó la cabeza un par de veces antes de comenzar a hablar.

—Vamos a tener que recoger y marcharnos a casa. Esto se va a poner muy feo. Y tenemos que ser fuertes —dijo con una voz tenue.

—Abuelo —anuncié yo—, tenemos que cerrar el chiringuito hasta que esto se calme. Van a venir a buscarnos y no nos vamos a poder defender. Si lo hacemos, seremos los culpables. Solo mostrarán las imágenes manipuladas, enfrentándonos con la gente, y el odio crecerá.

—Zaira tiene razón. No podemos correr el riesgo de que nos hagan daño. Y con la huida de Juanillo la cosa va a empeorar.

Un ruido nos sobresaltó a todos. Alguien había lanzado una estructura de hierro sobre la cristalera de la terraza, cuya parte trasera se rompió en mil pedazos. Los cristales, una vez más, habían quedado sujetos entre sí, sin llegar a caer al suelo. No podía creer que en tan corto espacio de tiempo hubiéramos sufrido tres veces lo mismo. Reconocí nuestra fragilidad. Y lo fácil que era para un sector de la población atacarnos. Nos costó asumir que había personas que esperaban que algo las animara a destrozarnos, a romper nuestra seguridad.

—¡Coged vuestras cosas, tenemos que salir de aquí! —exclamó Yeray.

Miramos hacia la puerta por la que se suponía que teníamos que salir. La cantidad de personas que se amontonaban delante iba a complicar mucho la tarea. Escuchábamos los gritos sin saber muy bien qué es lo que decían, pero no nos auguraban nada bueno.

Vi como Fernando llamaba por teléfono, con la mirada fija en la orilla, pero no fue hasta unos segundos después que me di cuenta de que las hamacas y las sombrillas estaban ardiendo. Alguien les había prendido fuego. Me quedé petrificada mirando tras la cristalera. Apoyé las manos en la puerta y vi que varias personas corrían y se escondían entre las sombras. Observé el resplandor del fuego, que crecía en varios focos a la vez, y no fui capaz de asumir las emociones que me embargaban. Las sentía como algo lejano a mí. Algo que no estaba ocurriendo. Reaccioné cuando vi que mi abuelo cogía el extintor y corría a apagarlo. Yeray salió tras él para impedírselo, pero llegó tarde. Cuando mi abuelo puso un pie en la terraza, varias piedras pesadas lo golpearon hasta que, tambaleándose, cayó al suelo.

Los demás corrimos hasta la puerta y, mientras intentábamos esquivar los objetos que nos caían encima, tiramos de él hasta que conseguimos meterlo dentro a rastras. Tenía varias heridas en la cabeza. Pegué mi cara a la suya y noté su aliento. Suspiré aliviada.

—¡Abuelo, dime algo! —grité desesperada.

—Algo, algo… —dijo mi abuelo casi entre susurros, intentando usar su sentido del humor—. Estoy bien.

Otro trozo de hierro cayó sobre la cristalera.

—Tenemos que salir de aquí —dijo Ana—. Pero no lo vamos a conseguir sin la ayuda de la policía. Yeray, llama a Víctor y explícale lo que está ocurriendo, que te mande todas las unidades disponibles y que pida refuerzos en Fuengirola y Torremolinos. Fuera hay decenas de personas, no va a ser fácil. Los han convocado por internet y esto va a crecer.

Otro golpe nos sobresaltó. Esta vez llegó por la puerta de entrada. Bendecí la decisión de Aurora de instalar vidrio de seguridad en todas las cristaleras. En aquel entonces fue un desembolso que casi nos costó la supervivencia, pero en ese momento nos protegían de los ataques.

El abuelo seguía en el suelo. Estaba consciente pero lo notaba débil. No podría caminar por su propio pie.

—¿Estás bien, abuelo? —pregunté, preocupada.

—Estoy bien, hija, pero me voy a quedar en el suelo un poco, estoy como mareado. Me duele la cabeza.

No teníamos mucho tiempo. Las llamas cada vez eran más altas. Fernando había llamado a una ambulancia, pero no teníamos muy claro cómo íbamos a hacer para sacar al abuelo de allí si los sanitarios no podían acceder por la puerta.

—Tenemos que salir de aquí. Las llamas van a alcanzar el pequeño almacén y se van a correr al chiringuito —advirtió Fernando mientras miraba nervioso la cantidad de personas que se arremolinaban en la puerta de entrada.

—¡¿Cómo vamos a salir?! —gritó Alba, llorando—. Nos van a linchar. Están esperando para matarnos.

—Vamos a tener que escondernos una temporada, Zaira. Hay que ir pensando dónde, es peligroso que nos quedemos en nuestras casas. Sobre todo hay que pensar en el abuelo. Llama a tu madre, será mejor que se vaya con ella a Granada.

Escuchamos como el toldo de la terraza crujía por las llamas. Si ardía entero se prendería rápidamente el techo de madera. Sentí que me mareaba, que perdía la consciencia. Fernando me zarandeó y me obligó a quedarme con ellos.

—Zaira, ve a echarte un poco de agua en la cara —me pidió Ana.

Asentí y anoté en mi memoria que debía llamar a mi madre para que viniera por el abuelo.

—Podéis venir a mi casa —dijo Ana—. No es muy grande, pero puedo alojaros en colchones en el suelo.

—No te preocupes, Ana. Sandra nos ofreció ayer una de las casas de alquiler de su padre, allí estaremos seguros —anuncié.

—Yo no voy a ningún lado —dijo el abuelo con un hilo de voz que pretendía sonar autoritario.

—No creo yo que tú ahora mismo estés en condiciones de decidir nada, abuelo —dijo Yeray—. Estás vivo de milagro. Y te queremos así, dando la lata.

El abuelo se palpó la cabeza y se llenó la mano de sangre.

—¡Abuelo! —exclamó Alba mirándole la herida—. Tienes que ir a un hospital, tienes una buena brecha aquí. Voy a traer unas gasas para taponar la herida.

Escuchamos que el gentío gritaba con fuerza y vimos que la policía intentaba desalojar la zona. Mi primo Chavi hacía grandes esfuerzos por llegar hasta nosotros. Nos golpeó la puerta para que le abriéramos mientras sus compañeros despejaban la entrada.

—¿Dónde está el abuelo? —preguntó nervioso—. He escuchado por la radio que había una persona mayor herida y he corrido como las balas.

—Estoy aquí, hijo, no te preocupes. Estoy bien.

Chavi se tiró al suelo para inspeccionar la herida del abuelo.

—Escuchadme todos. La cosa se está complicando mucho. Y va a ir a peor. No podéis volver a casa. Abuelo, tienes que venirte a mi casa, todos tenéis que venir conmigo a Fuengirola.

—No te preocupes, ya tenemos donde ir. Nos vamos a una villa del padre de Sandra, pero necesitamos sacar de aquí al abuelo y llevarlo a un hospital —señalé preocupada.

En ese momento, uno de los palos que sostenían las sombrillas se volcó ardiendo sobre la cristalera del chiringuito.

—Los bomberos ya están avisados. Están a punto de llegar, pero necesitan de la policía para poder acceder. ¿Sabéis algo de Juanillo? —preguntó Chavi.

Negamos con la cabeza.

—Pues si podéis mandarle algún mensaje, decidle que no se mueva de donde esté y que no se entregue hasta que esto se calme. Me da miedo que lo vean por la calle y le den un golpe mal dado.

Una nueva madera cayó sobre el chiringuito y nos sobresaltó.

—Tenemos que salir de aquí ya. Abuelo, vamos a levantarte. Quiero que te apoyes en mi hombro y en el de Fernando.

La ambulancia llegó y tuvo que esperar a que la policía abriera un pasillo seguro para los sanitarios.

—Voy a pedir que lo lleven a Málaga. En el hospital del pueblo puede que se vuelva a liar —anunció Chavi.

Fernando, Alba, Yeray y yo salimos escoltados por la policía. Ana nos siguió de cerca hasta que pudo escabullirse entre el gentío. Las sirenas de los bomberos sonaban muy cerca. Mi abuelo salió con los sanitarios, mirando a su alrededor. El odio que lo rodeaba y los gritos que le advertían que lo querían fuera del pueblo lo superaron. Cerró los ojos y vi que le caían las lágrimas mientras los labios le temblaban. El dolor de ver a mi abuelo en esa situación me superó. Me dejó fuera de juego, sin poder coordinar mis movimientos.

La rabia de las personas que nos abucheaban, los gritos y los insultos que nos increpaban me sacaban de mi realidad para sumergirme en otra paralela en la que no era capaz de reaccionar. Noté que una piedra me golpeaba en la cabeza. Miré a mis primos, que estaban intentando esquivar los pedruscos y los objetos que nos lanzaban.

Justo cuando Chavi estaba a punto de meterme en el coche de policía, una chica se saltó el cordón policial y me escupió en la cara. Percibí su odio chorreando por mi mejilla y el asco tan profundo que sentí me produjo una arcada. Fernando, que se dio cuenta, me limpió el rostro rápidamente con la manga y me susurró al oído palabras de consuelo. Me di cuenta de que él también lloraba de pura indignación.

Nunca se borrará lo que experimenté en ese momento. Las lágrimas salieron sin que yo pudiera evitarlo y con los ojos enrojecidos la miré. Miré a la chica con estupor y pena, con resignación y un fracaso absoluto. Sentí pánico. Pánico por lo que era capaz de hacerme sentir una persona desconocida, que me despreciaba por el color de mi piel, por mi pertenencia étnica, por mi cultura. No lo hacía porque fuera la prima de un supuesto asesino. Eso ahí no importaba. Había pasado a un segundo plano con una facilidad pasmosa. En ese momento, palpé la inferioridad en todo mi ser hasta tal punto que me sentí desaparecer, anulada dentro de mí misma. Esa chica y yo no nos conocíamos de nada. Posiblemente, nunca nos habíamos dirigido la palabra. Su mirada fría, llena de rechazo y de inquina, se quedaría grabada en mi alma para siempre. En esos segundos eternos de nuestra vida en que nos tropezamos, ella representaba todo contra lo que yo luchaba. Nunca olvidaría su cara. Y pude reconocerla cuando me la volví a encontrar en el camino.

En el interior del coche se cuajó un silencio espeso que nos endureció para afrontar el resto de lo que nos quedaba por vivir. Ninguno conseguía pronunciar palabra. Entrelazamos nuestras manos callados, sabiendo que lo único que teníamos en ese momento estaba ahí, en ese coche. No hacía falta hablar para compartir lo que sentíamos.

Chavi nos llevó al hospital y se dio cuenta de que los tres estábamos en estado de shock. Le pidió a su compañero que nos dejara solos unos minutos y se volvió hacia nosotros antes de salir.

—Escuchadme bien, todos esos racistas que se han concentrado en la puerta no van a hundirnos. Ni siquiera son gente del pueblo. Y no nos van a hundir porque nosotros tenemos algo que ellos no tienen. Nosotros no estamos solos. Somos muchos y vamos a poder con esto y con todo lo que venga. Voy a entrar con vosotros para que os dejen quedar en la sala de espera; si no, solo van a dejar pasar a uno. En cuanto le den el alta al abuelo os llevo a la villa. Y no quiero que salgáis de ahí hasta que yo os lo diga. Es peor si pedimos que nos pongan protección en la puerta, porque los alertaremos. Zaira, tus perros serán una buena protección; os avisarán si alguien intenta entrar. Espero que tu amiga te los lleve lo antes posible. Yo me quedaré con vosotros, vigilando los alrededores, y varios compañeros gitanos de la provincia me ayudarán, estoy seguro.

Cuando entramos, me sorprendió encontrar a Víctor allí.

—¿Cómo estáis? ¿Cómo está vuestro abuelo? —preguntó mientras me miraba—. Me informaron de que veníais a este hospital. Salí corriendo, pensé que os había pasado algo grave.

Evaluó mi estado rápidamente. Me miró a los ojos, vio en ellos todo lo que estaba sufriendo y comprobó que mi estado físico no era el verdadero problema.

—Estás herida, estás sangrando —dijo con pesar mientras me tocaba la cabeza.

Me abrazó.

No nos escondimos, no nos separamos de mi familia. Me cogió entre sus brazos y susurró mi nombre. Por unos instantes me sentí segura. Sentí que el resto del mundo no me importaba. No quería salir de allí, de ese lugar, del pequeño rincón que había creado con su abrazo.

Vi como Alba bajaba la mirada hacia el suelo. Sabía lo que estaba pensando. Había llamado a Bernardo e incluso había conseguido hablar con él, pero no estaba a su lado. Como siempre ocurría cuando lo necesitaba.

En unos minutos, la puerta del hospital se llenó de familiares que venían a preguntar por mi abuelo. Mi primo Chavi los informaba y los mandaba a casa. Intentaba que no hubiese una aglomeración de gitanos que llamara la atención.

Víctor miró su móvil y la cara le cambió. Sin mirarme a los ojos, nos dijo que tenía que irse, que luego nos llamaba. Se marchó de forma apresurada.

Esperamos casi dos horas. Dos horas en las que tuvimos que recomponer nuestras vidas, apuntalar la que teníamos con nuestro miedo y el rencor que nos rodeaba. Sabíamos que no iba a ser nada fácil. La historia estaba plagada de hechos como los que estábamos viviendo. No era la primera vez que ocurría. Y si algo nos decía nuestro legado es que las soluciones nunca estaban de nuestro lado.

Un médico me examinó la herida, la limpió y me colocó un apósito. A mi abuelo le cosieron con puntos de sutura en varias partes de la cabeza. Nos dejaron llevarlo a casa con la promesa de que guardaría reposo.

Estábamos saliendo del hospital cuando Ana me llamó por teléfono.

—Zaira, tengo que contarte algo. Es mejor que te enteres por mí y que no lo veas en los medios de comunicación. El chiringuito ha quedado en un estado lamentable. Cuando veáis las imágenes os va a impresionar. Los baños han acabado ardiendo y el fuego se ha corrido a la parte trasera. El toldo de la terraza ha prendido en segundos y ha quemado todo el techo. Toda la madera ha ardido. La parte de atrás está arrasada. Incluida la barca de tu abuelo.

Tuve que apoyarme en el coche porque las piernas no eran capaces de sostener el resto de mi cuerpo. Era cierto que habíamos visto arder las hamacas, y que eso sería una pérdida económica muy difícil de remontar. Pero si había ardido todo el lateral, donde estaban los baños, no podríamos superarlo. Sin contar con el valor sentimental que la barca tenía para mi familia.

Mi abuelo había construido esa barca. Aurora la pintó de azul turquesa un amanecer que los niños dormían a su lado. Recordé como había metido a Juanillo, que era un bebé en aquel entonces, en una de las cajas de corcho del pescado mientras los dos mayores dormían en una hamaca. La reñí por lo temprano que me había citado, sin disfrutar en aquel momento de sus risas y de su pasión por la vida. Mientras ella pintaba la barca, yo preparaba las bandejas de entremeses para una comunión que tendríamos unas horas después. Cuando terminó, de la emoción por enseñármela tropezó y chocó contra la madera recién pintada. Acabó con toda la cara azul y nuestras risas resonaron en la playa durante horas.

Aquella barca era un montón de cenizas. Busqué las noticias en la red y cuando vi el estado del chiringuito tuve que taparme la boca con la mano. Superaba lo que había imaginado. Los antidisturbios no habían llegado a tiempo para evitar el desastre. La policía no había podido contener la ira de la gente ahí concentrada. Y el fuego había hecho el resto. En las imágenes se veía a una decena de personas que entraban en el interior y lo rompían todo con palos y cadenas de hierro. Me sorprendió no ver caras conocidas entre los asaltantes. Ana no había querido ser demasiado cruel a la hora de describir el estado del restaurante. Si no lo destrozaron más fue porque las llamas estaban entrando en el salón y los asaltantes salieron huyendo. Cuando mi abuelo visualizara esas imágenes se iba a morir de la pena. Toda su vida estaba allí. Unos desconocidos habían destruido en unos minutos la lucha de toda una vida. No sabría cómo ayudarle, cómo animarlo cuando viera lo poco que quedaba de Las Cuatro Esquinas del Mar.

De camino a la villa, Ana me mandó un mensaje en el que me contaba que la había llamado Sara, la camarera del bar, que tenía delante al Italiano. Le dije que se fuera para allá, que yo iría en mi coche, pero insistió en recogerme. Le mandé la ubicación de la villa y nos encontramos allí. Llegamos con segundos de diferencia.

Ana se interesó por el estado del abuelo y él mismo le dio un abrazo para que comprobara que estaba recuperado.

Cuando entramos en Villa Fantasía todos miramos estupefactos. Aquello era una mansión de las que salían en las películas. Una casa grande, con techos inacabables, enmarcada por un jardín tropical y una piscina con arena que simulaba una playa. En el interior, una preciosa cocina estaba unida a un inmaculado salón de estilo nórdico. Reconocí la mano de Sandra en la decoración, que era minimalista y elegante. No me entretuve en inspeccionar la parte de arriba.

Cuando nos subimos en el coche, Ana recogió las recomendaciones de toda mi familia, que manifestó abiertamente que salir aquella noche era una locura. Prometimos tener cuidado y nos marchamos.

—Está buscando a su próxima víctima —confirmó Ana—, así que espero que lleguemos a tiempo y que le parezca más atractiva, que también es importante.

—Ana, lo único que le va a gustar es tu cartera y te has vestido que pareces una millonaria.

—Calla, que voy de prestado de pies a cabeza. Creo que lo único que llevo mío son las bragas —rio intentando animarme.

—Me has hecho reír y pensaba que hoy era imposible que eso pasara —añadí.

—Zaira, en esta vida lo único importante son las personas. Lo material no tiene importancia. Afortunadamente estáis todos bien. Víctor va a dar una rueda de prensa a primera hora de la mañana —dijo mirándome—. Creo que condenará los actos vandálicos, no le va a quedar otra. Hay algo más. Han convocado una manifestación en la plaza del pueblo. Aunque el lema es «Justicia para Álvaro», lo único que conseguirán es que mañana se exalten los ánimos de nuevo. Que Juanillo se haya escapado va a provocar que esto se convierta en una pesadilla.

»Por cierto, no te he contado lo que me dijo Víctor sobre la chica del vídeo —añadió—. Me explicó que es una empresaria de la zona que le ha consultado la posibilidad de realizar una inversión en el pueblo, y que le ha hablado de una gran cantidad de dinero. Tenía algo que ver con alquileres de lujo. No supo decirme mucho más.

—No nos ha aportado gran cosa —cerré los ojos para intentar encontrar las palabras—. Tengo que reconocer que me alegra saber que Juanillo está escondido, al menos él estará a salvo. Es muy inteligente y su cara aparece en todas las televisiones, así que ha tenido que escoger un lugar muy seguro donde sabe que nadie lo va a buscar. Pero no tengo ni idea de donde se esconde. Eso sí, seguro que está con los nuestros y que nos hará saber que se encuentra bien de alguna manera, en cuanto pueda.

—Va a sufrir mucho si tiene acceso a la televisión. Cuando vea lo que os ha pasado se va a sentir culpable, y esas cosas en soledad, sin los tuyos en los que apoyarte, son muy duras.

—Sí, va a sufrir mucho. Pero sabe que confiamos en él y eso le dará fuerzas.

Llegamos al bar y encontramos un aparcamiento casi en la puerta. Ana se miró en el espejo y se retocó el pintalabios; comprobó que su aspecto era impecable y nos dirigimos al local en silencio.

Me quedé en la entrada, sentada en una mesa discreta de un rincón. Ana se dirigió a la barra a hablar con la camarera. Localicé al Italiano, sentado en el otro extremo de la barra. Cuando Ana me miró, le señalé dónde estaba. Mi amiga me guiñó un ojo y respiró hondo.

Con la ayuda de la camarera, el Italiano centró su atención en Ana, que desplegaba todos sus encantos mientras daba pequeños sorbos al licor trasparente que bebía en una copa ancha. Me mandó un mensaje en el que decía que en cinco minutos tendría el control. Apenas me quedaban fuerzas para sonreír. Estaba agotada por todas las emociones vividas en el día. Vi al Italiano acercarse a Ana, arrimar una banqueta y sentarse a su lado. En un par de minutos se cambiaron de sitio y se sentaron en una mesa del fondo, imaginé que para tener más intimidad y estar más cómodos.

Los observé durante largo rato. La mayoría de los clientes eran extranjeros que no me conocían y ese anonimato me relajó. La camarera se me acercó y me pidió que la acompañara a la barra.

—Siento mucho lo que han hecho a tu familia —confesó temerosa de molestarme con el comentario—. Sé que lo que menos necesitas esta noche es hablar del tema, pero quería que lo supieras. Te invito a una copa. Prueba este cóctel: es suave y entra solo.

Mojó el borde de la copa en un plato con granadina para después introducirla en un recipiente que contenía azúcar. Un círculo rojo y brillante rodeó el filo de la copa. Con un cucharón como el que utilizaba Alba para la sopa me sirvió el líquido rosado, con cuidado de no rozar el borde.

Me miró cuando le di el primer trago. Estaba dulce. Era una mezcla de zumos con granadina y carecía de alcohol, lo que me hizo sonreír.

—Gracias —murmuré—. Era justo lo que necesitaba.

—Tu amiga ya lo tiene en el bote, le ha tocado el hombro diez veces. Espero que podáis ayudar a tu primo —dijo como si tal cosa mientras yo me quedaba sin habla—. No me mires así, que no me tragué nada de lo que me contasteis el otro día. Sois muy malas mintiendo. Y encima, tu amiga pone su cara a todos sus artículos, y la tuya, bueno, ahora mismo es una de las caras más vistas en todo el país. Eso no ayuda a mantener vuestra historia.

»No os voy a preguntar qué tiene que ver el tipejo este en toda la historia, pero si vais detrás de él, algo seguro. Desde primera hora sé que este señor no es trigo limpio, que tiene una muchas horas detrás de esta barra y esta es la mejor escuela para la vida. Desde aquí se ve todo —continuó del tirón—. Solo espero que no os dé más problemas de los que ya tenéis.

Antes de que yo pudiera intervenir, hizo un mohín con la boca y añadió:

—¡Un momento! Ahora que caigo, yo he visto al chico que murió con este tipo. Y discutían.

—¿Recuerdas algo de la conversación? —pregunté, intrigada.

—No demasiado, solo que el tipejo este le peleaba, le recriminaba al chico que no servía para nada. Me dio la impresión de que algo que le había encargado no había salido bien, pero no recuerdo mucho más.

Enseguida me di cuenta de que yo aquella noche iba a poder aportar a la historia tanto o más que Ana.

Posiblemente, acababa de encontrar una de las claves de la relación entre los dos.

# 20

—Menudo impresentable —me comentó Ana cuando nos encontramos en el camino que nos llevaba al aparcamiento—. No puedo entender cómo hay mujeres que se dejan embaucar por semejante patán. Se le va el acento italiano cada tres palabras y hace un ridículo lamentable. Lo primero lo teníamos claro ya: este lo único italiano que ha visto de cerca es un plato de pasta en la pizzería del pueblo. Lo segundo es que anda muy escaso de habilidades sociales. Se ha aprendido cinco frases y las repite sin parar. No puedo comprender cómo las mujeres caen en sus redes, de verdad que no. Es un enclenque y apostaría a que no ha pegado un puñetazo en su vida. De un empujón lo tumbo, vamos, que no me da ningún miedo estar con él a solas. Es que no tiene nada, no hay por donde cogerlo.

—Es muy fácil de entender, Ana —expliqué—. Escoge a mujeres solas, mujeres con carencias afectivas que no reciben muchos halagos. Que en cuanto que llega alguien que les dice algo bonito caen rendidas, sin plantearse absolutamente nada. Disfrutan del momento sin cuestionarse que las están engañando. No hay otra explicación posible.

—Aunque sea así, Zaira, me parece que hay que tener muy pocas luces para caer en la trampa de este tipejo que no sabe dónde tiene la cara. Echa una peste a colonia barata que no se puede soportar —rio entrando en el coche.

—Yo he descubierto algo —añadí convencida de que mis especulaciones tenían fundamento—. Sara me ha contado que una noche vio discutiendo a Álvaro con el Italiano, en este mismo bar. Y me ha llamado mucho la atención lo que se decían. El Italiano recriminaba a Álvaro que no servía para nada porque algo que le había encargado no había salido bien. Álvaro estaba achantado, pero el Italiano no paraba de recriminárselo sin importarle que la gente lo estuviera escuchando.

—Eso quiere decir que tenían algún negocio entre manos. Y que Álvaro no cumplió con el encargo del Italiano. Puede ser el móvil para el asesinato, si con ese asunto perdía dinero o algo parecido. Tenemos que descubrir qué era.

—Estoy segura de que fue algo que no salió bien. No veo a este tipo en un negocio legal —compartí convencida de que Ana entendía por dónde iba.

—Claro, tienes razón. Vamos a recapitular lo que tenemos. Yeray vio a Álvaro ofreciendo drogas, y tenemos a una chica menor de edad a la que se la dio gratis. Pero, después de eso, no hay más pruebas de que Álvaro traficara. Y su nivel económico no era llamativo.

—También tenemos que los Bocachanclas no sabían de sus actividades, y eso nos indica que se trata de algo puntual —concluí—. Si se hubiese mantenido en el tiempo se hubiesen enterado.

—Tienes toda la razón. Lo tenemos. El Italiano quiso hacer negocio en la costa y utilizó a Álvaro como camello. Pero le salió mal. Álvaro no tenía habilidad para vender drogas ni una red social amplia para ofrecer la mercancía. Y para colmo, la denuncia del padre de la chica lo puso en el punto de mira de la policía, por lo que debía quedarse al margen una temporada.

»Creo que todo eso fue a causa de la falta de experiencia y de la poca cabeza. No vas a ofrecer droga a la gente que está sentada en un restaurante. Es una acción estúpida, y más cuando el dueño del local está allí mirando. Si eso es así, el Italiano puede ser uno de nuestros sospechosos. Puede que no devolviera toda la mercancía o puede que simplemente tuvieran una discusión fuerte y lo matara.

—Demostrar eso no va a ser fácil —confirmé—. No tenemos ni una sola prueba. Y no podemos ir a la policía y contarles esto, no nos tomarían en serio. Estoy pensando en lo que acabas de decir. Álvaro y Juanillo puede que tuvieran una rencilla anterior. De hecho, Juanillo se había metido en una pelea hace muy poco y tuve que ir a comisaría a recogerlo. Seguro que la pelea fue con él. En algunas fotos de Álvaro sale Saray. Sabemos que el chaval iba detrás de ella, pero no le hacía ningún caso. Que escogiera su restaurante para vender droga a lo mejor no era casualidad. Pero esto no podemos ir a contarlo a comisaría, no tiene la suficiente solidez.

—Querida —dijo Ana con seguridad—. A estas alturas de mi vida, tengo una manera de que me tomen en serio sin tener que ir a comisaría. Pero antes necesito indagar un poco más. He quedado para comer mañana, que me va a llevar a un chiringuito a almorzar. Tengo curiosidad por saber a qué hora le van a robar la cartera...

—Lo que no sé es cómo le vas a sacar la información.

—Hoy estamos demasiado cansadas para pensar, lo vemos mañana. Intenta descansar. Si el día de hoy ha sido duro, el de mañana no va a ser menos. Tu familia te va a necesitar y no sé de dónde vas a sacar las fuerzas —reconoció—. Imagino que tienes miedo a que se repita la historia de Mancha Real.

—Me da terror que eso ocurra. Salieron ardiendo casas de familias gitanas que nada tenían que ver con el incidente. Y luego no pudieron volver a sus hogares. Lo perdieron todo, Ana.

—Lo sé, cubrí la noticia durante semanas. Fue muy triste. Uno de los artículos más duros que he escrito nunca fue la historia de una de esas familias. Tenían una relación excelente con sus vecinos y de la noche a la mañana se vieron sin nada. Y creo que lo que más les dolió fue el boicot a que sus hijos volvieran al colegio.

—Nuestra historia está plagada de hechos como ese, Ana, no ha sido el único. Pasó en Torredonjimeno, pasó en Martos y ha pasado hace muy poco en Peal de Becerro. En todos los casos ha pagado un pueblo entero por lo que hizo una sola persona. Creo que lo más sensato es hacer como hicieron ellos, salir corriendo antes de que alguien pierda la vida. Pero la gente de la aldea no se va a ir. No va a poner en riesgo sus hogares al abandonarlos.

—Zaira, lucharemos con todas nuestras fuerzas para que no suceda algo así en la aldea.

—Ana, que estamos hablando de hace dos días, que no hablamos de hace siglos. Claro que tengo miedo. Es fácil entenderme si se mira atrás. Acuérdate de lo de Torredonjimeno. Vale, sí, un gitano cometió un episodio violento, pero acababa de salir de un psiquiátrico. Los médicos le dieron el alta y pasó lo que pasó. No tuvo nada que ver con el color de la piel o la cultura. Y el gentío se vengó quemando su casa con su madre mayor y sus sobrinas pequeñas dentro. Tengo la imagen clavada en mi memoria: un bombero sacando en brazos a esa niña pequeña, herida, con quemaduras, y esa multitud gritando: «¡Criminales!». ¿Criminal esa pobre mujer? El único crimen que había cometido fue traer un hijo al mundo con un trastorno mental, algo que ella no pudo controlar. Más de mil personas fueron a por esa familia que no tenía culpa de nada. Mil personas, Ana.

—Tienes toda la razón. Yo tampoco puedo entender ese odio irracional. Comprendo tu miedo, por eso mismo debemos actuar. Tenemos redes, tenemos altavoces y, sobre todo, tenemos que hacer algo. Tú colaboras con muchas asociaciones, has construido una muy buena relación con ellas. Organiza una reunión, háblales desde el corazón, que te ayuden con la difusión. Yo te doy cobertura, lo que necesites. Los medios que tengo los pongo a tu alcance. Comunicados, una cadena de concienciación y de apoyo, no sé, Zaira, estoy convencida de que se pueden hacer muchas cosas más. Pero lo que no podemos hacer es dejar que os destruyan como ha pasado otras veces.

»He hablado con Víctor y me ha asegurado que hay protección cerca de aquí, de la villa. Y que la aldea también está vigilada. Al menos tienes al alcalde de tu parte, no todo el mundo pudo decir lo mismo —reflexionó.

—Gracias. Creo que tienes razón. Les voy a mandar un mensaje a todos y vamos a ver qué podemos hacer. Estoy segura de que me apoyarán.

—Claro que lo harán —afirmó Ana con certeza—. Eres una referente para ellos y no te van a dejar sola. Ahora tienes que intentar descansar. Nos vemos mañana.

—Gracias, Ana, por todo. No sé qué haría sin ti.

—Te perderías el resultado de la cita del año, eso sí que es verdad —dijo riendo.

—Mañana te llamo. Descansa.


Ana había entrado con el coche hasta el interior de la villa para que nadie me viera bajarme. Olía a césped recién cortado, a la humedad de la noche que se repartía en forma de perlas brillantes sobre los frutales. La calma que se respiraba en el jardín contrastaba con el nerviosismo que no podía acallar en mi interior. Estaba asustada como nunca lo estuve en mi vida. Sentía miedo por mi familia, por Juanillo, por mi familia de la aldea. Era una sensación horrible que me dificultaba respirar. Inspiré hondo, intentando calmarme.

En la casa me sorprendió que nadie se hubiera acostado. Todos estaban sentados en el inmenso salón. Alba contemplaba a mi abuelo, que tenía la mirada perdida. Yeray miraba su teléfono, leyendo seguramente las noticias. Fernando fue el que se levantó a abrazarme.

—Pensé que estaríais durmiendo y que no me escucharíais. Me temía que me tocara dormir en el césped. ¿Sandra no ha traído a mis perros?

—Se los ha llevado a su casa. Cuando los traía para acá han comenzado a seguirla y no se ha querido arriesgar.

—¿Cómo os ha ido? —preguntó Fernando mientras me acompañaba a dar un paseo por el extenso jardín.

—Bien, creo que hemos llegado a una conclusión. Álvaro puede que comenzara con el Italiano a tontear con las drogas, pero no salió bien. El padre de la chica lo denunció y las pocas habilidades sociales de Álvaro no dieron para mucho más. Lo que necesitamos es saber si tenía motivos para quitarse de en medio a Álvaro.

—Puede que supiera algo que no le convenía al Italiano. O que se metieran en alguna historia chunga —barajó Fernando.

—Yo creo que la especialidad de este tipo es manipular a los demás. Está claro que es un vividor, que no hace otra cosa que absorber y sacar lo que puede. Ese niño era una presa fácil, de personalidad manejable, sin amigos y con una carencia afectiva notable. Lo convierte en su amigo y le engaña para que sea su socio. Puede que eso no saliera bien, pero ¿por qué matarlo? Algo grave debió de ocurrir ahí para que sintiera que era una amenaza.

»Desde luego es interesante esa relación y hay que tirar de ahí, es el único hilo que tenemos. Aunque mi intuición me dice que no vamos por buen camino. Este hombre no parece un asesino frío y calculador. Más me parece un muerto de hambre que quiere vivir sin dar un palo al agua.

—A mí tampoco me parece un asesino, pero cosas peores han pasado. Un mal golpe puede darlo cualquiera. No me mires así, los dos sabemos que si le hubiese pasado a Juanillo nunca lo hubiese dejado tirado en la calle. Hubiese llamado a una ambulancia inmediatamente. Y, por supuesto, no lo hubiese ocultado. Me preocupa que no tengamos otro sospechoso. Que no haya ninguna prueba que nos lleve a poder investigar nada más. Mañana va a ser un día muy complicado —afirmó Fernando.

—Estoy preocupada por la manifestación. Tengo miedo de que se repita la historia.

—Y yo. Pero la gente de la aldea comparte el mismo pasado que tú y sabe lo que puede pasar. Están prevenidos. Es más, yo diría que están esperando que pase. Mara me ha dicho que se han organizado. Hay patrullas de policía a la entrada y a la salida, y hay vecinos organizados junto a la policía, a la que no le tienen mucha confianza. No podemos hacer nada más.

—La manifestación de mañana va a encender los ánimos, Fernando, y después va a desembocar en acciones violentas.

—He hablado con Víctor y lo tiene todo bajo control. Manda los mensajes a las asociaciones, que cuanto antes comiencen a pensar antes llegaremos a una conclusión. Convócalos mañana a primera hora para una reunión online.

Cogí mi móvil y durante varios minutos reflexioné sobre qué decir. Cómo pedir ayuda a mis amigos y compañeros. A pesar de la hora que era, la mayoría me contestó al instante, dándome su confirmación y ofreciéndome su ayuda.

Mi abuelo estaba sentado en el sofá. Movía las manos de forma nerviosa, en silencio. Me senté a su lado y se las cogí. Me miró a los ojos sin decir nada. Intenté que se acostara a dormir un rato.

—No puedo, hija, prefiero estar aquí con vosotros. Al menos me siento acompañado. Tengo mucho miedo por los primos y los tíos de la aldea. Esto no tiene buen pronóstico y me siento impotente. Van a acabar todos como en Peal de Becerro, echados de sus propias casas sin motivo ninguno. Y tú sabes mejor que nadie que las casas de la aldea son hogares consolidados, heredados de padres a hijos, cuidados con esmero. Si les pasara algo yo…

—Abuelo, no pienses eso —cortó Alba—. La policía está encima y Víctor me ha dicho esta noche que estemos tranquilos, que ha pedido refuerzos y que se los han concedido. Lo que me tiene en un sinvivir es saber dónde se ha escondido Juanillo, si estará bien y si podrá con la pena que le estará provocando todo esto.

—Ana le va a mandar un mensaje en el periódico. Le he pedido que escriba que sabemos que es inocente, pero que no queremos que se entregue en este momento porque tenemos miedo de que la gente de la calle se tome la justicia por su mano y le den un golpe mal dado. Creo que él lo entenderá.

—Ya me quedo más tranquilo, hija —dijo mi abuelo—. Al menos sabrá que estamos de su lado y que no queremos que salga, que puede ser peligroso. Ojalá lo lea.

—A mí lo que me preocupa es que haga una tontería —habló Yeray—. Pensará que necesitamos saber que está bien, y me da miedo que por ponerse en contacto con nosotros corra peligro.

—Estará muy asustado —confirmé—. Y estoy segura de que escogió a alguien de la familia que lo va a cuidar y le va a aconsejar bien. Alguien lo guiará y hay que confiar.

En ese momento sonó el timbre de la puerta. Nos sobresaltamos pensando quién podría ser a esa hora de la madrugada. Había que introducir un código para pasar por el portón, por lo que se suponía que no podía ser alguien desconocido. Yeray y Fernando fueron a abrir, pero todos les seguimos.

Mi madre apareció en el umbral de la puerta, con los ojos enrojecidos de tanto llorar. La acompañaba su pareja, que tampoco tenía buen aspecto. Me abrazó primero a mí, al encontrarme en su camino, y luego fue a buscar a su padre, que no se había levantado del sofá. Sus fuerzas no daban para más.

—*Papa*, ¿cómo estás? —preguntó mi madre poniéndose de rodillas delante de él—. No tienes muy buena cara. Menudo susto nos has dado.

—Hija, ¿qué haces aquí? Es muy tarde.

—Si alguno de tus nietos me hubiese cogido el móvil, hubiera llegado cinco horas antes —contó mi madre—. Suerte que he conseguido hablar con Sandra y me ha explicado dónde estabais.

—Hija, han destrozado el chiringuito, lo han hecho *mistos*. Qué tristeza más grande.

Guardamos silencio escuchando el lamento de mi abuelo, que resonaba en toda la estancia. A lo que cada uno padecía, teníamos que sumar la aflicción de ver a mi abuelo sufrir tanto.

—*Papa*, el chiringuito siempre estará allí, porque Las Cuatro Esquinas del Mar son nuestras. Son nuestro refugio, nuestra única forma de vivir. Cuando empezaste solo tenías eso, cuatro esquinas clavadas en la arena. Y estabas solo con la *mama*. Si lo levantaste una vez, lo harás otra vez. Míranos, mira cuántas manos tienes para ayudarte. Entre todos los que estamos aquí lo haremos, vamos a levantar Las Cuatro Esquinas de nuevo.

»Ahora no es momento de preocuparse por lo material. Ahora es momento de protegerse y tú ya estás mayor para estas cosas. Tienes que venirte conmigo. No será mucho tiempo, solo hasta que esto termine. Vamos a pasar por la casa, cogemos algunas cosas y nos vamos.

—Pero es que yo no quiero irme, hija, no quiero dejarlos solos —anunció mi abuelo.

—No los dejas solos. Todos tus nietos están unidos y en la aldea tienen mucha gente que los ayudará. Pero *papa*, ahora tenemos que irnos, tienes que venir conmigo.

Me asombró el discurso de mi madre. No imaginé que reaccionaría así. Pensé que querría a toda costa que me fuera con ella, que todos nos fuéramos con ella. Me indicó con un movimiento de cabeza que saliera para que habláramos a solas mientras mi abuelo se despedía de los demás.

—*Mama*, estoy muy orgullosa de ti. Gracias por hacérmelo más fácil —dije sin dejarla hablar.

—Te conozco, hija, te he parido y sé que no hay nada que pueda decirte que te haga venir conmigo. Y que yo me quede aquí, lo único que va a conseguir es acrecentar tu miedo. No quiere decir esto que sea fácil. Me voy con el corazón en un puño y rezándoles a todos los santos para que os protejan. Pero tengo que llevarme al abuelo y quitarle de esto. He pasado por el chiringuito y lo que queda de él está en un estado lamentable. No quiero que tu abuelo lo vea. Intentaré distraerlo y que no mire mucho la televisión.

»Ten mucho cuidado, hija —añadió con angustia—. Hemos vivido esto muchas veces y sabes que siempre ha acabado muy mal. La manifestación de mañana va a concentrar a mucha gente mala. Todos los racistas se van a encontrar allí. No salgas a la calle, prométeme eso al menos.

—No voy a salir a la calle durante la manifestación. Y la gente de la aldea se va a quedar en sus casas. Manuel se va a llevar a los niños y a los ancianos a la cuadra. Allí tienen un pabellón donde estarán seguros. No queremos que vayan a protestar allí y que los niños vean eso. Contra lo que pueda pasar vamos a luchar todos juntos.

—Cuídate mucho. Te quiero —me dijo mi madre abrazándome con fuerza—. Siempre he estado muy orgullosa de ti. Pero ahora me doy cuenta, todavía más, de la falta que hace tu lucha.

Al final, el abuelo accedió y se marchó secándose las lágrimas con un viejo pañuelo de tela que siempre llevaba en el bolsillo y que rara vez utilizaba.

Desolada, entré a la casa. Ver a mi abuelo sufrir me desarmaba y me dejaba frágil e inerme. Sentía que su dolor me era más difícil de sobrellevar que el mío propio. Había estado toda la vida trabajando honradamente, sin vacaciones ni días de descanso. Luchando para sacar a su familia adelante. No era justo que al final de sus días tuviera que vivir algo así. Que tuviera que sufrir la derrota más dura sin poder hacer nada para evitarlo. Sabía que mi abuelo no se iba a recuperar de esto tan fácilmente. Era mayor y las emociones dejaban huella en su corazón y en su cuerpo. Este último tramo del camino no era como yo hubiese imaginado, como hubiese querido para él. Se merecía mucho más de lo que la vida le estaba poniendo delante.

Miré en el salón y no había nadie. Mis primos y Fernando estaban sentados en el borde de la enorme piscina, el calor era sofocante. Yeray se quitó la camisa y los pantalones y entró en el agua. Fernando hizo lo mismo. Alba los emuló en ropa interior.

—Vamos, tata, métete. Te quitarás el calor.

No me lo pensé mucho. Dejé que el agua se fundiera con las lágrimas que no podía evitar derramar. Demasiadas emociones me embriagaban. Necesitaba sacarlas de alguna manera. Fernando se acercó a Alba y la abrazó con fuerza. Mi primo Yeray se acercó a mí e hizo lo mismo. Con ese abrazo volvíamos a ser una familia unida, recuperábamos la fuerza que nos hacía luchar juntos. Si tenía el cariño de los míos, me sentía mucho más fuerte.

—Lo siento, prima, no debí hablarte antes así. Perdí los nervios cuando me enteré de lo de Juanillo, pero creo que hubiese hecho lo mismo que tú —me dijo al oído mientras me echaba el pelo hacia atrás.

Necesitaba oír esas palabras. Necesitaba el perdón de Yeray, que me expresara que no me guardaba rencor por no haberle enseñado el vídeo antes.

—Estará bien. Sé que estará bien. Es más listo que el hambre. Siempre lo ha sido. Y tiene muchos amigos, estoy seguro de que más de uno se ha ofrecido a ayudarle —me dijo Yeray leyéndome el pensamiento.

—¿Crees que está en la aldea? —pregunté.

—No. Creo que no. Sabe que ahí es el primer lugar donde lo van a buscar y no querrá poner a nadie en peligro. Tiene que estar escondido en algún punto cercano, pero no dentro de la aldea.

Me vino a la cabeza mi primo Manuel. Tenía los contactos necesarios para llevarlo fuera. Si hiciera falta, hasta le pediría a los Bocachanclas un sitio para esconderlo.

Mi prima me leyó el pensamiento por la cara de preocupación que puse.

—Manuel nunca lo pondría en peligro, no te preocupes por eso. Pero sí que tiene contacto con ganaderos que pueden esconderlo en granjas donde nadie tiene acceso. Yo también he pensado en él.

—Yeray —dijo Fernando—, mañana a primera hora llamaremos al seguro. Lo he leído y Aurora hizo un buen trabajo con la selección y las cuotas que pagaba. Voy a jugar con la publicidad: es un caso muy mediático y les voy a prometer que cuando esto se aclare todo el mundo va a ver cuál es el mejor seguro de España.

»Mañana de madrugada, tus primos irán a retirar todas las hamacas y las sombrillas quemadas —añadió—. Compraremos unas nuevas en el mismo sitio de la otra vez. No os preocupéis por el dinero, Zaira y yo nos hacemos cargo. Cuando el seguro os pague nos lo devolvéis. Solo tenemos que encontrar a alguien que nos lleve el negocio hasta que podamos volver. He pensado que Paco nos puede buscar a alguien, él tiene muchos contactos en el mercadillo y seguro que conoce a personas de confianza. Lo ideal es que fueran de otra cultura, que no los relacionaran con nosotros.

—Me parece una buena idea. Al menos el dinero de las hamacas nos dará para comer —dije mirando a Yeray, que se sumergía hasta el cuello dentro del agua.

—No sabemos cuánto tiempo va a durar esto. Y si dura meses, ¿qué vamos a hacer? —preguntó Alba.

—Pues lo mismo, buscaremos a alguien y le diremos a todo el mundo que lo hemos vendido. Mientras no haya gitanos, la gente se lo creerá.

—Me parece tan duro lo que nos está pasando. Solo espero que, cuando se descubra la verdad, vengan al chiringuito a comer —habló Alba.

—Ha pasado siempre, en el momento que se nos culpa de algo, no importa que seamos culpables o no, pagamos de todas maneras. Pero tenemos que hacer algo. El mundo tiene que aprender de esto. Mañana a primera hora me reúno con Fede, de Enseñantes con Gitanos, con Vanessa, de Dosta, y con Beatriz, de FAKALI. Celia, del Secretariado Gitano, también intentará asistir, aunque tenía otros compromisos. Vamos a pensar cómo podemos parar esto. Necesitamos todo el apoyo que podamos conseguir.

—¿Y qué es lo que quieres de ellos? ¿Que paren la manifestación de mañana por la tarde? —preguntó Fernando.

—No, quiero sobre todo que me ayuden a parar el odio en las redes sociales, ahí se germina todo. Será mejor que durmamos un poco antes de que amanezca. Si descansamos un rato conseguiremos ver las cosas más claras.

Subí a una de las habitaciones y, cuando vi una cama tan grande, decidí irme a la habitación donde estaba Alba. Me acurruqué a su lado y la agarré por la cintura. Sentí que Alba se quedaba dormida a los pocos minutos y debí de dormirme yo también, hasta que un rayo de sol me dio en la cara.

Tenía que levantarme y enfrentarme al nuevo día.

# 21

Fernando estaba buscando la manera de meter una cápsula de café en la cafetera automática. Tenía una forma tan extraña que era difícil adivinar dónde se encontraba el orificio de entrada. Junto a él, en la encimera, se amontonaban bebidas y unas bolsas de papel que parecían contener bollería.

—Sandra ha dejado esto para que desayunemos y le he dado una lista con las cosas que necesitamos para almorzar. Te ha traído el portátil y ropa. Creo que ha intentado hacer un esfuerzo por respetar nuestros gustos a la vez que trata de llevarnos por el buen camino —comentó Fernando tras sacar unos aguacates y unos frutos rojos de una de las bolsas.

—Apuesto a que todo el pan que ha traído tiene color moreno. —Sonreí pensando en mi amiga y en su forma tan peculiar de alimentarse.

Fernando me mostró unos bollos negros, de pequeño tamaño, y nos hizo reír. Busqué una tostadora y abrí un par de ellos. Me asombró la cantidad de semillas que contenía la harina con la que se elaboraban y que habían quedado incrustadas en su interior. Saqué de una de las bolsas el aceite de oliva y un tomate.

—Al menos sabe lo que desayunamos —le indiqué a Fernando señalando el aceite de oliva. Es demasiado temprano para ir a comprar, nos ha traído lo que tenía en casa. Y ha parado en la gasolinera para hacernos felices con la bollería. Es un sol, tenemos que quererla.

—Se lo tenemos que agradecer doblemente, estoy seguro de que comprar esto va en contra de todos sus principios —rio mi amigo al sacar una bolsa repleta de bollería.

—¿Has leído las noticias? —pregunté, aunque ya conocía la respuesta.

—Sí, y hay un pedazo de artículo de Ana que te va a emocionar. Además de que te va a dar pie para comenzar a trabajar en las redes sociales. Se ha pringado mucho. Cuenta en primera persona lo que vivió en el registro.

—No ha debido hacer eso, puede causarle problemas —concluí mientras buscaba en mi móvil el artículo.

—Ya sabes que Ana escribe con el corazón. Y creo que el objetivo que se ha marcado con este texto es el de remover conciencias. Y lo ha conseguido, porque hay muchos comentarios positivos en las redes sociales de personas que no entienden lo que nos han hecho. Tenemos un buen punto de partida para empezar a trabajar. En cuanto desayunemos, nos ponemos a preparar la reunión.

Me sorprendió gratamente que Fernando me brindara su ayuda. Estaba segura de que aportaría mucho, y yo no me encontraba especialmente lúcida. La falta de sueño y las preocupaciones me tenían en un estado de obnubilación constante.

Me tomé un café y le di un par de bocados al pan. Mi estómago estaba cerrado. El teléfono de Fernando sonó muy alto, resonando en toda la casa.

Se salió al jardín y estuvo fuera un par de minutos. Mientras, abrí el ordenador que Sandra me había traído e introduje la clave del wifi que me había anotado en un papel pegado a la pantalla.

—Era Víctor, para ver cómo estábamos. Tiene una rueda de prensa ahora y quería que supiéramos que va a condenar todos los actos vandálicos. Va a contestar a todas las preguntas de los periodistas, así que está preocupado por si algo nos sienta mal.

Solo ha llamado para que supiéramos que su intención no es otra que la de apoyarnos.

—Espero que lo haga mejor que la última vez —comenté en voz baja—. La última vez dejó a Yeray solo ante el peligro.

—Para él no es fácil esto, Zaira. Se ha cometido un asesinato en su pueblo y los sospechosos son una familia gitana. Por mucho que quiera impedirlo, los medios de comunicación le van a dar todo el sensacionalismo que puedan.

Sabía que tenía razón, no estaba siendo justa con él. Quería que Víctor actuara como lo hacía mi familia, pero no compartía ni mi sangre ni mi cultura. Me costaba que esos pensamientos calmaran lo que sentía en mi interior.

Estaba sentada en plena reunión con todas las asociaciones cuando llamaron al portero automático y presentí la llegada de malas noticias. Víctor estaba en la puerta, pálido y sin saber cómo decirme lo que había venido a comunicarme. Me pidió hablar a solas, pero le respondí que lo hiciera delante de mi familia y de mis amigos.

—Zaira —dijo Víctor cogiendo aire—, han incendiado tu casa. Lo han hecho por detrás y en varios focos a la vez. La patrulla que estaba delante vigilando ha llamado a los bomberos en cuanto han visto el humo y han podido romper los cristales para sacar a tu gata. No te preocupes, que está bien. Pero necesito que vengas conmigo, porque antes de prenderle fuego han entrado en el interior. Lo siento.

Me senté en el sillón porque todo me daba vueltas.

—Quiero ver a Luna primero, por favor —le rogué a Víctor al tiempo que respiraba por la suerte de que Sandra se hubiese llevado a mis perros.

—No, Zaira, tienes que ir a tu casa para que entre la científica. Querrán hacerte unas preguntas sobre las cosas que han destrozado y ver si te falta algo. Vamos a hacer una cosa: le voy a pedir al policía que nos mande un vídeo, así verás que Luna está bien.

—Vamos contigo —dijeron Alba y Yeray—. No puedes entrar sola.

—Quedaos aquí y seguid con la reunión, os necesito —ordené, autoritaria.

Víctor me echó el brazo por encima mientras nos dirigíamos al coche. Me puse el cinturón pero no arrancó. Me di cuenta de que tenía algo más que decirme, pero no sabía cómo.

—¿Qué pasa, Víctor? —pregunté, asustada.

—Tranquila, todos los gatos de la colonia están bien, que es lo importante para ti, pero hay algo muy desagradable con lo que te vas a encontrar dentro de tu casa y prefiero decírtelo antes de que entres. Antes de marcharse, orinaron y defecaron en todas partes. Han dejado en las paredes un mensaje desagradable escrito con excrementos.

—¿Han escrito en mis paredes con su mierda? —pregunté, nerviosa.

—Sí.

—¿Qué clase de persona hace eso, Víctor? ¿Qué clase de persona escribe un mensaje con su propia mierda? —pregunté a gritos.

—Cálmate, Zaira, esto no va a ser fácil. Pero es lo que quieren, que sufras. No les des el gusto.

—¿Cómo no voy a sufrir, Víctor? —lloré, histérica—. Me queman el chiringuito, lo pierdo todo, agreden a mi abuelo, me escupen en la cara, mi primo está en busca y captura… y ahora queman mi casa y me llenan de mierda las paredes. ¿Me pides que me calme y no sufra? Dime cómo se hace eso, porque yo he perdido el rumbo de mi vida y no sé por qué camino tirar. No sé, no sé qué hacer, no sé cómo ayudar a los míos, no sé cómo gestionar mis emociones y no sé cómo seguir adelante. Es que yo no he hecho nada, absolutamente nada para merecer todo esto.

—Lo sé y lo siento. Lo siento en el alma, pero no estás sola, ¿me oyes? No estás sola, estoy aquí y te voy a ayudar, y un día nos reiremos del momento que tuvimos que limpiar mierda de las paredes.

—¿Me vas a ayudar a limpiar las paredes? —pregunté sin saber si quería reír o llorar.

—Sé que no es la primera cita más romántica del mundo, pero seguro que nos trae suerte —dijo estallando en una risa nerviosa que me contagió.

—No sé si quiero ir —dije.

—Tienes que ir, necesitamos saber si te falta algo. Tenemos que poner la denuncia cuanto antes. Y estoy seguro de que verás cosas que nosotros no vemos.

—Lo que más me extraña es que hayan accedido por detrás. Nadie conoce esa entrada. Hay que caminar por la ladera que da a la aldea. Eso me preocupa porque, si han descubierto que se puede acceder a la aldea subiendo por allí, pueden intentarlo.

—Hemos estado mirando, pero la montaña que hay que subir y bajar para llegar exige de conocimiento del terreno, si no, es fácil perderse. De todas maneras, una pareja de policía va a vigilar la ladera por si acaso, sobre todo hoy que los ánimos van a estar muy caldeados.

Miré el reloj y me di cuenta de que era la hora en la que Víctor tenía que dar la rueda de prensa.

—¡Ay! Tu rueda de prensa era ahora.

—La he pospuesto para más tarde. Era importante, pero esto es más urgente. No quería dejarte sola. Abre por delante con la llave, vamos a evaluar si la puerta abre y cierra con normalidad.

Cuando entré en el salón se me cayó el alma a los pies. Todo estaba destrozado, irreconocible.

Habían volcado la estantería y los libros estaban mojados con un líquido pegajoso y blanquecino. Los ejemplares que tanto amaba y que cuidaba con tanto mimo estaban en su mayoría rotos. Algunos tenían dedicatorias de sus autores y llevaban años conmigo. Habían rajado el sofá de arriba abajo, y en la espuma de su interior se veían unas manchas marrones y amarillentas. Me quedé paralizada cuando leí el mensaje de la pared: GITANA DE MIERDA. Estaba escrito con letras grandes. Si no hubiera sido por el olor, habría apostado que era barro.

Habían orinado en todas las paredes en un intento de escribir más mensajes, dejando una marca amarillenta, pero faltaban letras para hacerlos legibles. Imaginé que les faltaron un par de cervezas que generaran más fluido. En la cocina no quedaba ningún mueble, todos se habían quemado, pero se apreciaba que antes habían tirado los vasos y los platos al suelo. En el centro había un montón de cristales puntiagudos.

Entré en el cuarto, temerosa de encontrarme con más mensajes en las paredes. Pero lo único que encontré fue el colchón roto y los armarios vaciados en el suelo. Observé que habían sacado los cajones, pero no vi la ropa interior.

—No está la ropa interior —dije mientras buscaba con la mirada entre las prendas esparcidas por toda la habitación.

—Estaban buscando dinero —me sobresaltó una voz detrás de mí—. Compruebe si le falta algún dispositivo. Puede que se los hayan llevado.

Eran de la científica, que habían llegado para coger huellas.

—No, el portátil me lo trajo Sandra y la tableta me la estaba arreglando Juanillo.

Entré en la habitación que me servía de despacho. El ordenador de sobremesa estaba hecho trizas en el suelo, al igual que mi cámara fotográfica. Se podía apreciar una mancha gris en la pared y algunos pequeños cristales se habían quedado pegados por el impacto.

El baño había sufrido desperfectos por las llamas al estar al lado de la cocina.

—¿Se han llevado joyas o dinero? —preguntó un policía que tomaba notas de todo.

—No tengo ni joyas ni dinero en casa. Solo tengo ciento y pico de euros por si hay una emergencia y no creo que se los hayan llevado.

Me agaché y cogí la cama de Luna, mi gata. Tenía una base de madera, hecha artesanalmente con dos cajas de fresas, sobre la que había un forro de goma eva y un cojín. Debajo del forro escondía el sobre con el dinero. Seguía en el mismo sitio.

—Hay algo que también se han llevado —dije, consternada—. Tenía aquí, en esta estantería, un álbum de fotos de mi familia. No está.

En ese momento, todos los que estábamos en esa habitación —los policías de la científica, Víctor y yo— temimos que no iban a hacer nada bueno con las fotos, que se las habían llevado con un fin concreto.

Estaba aturdida, no conseguía sentir que estaba en mi casa, en mi hogar. La sensación de que gente extraña, gente con malas intenciones había profanado mi hogar me horrorizaba.

—Si más tarde echa algo en falta, no se preocupe, lo añadiremos a la denuncia —me dijo la chica que no paraba de fotografiarlo todo.

Solo quería salir de allí. Irme lo más lejos que pudiera. Un inspector de policía se acercó a nosotros. Víctor me lo presentó y me dio unas palabras de ánimo. Le aconsejó que no hablara en la rueda de prensa sobre lo que me había ocurrido para que no tuviera un efecto llamada.

Me marché sin saber muy bien qué hacer. No era capaz de ordenar en mi cabeza las decisiones que debía tomar para arreglarlo todo.

—Mírame —me pidió Víctor—. Ahora vamos a regresar a la villa. Después llamaremos a una empresa de limpieza para que adecenten todo esto. Nosotros ayudaremos.

—No, no quiero que nadie más entre aquí. Si entra alguien de fuera, las imágenes se harán virales. Yo lo limpiaré, mis primos me ayudarán.

—Tienes razón, yo también te ayudaré. Ahora voy a dar la rueda de prensa. Zaira, tengo miedo. No quiero que algo que pueda decir te haga más daño. Te prometo que voy a intentar por todos los medios hacer lo correcto.

—Lo sé, y sé que los periodistas no te lo van a poner fácil. Vámonos, no quiero que llegues tarde por mi culpa —le urgí—. Pero tengo que pedirte algo. Necesito que digas que existe la posibilidad de que mi primo Juanillo no está escondido por ser culpable, sino que está escondido por miedo. No quiero que lo afirmes, solo que lo dejes caer. Vamos a trabajar en las redes con esa idea.

Víctor asintió.

En la villa, me apretó la mano con fuerza. Salí del coche sin saber cuál era la forma correcta de despedirme. La situación no era fácil para él y lo sentía.


Me sorprendieron las risas que resonaban en el salón. La situación era terrible, los temas que trataban eran duros, pero ellos eran capaces de encontrar la alegría suficiente para que todo tuviera otro color. Intenté sonreír mientras me acercaba. Todos trabajaban afanados. Sonreían, habían creado un clima agradable en el que parecían compartir algo bonito. Y me di cuenta en ese momento de que mi pena no tenía sentido, de que las cosas materiales se repondrían pero que el cariño y la calidad humana que entonces me rodeaban eran impagables. Eso no me lo podría robar nadie. Esa sensación de formar parte de algo, de tener una identidad compartida no se podía quebrar con ninguna acción, con ningún acto vandálico. Podía disfrutarlo sin tener nada material, y era mucho más valioso.

—¿Cómo estás? —me preguntó Yeray.

—Todo se puede arreglar —mentí para no preocuparlos más.

Me despedí de los compañeros que habían trazado un plan de acción ambicioso. Recibir su calor y su apoyo me animó.

Alba puso la televisión para ver la rueda de prensa de Víctor. La presentadora intentaba alargar la conversación a la espera de que comenzara. De fondo, se visualizaban una y otra vez las imágenes del chiringuito destrozado. Me pregunté qué estaría sintiendo Juanillo. Al fin y al cabo, nosotros nos manteníamos juntos y él estaba solo.

En ese momento recordé algo que me llamó la atención. Los ladrones no se habían llevado mis fotos. No tenía sentido. El álbum lo había cogido Juanillo o alguien a quien él había mandado. Así habían descubierto los asaltantes la entrada trasera. Habrían ido con la intención de entrar, pero la visión de la policía los disuadió. Posiblemente se habían escondido en la parte lateral, detrás de la policía, esperando a que se marcharan, cuando vieron que una figura entraba por detrás. Observaron que desde esa entrada no serían vistos. Al distinguir a una persona que salía con algo en la mano, entendieron que allí había una entrada a la casa. Juanillo sabía dónde escondía yo una llave. Estaba segura de que el álbum de fotos era algo que mi primo necesitaba. No tenía el móvil, donde cada día visualizaba imágenes de su madre. Él necesitaba verla, tenerla presente, hablarle cuando estaba triste y compartir con ella cómo se sentía. También era una forma de decirme que estaba cerca.

Alba avisó de que comenzaba la rueda de prensa y todos atendimos a la pantalla.

Víctor llevaba una camisa rosa, diferente a la que tenía puesta un rato antes. En la mano derecha se había atado una pulsera que podía pasar desapercibida para el resto del mundo, pero no para nosotros. Era una pulsera de tela con los colores de la bandera gitana. Empezó a hablar de forma pausada. Intentaba mostrarse tranquilo, pero estaba nervioso. La cantidad de cámaras que lo rodeaban no era la habitual.

Expuso brevemente los acontecimientos y condenó los actos vandálicos. Expresó de forma clara que no iba a permitir ningún tipo de racismo y que la manifestación que se iba a realizar al cabo de unas horas no estaba autorizada. Hizo una exposición clara y defendió que era la justicia la que tenía que juzgar, no los ciudadanos de a pie. Y que estaba seguro de que alguna explicación habría para la huida de Juanillo.

Comenzaron a hacerle preguntas, bebió un poco de agua e intentó medir sus palabras para que no se produjera ningún malentendido. Le preguntaron por su teoría respecto a la huida del culpable. Fue muy cortante. Respondió que no había ningún culpable si todavía no se había celebrado ningún juicio, y que podía entender, después de haber vivido en primera persona el destrozo del chiringuito, el miedo que sentía Juanillo ante los prejuicios y el juicio mediático. Repitió varias veces que no estaba de acuerdo, que siempre había que colaborar con la justicia, pero resaltó que era capaz de entenderlo. Y de repente le hicieron una pregunta que no esperaba. Una periodista joven cogió el micrófono y le preguntó si era verdad que mantenía una relación sentimental con la prima del acusado. Víctor sonrió.

«Todavía no sabemos si hay un acusado; eso lo tiene que decidir la justicia, no nosotros. En estos momentos no mantengo ninguna relación sentimental con ningún miembro de la familia, pero les vuelvo a repetir que he comido en ese restaurante desde que era un niño y su comportamiento ha sido intachable. Es más, he presenciado en muchas ocasiones que personas sin hogar han pedido un plato de comida y ellos los han sentado en su mesa y se lo han dado. Esta es la única realidad que he vivido y es lo único que puedo aportar. Pero les repito, se merecen el máximo respeto ante un hecho que la policía y la justicia tienen que aclarar».

Cortaron la conexión y todos los invitados en el estudio de televisión comenzaron a comentar las declaraciones. Mi teléfono vibró en mi bolsillo.

—Tengo novedades —me dijo Ana—. En el listado de llamadas de los últimos seis meses del móvil de Álvaro, hay algunas que se repiten. Espero que estés sentada. Las más numerosas son a la empresaria. A unas horas un tanto peculiares, por cierto, así que lo mismo aquí tenemos una bonita historia de amor. El segundo número más frecuente es el de una chica. Sé que es de Torremolinos, porque tiene una foto en su perfil de WhatsApp en el parque de la Batería. Pero no sé qué relación tenía con ella. Tenemos que averiguarlo.

»Y lo último te va a sorprender de verdad —añadió—. Tiene un montón de llamadas a Víctor.

# 22

Después de la conversación con Ana no era capaz de estar atenta a las demandas que tenía a mi alrededor. Necesitaba que me explicara, hacerle preguntas, pero no podría hablar con ella hasta que terminara de comer con el Italiano, cuando pasaría a recogerme. Mi prima Alba cocinaba una paella en el horno de leña mientras Yeray y Fernando intentaban trazar un plan para reconstruir el chiringuito.

Nos sentamos a comer en la terraza y yo no podía quitarme de la cabeza las llamadas de Álvaro a Víctor. Necesitaba preguntárselo y, aunque Ana me había pedido que no me precipitara, en ese momento no estaba segura de poder cumplirlo.

Fernando se dio cuenta de que estaba ausente y justificó mi tristeza con lo acontecido en mi casa. Sentía que no podía con más peso, que estaba a punto de derrumbarme. No pude tragar ni un solo grano de arroz. Me disculpé y me retiré a la habitación donde había dormido con Alba. Necesitaba estar sola, llorar, sacar fuera toda la angustia que tenía dentro. Me sentía sin hogar, frágil y vulnerable. Sentía que lo había perdido todo. Había perdido mi unión familiar y mi hogar, los dos pilares más importantes de mi vida. Necesitaba hablar con mi madre. Contarle todo lo que había sucedido, dejar de ser fuerte por unos minutos.

—Hija, ¿cómo estás? —me preguntó sin darme tiempo a hablar.

—*Mama,* no puedo más —admití echándome a llorar—. Me han quemado la casa. La cocina que tanto me costó montar... No te puedes imaginar cómo está todo. No sé cómo voy a volver a sentirme segura allí.

—Zaira, hija, me lo ha dicho tu primo. Todos sabíamos que podía ocurrir algo así. Incluidos los que tenían que haberlo evitado y no lo han hecho. Ha pasado siempre así y las cosas no cambian. Y la manifestación de esta tarde será un desencadenante más para escupir la ira.

—No lo puedo entender. Nunca lo podré entender. Ese odio irracional solo porque somos gitanos. Yo nunca le he hecho daño a nadie, no he sentido odio por nadie. No puedo comprender que sientan ese odio hacia mí. Sin conocerme. Soy buena persona. *Mama,* tengo una angustia por dentro que me está matando. Voy a volverme loca.

—Y no lo vas a entender nunca, hija. No tienes que perder ni energía ni tiempo en eso. Todo pasará y esto será un mal recuerdo. Tienes que ser fuerte, tus primos te necesitan. Juanillo te necesita.

—*Mama,* dime la verdad. ¿Juanillo está contigo? Necesito saber que está bien.

—No, no está conmigo. Pero estoy segura de que está a salvo. Tu primo chico es el más listo de todos. Zaira, recuerda que Aurora te necesita ahí, al lado de sus hijos, intentando que el camino sea un poco más fácil para ellos. Ella te dará fuerzas. No desesperes.

—Gracias, *mama,* por escucharme. Te quiero.

—Aquí estoy —dijo mi madre con la voz quebrada—. Aquí estaré siempre que me necesites. Ahora date una ducha y llora, saca fuera todo eso que tienes dentro. Te sentirás mejor. Te quiero, hija, más que a mi vida.

Colgué el teléfono y tan siquiera tuve fuerzas para meterme en la ducha. Necesitaba estar sola, llorar, desahogarme, gritar por los destrozos de mi casa, por la pena y el miedo que sufrían todos los miembros de mi familia.

Me había levantado de la cama para lavarme la cara cuando Fernando me dijo que había unos policías en la puerta que querían hablar conmigo. Bajé las escaleras sintiendo que en cualquier momento las piernas se me doblarían y me caería. Cuando llegué abajo vi a una mujer y a un hombre de mediana edad, vestidos de paisano.

—Soy la inspectora Santiago y él es el inspector Morales. Nos gustaría charlar con usted. Podemos hacerlo aquí sin problemas, pero preferimos que nos acompañe a comisaría. Así le tomaríamos declaración respecto a lo acontecido en su casa y en el chiringuito —me miró evaluando mi cara de terror—. Por favor, no se preocupe. No ocurre nada, solo queremos cotejar algunos datos con alguien de la familia y, como usted ha tenido un incidente en su casa y hay abierta una investigación, hemos creído que es la persona adecuada. Puede ir en su coche si no desea acompañarnos en el nuestro. Pero si considera que aquí estará más cómoda, no tenemos problemas en quedarnos.

—No se preocupe, les acompaño —dije con una voz temblorosa que no reconocí como mía.

En ese momento me di cuenta de que era lo normal. De que el interrogatorio a todos los miembros de la familia para encontrar a Juanillo había llegado más tarde de lo esperado. Y de que, en cuanto hablaran conmigo, posiblemente lo harían con mis primos.

Cuando entré en el coche, me sorprendió un olor agradable, a golosinas de fruta. La inspectora me miró por el espejo retrovisor y me preguntó si estaba bien. Asentí.

Los escasos minutos que nos separaban de comisaría se me hicieron eternos. Me indicaron que pasara a una sala inhóspita, con una mesa grande desgastada por el uso. La estancia estaba rodeada de cristales. No se parecía en nada a las que había visto en las películas.

Me dejaron sola con la inspectora. Supongo que querían que me sintiera cómoda y con una mujer iba a ser más fácil.

—Zaira, no me voy a ir por las ramas. Necesitamos encontrar a Juanillo, así que, por favor, si sabe dónde está tiene que pedirle que se entregue.

Con esa sola frase me di cuenta de que la inspectora conocía mi cultura. Lo había sospechado por sus rasgos y su apellido, pero que no me pidiera que lo entregara, sino que mediara, fue muy significativo. Un gitano nunca delataría a otro gitano, y mucho menos si tienen lazos de sangre.

—Sí, también soy gitana —dijo, leyéndome los pensamientos—, y he pedido el caso para ayudaros. Necesito que colabores para averiguar qué hizo Juanillo esa noche. He estudiado todas las pruebas y no hay ninguna que lo incrimine, pero tampoco hay abierta ninguna otra línea de investigación. Necesito descartarlo como sospechoso para empezar a mirar para otro lado. No sabemos qué es lo que hizo a la hora del crimen.

—No lo sé. Le pregunté pero no quiso decírmelo. Y no sé cómo ponerme en contacto con él, no tengo ni idea de dónde está escondido —dije con sinceridad.

La inspectora abrió su portátil.

—Ven, mira. Estas son las últimas veces que se le ve. La cámara del cajero lo graba saliendo a las dos, pero ya no lo volvemos a ver hasta las dos y media.

—Fue a la aldea a acompañar a Saray, su novia —respondí con rapidez—. Es lo que hizo esa media hora.

—Pero luego esta cámara lo graba por la calle Frigiliana a las tres, y no se le vuelve a ver hasta las cuatro, cuando una cámara de tráfico lo capta entrando en su calle. Imaginemos que podemos probar que estuvo en la aldea hasta las tres. Sale de allí y desde las tres hasta las cuatro le perdemos la pista.

—No lo sé, no sé a dónde pudo ir. Juanillo es un niño bueno, no toma drogas y no sale mucho. Casi siempre va con sus amigos por la plaza Solymar o el Puerto Deportivo.

Estuvo una media hora haciéndome preguntas triviales, que no tenían ningún sentido para mí. Me parecía que era una mujer inteligente, que sabía lo que hacía. Me sentía cómoda en su presencia.

—¿Se te ocurre alguien que quisiera hacerle daño a Juanillo? ¿Que quisiera inculparlo por alguna razón?

—Juanillo nunca se ha peleado con nadie, no tiene ningún enemigo.

—Pero fue detenido días antes por un altercado —añadió la inspectora.

—No lo empezó él —confesé abatida—. No sé qué pasó, pero tuvo que defender a un amigo.

—Tenemos que encontrar dónde estuvo. Que tuviera otra pelea con el fallecido complica más las cosas. En este momento, es el camino más corto para demostrar su inocencia. Te voy a dar una tarjeta. Mi nombre es Manuela, si recuerdas algo o alguien te dice que lo vio, llámame. Conocer qué hizo esa hora es importante. También necesito interrogar a su novia, a ver si nos puede decir algo. Mientras tanto, intentaré abrir otras líneas de investigación.

»Siento mucho lo que ha pasado en tu casa —pareció sincera—. Encontraré a quien lo hizo. Ha tenido el detalle de dejarnos su ADN por toda la casa.

—Gracias —dije sintiendo que estaba sentada al lado de alguien en quien podía confiar—. Tengo mucho miedo, Manuela, faltan un par de horas para que empiece la manifestación y se armará.

—Lo sé. Y sé cómo te sientes.

Manuela respiró hondo y miró la pared unos segundos. Me miró entonces a los ojos y supe que me iba a hacer una confesión. Se levantó y me invitó a que la acompañara. Entramos en una sala donde había una cafetera y un microondas. Me pidió que me sentara en un pequeño sofá de dos plazas mientras ella lo hacía enfrente, en una vieja silla de plástico.

—Vivíamos en Mancha Real cuando ocurrió la reyerta. Mi casa fue una de las asaltadas. No teníamos ningún lazo familiar con los que se habían peleado. Recuerdo que mi padre me pidió que me metiera debajo de la cama. Yo era una niña de siete años. No nos dio tiempo a salir corriendo. Lo primero que recuerdo es el marco de la puerta salir volando. Después arrinconaron a mi madre entre cinco personas. Rompieron todo lo que encontraron. Me tapé los oídos con las manos, pero aún puedo escuchar los gritos de mis padres pidiendo clemencia.

»No quedó nada en pie. Mi hermana pequeña estaba con mi abuela, en la misma calle. Gracias a Dios, porque su cuna acabó llena de trozos de muebles y cristales. Solo les dio tiempo a destrozar cinco casas y no llegaron a la de mi abuela. Los días posteriores fueron una pesadilla. El odio de esas personas es un sentimiento que no consigues entender pero que se engancha en tu vida como una pegatina y no te suelta. Lloré durante días porque no me dejaron ir al colegio. Las madres de mis compañeros nos lo impidieron.

»Tuvimos que empezar de cero, con la certeza de que no éramos nadie y que en cualquier momento todo se podía repetir. Durante toda la infancia tuve miedo de las manifestaciones. Cuando veía en mi calle o en la televisión alguna aglomeración de gente, corría a meterme debajo de la cama. Creo que por eso decidí que dedicaría mi vida a que nadie pasara nunca más por eso. Como ves, no me ha ido nada mal: me hice policía y aquí estoy intentando que la historia no se vuelva a repetir.

—Se repite, Manuela, y se repetirá una y otra vez. El ser humano no aprende de su historia. La capacidad de empatizar de algunas personas es nula, y sin ella no pueden sentir lo que padecemos.

—No sé si vamos a cambiar la historia, Zaira, pero lo que sí sé es que nos vamos a dejar la piel para encontrar al asesino de Álvaro. Y mi instinto me dice que no ha sido Juanillo.

—Ojalá lo consigamos. Mi primo es muy buen niño, sacude hasta las toallas del césped para no matar las hormigas que entran a comerse las migas de su bocadillo... —conté sonriendo.

—No quiero entretenerte más. Te voy a llevar con mis compañeros para que firmes la denuncia. Tenemos vídeos suficientes para encerrar a los culpables del destrozo en el chiringuito. Se les ve la cara a todos los que entraron, así que no será muy difícil llevarlos ante la justicia. Al menos, que os paguen los desperfectos y el tiempo que habéis tenido que cerrar. —Respiró hondo y añadió—: Zaira, sé que eres maestra y que haces una labor encomiable por el pueblo gitano. Te sigo por las redes sociales y conozco tu activismo. Necesitamos más mujeres como tú, no te rindas.

Me dejó con dos compañeros jóvenes y leí detenidamente la lista de desperfectos. Me sorprendió la cantidad de cosas dañadas. Decliné el ofrecimiento para llevarme a casa de nuevo y salí caminando sin tener muy claro a dónde ir. Llamé a Ana, que me citó en un pub inglés a unos cuantos metros de donde me encontraba.

Casi no la reconocí cuando entró, por el maquillaje y la forma de vestir. Recordé que había tenido la comida con el Italiano. Me saludó con un abrazo y la noté entusiasmada por contarme todas sus averiguaciones.

—No te creas, que me ha costado lo mío, ¿eh? —me dijo risueña—. Pero he encontrado el lazo de unión entre Álvaro y nuestro falso italiano. Y no te lo vas a creer. El nexo no era la droga, como imaginamos en un principio. El nexo era su padre.

—¿Cómo que su padre? —pregunté, extrañada.

—El padre de Álvaro, Andrés, y el Italiano eran socios. Tenían una inmobiliaria en Mijas. Rompieron la relación laboral hace seis meses, cuando quebraron por su mala gestión y se quedaron hasta el cuello de deudas. Esta parte no me la contó él, pero ya te digo yo que es así. Álvaro estuvo trabajando con ellos, pero lo dejó por la mala relación con su padre. Discutían a todas horas y eso no era bueno para el negocio.

—Ana, tenemos que contarle esto a Manuela, la nueva inspectora que lleva el caso.

—Sí, lo haremos, mañana he quedado con ella en la villa.

—¿Cómo que has quedado con ella? ¿La conoces?

—Te dije que estuve cubriendo durante semanas los incidentes de Mancha Real. Conocía a sus padres y hemos mantenido la amistad hasta ahora. De hecho, soy la madrina de su hija. —Me guiñó un ojo.

Me había quedado tan sorprendida que no sabía qué decir.

—¿Has sido tú la que has pedido que venga? —pregunté.

—No, hija, no tengo tanto poderío. Manuela es mediadora y experta en conflictos de población gitana. Ha realizado investigaciones en las Tres Mil Viviendas, en La Palmilla y en todos los barrios complicados de este país. Es normal que la manden a ella. Conoce los códigos, conoce vuestra cultura, y eso facilita las cosas, además de ser una mujer muy respetada. Es de las mejores investigadoras de este país.

—Me ha extrañado la familiaridad con la que me ha tratado, pero he pensado que era una estrategia de acercamiento. Y está claro que tú ya habías tenido horas de conversación con ella.

—Posiblemente lo fuera, Manuela es muy lista. Y sabe cómo acercarse a la gente, pero no me extraña que haya habido química entre vosotras. Tenéis objetivos de vida muy similares.

—Ella te ha pasado la información sobre los números de teléfono de Álvaro —afirmé.

—¿Manuela? Qué va, ni loca me daría información confidencial. Soy una mujer de recursos y tengo mis fuentes, que no puedo revelar —rio con ganas—. Tenemos que continuar. Del Italiano no vamos a sacar mucho más, pero quiero quedar una última vez con él. Voy a escribir a la chica que llamaba a Álvaro y le pido que nos veamos. A ver si lo conseguimos.

—Un momento —dije mirando la fotografía que tenía la chica en el perfil—. Abre la foto un poco más. Ana, yo he visto antes a esta muchacha y no la olvidaré mientras viva. Me escupió en la cara cuando me escoltaba la policía.

—Tengo que conseguir hablar con ella. Y después le voy a decir cuatro cosas.

—No, Ana, no merece la pena.

—Sí, Zaira, sí merece la pena. Es más, le vas a decir las cuatro cosas tú misma. A ver si sin el gentío tiene la misma valentía. Hay cosas en la vida que hay que decirlas muy claras, y esta chica créeme que necesita oír de tu boca unas cuantas. Ahora tengo que irme. Te llevo a la villa, quiero cubrir la manifestación de esta tarde.

—No hace falta, me voy dando un paseo. Ana, necesito saber el motivo de las llamadas a Víctor. Voy a preguntárselo en cuanto termine la manifestación.

—Pues hablamos más tarde, cuando vuelva de la cita con el Italiano. Esta investigación me está costando un ojo de la cara. Juanillo me va a tener que hacer un bono de hamacas gratis por el resto de mi vida.

Reí por las ocurrencias de mi amiga.

—Eso está hecho.

Habíamos estado tan poco tiempo hablando que nos levantamos sin que nos hubieran servido las bebidas. Dejamos un billete encima de la mesa y nos marchamos.

—Tened cuidado —me pidió Ana—. Veáis lo que veáis, no salgáis de la villa.

—Ana, gracias —le dije abrazándola—. Cuenta al mundo lo que ocurre, como haces siempre, mirando con los ojos y escribiendo con el corazón.

Mi amiga me devolvió el abrazo y se marchó con prisas.


Regresé a la villa dando un largo paseo. En la casa estaban mis primos acompañados de Sandra, que había venido a traer más suministros. Estaba discutiendo con Yeray, que insistía en pagar todo lo que había comprado.

—Que no, que no tienes que pagarme nada. Tengo más dinero del que me puedo gastar durante el resto de mi vida. Y vosotros ahora tenéis una situación muy difícil. Estáis en mi casa y sois mis invitados, no podéis pagar nada. Pero ayudadme a sacar la compra, que en el maletero quedan más cosas.

Sandra había cargado comida para un mes. Había intentado hacer una selección equilibrada, pero al recordar nuestras preferencias había llenado varias bolsas con productos que ella catalogaría de indeseables.

—Zaira, te iba a traer a los perros pero he preferido quedármelos yo. Conocen mi casa y no iba a ser tanto el cambio. Hoy he ido a la colonia y les he echado pienso a los gatos. Y he comprado una comida natural que les está encantando.

—Dime que no estás cocinando para los perros. Me los estás mimando mucho y no van a querer volver conmigo.

—Vamos a meter el congelado antes de que se derrita —me dijo para cambiar de tema y confirmar así mis sospechas.

Alba había puesto la tele. Había conexiones en directo en todos los programas de la tarde. Ya se veía gente alrededor del ayuntamiento. Terminamos de colocar la compra y Sandra se marchó con la excusa de que tenía muchos asuntos pendientes que resolver.

—Acaban de decir que echan en falta a la familia del acusado, que no haya ido nadie a apoyar a la familia —contó Alba—. Como si poder ir fuera una opción.

Mi prima Mara estaba preocupada por mí. Me lo hizo saber antes de la manifestación.

—Imagino que tienes un sinvivir. No te angusties por nada. En la aldea estamos rodeados de policías. Hay antidisturbios hasta en la sopa. Con decirte que mi padre les acaba de llevar unos bocadillos de jamón y un café a cada uno y que ha necesitado dos neveras… —me contó mi prima entre risas.

—Estoy muy preocupada. Han destrozado mi casa, prima, y me moriría si os pasara a alguno de vosotros.

—Lo sé, me lo ha contado Yeray. Pasado mañana vamos a ir a ayudarte a limpiarla, mi madre ya te ha preparado un zafarrancho. Vamos a ir al chiringuito a quitar escombros y a ordenar lo que se pueda. Medio pueblo estará en la manifestación y el otro medio estará viéndolo por la televisión. En cuanto anochezca, mi amigo Modou y sus compañeros de piso nos van a ayudar. El camión ha dejado las sombrillas nuevas en la arena. Las han traído hoy mismo y las hamacas las hemos amarrado con cadenas en la parte de atrás del chiringuito. Tenemos allí vigilándolas a Anas y Santiago, dos compañeros del mercadillo.

—Mara, gracias por organizarlo todo.

—Que te crees tú que he sido yo, ha sido tu abuelo. Le ha pedido apoyo logístico nada más y nada menos que a mi padre. En el mercadillo ya sabían la historia con detalles y se ofrecieron todos. Pero hemos descartado a todos los primos, para no liarla más. Vamos a clavar las sombrillas donde estaban. He pasado por ahí y los agujeros se identifican claramente. Nos faltan las colchonetas, que llegarán mañana.

—Muchas gracias por todo. Al menos con el dinero de las hamacas podremos pagar los gastos.

—Fernando ha llamado al seguro y ha sido un negociador duro de pelar. Ha dicho que si no cubría todo lo que ponía en la póliza lo contaba en todas las televisiones de España. Tiene que reunirse con ellos pronto.

—No me he enterado de eso —dije sonriendo—. Ahora le sacaré todos los detalles.

—Ya sabes que en esta familia es difícil tener un secreto. Te mando una foto después, cuando terminen de montarlo todo. Y no te preocupes por nosotros, Manuel está con los niños en el campo. Menos mal que Saray y Coral lo están ayudando, si no, acabaría loco.

—Gracias, Mara, de corazón.

—No tienes por qué darlas, para eso está la familia.

En cuanto colgué, le mandé un mensaje a Víctor. Le pedía hablar con él en cuanto terminara la manifestación. Me contestó con un simple «OK», que me indicaba que estaba atareado ultimando el dispositivo de seguridad.

Noté que los pantalones se me caían, del peso que había perdido esos días. Yeray me vio sujetándomelos y sonrió. Me pidió que fuera a la cocina y me dio a escoger entre un par de bocadillos con el mismo pan oscuro que había mordisqueado en el desayuno.

Nos sentamos en el salón y miramos la televisión. Hablaban de miles de personas concentradas que pedían justicia para el asesinato de Álvaro. Las presentadoras insistían en lo mismo, en que se encontrara al culpable y que pasara a disposición judicial. La gente gritaba mientras caminaba. Muchas de las pancartas que acompañaban a la comitiva tenían mensajes racistas. Pero ninguna televisión hizo referencia a eso. Tampoco a los grupos violentos que rompían los contenedores y las papeleras. Como esperábamos, la concentración no se disolvió y derivó en una procesión camino de la aldea con el grito de «justicia» por bandera. Pudimos ver como la policía detenía a la muchedumbre, que exaltada pretendía tomarse la justicia por su mano. No éramos capaces de articular palabra. Con el corazón en un puño, observamos que los antidisturbios no dejaban pasar a nadie. Y que contenían a las personas que encabezaban la avalancha. Tuve que irme, no podía más. Las imágenes me dieron arcadas y me hicieron vomitar con tanta fuerza que no llegué al baño. Me senté en el suelo derrotada. Sentía que la vida no tenía sentido y que el sufrimiento que nos estaban causando era tan injusto y cruel que no podría resistirlo. Fernando corrió a ayudarme y Alba fue por un cubo para limpiar el suelo.

—No puedes olvidar que esto es lo que te hace despertar cada mañana. Esto es lo que te convierte en una maestra diferente, que sabe apreciar la diversidad en cada alumno. Zaira, esto no te va a hundir, te va a hacer más fuerte.

Abracé a Fernando. En sus brazos noté todo el cariño que una persona es capaz de dar. Me sentí afortunada por tener un amigo como él, que estaba a mi lado incondicionalmente.

Todos llorábamos en silencio. En algunas imágenes se veía a nuestros primos en la aldea, caminando nerviosos, en alerta para defender sus hogares. Qué poco nos había enseñado la historia. Qué poco habíamos aprendido del pasado.

El grupo más grande se había concentrado delante de la casa

de mi abuelo. Allí se habían presentado miles de personas armadas con palos y bates de béisbol. Hablaban de una mujer herida que se había caído en una de las acciones de contención de la policía.

Un cordón policial rodeaba nuestro hogar. Y ahora esa realidad me parecía ajena, la escena de una película. Apagué la televisión, no podía soportar esas imágenes. Agotados, éramos incapaces de hablar entre nosotros.

Me seguía preocupando la aldea y lo que estarían sufriendo. Cuando pregunté cómo estaban, Mara me mandó un vídeo con todas las hamacas colocadas y se lo reenviamos a mi abuelo, que nos llamó por videoconferencia con la ayuda de mi madre. En ese momento todos cambiamos la actitud. Intentamos que nuestro abuelo no viera reflejado en nuestras caras el estado de ánimo que nos acompañaba. Cinco minutos en los que fingimos que éramos capaces de seguir luchando.

Víctor llegó justo cuando había terminado la videollamada.

—Todo ha ido bien —contó, también agotado—. Tenemos que continuar con el dispositivo hasta que se calme. Que haya salido en todas las televisiones nacionales me va a ayudar a que me manden refuerzos.

—Esto no va a parar nunca —dije mientras salía a la terraza.

Víctor me cogió por detrás y me abrazó.

—Claro que va a terminar, encontrarán al culpable.

—Ojalá tuviera esa seguridad, me ayudaría a dormir —comenté—. Necesito preguntarte algo que lleva todo el día dándome vueltas en la cabeza.

Al tenerlo tan cerca, mi corazón se aceleraba. Todos mis sentidos se ponían en alerta sin que pudiera hacer nada por evitarlo.

—Dime —dijo sin soltarme.

—¿Por qué te llamaba con frecuencia Álvaro? ¿Qué trato tenías con él?

En ese momento, Víctor me soltó. Me miró extrañado.

—¿Por qué me preguntas eso?

—Eras uno de sus teléfonos más frecuentes. Por alguna razón sería, digo yo.

—¿Me estás acusando de algo, Zaira? No puedo creerlo.

—No te estoy acusando de nada —me defendí—. Necesito saberlo. Eso es todo.

—¿Te estás escuchando? —dijo, indignado—. No es lo que me estás preguntando, es el tono que estás usando. Álvaro era un ciudadano de este pueblo que podía llamarme cuando quisiera, como cualquier vecino.

—No creo que todos los habitantes de Benalmádena te llamen con esa frecuencia.

—Creo que voy a marcharme, y vamos a dejar esta conversación aquí. Ha sido un día muy difícil para los dos y es mejor que me vaya antes de que diga algo de lo que pueda arrepentirme.

Tenía razón, el día había sido demasiado largo. Y quizá mi cansancio no me dejó hablar con naturalidad. Puede que mi tono no fuera el adecuado. Me sentí mal, un desconsuelo espeso se instaló en mi estómago. Acabé el día con la sensación de que había cometido un terrible error. Recordé que Aurora siempre me lo decía, que mi ímpetu al decir las cosas me hacía perder la razón. Se reía quejándose de que luego le tocaba a ella escuchar mis lamentos.

Con aquel recuerdo flotando en mi cabeza me di cuenta de dónde había estado Juanillo la noche del asesinato.

Cómo había sido tan tonta.

# 23

Necesitaba contarle mi descubrimiento a la inspectora, pero estaba convencida de que a esa hora estaría durmiendo. Aun así, pensé en mandarle un mensaje para que me llamara en cuanto lo viera por la mañana.

—Manuela, lo lamento si te he despertado —me disculpé cuando se comunicó conmigo al instante.

—No te preocupes, estoy todavía en comisaría. Voy para tu casa... para la villa, quiero decir, y hablamos, ¿te parece?

—No quiero que te molestes, Manuela. Hablamos mañana, si quieres.

—No —dijo rotunda—. En cinco minutos estoy ahí. Así inspecciono el dispositivo de seguridad que tenéis, que se supone que es discreto. Un error ahí nos puede costar caro.

En cinco minutos exactos, Manuela apareció en la puerta, mirando para ambos lados sin disimulo.

—Bueno, no está mal, no se les ve. Creo que hay alguien de vuestra familia cuidando de que todo este perfecto —dijo evaluando el trabajo de sus compañeros.

—Acompáñame dentro. Vamos al final del jardín, ahí no despertaremos a nadie.

En la mesa en la que nos sentamos había un tarro de repelente de mosquitos de tamaño familiar. Sonreí al darme cuenta de cómo Sandra nos cuidaba en silencio. Ofrecí el frasco a

Manuela, que se echó el líquido en las piernas y los brazos. Yo hice lo mismo, aunque añadí la cara, una zona donde los molestos insectos solían picarme sin compasión. La concentración de estos bichos en la noche, aumentada por la humedad de las plantas y el agua de la piscina, era un factor que siempre había que tener en cuenta al sentarse al fresco.

—Sé a dónde fue Juanillo la noche del asesinato, y creo que no me equivoco. Juanillo estaba haciendo algo que él consideraba incorrecto: salía con Saray sin el permiso de su padre. Pero no encontraba el valor suficiente para ir a pedirla. Por otro lado, sabía que, después de la pelea de esa noche, Manuel, el padre de su novia, se iba a enterar. Esto es un pueblo y las noticias corren de forma rápida. Así que no le quedaba otra que ir a pedirla lo antes posible. Y se acercó al cementerio a contárselo primero a sus padres.

»Mis primos murieron hace diez años en un accidente de tráfico, pero Juanillo sigue teniéndolos muy presentes en su vida. Va a menudo a llevarles flores y pasa mucho rato hablando con ellos frente a sus nichos. Ese día seguro que se sentía mal por la pelea, una forma de resolver los conflictos que sus padres no toleraban, y que le mataba la pena de no poder organizar con ellos la *pedía*. Así que fue a buscarlos al cementerio. No me lo dijo porque se sintió ridículo. Estoy segura de que fue eso.

—¿El cementerio no cierra de noche? —preguntó Manuela.

—Sí, pero hay un tanatorio abierto, por lo que tiene un acceso. Y entrar en la zona donde están enterrados mis primos es muy fácil. Hay un hueco entre los paneles de los nichos por donde puede pasar una persona inclinando el cuerpo. Nunca ha ocurrido nada en el cementerio, así que no tuvieron la precaución de cerrarlo. Cuando le pregunté dónde había estado, Juanillo bajó la cabeza, avergonzado. Era por esa razón. Le daba vergüenza reconocer que había ido a hablar con sus padres de madrugada porque tenía que decírselo primero a ellos. Le imponía tener que ir a hablar con Manuel.

Sabía que Yeray y mi abuelo lo acompañarían, pero no podría hacerlo su padre.

—Mañana a primera hora me persono allí y pido las cámaras de seguridad. Luego tengo citado a vuestro amigo, el Italiano, y después quiero hablar con Yeray, Alba, Bernardo y tu abuelo.

—Mi abuelo está en Granada con mi madre. Poco te va a poder aportar.

—Espero que no lo pase muy mal en el interrogatorio. Quizá podamos hacer una videoconferencia y así no tiene que desplazarse.

—Mi madre le ayudará. Manuela, imagino que sabes que Yeray fue interrogado ya.

—Sí. Lo hice yo misma, pero como sospechoso por su disputa en el chiringuito. Ahora tengo que interrogarlo en relación con la desaparición de Juanillo. Zaira, tienes que entender que, ahora mismo, al estar Juanillo en busca y captura, es él nuestra prioridad y tenemos que hacer las pesquisas necesarias para encontrarlo.

—Lo entiendo, si lo raro es que hayáis tardado tanto en tomarnos declaración.

—Es lo normal, hay que seguir un procedimiento.

—Nos habéis seguido para ver si os llevábamos hasta Juanillo y cuando habéis comprobado que no tenemos ni idea es cuando nos vais a interrogar.

—Escúchame, Zaira, todos los integrantes de esta comisaría han comido en vuestro restaurante y todos dan la cara por vosotros. Pero no hay ni una sola prueba que nos lleve hacia otro lado y eso es muy desesperante.

—Pues tenemos que encontrarlas, Manuela, alguien tuvo que ver algo. Los bloques que dan a la calle donde murió están llenos de apartamentos turísticos. Personas que se acuestan tarde. No tengo duda de que alguien vio algo.

—No tengo constancia de eso. Hemos preguntado a todos los propietarios de los pisos y nadie vio nada.

—Claro, es que habéis preguntado a las personas que no estaban allí en ese momento. No le van a decir a la policía que están alquilando ilegalmente, por periodos cortos, las casas a turistas. Esos testigos pueden ser incluso de otros países. Pero es muy fácil de averiguar. Manda a alguien de incógnito, di que estás haciendo una investigación del ayuntamiento sobre los pisos de alquiler ilegales y, si coinciden con algún vecino de toda la vida, les van a contar con gusto todos los que hay de alquiler en el edificio.

—No se me había ocurrido. Llamamos por teléfono a todos los propietarios que no encontramos en su domicilio. Pero es evidente que, si son alquileres ilegales, no le van a decir a la policía que no estaban. Mañana a primera hora pongo dos agentes con ese tema.

Manuela me miró a los ojos y añadió:

—Y también voy a hablar con la chica que aparece en el móvil.

Supe que Ana le había contado lo que la chica me había hecho.

—Te lo ha contado Ana —afirmé—. Sé que sois amigas, me lo ha dicho.

—Intentaré ser profesional, no lo dudes. Puede que mis métodos no sean los tradicionales y que de vez en cuando me salte las reglas, pero tengo que hacer cumplir la ley. Y escupir en la cara a alguien por ser gitana es racismo. Y eso en este país no es gratis.

—No quiero enredar más las cosas.

—Tienes que denunciar. Te escupió y te llamó «gitana de mierda». Posiblemente no sirva de nada, pero habrás hecho lo correcto.

—Tengo demasiados frentes abiertos.

—Pues no se puede ir de rositas. Quizá lo que necesita esa chica es que le demuestres que ese odio irracional que tiene en la cabeza no es sano y que no sirve para otra cosa que para hacer daño.

En ese momento nos sonó un mensaje en el móvil a las dos al mismo tiempo. Ana había creado un grupo y nos había incluido. Escuchamos un audio en el que nos decía que tenía novedades. Manuela la llamó inmediatamente y le pidió que nos acompañara si no estaba muy cansada. Quince minutos más tarde se estaba frotando la piel con una buena dosis de antimosquitos.

—La noche ha sido muy productiva, menos mal. El Italiano ha sacado el modo pulpo, pero lo he calmado diciéndole que si tenía paciencia me lo llevaba a mi casa. Y en medio de la conversación me dice que está convencido de que tu familia no ha sido, que él os conoce, que es amigo íntimo vuestro. No imaginas cómo me he tenido que tragar la risa. En definitiva, que os considera buena gente. Y yo le he metido los dedos, le he dicho que estaba convencida de que había sido Juanillo porque no había otros sospechosos. Pues bien, me dice que él conocía a Álvaro muy bien y que se metía en líos continuamente, que no era raro que alguien se la jugara. Y atención a lo que me ha contado. Álvaro se lio con una mujer casada. Y fue una relación muy tormentosa.

—¿Será la empresaria? —pregunté.

—No lo sé, no he podido sacar nada al respecto. Y mi tiempo se ha acabado, no me gasto ni un euro más. No se puede tener más cara. Ese señor es una mala réplica de un vividor.

—¿No ha conseguido hacer un duplicado de la tarjeta que le han robado? —bromeé.

—No hace ni por sacar la cartera. Pero eso sí, come lo más caro de la carta. Yo me he quedado con las facturas y espero que me las paguen cuando publique la exclusiva del año.

Nos reímos las tres.

—Bueno, he conseguido sonsacarle algo más, que no sé por dónde coger —continuó Ana—. Cuando me ha dicho que Álvaro se metía en líos, le he preguntado si eran de drogas, claro, metiendo el dedo en la llaga, y me ha dicho que no, porque ya se vio envuelto en un lío gordo una vez que le regalaron unas cuantas papelinas y quiso sacarles rentabilidad. Casi acaba en la cárcel.

—¿Parecía sincero? —preguntó Manuela—. Lo mismo hemos dado por hecho que fue con el Italiano, pero posiblemente el encargo viniera de otra persona.

—La camarera del bar dijo que los vio discutir. Por algo que Álvaro no hizo bien. Recordad que lo llamó inútil —apunté.

—Tenemos que darle una vuelta a esto. Quizá tengamos las piezas ensambladas de forma equivocada.

—Voy a llamarlo a declarar mañana, con toda esta información tengo un hilo interesante del que tirar —afirmó Manuela.

—Nosotras por la mañana tenemos una cita. He quedado en el periódico con la chica de las llamadas.

—Yo no voy a ir, Ana, prefiero que hables tú.

—Hablo yo con ella y, si después lo veo oportuno, te acercas. Si no lo veo oportuno, lo dejamos para otro momento.

—Tenemos otro plan para eso, Ana. Voy a citar a la chica en comisaría, por ser número frecuente de Álvaro, y se lo voy a decir yo. Le voy a decir cuatro cosas. Por ejemplo, que soy gitana, por si me quiere escupir a mí. Y luego buscaremos la forma de que coincidan. Pero primero me va a escuchar.

—Estoy agotada, será mejor que vayamos a dormir. Oye, Zaira, ¿qué te dijo Víctor de sus llamadas? —preguntó Ana.

—Nada. Metí la pata. Creo que le ofendí y no me contestó. Supongo que lo cuestioné de forma poco amable.

—Tampoco le des mayor importancia. Víctor no tiene nada que ver con esto —aportó Manuela.

—¿Le has interrogado? —preguntó Ana.

—Sabéis que es confidencial y que no puedo compartir con vosotras parte de la investigación.

Las dos la miramos estupefactas. No habíamos hecho otra cosa en toda la conversación que compartir datos de la investigación.

—No me miréis así. Lo que he compartido lo sabíais ya —comentó riendo.

—Vas a perder a las dos mejores aliadas —replicó Ana.

—Te acabo de dar la clave para que averigües en los pisos turísticos —reclamé.

—Vosotras estáis colaborando con la justicia, y eso es lo correcto. Vamos a descansar, que mañana nos espera un día duro. Ana, si tienes algún artículo que escribir sobre el tema, yo lo enfocaría en la falta de indicios sobre el sospechoso. No tenemos ni siquiera una sola prueba circunstancial.

—Sí, voy a hacerlo mañana por la mañana, antes de hablar con nuestra amiga, la racista.

Se marcharon dándome un fuerte abrazo.


Me quedé un rato en el jardín. Me acerqué al filo de la piscina y metí los pies. El agua estaba tibia después de recibir un sol abrasador durante todo el día. Me sentía culpable de cómo había enfocado la conversación con Víctor y pensé en mandarle un mensaje, pero mi cabeza no era capaz de hilar una idea más. Estaba exhausta. Sentí mucho que mi familia no pudiera dormir aquella noche tranquilamente en la aldea. Todos estarían atentos a los ruidos, con el miedo a que alguien entrara en su casa. Me pesaba que ellos tuvieran que vivir eso, me sentía responsable. Intenté poner orden en mi cabeza, organizar argumentos para la chica que me había humillado. Me di cuenta de que no era capaz de poner dentro de palabras lo que me había hecho sentir. Quizá su rabia estaba motivada porque sentía algo por Álvaro y nos creyó culpables. O quizá había vivido toda su vida odiando a la gente que no era como ella y no sabía hacer otra cosa. No podía conocer lo que había en su cabeza. Ni siquiera podía suponerlo. No tenía posibilidades que barajar.

Un ruido me sobresaltó.

—¿Qué haces despierta a las cuatro de la mañana? —me preguntó Fernando.

—Lo mismo que tú, darle vueltas a la cabeza. No tengo sueño. Aurora siempre decía que la suma de gitanos y problemas concluía en el insomnio de toda la familia.

Fernando sonrió al recordar a mi prima, se quitó la camiseta y se metió en la piscina. Se quedó junto a mí, disfrutando del agua tibia que le llegaba a la cintura.

—Yo he bajado porque no podía con la conversación que estaba escuchando. Alba hablaba con Bernardo. Lloraba y le decía que se sentía sola y que no estaba a su lado. He preferido ir a dar un paseo, no podía seguir escuchándola.

—Quizá esto le sirva para darse cuenta de que no la quiere. Y que todo lo que estamos pasando tenga una parte positiva.

—No lo creo. Es como el elástico con el que jugábamos cuando críos. Cuanto más tira él, más se acerca ella.

—La quieres mucho, ¿verdad? —pregunté en voz baja.

Fernando se frotó los ojos, intentando contener las lágrimas.

—Más que a mi vida. Esto está siendo muy duro para todos, por lo que estamos pasando, pero ella está sufriendo algo que no esperaba. Se está viendo sola en el peor momento de su vida. Y yo la veo sufrir y me muero por dentro.

—Si esto sirve para que se dé cuenta de la clase de persona que tiene al lado, algo positivo sacaremos.

—Sabes que no, que luego dirá que ha sido un idiota y que la quiere mucho, y ella lo perdonará como si nada. Y yo seguiré mirándola con carita de cordero *degollao*. Es el amor de mi vida y lo será siempre. Y no voy a poder amar a nadie como la amo a ella. Aunque este amor me esté destrozando por dentro.

Fernando tenía razón. Todos sabíamos que Bernardo no aparecería en los malos momentos, pero que volvería a por su comida diaria cuando todo se hubiera calmado. Sentía en el alma que mi amigo viviera con resignación y dolor esa historia, pero no podía animarle a que luchara por ese amor. Era una decisión suya, que tenía que tomar por él mismo, sin el empuje ni el aliento de nadie.

—Fernando, Alba te quiere, eres alguien muy importante en su vida. No podría vivir sin ti. En cambio, sí que puede vivir sin Bernardo. Mírala, en estos momentos está arropada por nosotros, no por él.

—Ahora mismo está llorando en su habitación y yo estoy hablando contigo.

—Será mejor que vayamos, entonces. Le vendrá bien un poco de compañía.

Los dos sabíamos que teníamos que ir con cautela. Nos metimos en un bolsillo toda la repulsa que Bernardo nos causaba y subimos las escaleras sabiendo que ayudar a Alba no era tarea fácil.

Ella no quería nuestra ayuda.

# 24

Sentada en la cama con las piernas cruzadas, Alba escribía mensajes de forma frenética. No se dio cuenta de que estábamos en la puerta.

—No os había visto. ¿Qué hacéis ahí parados los dos?

—No podíamos dormir y nos hemos dado un baño en la piscina. Esto no está tan mal. Si llega a estar despierto Yeray hasta ponemos el jacuzzi.

—Puedes poner el jacuzzi —dijo Yeray entrando en la habitación—. No es fácil dormir con este calor y con tres parlanchines como vosotros. Y, con el día que hemos tenido, la tensión y los nervios hacen el resto.

—Necesito ir a trabajar o me volveré loca. Y mira que esto es precioso, pero necesito tener la cabeza ocupada.

—Bueno, eso es bien fácil. Mañana nos preparas para desayunar tortitas y tarta de manzana, y hacemos pan, a ser posible sin semillas. Y a mediodía nos haces migas con pisto de verduras de primero y paella de segundo. No echarás de menos nada —ofertó Fernando.

—Más bien tendrá que echar mano de la creatividad con lo que hay en la nevera —reí sabiendo que verduras no faltarían para el pisto, pero que el resto sería imposible.

—El servicio a domicilio existe para algo —añadió Yeray—. Hacemos el pedido por la web del supermercado.

—No podemos. Nos reconocerían y se correría la voz de que estamos aquí. No hagáis tonterías —recordé.

—Pero eso no es problema. Puedo ponerme un vestido de Alba, maquillarme y a ver quién me reconoce. Sandra me ha dicho que hay en el sótano una caja de juegos y disfraces. Seguro que encuentro algo —dijo Fernando.

—Alba, haz una lista y se la mandamos a Sandra, será más seguro.

—Vale. Mañana quiero salir, puedo comprarlo yo —murmuró Alba.

—Tú estás *chalá*. No te mueves de aquí. Si quieres ver a tu novio, que venga él, en esta casa sobra espacio. Es más, si se quiere quedar a dormir sobran habitaciones —habló Yeray arrepintiéndose de inmediato—. Pero no sales, Alba, mañana todas las televisiones se recrearán en lo de hoy y volverá a pasar lo mismo. No nos podemos arriesgar.

Alba bajó la mirada hacia el suelo y Fernando se sentó a su lado. Le cogió la cara y la miró a los ojos.

—Tu hermano tiene razón. Mañana es un día complicado. Tenemos que echar paciencia.

Sonreía al escuchar a Fernando decir la frase que repetía mi abuelo continuamente. No había situación que no necesitara de «echar paciencia», su ingrediente favorito.

Yeray estaba mirando el móvil y se le cambió la cara.

—No puedo creerlo —susurró sin dejar de mirar la pantalla.

Me asusté. Me levanté para ver la página que tenía abierta. Cerré los ojos cuando vi lo que se publicaba. Tenía que actuar rápido. Tomar una decisión al respecto. Miré a Yeray, que asintió con lágrimas en los ojos.

—Tenemos que contaros algo. Y no va a ser fácil. Vamos a tener que luchar en un nuevo frente —anuncié, agotada.

—Y me temo que os va a doler mucho —confirmó Yeray.

No sabía muy bien qué hacer. Si dejar que lo dijera él o decirlo yo. Miré a Yeray para que me indicara qué prefería. Él clavó la mirada en el suelo, totalmente derrotado. Tendría que hacerlo yo, debía encontrar las palabras adecuadas con rapidez. Comencé cuando vi que Yeray no se movía.

—Mañana van a entrevistar a alguien que le va a hacer mucho daño a Yeray.

—Soy homosexual —dijo con la voz entrecortada.

No pudo decir nada más. Su cara se desencajó y su respiración se aceleró. Fernando y Alba estaban mudos por la sorpresa. No encontraban las palabras de apoyo que tanto necesitaba Yeray en ese momento.

—Lo siento —dijo Yeray—. Siento haberos decepcionado… Es lo que soy y he luchado con todas mis fuerzas para dejar de serlo. Siento haberos deshonrado.

Alba fue la primera en hablar. Se acercó y se puso de rodillas delante de él.

—¿Por qué no me lo dijiste nunca? No puedo creer que me lo ocultaras, tenemos confianza. Siempre hemos hablado de todo. —Alba lo miraba con ternura.

—No quería defraudarte —contestó Yeray apoyando la palma de las manos en la cara de su hermana.

—Yeray, cómo puedes pensar que me vas a defraudar. Los tiempos han cambiado. No puedo creer que pensases que no te iba a apoyar.

—He vivido con ese miedo cada día de mi vida. Alba, el día que *papa* y *mama* murieron, yo tuve la culpa.

—¿Cómo vas a tener tú la culpa?

Yeray contó el momento en que su padre lo sorprendió en la cama con el chico y los hechos que desencadenaron después que su madre lo acompañara en el coche.

—Pero tú no tienes la culpa de lo que pasó. Se rompieron los frenos, el coche estaba muy viejo. Si el día anterior se habían gastado un dineral en el taller. No fue culpa de nadie, fue un accidente. Mírame, Yeray. —Alba lo observó con emoción—. Eres el mejor hermano de este mundo. Y si te enamoras de un hombre seguirás siéndolo. Me importa muy poco con quién quieras acostarte. Quítate de la cabeza eso de que nos has decepcionado, no es así. No puedes cuidarme más de lo que lo haces, eres el mejor hermano que nadie puede tener. Y me siento fatal por no haberte inspirado la suficiente confianza para decírmelo.

—No digas eso, Alba, no es culpa tuya. Nunca lo he aceptado. Zaira me ha pedido todos estos años que os lo contara, pero he sido un cobarde.

—¿Tú lo sabías, Zaira? —preguntó Alba, extrañada.

—Sí. Los vi una noche que volvía de madrugada a llevar las llaves del chiringuito. Vuestra madre se las había dejado en mi casa y no podían entrar por la mañana. Luego, cuando pasó todo, Aurora me lo explicó y me confirmó lo que ya sabía.

—Le pedí a Zaira que no contara nada —intervino Yeray porque sabía que me iba a caer una buena bronca—. La obligué a que me guardara el secreto.

Yeray miró a Fernando. Estaba quieto, de pie, atento a la escena, sin decir absolutamente nada. Cuando valoró que era el momento, caminó dos pasos, agarró de los brazos a Yeray, lo levantó del filo de la cama y le dio un fuerte abrazo. Alba los miraba sin parpadear. Estuvieron un buen rato abrazados, sintiendo que la amistad que tenían era más fuerte que cualquier cosa.

—Pedazo de pamplina, yo lo sabía desde que éramos unos mocosos —dijo Fernando al separarse—. Si en la adolescencia no te gustaba ni una de las guiris que te tiraban los tejos. Y todas eran preciosas. Ahora quiero ver eso que te ha causado tanta conmoción, enséñame el móvil.

—Es Lisardo, el hijo de Juana. Estuve con él aquella noche. Y va a contar en televisión todo lo que pasó en el accidente.

—No puede ser —dijo Alba—. Lisardo es gitano, no puede traicionarnos así. Estoy segura de que le han ofrecido una buena suma de dinero.

—Ni por todo el dinero del mundo. Por mi madre que ese no habla mañana. —Fernando salió del dormitorio como si se lo llevara el mismo diablo. Intenté pararlo en la puerta de la casa.

—Fernando, ¿dónde vas? Estás loco, no puedes ir a la aldea. Te van a detener, la policía no te va a dejar entrar.

—Tienes razón. Vamos, te vienes conmigo. A ti te conocen y no te negarán ir a ver a tu familia.

—Espera, vamos a hacer las cosas con calma. No vamos a arreglar nada presentándonos en casa de Lisardo a estas horas.

—¡Claro que sí que vamos a arreglar algo! Saldrá su madre a escucharme mientras tú vas a buscar al marido de la Redonda, que como hombre de respeto de la aldea va a mediar aquí como yo me llamo Fernando. Pero ese desgraciado no gana un euro a nuestra costa si quiere seguir viviendo en la aldea. Si quiere ganar dinero a costa de otro gitano, se va a tener que enfrentar al pueblo entero, que ya te digo yo que le va a dar la espalda. Y la primera, su madre, que no se lo va a permitir. Menuda es la Juana.

—Está bien, pero podemos ir por la mañana.

—Zaira, no falta nada para que amanezca. O te vienes conmigo o te quedas, pero esto lo voy a resolver a mi manera. Voy a ir en patineta: o te coges una o te vienes detrás conmigo. Hay cinco en el garaje.

Dando por hecho que no había otra solución, acepté bajar por las patinetas. Mi corazón latía tan deprisa que podía oírlo dentro de mí. En cuanto nos acercamos a la aldea, nos paró un control que no tenía intención de dejarnos pasar.

—Soy la prima del chico que está en busca y captura. Tenemos que pasar a hablar con nuestra familia, pero no podemos hacerlo a la luz del día porque los medios no nos dejan en paz. Tenemos una reunión para que nos ayuden a arreglar el chiringuito. Hay cosas que tenemos que explicar en persona: cómo se encienden las luces, dónde se coloca el pescado, ya sabe.

—No podéis entrar solos. Os van a parar en distintos puntos, os acompaño hasta la entrada.

Por suerte, la casa de Lisardo estaba casi al final de la aldea, entre la casa de la Redonda y la de su madre. Eso hacía que la policía estuviera alejada. Fernando se quedó esperando en la puerta de Juana mientras yo llamaba a la de la Redonda.

—Siento molestarte —dije con apuro—, pero necesito que tu marido venga conmigo.

—Claro, niña, está ya despierto. Se iba a faenar al campo con el hermano —dijo la Redonda sin preguntarme para qué lo quería.

En pocos segundos salió su marido con el pelo húmedo. La Redonda se daba tirones del vestido largo que se acababa de poner, con la intención de acompañarnos.

—Siento mucho las horas, pero quiero que medies en un conflicto que afecta a mi familia y, por lo tanto, a la tuya. Vamos a casa de Juana.

La cara de los dos al pronunciar el nombre de Juana me indicó que no era la primera vez que iban a esa casa a mediar. Pude leer claramente el «otra vez» escrito en sus gestos.

Cuando llegamos, Fernando ya había despertado a Juana, que indignada se dirigía a casa de su hijo. Aporreó la puerta con decisión y, al ver que no le abría, corrió a su casa a por la llave de la puerta. Giró la llave con premura y gritó el nombre de su hijo con una fuerza que nos sobresaltó a todos.

—Hijo de tu puñetero padre, ¡levántate ahora mismo, desgraciado! —bramó Juana entrando a la habitación de su hijo.

A tirones lo obligó a levantarse, agarrándolo con fuerza por los brazos.

—Cuéntame qué es lo que vas a hacer esta tarde. Qué le vas a hacer a esta familia, malaje. Qué mierdas tienes que ir tú a contar en ese programa.

Lisardo se sintió intimidado por todos los ojos que, en silencio, lo mirábamos. En calzoncillos y medio dormido, no era capaz de articular una sola palabra. Tan solo se protegía la cara cada vez que su madre gritaba y movía los brazos, amenazando con darle un guantazo con toda la mano abierta.

—Hijo —dijo el marido de la Redonda—, un gitano nunca acusa a otro gitano, y menos en un plató de televisión. Tu madre te ha criado como un gitanillo de bien y te ha enseñado cómo funcionan las cosas. No puedes hacerle esto a esta familia con todo lo que está sufriendo.

—Yo puedo hacer y decir lo que me dé la gana —dijo Lisardo despertando del letargo de forma repentina.

—Tú no vas a abrir la boca —replicó su madre—. Tú vas a hacer caso a lo que te está pidiendo este hombre, que es para ti, para mí y para todos los que estamos aquí la autoridad máxima.

—Lisardo, esta familia ya está sufriendo la ira de la gente de fuera. No puedo consentir que también sufra por el trato de su propio pueblo. Tenemos que apoyarlos y arroparlos, como marca nuestra ley. Siempre eres libre de no cumplirla, por supuesto que sí, pero no con nosotros. No con nuestro apoyo. Si no eres capaz de respetar nuestra forma de hacer las cosas, no puedes vivir aquí.

—Mi hijo no va a decir ni una palabra, ya os lo digo yo, si no quiere quedarse sin familia y sin casa.

—¡Esta es mi casa! —cortó Lisardo.

—No te lo crees ni tú —replicó su madre—. Este techo lo construyó tu abuelo con la ayuda, precisamente, del abuelo de la persona a la que quieres hundir en la miseria. ¡Vergüenza debería de darte! Que su abuelo y tu abuelo fueron inseparables, mucho más que amigos. Si levantara la cabeza y viera en lo que te has convertido...

—¡A mí nadie me va a prohibir que haga lo que me dé la gana! —gritó Lisardo.

—En eso tienes toda la razón —confirmó el hombre de respeto—. Nadie te va a prohibir nada. Nuestra primera máxima es la libertad. Pero no vayas a pensar que lo que vas a hacer no tiene consecuencias. Si desprecias y hundes a tu gente, no puedes esperar que tu gente te quiera.

—Hijo, yo sé que económicamente no estás pasando por buenos momentos —intervino su madre—, pero eso no puede justificar que seas mala persona. Mira a Fernando, que no es uno de los nuestros y viene a defender a su amigo, y lo hará hasta que no le queden fuerzas. Que Yeray te dejara y te hiciera daño no te da derecho a lapidarlo públicamente. Y más en ese programa, que ahí solo se vuelca la mierda de la gente. Todos los gitanos de este país te van a juzgar. No vas a tener el respeto de nadie. ¿De qué te va a servir el dinero si no vas a tener gente con la que gastarlo?

No encontraba el momento de intervenir, de dejarle claro que no tenía derecho a exponer a mi familia todavía más de lo que ya estaba. Fernando lo encontró por mí.

—Somos amigos desde niños. Y se me han revuelto las tripas cuando he leído el titular. No eres el Lisardo que yo conocía, el que presumía de su identidad. Ahora resulta que el *jambo,* como tú me llamabas, sabe más de lealtad que tú. Debería darte vergüenza. Tenéis primos en común. Y no voy a ser tan diplomático como ellos. Si vas al programa y dices una sola palabra de Yeray, no te va a quedar rincón en Benalmádena para esconderte. Te encontraré. Vámonos, Zaira. Ya hemos dicho todo lo que teníamos que decir.

Me despedí de forma breve y nos marchamos en silencio.

Ahora solo nos quedaba esperar a la emisión del programa y ver si aparecía o no.

# 25

Cuando llegamos, Alba y Yeray continuaban con su conversación, aplazada demasiados años. Fernando y yo estábamos muy nerviosos para acostarnos, teníamos que compartir con mis primos lo que habíamos vivido en casa de Lisardo. Lo que contamos no les agradó, se temían lo peor.

—Lo que me preocupa es que encima Lisardo añada la imagen de otro asesino más en la familia, si manipula los hechos. Después de ver a los hijos de Amalia, me espero cualquier cosa —comentó Alba, sentada en la cama con las piernas cruzadas.

—Cuando el *papa* y la *mama* murieron no fui capaz de seguir con nuestra relación, y él nunca me lo perdonó. Estábamos muy enamorados. Queríamos pasar el mayor tiempo posible juntos, por eso hacíamos locuras. Juana, su madre, lo sabía, pero nos guardaba el secreto, intuyendo que el pueblo gitano no nos iba a aceptar.

—Yeray, han cambiado mucho las cosas. Las nuevas generaciones van avanzando y viven la homosexualidad con mucha normalidad.

—Zaira, no seas ilusa, no ha cambiado nada. Seguimos viviendo en la prehistoria y ser gay en el pueblo gitano sigue siendo un tabú. Nadie se atreve a salir del armario. Dime cuántas mujeres gitanas lesbianas conoces. No se ha avanzado lo suficiente. A partir de mañana seré el gitano maricón, y esa etiqueta será más grande que yo mismo.

—Eso no te tiene que importar —cortó Fernando—. Los que te queremos te vamos a querer exactamente igual, menuda tontería. Y quien no te acepte, pues se lo pierde. Yo estoy seguro de que tu familia no tendrá ningún problema. Y sé lo que estás pensando. El abuelo también lo aceptará. Aunque le cueste al principio, lo hará.

—No lo tengo tan claro, para mi abuelo va a ser otro palo de los gordos —anunció Yeray—. Y es lo que le faltaba.

—Con todo el lío se me olvidó deciros que Amalia se va para Granada con el abuelo. Le llamó preocupada por todo lo que estaba pasando y quería estar con él.

—Yo puedo recogerla. Tengo que ir a hablar con los del seguro a las cuatro —contó Fernando—. Yeray, tienes que hacerme una autorización. No me mires así, no es bueno que estés allí. Ya tenemos suficientes problemas como para generar más.

—Tienes razón —claudicó Yeray—. Te firmo la autorización, redáctala tú.

Necesitábamos dormir, descansar unas horas. Nos despertamos con el interminable estruendo de un camión que limpiaba la calle.

Bajamos a desayunar casi a la hora de la merienda. Podía haber sido un día cualquiera en mi familia. Alba comenzó a batir los huevos y Yeray se puso a preparar café de puchero. Fernando se encargó de los zumos de naranja. Sandra llegó en ese momento, de nuevo cargada de bolsas de la compra.

—Buenos días, familia. Necesito un par de brazos que me ayuden a sacar la compra.

—Yo voy contigo, que aquí todo el mundo tiene trabajo. Espero que te quedes a merendar con nosotros.

—Por supuesto, tengo que ponerme al día —dijo Sandra antes de cambiar a un tono más grave—. Zaira, quería hablar contigo. Me siento mal, creo que no te estoy apoyando todo lo que debiera. Y quiero que sepas que es porque no quiero romper vuestra intimidad, no quiero estar aquí todo el día con los momentos tan duros que estáis pasando.

—¡Sandra!, ¿por qué dices esas tonterías? Estamos en tu casa, nos ayudas con la compra y encima no nos quieres coger dinero. No sé qué más quieres hacer, hija mía, si no puedo estar más agradecida. Y respecto a estar aquí, puedes estar todo lo que te apetezca; es tu casa, faltaría más. Además, eres de la familia. Pasas todas las Navidades con nosotros y eso no puede decirlo todo el mundo.

—Y es un auténtico privilegio. Pero si puedo hacer algo más, por favor, dímelo.

—Pues mira, ahora que lo dices sí que quiero pedirte algo. Fernando tiene después una reunión con los del seguro, y tú estuviste trabajando en una aseguradora. Si pudieras acompañarlo, te lo agradecería. No me hace mucha gracia que vaya solo.

—Claro, voy con él, ahora lo hablamos. Zaira, tienes muy mala cara. ¿Estás bien?

—Bueno, ayer fue un día duro y esta noche ha sido intensa. Pero ya hemos descansado.

—Entiendo. Pues debéis descansar más, es fundamental para afrontar todo lo que os espera. Me queda la esperanza de que al menos Alba os prepare una merienda contundente. Llevo pensando en su tortilla de queso desde que me he levantado.

—Creo que no recuerdo lo último que me eché a la boca. Si no entra en sus planes, vamos a pedírselo.

Entramos en la casa y lo primero que nos sorprendió fue el olor del queso fundido en la plancha. Alba sabía que a Sandra le encantaba su tortilla de queso y había pensado que era una forma agradable de darle las gracias.

—He hecho una docena de huevos, así que compartámoslos como buenos hermanos. El pan se está calentando en el horno y voy a traer las tortitas. No tenemos miel, pero creo que hay

un sirope raro que puede servir —dijo Alba levantando el sirope de arce.

—Hay miel en la despensa; es el mueble blanco que hay a
la izquierda.

Me levanté para traerla. Cuando abrí la puerta de la alacena, me encontré con algo que me hizo soltar una exclamación.

—Guau, ¡qué maravilla! No quiero ni pensar cuánto cuesta alquilar esta casa si dejas todo esto en la despensa de los
invitados.

Sandra se rio.

—Zaira, esta villa se alquila con chef y con servicio. Las
personas que se hospedan aquí no se molestan en cocinar.

En ese momento, la conversación me llevó a un recuerdo.
La empresaria estaba buscando invertir en algo así.

—Sandra, hay una empresaria que quiere poner un negocio
parecido a este. ¿Has oído algo al respecto?

—Que yo sepa, es mi padre el único que quiere emprender
en hoteles y villas de lujo en este momento. Lo sabría, si tiene
competencia. De hecho, acuérdate que tenía una reunión con
Víctor. ¿Es una mujer atractiva, morena, con el pelo rizado?

—Sí, espera, tengo una foto.

Subí a por mi móvil y vi que tenía cinco llamadas perdidas
de Víctor. Antes de bajar, quise llamarlo para descartar que
hubiese sucedido algo urgente. Me tranquilicé cuando escuché
su voz. Un montón de mariposas revolotearon en mi estómago. Me llamaba porque quería saber de mí, porque tenía la
misma sensación extraña que nos dejó la conversación del día
anterior.

—Hola, te he llamado para disculparme. Al no coger el teléfono me he preocupado, perdona la insistencia. Quería ir a
verte, no sabía si te iba a molestar.

—Estábamos dormidos, nos acostamos al amanecer. Claro,
pásate cuando quieras, no puedo salir mucho —bromeé.

—Pues me paso en cuanto me vista. Pon la televisión, hay
un chico de la aldea hablando de Yeray.

Corrí abajo y encendí la televisión sin mediar palabra con nadie. En la pantalla aparecía Lisardo con una periodista, en la entrada de la aldea. La periodista le preguntaba qué le unía a mi familia.

«Mi abuelo y su abuelo fueron amigos, los mejores amigos de este mundo. Su abuelo ayudó a construir la casa donde vivo ahora».

«Ayer nos decía que tenía cierta información que nos iba a sorprender sobre esta familia».

«Sí, os conté una milonga para que me dierais la oportunidad de contar la verdad, porque la verdad no os interesa. Solo queríais comprar información que los hundiera en la miseria, y mira qué fácil ha sido. Os conté un cuento chino y no lo habéis comprobado».

«¿Y cuál es la verdad, según usted?».

La presentadora del programa parecía muy confundida por el cambio de rumbo en pleno directo.

«Que esa familia es una de las mejores familias del pueblo. Que se quieren y se cuidan, y que tienen amigos que dan la vida por ellos. Que están viviendo una tragedia porque son gitanos, que si no lo fueran, no estarían en todos los medios de comunicación. Juanillo, si me estás viendo, no salgas de donde estés hasta que encuentren al culpable o te lo van a encasquetar a ti. Tu familia está bien, ayer estuvo en mi casa tu Zaira. Fernando también. Qué Fernando este, que quiere tanto a tu familia y la de cosas que es capaz de hacer por ellos. Tarde o temprano se sabrá la verdad y serás libre. No te entregues, que es lo peor que puedes hacer. Lo dicho, buenos días».

Lisardo salió de plano contoneándose tras dejar a la periodista con la boca abierta. En el plató, la presentadora sufrió un ataque de risa que no pudo controlar. Todos los colaboradores que había en la mesa la siguieron. Yo estaba convencida de que eso se viralizaría en unas horas, aunque dudaba si era una buena o una mala noticia para mi familia. Al menos Yeray parecía más relajado.

—La madre que parió a Lisardo, cómo ha sabido darle la vuelta a la tortilla —comentó Alba.

—Fernando, creo que tu actuación fue definitiva —aporté riendo.

—¿Alguien puede explicarme qué es lo que ha pasado? —preguntó Sandra.

Todos miramos a Yeray, que se acababa de meter un trozo de tortilla en la boca.

—Que soy gay, Lisardo era mi pareja y quería contarlo en la televisión. Pero aquí los Al Capone fueron anoche a hacerle una visita y ha cambiado de opinión.

Pegaron a la puerta y fui a abrir sabiendo que era Víctor. De repente, me preocupó mi aspecto físico. No había dormido demasiado, no me había peinado y no llevaba una gota de maquillaje que me mejorara el aspecto. Valoré rápidamente si era más terrible que me viera así o que saliera corriendo a por la barra de labios que tenía en el bolso y me diera un poco de color en las mejillas delante de toda mi familia. Decidí abrir la puerta.

Víctor llevaba una camisa verde agua con un traje de chaqueta azul marino. Tardé unos segundos en darle paso. Nos fuimos en silencio a la parte trasera del jardín.

—Quiero pedirte disculpas —me dijo antes de que yo pudiera hablar—. Estuve muy desagradable y no fue tu mejor día. En vez de apoyarte, hice todo lo contrario, pero me dio mucha rabia que no confiaras en mí y no supe controlarme.

—Soy yo la que tengo que pedir disculpas. No utilicé el tono adecuado. Como dices, no fue mi mejor día. Tampoco soy nadie para pedirte explicaciones.

—Claro que sí. Eres alguien muy importante para mí y entiendo que quieras saber al respecto. Álvaro me abordó al salir del ayuntamiento, no hace mucho. Sabía quién era, su padre y yo fuimos amigos en la infancia. Me dijo que se había metido en un lío y que necesitaba ayuda. No podía atenderle, tenía que ir a una reunión, así que le di mi número de teléfono y le pedí que me llamara luego. Me llamó y me contó que le habían puesto una denuncia, pero que era inocente. En definitiva, lo que quería era que le quitara a la policía de encima; lo estaban siguiendo y lo sabía. Me llamó en numerosas ocasiones y siempre le dije lo mismo, que no estaba en mi mano ayudarle. Eso fue todo.

Escuchamos a mi primo Yeray que me llamaba. Fuimos corriendo al salón, todo el mundo miraba la televisión. El padre de Álvaro estaba sentado en el plató. En la pantalla se veía a un hombre destrozado, que apenas podía contener las lágrimas. En su cara se reflejaba todo el dolor que sentía. La presentadora le agradeció la visita en tales circunstancias.

«Cuéntenos, Andrés, cómo va la investigación de la muerte de su hijo —comenzó la periodista».

«Pues como ustedes saben —expuso el padre de Álvaro—, el principal sospechoso está en busca y captura. Se ha escondido y no hay avance ninguno en la investigación. Y hoy vengo aquí a pedirles, a las personas que lo tienen escondido, que lo entreguen. Necesitamos que el culpable pague por lo que ha hecho. Queremos conocer la verdad».

El salón enmudeció.

«¿Qué le dice la policía? —preguntó la presentadora».

«Todo está bajo secreto de sumario, pero ya le digo yo que no tienen ninguna otra línea de investigación».

«Cuéntenos qué es lo que tienen hasta ahora. Por qué se pide que este chico comparezca ante la policía y por qué cree que huye de la justicia».

«Este chico se encuentra con mi hijo en un bar y tienen una rencilla por una chica que, por lo visto, estaba jugando a dos bandas».

Todos nos miramos con asombro. Se suponía que estaban hablando de Saray.

«Mi hijo se va y esta pareja y unos amigos salen detrás de él para buscarle la boca. Y en la plaza del pueblo, mi hijo se lo recrimina, le dice que tenga cuidado con su novia, que no solo está con él. Y eso enfurece a ese chico, que se lía a puñetazos con Álvaro. De todo eso hay testigos. Los separan y parece que la cosa se ha calmado, pero cuando el chico deja a su novia en su casa, su pista se evapora. Y mi hijo aparece muerto frente a mi portal».

«Claro, y entiendo que el hecho de que ese chico desaparezca es ya para ustedes la prueba definitiva de que algo tiene que esconder —apuntó la presentadora».

—Ya no aguanto más —dijo Fernando mientras anotaba el número de teléfono que aparecía en pantalla, por si alguien quería aportar algún testimonio.

«Me dicen que tenemos al teléfono al portavoz de la familia del chico huido, que quiere entrar en directo. Adelante, compañeros».

«Buenas tardes. Soy Fernando, el portavoz de la familia, como bien ha dicho usted. Estoy perplejo al oír la versión de los hechos que está dando este señor, al que le doy mi más sentido pésame».

Fernando narró los hechos con tranquilidad, insistiendo en que si Juanillo estaba escondido no era por ser culpable, sino por el trato que recibían los gitanos en este país.

«Fernando —intervino la presentadora—, ¿ustedes saben dónde está Juanillo? ¿Quieren hacerle un llamamiento para que se entregue si le está escuchando?».

«Nosotros no sabemos dónde está Juanillo. No tenemos ni idea. Y créame que siento lo que le voy a decir, pero considero que que Juanillo se entregue no es lo más seguro para él. Es culpable sin haberse probado. Soy periodista, compañero de usted, y no la he escuchado en todo el programa hablar de presunción de inocencia. Pero ni hoy ni nunca. Y eso no me parece ni ético ni justo. Esta familia está sufriendo mucho, muchísimo, sin haber hecho absolutamente nada. Lo han perdido todo y nadie le ha dado al chico la mínima presunción de inocencia. No esperen después, cuando se descubra al culpable, que les den una sola entrevista. Buenas noches».

Cuando Fernando colgó, todos le miramos pero nadie dijo nada.

—¿Me he pasado? —preguntó.

—No, no te has pasado, has hablado muy bien. Estoy muy orgullosa de ti —afirmó Alba mientras se acercaba a abrazarlo y le ponía la mejilla junto a la suya. Fernando respondió como solo se abraza cuando se ama: cerró los ojos y disfrutó de ese encuentro íntimo los escasos segundos que duró.

Yeray fue el último en felicitarlo; antes lo hicieron Víctor y Sandra, que estaban conmovidos por la acción de mi amigo.

—Andrés ha dicho con mucha seguridad que la policía no tiene ninguna otra línea de investigación —comenté contrariada—. Eso nos perjudica. La opinión pública nos va a ver como la única opción.

—No es extraño que tenga la certeza, recordemos que su hermano es policía. Y aunque no lo dejen estar en el caso, tiene información desde dentro.

—Ojalá la inspectora sea capaz de encontrar algo, al menos para comenzar a investigar —deseó Yeray.

Víctor tuvo que marcharse y Sandra lo acompañó. Yo ayudaba a Alba a recoger los platos cuando recibí una llamada de Ana.

—Sorpresa, amiga. La chica racista tiene mucho que contar. ¿Podrías venir al periódico? La tengo aquí conmigo. Te mando un coche a la villa en tres…, dos…, uno…, lo tienes en la puerta. Es mi fotógrafo de confianza.

—Dame cinco minutos, que me ponga un vestido y voy. Pero Ana, ¿no se va a enfadar Manuela?

—Seguro que sí, pero es mejor que lo solucionemos nosotras. Hablamos con ella muy pronto, no te preocupes. Estoy convencida de que lo que me acaba de contar a mí no se lo va a contar a Manuela. Si tienes acceso a tu ropa, ponte elegante. Algo que te dé clase, que te haga parecer alguien importante —rio Ana.

—Vale, Sandra me trajo algo de ropa. En treinta minutos estoy contigo.

Un coche blanco me esperaba en la puerta. Saludé a Pedro, el fotógrafo de Ana. Era un chico joven y de trato agradable que, con su conversación trivial sobre los cambios de Benalmádena en las diferentes estaciones del año, hizo que el camino se me hiciera muy corto. Cuando llegamos, me acompañó a una sala desocupada, llena de ordenadores que nadie estaba usando en ese momento. Me pidió que me sentara y fue a avisar a Ana. Por la cara que tenía mi amiga cuando entró, pude deducir que se había encontrado con algo inesperado.

—Hola, no te vas a creer de lo que me he enterado —dijo mientras se sentaba a mi lado—. Verás, le dije a la chica que viniera, como amiga de Álvaro, para ayudar a localizar al culpable. No tuve ni que insistir, aceptó encantada. Cuando ha llegado, lo primero que me ha dicho es: «Si mi viaje hasta aquí sirve para encontrar al culpable y echar a todos los gitanos del pueblo, será maravilloso». Así que no me ha quedado otra que tirar del hilo. He fingido tener su misma ideología para que se soltara. Y, madre mía, sí que se ha soltado. Es una enferma, Zaira. Una enferma que solo tiene en la cabeza odio hacia las minorías. Odia por igual a los marroquíes, a los negros y a los gitanos. Mira que yo pensaba que nada me iba a sorprender en esta vida, pero encontrarme con el odio en estado puro, hablando por medio de esta chica, me ha dejado perpleja. No es humana, es un bicho sin sentimientos.

—Ana, qué bien me la estás pintando. Y encima me la quieres poner delante.

—Habrá una cámara grabando. Tú también estás aquí como entrevistada. Os vais a encontrar en la sala de fuera, tú esperando para que te entreviste y ella esperando para hacerse unas fotos. Te va a provocar, no entres. Estaremos en la habitación de al lado, pero tardamos un segundo en llegar si nos necesitas.

—Esto no va a salir bien, Ana, estoy muy nerviosa. Y que no haya descansado lo suficiente no me da ventajas.

—Escúchame, es una niña que necesita una lección de vida. Tú eres una activista, luchas contra personas como esta para que su semilla no germine en ninguna mente más. Es una oportunidad única.

—Está bien, lo haré. Imagino que quieres utilizar esas imágenes para un juicio.

—Quiero algo más. Manuela estará conmigo en la habitación de al lado. También la he citado para darle información sobre el caso —me contó Ana guiñándome un ojo.

Saber que Manuela estaría viéndome me dio seguridad. Me senté en la sala de espera, mirando una de las revistas que había en la mesa. A los pocos segundos entró la chica, que no se fijó en mí. Fue cuando levanté la cabeza y la miré que pude ver el odio en sus ojos.

—¿Qué haces tú aquí? —preguntó, acercándose amenazante.

—Imagino que lo mismo que tú. Me han llamado para hacerme una entrevista.

—Ah, ¿sí? ¿Y vas a contar dónde está tu puto hermano? —preguntó agachándose para poner su cara a la altura de la mía.

—Yo no tengo hermanos —contesté fingiendo una tranquilidad que no sentía en mi interior—. Juanillo es mi primo.

—¡No nombres a ese hijo de puta en mi presencia! —gritó la chica.

—No es ningún hijo de puta. Es un buen muchacho que nunca ha hecho daño a nadie —dije mientras me ponía de pie, sin retroceder ni un solo paso. Eso la desconcertó y tardó unos segundos en reaccionar. Esperaba mi miedo y que no lo tuviera fue una respuesta inesperada.

—Tú y los tuyos os vais a ir del pueblo. Nunca debisteis venir.

—Siento desilusionarte, muchacha —dije con tono jocoso—. Pero yo y los míos no tenemos por qué irnos. Hemos nacido aquí, no es que hayamos llegado de ninguna otra parte. Aunque es cierto que con un poco más de color que tú en la piel... Te crees superior a mí por tener la piel más clara y ¿sabes qué? Lo único que tienes es el cerebro más vacío. Y eso no tiene remedio. Y te voy a decir por qué no tiene remedio: porque lo tienes tan lleno de odio que no te cabe nada más.

—A ver si te enteras, payasa, que los gitanos vivís en la basura y nosotros no queremos basura. Que os vamos a echar, tarde o temprano os vais a tener que largar. ¡Os vamos a reventar!

—¿Y eso va a ocurrir porque tú nos vas a empujar? ¿Tú nos vas a reventar? Pues creo que lo vas a tener un poquito complicado, muchacha.

—Hay mucha gente que no os quiere y os vamos a echar. Es la única alternativa que tenéis para no morir quemados. Te estoy advirtiendo.

—Mira —le dije señalando la cámara de seguridad—. Nos están grabando. Y no dejas de demostrar tu odio. Y ser racista en este país es un delito.

La chica se rio a carcajadas. Unas carcajadas frías que hicieron que Manuela se levantara y viniera a por mí, pero Ana la frenó cogiéndola del brazo.

—Me importan una mierda las cámaras. Estoy diciendo la verdad. Entrega a tu primo, que sabéis muy bien dónde está. Y luego largaos todos, que no os queremos —contestó, alterada.

—Y yo te repito que no nos vamos a ningún lado. Ni yo ni ninguno de los míos. Y si tanto te molestamos, la alternativa es bien sencilla: vete tú, y a donde no te encuentres con ningún ser humano, porque está claro que andas corta de empatía —dije sonriendo.

Estaba tensando mucho la cuerda, la veía cada vez más nerviosa. Me di cuenta de que Ana había quitado de la mesa todo lo que pudiera lanzarme. Sobre un pequeño mantel de puntilla quedaba una marca circular, posiblemente de una lámpara.

—Mira, gitana de mierda...

—Tú no tienes mucho vocabulario, ¿no? Siempre utilizas el mismo apelativo. Me llamo Zaira. Sorpresa, ¿eh? Las gitanas tenemos nombre. Y aquí la única mierda que hay es la que sueltas por tu boca.

—Para mí sois todos unos pedazos de mierda.

—Puede ser, porque uno construye el mundo con la realidad que tiene, y lamento que en la tuya no puedas ver otra cosa. Qué triste tiene que ser tu vida, sufriendo por creerte mejor que los demás. Mírate. No eres mejor que yo en nada. Pero estoy segura de que tu vida es mucho más triste, más gris y más tenebrosa que la mía. No tienes sentimientos y vivir sin eso debe de ser muy duro. En lo más profundo de mi alma siento pena por ti.

En ese momento la vi venir hacia mí con las manos levantadas para arañarme la cara. Como estaba esperando esa reacción, pude esquivarla y darle la espalda, de manera que se quedó enganchada a mi pelo. Me derribó y comenzó a pegarme patadas. No me defendí. Me quedé quieta esperando a que Manuela entrara. Lo hizo enseguida y la esposó en unos segundos.

—¿Está bien, señorita? —me preguntó—. Ha tenido suerte de que me encontrara aquí. Me la llevo a dar un paseíto. Por favor, pase por comisaría a firmar la denuncia.

Manuela dejó a la chica esposada en la misma sala donde nos habíamos encontrado y salió al pasillo para hablar conmigo y con Ana. Cerró la puerta para que no nos oyera, pero no la perdió de vista.

—Tenemos una información sorpresa —anunció Ana—. Esta prenda, que se llama Sole, conoció a Álvaro en un foro... adivinad de qué. Pertenecen a un grupo neonazi organizado. Los gitanos no son su principal objetivo, pero también os han metido en el saco. Sus miembros más activos están en la cárcel. Le dieron una paliza de muerte a un chico africano no hace mucho en el paseo Marítimo. Se orinaron encima. Me ha contado esta parte y me ha dado miedo. Su cara de disfrute recreando la escena era terrorífica. La energúmena me ha explicado cómo conoció la existencia del foro en un bar donde se reúne a menudo gente con la misma ideología. Se unió a ellos y ahora participa en todas las monstruosidades que llevan a cabo. Contactó con Álvaro allí y se hicieron amigos. No salieron nunca juntos, pero sí que hablaban por teléfono con frecuencia.

»Y eso no es todo, la señora es una revolucionaria que afirma que va a limpiar el mundo de indeseables. Lo dice tan convencida que da miedo. Le he sacado toda la información que he podido. No ha sido difícil. Le encanta reclutar para la causa y ha pensado que yo era una víctima en potencia, así de buena es valorando la chiquilla. Creo que esta chica no tiene neuronas, tiene maldad concentrada en el cerebro —concluyó Ana.

—No entiendo cómo los informáticos no sacaron eso del ordenador de Álvaro —dijo Manuela, contrariada.

—Yo tampoco lo sé —le contesté.

—Puede que entrara en navegación privada y la búsqueda fue a nivel de víctima, no de verdugo. Pues eso va a cambiar. Me llevo esta prenda al calabozo.

—Manuela, si la pinchas un poco te va a contar que entró en casa de Zaira y la quemó. Tengo la intuición de que fue ella —añadió Ana.

—Y creo que también la encontraré en los vídeos del chiringuito, es toda una estrella. Tengo que irme, Fernando y Yeray están citados para declarar. Y vosotras dos, no más escenitas de estas. Esto no es legal y, si yo pierdo mi placa, vosotras perderéis vuestras melenas. No más jueguecitos —dijo Manuela sonriendo.

—No, no lo haremos más, pero la chica ha firmado un papel para ser grabada y en la habitación se informa de que hay cámaras, así que muy ilegal no es. Pero quédate tranquila, no volveremos a meternos en líos.

En cuanto Manuela se marchó, Ana me contó riendo lo que le había costado mantener a la inspectora en la habitación de al lado.

—Zaira, acompáñame, quiero enseñarte algo.

Entramos en una sala grande donde tres periodistas tecleaban con rapidez. Abrió su portátil y me ofreció una silla para que me sentara a su lado.

—He encontrado esto en el archivo fotográfico.

En una imagen se veía a la empresaria que cenó con Víctor en compañía de un grupo de personas vestidas de gala. A un lado, tenía al padre de Sandra. Y al otro, mirándola y sonriendo, al padre de Álvaro.

Nos tocaba averiguar por qué esa mujer estaba en medio de los dos.

# 26

Ana me pidió que la acompañara a un pequeño despacho para disfrutar de intimidad. Tenía la sensación de que en una sola mañana iba a recorrer cada rincón de la redacción. Olía a café recién hecho y supuse que alguien acababa de desayunar allí. La habitación era pequeña y contaba con dos sillas, una mesa y un perchero como único mobiliario. Abrió el portátil y tecleó el nombre del foro que le había indicado la chica. Aunque veíamos la interfaz, no podíamos acceder al contenido; solo podían hacerlo las personas registradas. A pesar de todo, me encontraba tranquila. La seguridad con la que se movía mi amiga y no tener que tomar decisiones por un rato me mantenían relajada.

—Esto no es problema para una mujer con recursos como yo. Tengo un contacto que dispone de perfiles en todos los foros de este mundo y del otro más profundo. Por un par de euros nos da un usuario y una clave con años de antigüedad para que podamos interactuar. Si nos abrimos uno nuevo, no seremos bienvenidas.

—No me lo puedo creer...

—Chica, aquí cada uno se gana el jornal como puede. Y este compañero vive de lujo dedicándose a eso. Verás como no tarda ni dos minutos en darnos respuesta. Le pago por PayPal y listo.

Me asombró la creatividad que tenían algunas personas para ganarse la vida. Eso y la facilidad para vivir pegado a un teléfono. En un par de minutos ya estábamos dentro.

El foro parecía tratar de temas cotidianos. Contaba con apartados de viajes, de compra de vehículos, de videojuegos y de maternidad.

—Vamos a empezar por aquí —dijo Ana mientras tecleaba en el buscador la palabra «gitano». Aparecieron más de un millón de entradas y nos miramos con sorpresa.

—Afina un poco más. Mete «Benalmádena» y a ver qué sale.

Aunque el número de entradas bajó, seguía siendo una cantidad imposible de leer.

—Probemos con «gitano Benalmádena». Puede que eso lo afine un poco más.

Ana acertó. Aparecieron más de mil coincidencias. Comenzamos animadas por la idea de que, si leíamos las más recientes, seguro que encontrábamos algo interesante. A los pocos minutos nos dimos cuenta de que aquello era un lugar de encuentro de personas racistas.

—Qué horror, Ana, cómo puede haber tanta gente que piense lo mismo, que sienta esa superioridad. Es espantoso leer esto, nos consideran seres tan inferiores que no merecemos vivir.

—Esto no es nada. Si entras en la parte oscura de la red, te mueres de la pena —comentó Ana con resignación—. Fíjate, aquí hay un usuario que parece ser el rey. Escribe desde hace mucho tiempo, unos cinco años, y no veo mensajes más antiguos, así que debe ser el tiempo que tiene el foro. Es todo mala leche, el señor, y encima se pone el nick de Supremacia_10, que lo dice todo.

—No puedo leer esto, Ana —dije conmovida por lo que se escribía sobre mi familia—. Se meten con nuestro físico, nos ridiculizan. Esto es una pesadilla. ¡Si no nos conocen!

—No te preocupes, no tienes por qué hacerlo. Lo entiendo perfectamente, me encargo yo.

—Y tardarás diez años —dije decidida a volver a la tarea—. Tengo que encontrar algo que me ayude a sacar a Juanillo de donde está. No me lo quito de la cabeza ni un solo instante.

—Estoy segura de que lo conseguiremos. Aquí hay algo muy llamativo. Supremacia_10, que es de tu pueblo y que continuamente está azuzando para que metan caña en los conflictos, no ha publicado nada desde dos días antes del asesinato de Álvaro.

—Puede que sea uno de los que te ha dicho la chica que están en la cárcel. Desde allí no puede escribir —deduje.

—Es verdad, es muy raro que no haya participado del circo que hay. Sí, podría ser uno de los que le dio la paliza al chico. Aquí hay mucho material para Manuela. Mañana se lo paso, hoy no es buen día.

—No sé cómo Manuela no te ha detenido ya.

—No te creas, que más de una vez ha estado a punto —rio Ana.

De repente, señaló a la pantalla.

—He encontrado algo, mira. En este post se organiza una manifestación para quemar la aldea. Ojo, que también están en un grupo fuera del foro, en otra plataforma, porque dicen de hablar por el otro lado, que es más seguro. Y atención a lo que pone aquí: van a esperar a que se vaya el dispositivo policial para atacar de noche. Esto va de mal en peor. Tenemos que hablar con Manuela —dijo Ana al tiempo que sacaba el móvil.

—Ahora estará interrogando a mi familia y no podrá cogerlo. Tienen un plan completo para cuando el dispositivo se termine. Y es un llamamiento a nivel nacional. Hay que hablar con Manuela y con Víctor para que lo retiren ya.

—¿Qué estás diciendo, Zaira? ¿Estás loca?

—No, no estoy loca, tienen que conseguir que crean que el dispositivo policial se ha acabado. Y así arresten a los cabecillas de esto. O no vamos a poder dormir tranquilos nunca. Víctor no podrá mantener a tantos policías allí muchos días más. Y cuando se retiren, nos darán caza.

—Zaira, tranquilízate. No es tan descabellado lo que dices, pero si la policía se fuera hoy, tampoco se lo iban a creer del todo ni les iba a dar tiempo a organizarse. No son gente del pueblo, vienen de todas partes. Podemos participar en este foro. Dejemos algunos mensajes, sin destacar demasiado, pero de forma que, si alguien nos busca dentro de unos días, sepa que somos amigos de Sole y que llevábamos en la cárcel los años que hemos estado sin escribir. Precisamente por cargarnos a alguien. Me voy a convertir en la nueva Supremacia_10. Hagamos amigos y que confíen en nosotros.

—Ten cuidado, aquí hay gente muy mala —advertí.

—Pues se han topado con gente muy buena —dijo Ana mirando el reloj—. Se nos ha hecho tarde y tenemos una entrevista con la chica del verano, la chica de en medio. Vamos, que te acabo de cambiar la carrera. En este momento, pasas a ser mi becaria.

—¿Voy contigo a la entrevista? ¿Quién es la chica de en medio?

—Para ser maestra de infantil tienes muy poca imaginación. Vamos a entrevistar a la señora empresaria.

—Pero ¿cómo lo has conseguido tan rápido? —dije asombrada.

—Ha sido muy fácil. La llamé ayer con la excusa de que estaba preparando un artículo sobre las mujeres empresarias de la costa del Sol y que me habían hablado de ella. El ego, querida, no falla, acude siempre corriendo cuando le hago la llamada.

—¿Y si me reconoce? Le serví la comida en el chiringuito.

—Por eso te dije que te vistieras elegante. Este tipo de mujer no se fija en ti a menos que tengas una prenda de marca.

—Yo no tengo en mi armario ninguna prenda de marca.

—Ahora sí —me dijo antes de darme un chaleco que estaba colgado en un perchero de madera maciza—. Te queda que ni pintado. Vamos, nos espera abajo.

—Manuela nos va a matar —dije sonriendo.

—Tenías una vida demasiado aburrida. Solo he llegado para que eso cambie.

La empresaria estaba ya esperándonos. La blusa naranja debía ser una de sus prendas favoritas. La llevó el día que estuvo con Víctor y la llevaba para la entrevista. Tenía una sonrisa amplia, forzada, y se puso en pie en cuanto nos vio.

—Ángela, muchas gracias por venir —saludó Ana—. Le presento a mi compañera Alegría, vamos a hacer juntas su entrevista. Por favor, siéntese aquí.

No tenía muy claro dónde tenía que colocarme yo. La sala, posiblemente la de reuniones, era muy amplia, así que esperé a que se sentaran y escogí una de las sillas que estaba más cerca de Ana.

—Háblenos un poco de usted, Ángela. ¿A qué se dedica y qué la ha traído a la costa del Sol?

—Soy empresaria del sector inmobiliario —contó Ángela con seguridad—. Nací en Roma, pero mi abuelo era de aquí. Cuando mis padres se separaron, mi madre volvió a España. Tengo una empresa que gestiona casas de alquiler de lujo. Y estamos lanzando un nuevo proyecto, que consiste en rehabilitar villas antiguas en la costa del Sol para alquilarlas al turismo de alta calidad.

Ana me miró cuando pronunció las últimas palabras. Me animó con la mirada a que le hiciera alguna pregunta.

—Creo haber leído que tiene un socio en Benalmádena, el señor Hunter. Cuéntenos cómo surge esa sociedad y qué objetivos tiene.

Ana me miró asombrada por la forma tan directa de preguntar por el padre de Sandra. Las dos observamos la cara de desconcierto de Ángela. No se esperaba que la relacionáramos con él.

—Bueno, el señor Hunter y yo no somos socios, solo somos amigos. Como él se mueve en el sector inmobiliario, me está asesorando. Nos conocemos desde hace muchos años. Mi marido y él son amigos desde la infancia.

Ana continuó con la entrevista y me pidió que le hiciera unas fotos para ilustrarla. Cuando terminé, sonrió.

—Alegría, por favor, ¿puedes pedirle a Zaira que nos traiga unos cafés? Nos los tomamos relajadas y cerramos la entrevista con un par de preguntas.

Tuve que agachar la cabeza para que Ángela no me viera sonreír. Subí los tres cafés que preparé en la cafetera de la redacción.

—Gracias —me dijo mirándome a los ojos—. Me suena mucho tu cara, ¿no nos hemos visto antes?

En ese momento me di cuenta de que Ana había forzado el recuerdo en su memoria. En cuanto me puse a servir los cafés, Ángela se acordó de mí.

—Alegría es amiga íntima de Víctor, el alcalde, y siempre va con él a todos lados. Seguro que habéis coincidido en alguna parte.

—¿Ah, sí? —preguntó Ángela sin poder disimular su sorpresa.

—Puede que hayamos coincidido con usted y su marido en alguna cena benéfica o en algún evento —añadí subiendo el mentón.

—Víctor es un tipo encantador que me ha tratado siempre muy bien —presumió sin disimulo.

En ese momento supe por qué Ana había llevado la conversación a ese punto.

—Sí, me lo dijo, y que habían tenido un almuerzo de negocios precisamente en el chiringuito de la tragedia. Qué horror... —fingí con la esperanza de que no me reconociera del todo.

—Sí, un chico tan joven. Lo conocía muy bien, su padre y yo somos amigos desde hace muchos años. También pertenece al sector inmobiliario.

—¿En serio? Cuánto lo siento. Espero que se resuelva todo pronto. Decían que Álvaro era un chico muy complicado y que siempre se estaba metiendo en líos. Pero no merecía un final así.

—Sí, nadie se merece acabar así. Es cierto que Álvaro era un chico que su madre mimó en exceso y que su padre trataba con mucha rectitud. Se crio entre esas dos aguas, pero no era para nada un chico problemático. Todo lo contrario, era dulce y cariñoso.

—Hay rumores en el pueblo de que estaba con una mujer casada y que el marido de ella va a ser interrogado de un momento a otro —soltó Ana bajando la voz.

—¿Cómo? —exclamó, nerviosa—. Eso no puede ser.

—Sí, sí que puede ser —repliqué agrandando la mentira—. De hecho, sabemos que hoy interrogarán a la señora casada y, muy pronto, al marido. No quiero ni pensar en su reacción cuando se lo cuenten. No tiene que ser fácil asumir que se acueste con alguien tan joven. ¿Qué edad tenía Álvaro? ¿Diecisiete años?

—Iba a cumplir diecinueve —afirmó Ángela al darse cuenta de que había caído en una encerrona—. Está bien, ¿qué es lo que queréis por el silencio? —Sacó la cartera.

—No queremos dinero —aclaró Ana—. Solo investigamos la muerte de Álvaro.

La mujer se relajó. Cruzó las piernas y reflexionó antes de hablar.

—Lo nuestro no fue nada, se acabó enseguida.

—Se cortó porque lo descubrieron —dije pensando en su marido.

—Sí, nos descubrieron. Álvaro era muy despistado y se dejó el móvil en el salón. Y su padre…

—¿Su padre les descubrió? —interrumpió Ana.

—Sí, es obvio que mi marido no fue. Yo no soy tan tonta. Le sentó muy mal…

Podía ver a Ana leyendo la cara de Ángela. Disfrutaba de su rapidez mental y de cómo improvisaba sobre la marcha.

—Es normal que le sentara mal al padre. Ángela, acostarse con el padre y después con el hijo no es muy ético —añadió Ana.

—¡No lo planeé! Fue algo que surgió —dijo, azorada—. Álvaro era muy guapo y bueno, no tenía mucho éxito con las chicas. Nos encontramos en un bar una noche y empecé a darle consejos para ligar. Ya sabéis, al chico le faltaba experiencia. Quedamos para la tarde siguiente y mientras le explicaba cómo entrarle a una chica, surgió la chispa y no pudimos parar. Se lo dejé muy claro, no quería tener problemas con su padre. Temía que se le cruzaran los cables y se lo contara a mi marido.

Había caído en la trampa que Ana le había tendido tan hábilmente. En su afán de defenderse, había admitido una relación también con el padre.

—¿El padre de Álvaro sería capaz? —pregunté extrañada.

—Claro que sería capaz. De hecho, no lo hizo porque mi marido estaba de viaje; si no, se hubiese montado una gorda. Cuando se enteró de que estaba liada con su hijo, entró en cólera. Nunca superó que lo dejara por otro.

—¿Lo dejó por el señor Hunter? —interrogó Ana.

—No, Warren Hunter y yo estuvimos juntos mucho antes. De hecho, fue Warren quien me presentó a Andrés en una cena del círculo de empresarios.

—Me he perdido —anunció Ana—. ¿Su marido estaba de viaje cuando se lio con Álvaro o cuando murió?

—Mi marido se pasa la vida de viaje. Trabaja en una petrolera, en Arabia Saudí. Evidentemente, no estaba aquí cuando me lie con Álvaro, y tampoco cuando murió. Asistía en Dubái a una reunión de negocios.

—Una última pregunta. Sabemos que acusaron a Álvaro de vender drogas, pero desconocemos quién se las dio. ¿Le contó algo al respecto?

—No mucho. Lo único que me dijo es que le había salido muy mal, que lo habían pillado a la primera. Y no tengo claro quién se las proporcionó, pero sé que no fue alguien cercano a él.

—¿Qué le hace pensar eso? —pregunté.

—Hizo varias referencias a que «el negro de mierda» lo había dejado tirado. Su padre se enteró y casi lo mata.

—¿El padre de Álvaro se enteró de que vendía drogas?

—Sí, claro, tampoco era tan difícil teniendo un hermano policía nacional. Abrieron una investigación porque alguien lo denunció. No sé muy bien quién fue.

—¿Recuerda si le dijo el nombre de su camello en alguna ocasión? ¿O alguna referencia a su edad o a si vivía en el pueblo? —inquirió Ana.

—No le pregunté, pero una vez lo llamó Gustavo el Rana. Lo recuerdo porque me pareció un nombre muy poco acertado para un camello. Tampoco es que pasáramos mucho tiempo juntos, no más de lo necesario. Álvaro no tenía mucha conversación.

—Quedaban un ratito, iban a lo que iban y luego lo echaba de casa —resumió Ana con sorna.

—Era mayor de edad, así que no es ningún delito.

—No, señora, claro que delito no es, pero estoy segura de que a su padre mucha ilusión no le hizo saber que su hijo se acostaba con alguien con quien él había tenido una relación y que le triplicaba la edad. Y si ya se lo preguntamos a su madre, no le quiero contar —añadí con ironía.

—Esa señora no le da a su marido lo que necesita, no se cuida y va siempre con unas pintas… Es normal que se fije en otras.

—Espero que sea tan comprensiva cuando su marido, al estar tanto tiempo solo y siendo tan atractivo, se fije en otras —dije sonriendo.

—Mi marido no es así, es un hombre fiel —afirmó la señora con seguridad.

—Estoy convencida de que él piensa exactamente igual de usted, señora.

—Si no quieren nada más, tengo que irme. Me han llamado de comisaría y debo hacer unos recados antes. Espero ver la entrevista muy pronto. ¿Me avisará? —preguntó en tono inocente.

—Por supuesto —respondió Ana—. En cuanto la tenga lista, será la primera en saberlo.

Ana se ofreció a acompañarla a la puerta y yo comencé a dar vueltas por la habitación, nerviosa. No podía creerme el mote que nos había mencionado Ángela. Y no podía ser casualidad que Gustavo, el mejor amigo de Juanillo, fuera tal como lo había descrito.

—¿Qué ocurre, Zaira? Vi que te cambiaba la cara cuando te dijo el nombre del camello.

—¡Qué camello! Ana, si Gustavo es el mejor amigo de Juanillo. Esto está empezando a no gustarme nada.

—¿Cómo? ¿Juanillo tiene un amigo que vende drogas? —preguntó Ana sin entender la relación.

—Ana, ese niño no puede ser un camello. Está todo el día con nosotros en el chiringuito, va a la clase de Juanillo y son amigos prácticamente desde que nacieron. Aurora y su madre se conocieron en el hospital cuando iban a dar a luz. La madre de Gustavo estaba sola porque el padre tuvo que irse a vendimiar a Francia. Aurora le prestó a Antonio, su marido, para que le hiciera compañía. No te rías, mi prima era así. Su generosidad no tenía límites, hasta su marido te prestaba si era menester. Pero si Gustavo está metido en esto, la cosa comienza a preocuparme.

—¿Tienes el teléfono de Gustavo? Llámalo.

—No tengo el de Gustavo, pero su madre, Awa, trabaja con mi prima Mara en el mercadillo. Seguro que lo tiene.

Contacté con Mara y a los pocos minutos me facilitó el número de Gustavo. Lo cité media hora más tarde en el pub irlandés que estaba a las afueras del pueblo.


Estaba tan preocupada que los intentos de Ana por sacarme conversación fueron inútiles.

—No te precipites, Zaira, estoy segura de que todo tiene una explicación.

—Es que no me gusta que la explicación y las drogas estén tan cerca de Juanillo. Y menos en este momento tan complicado.

—Espera a escuchar a Gustavo, lo mismo Juanillo no ha estado cerca. No te preocupes antes de tiempo.

Me resultaba imposible aceptar el consejo de mi amiga. No podía dejar de barajar todas las posibilidades que habían podido llevar a Gustavo a crear una alianza con Álvaro. Y ninguna me gustaba. En cuanto aparcamos, salí corriendo para el pub. La sensación de que podía aparecer algo que complicara aún más las cosas me acompañaba siempre, pero en ese momento se acentuó. Y estaba ansiosa por que el amigo de Juanillo respondiera a todas mis preguntas.

—Espera, chiquilla, no corras, que Gustavo está llegando. Por ahí va. —Ana señaló hacia la avenida.

Retrocedí y esperé a Gustavo, que no traía muy buena cara. Nos saludó con un gesto de la mano y entramos en el pub.

—Sé lo que me vais a preguntar, pero no tengo ni idea de dónde está Juanillo.

—Vamos, Gustavo, a ti te llegó el vídeo antes que a nadie. Tú sabías que se iba a esconder.

Mi tono no fue el adecuado. Estaba nerviosa y eso se notaba en mis palabras. Reflexioné, no quería herir a Gustavo. Al fin y al cabo, estaba convencida de que él no era el culpable de la situación por la que estaba pasando Juanillo.

—Sí, lo sabía. Claro que lo sabía, pero no me dijo dónde. Solo me comentó que era un sitio seguro. Yo le pregunté si quería que le llevara algo de comer, pero se rio. Me dijo que la comida no le iba a faltar. Pensé que se iba a esconder en una tienda de alimentación, en el sótano de un restaurante o algo así, no sé. Me dijo que era mejor que no lo supiera, que habían llegado a comisaría unos especialistas de esos que sabían cuando les mentían por los movimientos del cuerpo y de la cara, y que era mejor que no me metiera en más líos.

—Pues de esos «más líos» queremos hablar. Quiero que nos expliques cómo has acabado vendiendo cocaína rosa en el pueblo.

—Un momento —dijo Gustavo con cara de asombro—. Yo no he vendido nada.

—Sabemos que le pasaste droga a Álvaro para que la vendiera.

—No, no fue así.

—Pues ya nos estás explicando cómo fue.

Gustavo nos miró, primero a mí y luego a Ana, entendió que no tenía escapatoria y comenzó a contar la historia. Estaba muy nervioso. Siempre había sido un chico muy tímido e inseguro. En las distancias cortas era divertido y locuaz, pero le costaba crear discursos coherentes si no estaba relajado.

—Yo pasaba un mal momento. Mi padre estaba en el paro y esa semana la pasma se había llevado todos los bolsos de mi madre en el mercadillo de Torremolinos, los que son imitación de marca. Ya sabes, le pasa muy a menudo. Estábamos en el espigón haciendo tonterías y se fueron todos a comer una hamburguesa. Y yo no pude ir con ellos, estaba *pelao*. Me quedé solo ahí sentado y se me acercó un hombre, de unos cuarenta años. Me dijo que, si tenía problemas económicos, él podía echarme una mano. Que conocía a alguien que me pasaría algo y que en dos horas tendría el dinero para todo el año.

—Madre mía, Gustavo, con los padres que tienes y lo que han luchado para que salgas adelante. ¡Cómo has podido caer en algo así...!

Recordé a Awa, su madre. Era una mujer encantadora a la que siempre le compraba los bolsos. Había llegado a este país en patera y su camino no había sido nada fácil. Coincidía con Paco en varios mercadillos y se había ganado el cariño de todos los miembros de mi familia. Me encantaba ver cómo ordenaba sus bolsos y los vendía con un carisma que en todos sus clientes provocaba una sonrisa.

—Zaira, es que yo no caí —aclaró Gustavo—. Le dije que ni loco. Pero me dio una tarjeta con un número de teléfono para que, si me arrepentía, le mandara un mensaje. Le dije que no, que yo pasaba, y me quedé en el espigón sentado. A los pocos segundos vino Álvaro y me dijo que aceptara, que se ganaba pasta rápida. Yo sabía que Álvaro era un mentiroso, que siempre se estaba metiendo en líos y que era un tío problemático. Pero, antes de marcharme, me dijo que podía ayudarme sin que yo tuviera que vender, que solo tenía que ayudarle.

—Ayudarle ¿a qué? —pregunté nerviosa.

—Álvaro quería vender, pero el tipo aquel no quería suministrarle. Me dijo algo así como que ese colega no confiaría nunca en él. Pensé que ya lo había hecho antes y que había perdido la mercancía o se la había jugado. Y le dije que ni loco. Pasé y me fui.

—Gustavo, puedes darle un poco más de ritmo a la historia, que nos estás dejando dormidas. Si le dijiste que pasabas, ¿cómo acabas vendiendo droga? —contesté nerviosa.

—¡Otra vez! ¡Que yo no vendí *na*! Álvaro me mandó un montón de mensajes y me lo puso fácil. Yo solo tenía que decirle al tipo que aceptaba, coger la droga, dársela y él me la vendía. Pero no acepté. Pasé.

—Niño, quieres contarnos ya el final, por favor —grité exasperada.

Ana me pidió calma con un gesto. No entendía la forma de narrar los hechos que tenían los adolescentes. Me estaba poniendo atacada.

—Como yo no quería, porque no me fiaba de él, la verdad, Álvaro me dijo que me daba el dinero por adelantado y yo iba, le pagaba la droga al tipo, el tipo me la daba, y ya no tenía que verlo más. Y él me esperaría a cincuenta metros. Le daba la droga y él me daba cien pavos. Pero le dije que no.

—Vamos a ver, Gustavo. Si le dijiste que no, ¿cómo contaba Álvaro que tú le diste la cocaína rosa? ¿Estaba mintiendo?

—No, es que nos cortaron la luz. No teníamos cómo pagarla y no quería pedirle más a tu primo, porque me había prestado trescientos euros para el alquiler, para que no nos echaran. Así que le dije que sí, que lo haría una vez. Lo hice, me dio los cien euros y pude pagar la luz. Pero ya no lo volví a ver más hasta que, un día en la plaza, se puso muy pesado para que volviera a hacerle el servicio. Tu primo Juanillo se metió y acabaron los dos en comisaría.

—Gustavo —le miré intentando que encontrara calidez en las palabras que le iba a decir—, no vuelvas a hacer una tontería así en tu vida. Pídeme a mí, a mi primo Juanillo o a mi Mara, a quien prefieras, pero no te la vuelvas a jugar. Imagínate que te encuentras con la policía en el camino. Te hubieses comido un marrón muy grande por cien euros. Y encima no podrías delatar a los que te la han dado porque sería peor el remedio que la enfermedad. Ya supuse que tú habías sido el amigo por el que Juanillo se había metido en una pelea.

—Sí, y me siento muy mal por eso. Creo que Álvaro pensó que con el dinero fácil me iba a engolosinar y se decepcionó cuando no quise hacerlo más. También te digo una cosa, cuando se lo conté a Juanillo casi me mata.

—¿Qué nombre ponía en la tarjeta que te dieron? —preguntó Ana.

—No me acuerdo, era un nombre raro, pero puede que tenga la tarjeta por mi casa.

—Qué bien, ¿eh? Te la guardaste por si tenías otro momento de apuro. Quiero que la cojas y se la lleves a la inspectora Santiago —dijo Ana.

—Ni loco, vamos, para que me cojan por chivato o me metan en el talego por haber pasado droga una vez. Yo no llevo *na* a esa inspectora.

—Vale, dámela a mí —dije—. Vamos para tu casa, te esperamos abajo, la buscas y me la das. Y no me mires con esa cara de *alelao*. La has jodido, Gustavo, y esto no va a quedar así. Te aseguro que no vuelves a tocar droga en tu vida.

—Zaira, por tu abuelo, no se lo vayas a contar a mi madre, que la matas de un disgusto.

—Me lo voy a pensar. Tira *pa* tu casa, vamos detrás.

Seguimos a Gustavo, que iba en la patineta y corría como si fuese a ganar alguna competición. Aparcamos en la puerta de su portal. Ana tenía cara de cansada. Me enterneció todo el esfuerzo que hacía por nosotros. Esa no era su lucha y, sin embargo, actuaba como si lo fuera.

—Ahora vamos a comer algo. Mira la hora que es y no hemos probado bocado. No se nos puede olvidar comer.

—Tengo que irme para la villa, Ana. Mi abuelo y mi madre vienen a recoger a Amalia y quiero verlos antes de que se vayan.

—Estás muy nerviosa todavía. ¿No te ha quedado claro que Juanillo no ha tenido nada que ver en esta historia?

—Sí, me ha quedado claro, pero tengo en la cabeza una pieza que me da vueltas. Y no consigo encajarla en ningún sitio.

—¿Qué pieza? —preguntó Ana.

—Que no puede ser casualidad que Álvaro vendiera las drogas precisamente en mi chiringuito. Tuvo que ser algo personal. Si lo pillaban, no había mejor sitio para tirar la cocaína y salir corriendo. En un negocio regentado por gitanos nadie se iba a cuestionar que la droga no fuera de los dueños.

Nos interrumpió Gustavo, que venía corriendo.

—La encontré, creía que la había perdido.

Nos mostró una tarjeta blanca, arrugada, donde solo había un nombre y un número de teléfono.

Cuando leímos ese nombre, Ana y yo nos miramos. No podía ser una coincidencia.

—Solo hablé una vez con él, con Supremacía, pero me parece que la voz real de ese tipo no era. Estaba como distorsionada.

—Gracias, Gustavo. No te metas en líos —se despidió Ana arrancando el coche.

No hizo falta que me dijera a dónde nos dirigíamos. Las dos sabíamos que la comisaría era nuestro próximo destino.

# 27

Llegamos a comisaría en el momento justo en que Fernando salía de declarar y Alba se levantaba para acompañar a la inspectora. La vi contenta y por un momento pensé que Juanillo había aparecido y todo había terminado. Al encontrarme con los ojos de Fernando, supe que no tenía nada que ver con eso. Estaba triste y hastiado, con una sensación de frustración que era capaz de percibir sin que me dijera una sola palabra. Nos sentamos en sillas contiguas y Ana se retiró con la excusa de ir a comprar una botella de agua.

—Bernardo le ha pedido que se vaya a vivir con él y ella ha aceptado. No puedes imaginar lo feliz que es. Y lo mezquino que me siento yo por no alegrarme por ella, por su felicidad.

Entendía lo que estaba sintiendo Fernando. Esa contradicción de no alegrarnos por lo que ella disfrutaba. Pero los dos sabíamos que era una alegría demasiado fugaz y que escondía una terrible situación que tarde o temprano tendría consecuencias.

—Fer, no digas tonterías, no eres ningún mezquino. Sabes que él no la va a hacer feliz y que va a sufrir mucho. Por eso te duele, porque la quieres y quieres lo mejor para ella. Y Bernardo no lo es. Eso lo sabemos todos.

—A lo mejor estamos equivocados y de la convivencia sale reforzada la relación.

—No será así, me temo que le va a hacer mucho daño. Y que ahora perderemos la cercanía que nos hacía percibir de forma temprana cuándo las cosas iban mal. Alba es muy familiar, no le va a ser fácil adaptarse a su nueva vida.

—Zaira, Alba está muy enamorada y no nos va a contar de la misa la mitad. La vamos a perder. Y ¿sabes qué es lo peor? Que Bernardo quiere vivir con ella porque necesita una criada y ahora, al no tener el restaurante para que lo mantenga, le viene largo. Se había acostumbrado a lo bueno.

—Me lo esperaba. Sabía que eso iba a pasar. A ver qué dice Yeray cuando se entere.

—Tu primo estaba aquí cuando se lo ha propuesto. Y no daba crédito a los argumentos que le estaba dando. Y así se lo ha dicho, que esperaba que se fuera a vivir con ella porque la quería, no porque necesitara una chacha. Bernardo se ha cabreado y se ha ido. Y Alba se ha enfadado con Yeray.

Fernando se levantó antes de continuar.

—Tengo que reunirme con los del seguro, que Sandra ya estará con ellos. Te veo luego en la villa, recojo a Amalia y la llevo para allá.

En la puerta de la comisaría, se despidió de Ana con unas breves palabras.

—Manuela está interrogando a Alba —conté a Ana.

—No te desanimes, Zaira, por lo que me ha contado Fernando es lo mejor que puede pasar.

—¿Que se vaya a vivir con él es lo mejor que puede pasar? No lo creo.

—No hay nada más complicado que la convivencia. Hasta que no convives con una persona no la conoces. Es cuando va a ver de cerca su verdadera personalidad. Hasta ahora, cuando se peleaban, cada uno se iba a su casa. Y si viven juntos, uno no puede marcharse tras cada riña, hay que resolverlo en la intimidad.

—Lo que me preocupa es precisamente eso. Que ella se lo calle todo y que viva un infierno. Sé que la convivencia no va a ser fácil. Lo sé, he visto cómo Bernardo la trata. Y es muy probable que no nos cuente nada. Y no sé qué hacer, Ana, para abrirle los ojos y que vea que no la quiere.

—Por lo pronto tienes que dejar de gastar energía en eso. Ella lo sabe, pero no lo quiere ver. No le puedes quitar la venda de los ojos mientras ella quiera mantenerla sujeta. Lo único que podéis hacer vosotros es dejarle muy claro que vais a estar ahí cuando os necesite. Pero si te pones en contra de esa relación, solo conseguirás que se encierre y no te cuente nada.

—Tienes razón, pero no es fácil.

—No lo es. Vivir no es fácil. Y estos días estás jugando con las peores cartas. Nada dura eternamente: un día estaremos comiendo juntas en el chiringuito y no me dejarás pagar por haberte sacado de este lío. Porque voy a resolver esto aunque sea lo último que haga. Ahora, cuando terminemos de hablar con Manuela, te llevo a la villa. Y en cuanto se vaya tu familia, me dices y voy para allá. ¿Cuántos portátiles tenéis allí?

—Tenemos tres: el de Fernando, uno que es de la casa y el mío, que me lo llevó Sandra en cuanto me mudé.

—Tenemos bastantes, entonces. Quiero que Fernando nos ayude a revisar el foro de arriba abajo. Vamos a empezar por todas las intervenciones de Supremacia_10 y luego necesitaré que elabores un perfil.

—Ana, soy psicóloga educativa, no criminóloga.

—Bueno, pero tenía que decirlo, sonaba bien —dijo Ana riendo—. Estoy segura de que tendrás más habilidad que nosotros dos para averiguar cosas de él por sus escritos. Manuela tiene muchas cosas de las que ocuparse, el foro lo tendremos que destripar nosotras. Mándale un mensaje a Víctor y que se reúna después con nosotros. Tenemos que averiguar cuánto tiempo va a durar el dispositivo de vigilancia en la aldea.

Hice lo que mi amiga me pidió. Pocos minutos después, el interrogatorio de Alba había finalizado.

—En cinco minutos estaré con vosotras —me indicó Manuela—. Voy a hacer una llamada de teléfono.

Alba me dio un abrazo y me contó que todo había ido bien en el interrogatorio.

—Me voy a guardar mis cosas, que Bernardo viene a recogerme —dijo, emocionada.

—Alba, el abuelo y mi madre vienen a la villa. Dile a Bernardo que te recoja después.

—Es que Bernardo quiere recogerme en su pausa del trabajo y llevarme a su casa. Es nuestro primer día, no quiero fallarle.

—Es que no le vas a fallar, solo vas a llegar un poco más tarde. Que te dé la llave de la casa, en cuanto se vayan tu abuelo y tu tía te llevo yo a casa de Bernardo.

Alba se quedó pensativa.

—Vale, le diré que no me da tiempo de recoger las cosas y que nos vemos allí.

—No tienes que mentirle. Dile la verdad, que viene tu abuelo y quieres verlo —rebatí con rabia.

Ana me miró fijamente para hacerme notar que estaba siendo muy insistente y que ese no era el camino.

—Es que no quiero que crea que es la segunda opción, hemos pasado una racha muy mala. Me voy para la villa. Lo pienso y te digo algo.

Nos abrazó y se marchó sonriendo.

—Nunca supuse que diría esto, pero me duele verla tan feliz —le dije a Ana.

Nos interrumpió Manuela que, con un gesto con la mano, nos indicaba que la siguiéramos.

—Los ángeles de Charlie tienen noticias frescas, lo veo en sus caras —bromeó Manuela mientras nos señalaba el camino.

Nos sentamos en una sala pequeña, que tenía una máquina de café, un hervidor de agua y una mesa redonda con tres sillas. Pusimos al día a Manuela, a quien le cambió la cara cuando le hablamos del foro y la conexión con el mejor amigo de Juanillo, Gustavo.

—He visto esto antes. Mafias que utilizan a los que consideran inferiores para el menudeo de drogas. Y por supuesto, no es casualidad que ese nick esté en ambos contextos. Seguramente es la misma persona. Le pediré a los GDT que echen un ojo, a ver qué encuentran. Lo mismo ya lo tienen vigilado por otro lado.

—Hay algo que me llama mucho la atención. Que haya una banda organizada vendiendo droga y que los Bocachanclas no sepan nada. O son muy discretos o esto es muy reciente.

—Es algo extraño. Los Bocachanclas tienen ojos y oídos en todas partes. Se hubiesen enterado —confirmó Manuela.

—Pero imaginad que Supremacia_10 no ha vendido drogas hasta ahora y quiere comenzar con el negocio. Si está buscando a chicos es porque no tiene una red organizada. Así todo encaja.

—O es del pueblo y nunca ha traficado aquí hasta ahora. O quizá lo hace por el resto de la costa, no podemos descartar nada —dijo Ana.

—No lo sé. Si vendiera en otras partes de la costa, los Bocachanclas lo conocerían. Aquí hay algo que no me cuadra. Miremos en el foro, encontraremos algo seguro. Voy a cotejar todos los que entraron en prisión en los días posteriores al último post, por si es alguien que está dentro. Hay algo que huele mal y no sé qué es —repitió Manuela—. Os dejo, que tengo un abuelo encantador que me está esperando fuera para tomarle declaración.

Salí rápido y me encontré de frente con mi madre y mi abuelo. Al abrazarlos me di cuenta de cuánto los había echado de menos.

—¿Cuándo habéis decidido venir a declarar? No sabía nada —pregunté.

—La señora inspectora nos quería hacer una videoconferencia a esta hora, justo cuando estaría conduciendo, así que decidimos venir antes y colaborar con la justicia —contestó mi madre y me miró de arriba abajo—. Zaira, hija, estás muy seca. Has perdido peso estos días, tienes que comer más. He traído piononos para merendar, en cuanto terminemos de aquí nos vamos para la villa. Y tú también, Ana, espero que vengas con nosotros.

»Oye, Alba me ha contestado un mensaje diciendo que no la veríamos, que se está mudando. —Mi madre hizo una pausa antes de continuar—. ¿Desde cuándo Alba es tan descastada? ¿No va a venir a darle un beso al abuelo siquiera? No lo entiendo.

—Sí os va a esperar, *mama*, no te preocupes. Es que está ilusionada con irse a vivir con su novio, es normal —intenté justificarla.

—Normal no es, hija. Que tu abuelo os necesita. No sabéis lo que me está costando mantenerlo allí. Si lo tuve que bajar hasta del autobús de Málaga.

—Ana y yo vamos para la villa y convenceremos a Alba para que os espere. No os entretengáis.

—Dile a Yeray que nos prepare un cafelito de puchero. Fernando va a recoger a Amalia, nos vemos allí —concluyó mi madre cogiéndome la cara con dulzura.

Salí cabizbaja, preocupada por no poder retener a Alba el tiempo suficiente para que viera al abuelo. Sabía que él no lo iba a entender y se preocuparía si Alba no estaba allí.

—Esto es lo que más admiro de vosotros —dijo Ana al subirnos en el coche—. Vuestros dramas familiares son encantadores.

—No te rías, Ana, ya sabes lo importante que es la familia. Y que mi prima no se espere a que llegue mi abuelo es un gesto muy feo hacia él. Las personas mayores son sagradas para nosotras, no podemos evitarlo.

—Lo sé y lo admiro. No pretendía reírme, solo hacerte notar la diferencia que hay entre vivir las cosas desde dentro de una cultura y verlas desde fuera. Yo no le daría la mayor importancia si alguien se está mudando y no viene a ver a mi abuelo. Para vosotros es una señal clara de que algo no va bien.

—Y las dos sabemos que es eso lo que ocurre —ratifiqué para cambiar de tema—. Estoy dando vueltas a lo que hemos hablado con Manuela. Tenemos que encontrar a Supremacia_10. Creo que tiene algo que ver con el asesinato.

—Quizá en el foro encontremos algo más. En cuanto terminemos la merienda, que no me pienso perder, nos ponemos a ello. Manuela vendrá a última hora y volcaremos todo lo averiguado. Tengo que salir un rato, meriendo y voy a hacerle una entrevista a una artesana. Pero regreso pronto.

Cuando llegamos a la villa, Alba metía una bolsa pequeña con sus pertenencias en el maletero del coche de Bernardo. La mayoría de sus cosas seguían en su casa.

—Me alegro de encontrarte —dije sin saludar a Bernardo—. El abuelo ya va a llegar.

—Tengo que irme, Zaira. Luego lo llamo y hablo con él —contestó Alba, radiante.

—Alba, ¿de verdad no puedes esperar quince minutos?

—Bernardo entra a trabajar dentro de media hora y quiere que entremos juntos a la casa y que me quede allí para celebrarlo esta noche con una cena. No puedo decirle que no. Me diría que mi familia siempre va a ser lo más importante, y no quiero comenzar peleando.

—Te diría una tontería, claro que tu familia es lo más valioso.

—Sí, pero ahora mi familia es él, Zaira.

Cuando escuché esa frase, enmudecí. En ella se condensaba todo el peso de la influencia que Bernardo ejercía en mi prima. Y sabía que estaba a punto de perderla para siempre. Estaba segura de que la acapararía hasta que nosotros dejáramos de existir. Y que la haría una desgraciada.

Ana se dio cuenta de que mi rabia iba a hablar por mí e intervino.

—Hagamos algo —propuso en voz baja—. Vete con tu novio, que te cruce el umbral en brazos y, cuando se haya ido a trabajar, te recojo, te traigo aquí, ves a tu abuelo y te devuelvo.

—Me encantaría, Ana, pero es que esta noche va a venir a cenar la familia de Bernardo y tengo que limpiar la casa y preparar la cena. Y me quedará muy poco tiempo. Quiere que celebremos con los suyos que nos vamos a ir a vivir juntos —expresó con alegría.

—Haz lo que quieras —me rendí ante la mirada atenta de Bernardo, que había salido del coche—. Pero el abuelo nos necesita más que nunca.

Bernardo la cogió por los hombros, ejerciendo una autoridad que no disimulaba. Alba se dejó hacer y yo tuve que darme la vuelta para que no viera la cólera que reflejaba mi cara. El momento que había escogido Bernardo para pedirle a Alba que se fuera a vivir con él se justificaba más por la urgencia de cubrir sus propias necesidades que por el amor que le profesaba. Eso lo tenía clarísimo. Que le solucionaran la vida con fiambreras repletas para todas las comidas del día era un privilegio que Bernardo había perdido esos días, y nos había quedado claro a todos que no estaba dispuesto a renunciar a ello.

—Una semana. No pasan de la semana. Tu prima no va a soportar la presión y va a regresar —murmuró Ana cuando los veíamos marchar.

—Gracias por intentar animarme, pero me temo que acabo de perder a Alba para siempre.

—No dramatices, amiga, esto es lo mejor que puede suceder. Se va a dar cuenta de cómo es. El concepto de cariño que tiene Alba no tiene nada que ver con la vivencia a la que se va a enfrentar, y vosotros vais a estar atentos a todo.

Sabía a lo que se refería Ana con ese «estar atentos». Sabía que Bernardo le haría daño y no sería la primera vez. Alba no nos lo había contado, pero teníamos la certeza de que ya había ocurrido.

—Me da miedo que le dé un golpe mal dado y la mate. Sinceramente, eso es lo que me aterra.

—No dejes de ir a verla, aunque tengas que hacerlo desde lejos —me aconsejó Ana—. Me siento a la sombra del algarrobo, a comenzar con el foro. Cuando estés lista te vienes.

Agradecí la soledad que me ofrecía Ana y que tanto necesitaba en ese momento. Contaba los minutos que faltaban para que llegara Fernando, él me entendía mejor que nadie. Aunque decirle lo que había pasado no sería agradable.

Yeray descansaba en su habitación. Ir a la comisaría a declarar había sido un mal trago para él, aunque estaba convencida de que Manuela lo había tratado bien. Decidí subir a ver cómo estaba. Con cautela para no despertarlo si dormía, me asomé a su cuarto. Miraba fotografías de Juanillo en el móvil.

—¿Ya se ha ido? —me preguntó con tristeza.

—Sí, no ha querido esperarse a ver al abuelo.

—Me estoy equivocando, Zaira, no debería haberla dejado ir con él.

—Tu hermana tiene que tomar sus propias decisiones, no puedes hacerlo por ella. Estás haciendo lo correcto.

—Si Bernardo fuera gitano, sería más fácil —declaró mi primo—. Me entendería con él a nuestra manera.

—No, Yeray, eso no cambiaría nada. Aquí el problema no es que no entienda nuestras costumbres o que no entienda que para el abuelo es un desplante que Alba no esté. Lo importante aquí es que él no la va a hacer feliz, y eso es independiente de si tiene o no sangre gitana corriendo por sus venas. No la quiere, solo la utiliza como una propiedad y va a hacer todo lo posible para que esa propiedad sea exclusiva.

—Entiendo lo que quieres decir, pero si fuera gitano tendría la obligación moral de respetar al abuelo como mayor de la familia. Y le podría reclamar con derecho.

—Es que creo que puedes hacerlo de todas maneras. Puedes sentarte con él y decirle que no le vas a permitir que le ponga una mano encima a tu hermana ni que la separe de la familia. Busca el momento. Pero no le digas: «Si le pones una mano encima a mi hermana, te mato», que abrirás todos los telediarios de nuevo.

—Eso ya lo hice, y varias veces. Puede que parezca tonto, pero no lo soy. ¿Crees que Juanillo estará bien? —cambió de tema Yeray—. Hasta que no lo tenga aquí conmigo no voy a estar tranquilo.

—Hablé con Gustavo, y Juanillo le dijo antes de ocultarse que en su escondite no necesitaría comida. No tengo ni idea de dónde está, pero estoy segura de que estará bien. Es algo que llevaba días pensando, no fue una decisión precipitada, de última hora. Vamos abajo, acaban de llegar Fernando y Amalia.

En cuanto bajamos vimos que Fernando quería decirnos algo a solas. Discretamente, nos fuimos a la cocina, no sin antes acomodar a Amalia en la compañía de Ana, que se había acercado a saludarlos.

—He encontrado esto en el almacén chico. —Fernando sacó un papel arrugado—. Es de Juanillo.

Yeray y yo nos miramos con emoción. No podíamos esperar a leer lo que ponía. Nos interrumpieron mi abuelo y mi madre, que llegaban discutiendo como hacían a menudo. Fernando guardó la carta inmediatamente. Le pedí que me la diera para leerla en el baño, pero me dijo que no, que la leeríamos después con Yeray.

—Está bien, solo son buenas noticias. Estad tranquilos —nos adelantó.

Lo primero que hizo mi abuelo fue preguntar por Alba. Todos guardamos un espeso silencio. Nadie se atrevía a contarle la verdad.

—Se ha ido a vivir con Bernardo, abuelo, y está haciendo la mudanza.

—¿Y no va a venir a verme? —preguntó mi abuelo, extrañado.

—Bernardo la hizo escoger y ella, para no empezar con mal pie, decidió quedarse con él.

—Nunca me ha gustado ese muchacho. Quitad esas caras, que ya tenemos bastante con lo que tenemos. Si Alba ha escogido, no pasa nada. Ahora voy yo a verla a ella.

Yeray y yo nos miramos. Debimos suponer que el abuelo haría eso. Si su nieta no quería venir a verlo, iría él. Nos acababa de enseñar una lección a todos. No servía de nada lamentarnos porque Alba no quisiera compartir con nosotros esa merienda. Mi abuelo iba a respetarlo, pero no se iba a quedar con las ganas de darle un achuchón a su nieta.

—Yeray, prepara un poquillo de café, que hemos traído unos dulces que quitan el *sentío*.

—Fernando, ¿no podemos leer la carta de Juanillo delante de mi abuelo? Le tranquilizará saber que está bien —susurré para que nadie me oyera.

—Creo que no. Es muy emotiva y lo va a destrozar. Mejor le decimos cuando llegue a Granada que nos ha dejado una nota y que está bien. Es mejor, hazme caso.

Yeray puso agua a hervir en un cazo y vertió una generosa cucharada de café por cada persona que estaba en la sala. Apagó el fuego y lo dejó reposar unos minutos antes de servirlo. Echó de menos la canela en rama que siempre añadía al hervir el agua y que daba al café que preparaba mi primo un sabor único. Adiviné sus pensamientos y abrí la despensa.

—Aquí hay canela en rama. En esta despensa hay casi de todo. Cuando vuelva a casa la voy a echar de menos. Fíjate en esto, hay más de cincuenta botes con especias.

—Mira a ver si hay anís estrellado y vainilla, que vamos a hacer que tu abuelo recuerde su infancia.

Solo encontré anís estrellado y un sobre de azúcar avainillado, que Yeray rechazó con aspavientos. Puso de nuevo agua a hervir y dejó flotando las semillas con forma de estrellas y una vaina de canela. Echó una generosa cucharada de café descafeinado y lo tapó con un plato. Lo dejó reposar mientras pasaba el contenido del otro cazo por un colador grande, vertiendo todo el café en una tetera plateada.

—Abuelo, el tuyo viene ahora —indicó Yeray.

—¡Ya me lo has puesto descafeinado! Que por una vez no pasa nada. Además, llevo muchos días sin ver a mi mujer: si no duermo, no será un problema —bromeó mi abuelo mientras miraba a Amalia.

—No hay descafeinado —mentí a mi abuelo—. Es que encontró semillas de anís y te lo ha hecho como te gusta.

Mi abuelo se frotó las manos y cogió un pionono, el dulce típico de Granada que todos en mi familia adorábamos.

—Tita —dijo Yeray—, has comprado pasteles para toda la aldea.

—Nunca había probado unos piononos tan buenos —exclamó Amalia antes de dar otro mordisco al tierno pastelito.

—Es la costumbre, hijo, compro muchos porque Juanillo se come cinco de una sentada —contestó mi madre con tristeza—. Ana, coge uno, ya verás qué ricos están.

En ese momento recordé que Ana y yo no habíamos probado bocado en todo el día. Mientras veía a mi amiga reírse con mi familia, me di cuenta de la suerte que tenía de poder contar con ella. Al menos me ofrecía la oportunidad de luchar, de tener herramientas para encontrar la verdad. Con ella la vida me mostraba su parte más amable, la parte donde quedaba gente buena a la que no le importaba el color de mi piel. Pareció que me leía el pensamiento, porque se acercó a mí y me cogió de forma cariñosa por los hombros.

—Me gusta verte más animada. Come —me ordenó—. Nos queda una noche larga. Vamos a leer ese foro de arriba abajo. Tengo que ir al periódico a escribir la columna de mañana, me paso por casa a ver a mis niñas y vuelvo antes de que te des cuenta. Manuela vendrá cuando acabe la jornada, y Fernando y Yeray deberían ayudarnos. Puede que ellos vean algo que se nos pase a nosotras.

Ana se despidió de mi abuelo, de Amalia y de mi madre, y les prometió hacerles una visita en Granada. Mi abuelo terminó su pastel y animó a mi madre a que lo llevara a casa de Bernardo para ver a Alba antes de partir para Granada. Cuando se marcharon, corrimos a reclamarle a Fernando que nos enseñara la carta.

—La he guardado y no recuerdo dónde —bromeó mi amigo—. Voy a por ella.

Nos sentamos en la mesa y Fernando me dio la carta para que la leyera en voz alta. El papel estaba arrugado, pero la letra era de Juanillo.

Hola, familia:

Tengo que empezar diciendo que siento mucho lo que os estoy haciendo pasar. Aunque sé que lo que queréis leer es que estoy bien. Estoy bien, os echo mucho de menos, pero como sois tan famosos os veo en la televisión todos los días, ja, ja, ja. No os preocupéis, estoy escondido en un buen sitio donde no me falta de nada. Me cuidan y se preocupan por mí. Ayer cené croquetas, con eso os lo digo todo.

Tenéis que perdonarme por ser tan cobarde, pero sabía que si me interrogaban me iban a declarar culpable. Y yo no hice nada. Sé que lo sabéis y que no habéis dudado nunca de mí, pero necesitaba decíroslo. Prefiero vivir toda mi vida *escondío* donde estoy que en la cárcel. Decidle al abuelo que lo quiero mucho y que me acuerdo mucho de él, que echo de menos hasta sus gritos por dejarme la ropa tirada en el baño. Siento mucho lo del chiringuito. Me duele que por mi culpa lo hayáis perdido todo, pero cuando pueda salir de aquí lo voy a arreglar con mis propias manos. Voy a trabajar muy duro y vamos a volver a tener lo de antes. En mi habitación, dentro de un bote de gomina, hay dinero. Es todo lo que he ahorrado en este tiempo. Hay suficiente para que podáis comer hasta que se pueda volver a trabajar.

Zaira, no te preocupes, que si empieza el curso y sigo escondido voy a estudiar. Dile a Gustavo que buscaré la manera de que me pase los apuntes. Y no os angustiéis, que no me he acercado al chiringuito ni lo pienso hacer. Alguien lo ha hecho por mí. No os puedo decir quién para no poner a esa persona en problemas, pero es alguien de confianza, no os preocupéis.

Os quiero muchísimo y no veo el momento de volveros a abrazar de nuevo. Prima, te quiero mucho, cuida de todos, que tú eres la que tiene más luces de toda la familia. Hermano, no te preocupes por el chiringuito, que lo sacamos adelante de nuevo, que entre los seis podemos. Primo, gracias por lo que dijiste en la televisión. Me hinché de llorar cuando te escuché, pero te lo agradeceré mientras viva. No llevas mi sangre pero para mí eres el mejor primo que tengo, el mejor amigo de este mundo. Hermanita, sé que lo estás pasando mal y yo estoy echando mucho de menos tu comida, pero estoy comiendo bien, no te preocupes.

Decidle al *papa vieo* que lo adoro y que pronto nos veremos. Es el que más me duele, no se merece esto que está pasando.

Os quiero con todo mi corazón,

JUANILLO

Nos quedamos callados mirando la carta. Todos estábamos emocionados y en silencio. Conocíamos a Juanillo, su letra y su forma de expresarse, y no nos cabía duda de que esa carta la había escrito él. La tranquilidad de saber que estaba bien, que estaba atendido, nos cambió el estado de ánimo. Los tres suspiramos aliviados, compartiendo la misma sensación sin nombrarla.

—Tiene que estar en casa de una familia, de una madre que hace croquetas.

—Las croquetas favoritas de Juanillo son las de la madre de Mara. Puede que esté con ellos y nos haya querido decir eso. Estoy seguro de que Paco le ayudaría si se lo hubiese pedido.

—Puede ser. Paco estuvo en el chiringuito los días que Juanillo se enteró de que vendrían a buscarlo. Pero me extraña que Mara no me haya dicho nada. Ella sabe que estamos sufriendo mucho por no conocer su paradero. Me hubiese insinuado algo —añadí.

—Lo mismo Mara no lo sabe. Siempre he pensado que Manuel es la persona perfecta para esconderlo. Tiene mucho terreno a las afueras y junto a las cuadras hay varias casas de aperos. Puede que le hayan acondicionado una —recordó Fernando.

—Tienen una casa de madera allí, en el campo. Es pequeña y las niñas de Manuel la utilizan para jugar. Puede que esté en ella, porque no es fácil de encontrar. Está detrás de las cuadras, rodeada de setos. Si no sabes que está, no la buscas. Manuel se la hizo a las niñas para llevarlas al trabajo cuando falleció su mujer. Yo le ayudé a decorarla. Es lo suficientemente amplia para poner una cama y tiene un pequeño escritorio. Puede que Manuel o Paco le lleven la comida, y de ahí las croquetas.

—A mí me alivia mucho saber de él. Al menos tenemos la seguridad de que está bien —confesó Yeray—. Voy a llamar a Alba.

—Tenemos trabajo, hay que ayudar en la investigación. Vamos a darnos un chapuzón en la piscina, os cuento lo que hemos encontrado y empezamos a trabajar. Ana llegará en un rato —informé.

Una llamada de Manuela nos interrumpió.

—Zaira, tenemos algo. Alguien del bloque de enfrente vio la pelea. Tenías razón. Estaban de alquiler, son extranjeros y no se habían enterado de nada. Voy a hacer una videoconferencia con ellos en diez minutos. Después me paso por tu casa y os cuento.

Colgué el teléfono con el único pellizco de esperanza que había sentido en mucho tiempo.

# 28

Volvimos a buscar en el foro sin tener muy claro qué era lo que debíamos encontrar. El olor de las rosas se mezclaba con la humedad del ambiente, que intensificaba su aroma. Fernando se acercó y cerró las sombrillas; anochecía y la brisa ligera que nos había acompañado durante todo el día se iba trasformando en un viento agresivo que agitaba con fuerza las hojas de los árboles. Con la luz del porche y la que desprendían nuestros dispositivos teníamos suficiente para ver con claridad las pantallas y lo que nos rodeaba.

—¿Qué buscamos exactamente? —preguntó Yeray.

—Todo lo que pueda darnos pistas para localizar a Supremacia_10. Iremos anotando aquí cualquier dato que encontremos sobre él. Tenemos que averiguar quién es porque estoy segura de que tiene algo que ver con la muerte de Álvaro —anuncié.

—Mejor nos dividimos el trabajo. Empieza tú, Zaira, por los posts más recientes y ve hacia atrás. Yeray que comience por los primeros. Yo tiro de la mitad hacia el principio y cuando venga Ana que examine los que van de la mitad al final.

Ana nos telefoneó para preguntarnos de qué ingredientes queríamos las pizzas. Y volví a llamar a Víctor por segunda vez, extrañada de que no hubiese contestado al mensaje. Tampoco obtuve una respuesta rápida.

Arrancamos a trabajar. Nuestro estado de ánimo había mejorado. La visita del abuelo y la carta de Juanillo nos habían alegrado el día.

—Es curioso cómo comienza este foro. Alguien abre un hilo donde pone a parir a una pareja de chicos marroquíes que han robado en un supermercado. Y se agregan una cantidad de depravados comentando lo que les harían, con una soltura y una impunidad... Hasta que se crea una especie de hermandad unida exclusivamente por la mala leche. Tengo a... —Yeray hizo una pausa para contar—. A ver..., cuarenta depravados que en la misma conversación piensan que son superiores. Supremacia_10 aparece·contestando y reforzándolos a todos. Es el más agresivo y participativo. Y no oculta que vive en Benalmádena.

—Aquí hay algo —advirtió Fernando—. En el dos mil veinte se unieron para ir al Orgullo de Torremolinos y liarla. Mejor que no leas este post, Yeray, te va a dar náuseas. Cuentan cómo dieron una paliza a un chico, que salía de trabajar en un bar, por el simple hecho de ser gay. Cómo tienen de podrida la cabeza, da miedo. Los detalles de la paliza son escabrosos. Se ríen, lo disfrutan y Supremacia_10 es el que más escribe sobre el tema. Participó en la pelea con algunos integrantes del foro.

—Es curioso que se habla de lo nuestro pero en ningún momento participa Supremacia_10 —señalé—. Desaparece dos días antes y no ha escrito ni una sola palabra más. A ver si Manuela ha podido averiguar algo sobre las personas que fueron encarceladas esos días.

—Tengo algo. Parece que tiene hijos, porque en este post dice que si le sale un hijo enfermo, lo mata. Se está refiriendo a que si su hijo es gay —aclaró Yeray.

—Mirad lo que he encontrado. La manifestación contra la aldea está manejada por el segundo de a bordo, y se hace llamar Goebbels. Este señor se queja de la desaparición de Supremacia_10 en el momento que más lo necesitan. Y uno apunta que posiblemente esté en el talego. Creo que no vamos por mal camino. Además, organizan todo lo que van a hacer con las casas de la aldea. Nombran a Mara como la «maestra gitana» y la ridiculizan, dicen que no están dispuestos a que una gitana le meta porquería a sus jóvenes en la cabeza. Qué duro es leer esto —confesé, desanimada.

—Zaira, escúchame. Tenemos que averiguar quién mató a Álvaro. Y aquí puede estar la clave. Goebbels fue la mano derecha de Hitler. Ya sabemos de qué va la historia, tienes que ser fuerte —nos contó Fernando.

Cuando Ana llegó, todos estábamos conmovidos por lo encontrado en el foro. No era fácil asimilar tanto odio hacia nosotros sin ningún motivo. Ana hizo el intento de animarnos, pero no fue fácil. Cada hilo era otra punzada, un agravio nuevo, un desánimo que se unía al anterior.

—No hemos encontrado nada interesante, solamente basura. Hasta ahora sabemos que Supremacia_10 era el líder, que utilizaba todos los temas candentes que aparecían en televisión y que caldeaba el ambiente con mensajes exaltados. No deja datos sobre su persona, tan solo que es padre y que vive en Benalmádena, pero no sabemos cuántos hijos tiene. No hemos encontrado mucho más.

—Zaira, y el perfil psicológico ¿cómo va? —preguntó Ana.

—Es un personaje narcisista, que se cree superior a las personas que tienen la piel oscura o una condición sexual diferente. Pero su mayor fijación somos los gitanos, nos odia con fuerza. Hay rencor detrás de cada una de las palabras, por lo que creo que es un odio arraigado. Sabe que es el líder y lo disfruta. No hemos encontrado ninguna referencia personal a nosotros por parte de Supremacia_10, solo refuerza y aplaude lo que dicen los demás. Sí que me ha puesto los vellos de punta una anécdota que ha contado, tremenda: una vez quitó de en medio a una gitana que solo hacía que calentarlo. Que la vida se lo puso fácil para terminar la tarea. Cuenta ese momento como el de más adrenalina y el que más disfrutó. Ha sido muy duro leerlo. Se recrea en las sensaciones placenteras que sintió. Da mucho miedo. Te lo he copiado por si quieres leerlo y para pasárselo a Manuela.

—No podemos quedarnos atascados en este foro. Tiene que haber otro hilo del que podamos tirar —apuntó Ana.

—Es que no tenemos a nadie más que quisiera ver a Álvaro muerto. El marido de la señora infiel estaba en Dubái y, que sepamos, no está enterado de la historia con él.

—Un momento, aquí hay algo interesante —advertí—. Hablan de la pelea en la plaza, la de la noche del asesinato. Y dejan a Álvaro como «un cobarde que no ha sido capaz de cargarse al gitano». Lo ridiculizan de una forma extraña. La chica dijo que Álvaro y ella se habían conocido en ese foro. Pero fijaos bien. Álvaro debía de ser este AlvBen, porque dicen: «AlvBen no ha tenido cojones para machacar al gitano». He buscado y el usuario existe, pero no tiene ni un solo comentario escrito. O no ha participado, o todos se han borrado.

—Sí que es interesante —comentó Ana soltando el trozo de pizza—. Sabían que después del asesinato alguien podía dar con el foro, y algo están ocultando. Posiblemente el asesino de Álvaro esté en este foro.

Todos nos miramos, pensando lo mismo que Ana. El timbre de la puerta nos sobresaltó. Era Manuela, que venía cargada con dos tarrinas grandes de helado.

—Espero que os guste el helado de turrón o el de bombón. He apostado por los dos que me ha recomendado la chica de la heladería.

Yeray me acompañó a la cocina para coger vasos y cucharillas. Al abrir el cajón de los cubiertos, vi un aparato para hacer las bolas.

—Aquí no falta de nada. Apuesto a que en la alacena hay cucuruchos de barquillo.

—No es difícil ganar la apuesta, prima, aquí hay de todo. Me llevo también los barquillos planos, por si alguien quiere hacer un corte. Y estos siropes que tienen muy buena pinta. Mira: de dulce de leche, de caramelo, de chocolate… Si estuviera aquí Alba hubiese escogido el de chocolate blanco —dijo Yeray, apenado.

Nos servimos una porción cada uno y contamos a Manuela todo lo que habíamos encontrado.

—Tengo que averiguar quiénes son los administradores del foro. Son los únicos que pueden borrar los posts. Álvaro no pudo hacerlo porque estaba muerto. O alguien pirateó su usuario y lo hizo, también es una posibilidad.

—¿Cómo fue la videoconferencia? —pregunté a Manuela.

—Sabes que no puedo compartir información de la investigación.

—Vamos, Manuela —rogó Ana—. Estamos juntos en esto, no vamos a remar en la misma dirección sin tu ayuda. Y sabes que no puedes prescindir de mí, soy la mejor investigadora que tienes ahora mismo en el equipo.

—Tampoco hay mucho que compartir. Escuchó a dos hombres gritar. Estaba muy oscuro y no entendía lo que se decían, pero vio que uno le pegaba un puñetazo al otro y caía sobre un bordillo. En ese momento, el chico bajó a ayudar y, cuando llegó, vio a una pareja que ya lo atendía. Se volvió, pensó que ser testigo de algo así solo le traería problemas. En su país ha estado en la cárcel un par de veces por pequeños robos.

—¿Quién llamó a emergencias? —preguntó Fernando.

—Fueron sus padres —añadió Manuela—. Viven en un primero y escucharon los gritos de Álvaro. Bajaron inmediatamente, pero se lo encontraron muerto en el suelo, no pudieron hacer nada por él. Cuando llegaron los de emergencias, los dos estaban abrazados a Álvaro, en un charco de sangre. La madre tuvo que ser atendida en el hospital.

—No me extraña —habló Ana—. Tiene que ser horrible encontrar a tu hijo en el suelo muerto. Entiendo su lucha por hallar al culpable. Esa mujer no se recuperará en la vida. ¿Álvaro era hijo único? —preguntó.

—Sí —respondió Manuela—, no tenía hermanos.

—Sí que tenía un hermano —la contradijo Yeray—. Todo el pueblo lo sabe. Andrés, el padre de Álvaro, dejó embarazada a Sofía, la hija de Juan, el de la churrería. El mecánico del parque de la Paloma es hermano de Álvaro por parte de padre. Eran muy jóvenes; ella tenía catorce años y él, diecisiete. Fue un escándalo porque él negó que el hijo fuera suyo.

—Sí, lo recuerdo, pero creí que eran solo habladurías. Ahora entiendo por qué el otro día me trató con la punta del pie cuando fui por churros —añadí.

—¿Tenían relación los dos hermanos? —preguntó Manuela.

—Seguro que sí —contestó Yeray—. El padre de Álvaro se encargó de correr el rumor de que ella se había acostado con todos sus amigos. Pero no era verdad. Sofía era una niña muy buena, muy inocente, que cometió el error más grande de su vida. Todo el mundo en el pueblo sabe que son hermanos. Sería extraño que no se hubiesen enterado ellos.

Manuela recibió una llamada y se alejó unos metros para atenderla.

—Necesito que me pasen los datos de ese chico, y que me consigan una foto, a ver si tienen en las redes sociales amigos comunes —explicó después de colgar—. Tengo buenas noticias: ya tenemos las cámaras del cementerio y se ve a Juanillo delante de la tumba de sus padres a la hora del crimen. Voy a comprobarlo y a descartarlo como sospechoso.

Todos los que estábamos allí reunidos sentimos una sensación de alivio inmensa. Ana fue la primera en abrazarme y felicitarme por tan buena noticia. Me acordé de Alba y la llamé por teléfono. No me lo cogió. Insistí varias veces y no obtuve respuesta.

—Yeray, llama al abuelo y dale la noticia. Luego telefoneas a Mara y se lo cuentas, que corra la voz por la aldea. Yo voy a casa de Bernardo a hablar con Alba.

—Te llevo —se ofreció Ana.

Fernando se unió a nosotros. Salimos felices, contentos con una libertad que hacía demasiado tiempo que no sentíamos. Por fin nos llegaba una buena noticia.

La casa de Bernardo estaba a diez minutos de la villa, pero el camino se nos hizo eterno. Estábamos ansiosos porque Alba sintiera el mismo alivio que nosotros. Cuando llegamos, no vimos luz en la casa, lo que nos extrañó. Se suponía que la familia de Bernardo estaría cenando con ellos. Llamé al portero automático y oí la voz ronca de Bernardo al descolgar.

—Bernardo, necesito hablar con mi prima, es urgente.

—Tu prima está acostada, está dormida. Llámala mañana.

—No puedo esperar a mañana, Bernardo, son buenas noticias sobre Juanillo. Despiértala, se alegrará.

—Llámala mañana.

—Bernardo, que me abras la puerta, que no me voy a ir hasta que hable con mi prima, por favor —rogué.

—Te crees que puedes mandar en la vida de todo el mundo, Zaira, pero en la de tu prima ya no.

—Mira, imbécil, no quiero mandar en la vida de nadie, solo quiero decirle a mi prima Alba que hay buenas noticias.

—Déjanos en paz. Si pensáis que vais a estar todo el puto día aquí metidos, estáis muy equivocados. No os quiero todo el día pegados como lapas.

Me colgó.

Mi primera intención fue volver a llamar, pero Fernando me paró la mano.

—Déjalo, Zaira, solo le vamos a causar más problemas. Mándale un mensaje y se lo dices.

—¡No quiero mandarle un mensaje! ¡Quiero disfrutar de ese momento con ella! ¡Llevamos mucho *pasao*!

—Fernando lleva razón —aportó Ana—. No importa la impotencia que tú sientas ahora, Zaira, lo que importa es que tu prima está encerrada entre cuatro paredes con un tipo complicado que no quiere que se comunique con vosotros. Y que se lo vas a poner más difícil si sigues insistiendo.

—Entonces ¿qué se supone que tengo que hacer? —grité indignada—. ¿Me marcho como si nada y dejo que la aísle de nosotros? ¿Dejo que se salga con la suya y que sea una desgraciada toda su vida?

—Es lo que ella ha escogido, Zaira, y tienes que respetarlo.

—Pues sabes lo que te digo, Ana, que no puedo respetarlo —dije corriendo hacia el portal.

Los dos me agarraron y no me dejaron entrar. Intenté zafarme de ellos, pero no lo conseguí.

—Sube al coche, corre —ordenó Fernando.

Ana me pegó un tirón con dureza y me metió dentro. Habían visto un coche de policía que llegaba por el fondo de la calle. Ana arrancó con rapidez y salió de la urbanización a más velocidad de la permitida.

—No puedo creerlo —murmuré—. No puedo. Ha llamado a la policía. Y ¿desde cuándo viene la policía tan rápido en este pueblo?

—Desde que informan que la familia del chico que está en busca y captura está liando un pollo en la calle. Zaira, no puedes perder los nervios de esta manera. Me duele tanto como a ti que Alba esté ahora mismo en esa habitación, seguramente llorando. Pero es algo que ella ha escogido y tienes que meterte eso en la cabeza. No es su novio de un día ni de dos. Llevan muchos años en la relación. Ella sabía dónde se metía y ha querido hacerlo.

—Fernando, estás hablando desde el resentimiento. Pero es mi prima, no puedo dejarla ahí con ese monstruo y marcharme a dormir tan tranquila.

—Te estás pasando, Zaira. No hablo desde el resentimiento, hablo desde la realidad que no quieres ver. Y no puedes vivir la vida por Alba. Tiene que equivocarse ella y salir por ella misma. Y tu rabia solo va a empeorar las cosas. Ahora Bernardo tiene la excusa perfecta para darnos la espalda. Y esa excusa se la acabas de regalar por no controlarte.

—No puedo controlarme cuando no me deja hablar con mi prima. ¡No es nadie para prohibirme hablar con ella! —repliqué con furia.

—Pues ya ves que sí —intervino Ana—. Tienes que calmarte, Zaira. Fernando tiene razón. Se va a aprovechar de estas cosas para aislar a Alba y tú tienes que ser más inteligente. Sé que no es fácil controlarse, pero tienes que hacerlo. Por el bien de Alba y por el tuyo. Has estado a punto de acabar en comisaría.

—Pero no he hecho nada —lloriqueé—. Solo quería ver a Alba y compartir la buena noticia, no me pueden detener por eso.

—Si te denuncian porque no dejas de molestar, sí. Ahora mismo estás en el punto de mira y ya ves la paciencia que se gasta el caballero. Tienes que pensar antes de actuar.

Pasé el resto del camino sin hablar. Molesta con todo el mundo. Con Bernardo, por no dejarme ver a mi prima. Con Alba, por escoger a un ser tan despreciable. Y con Fernando, por no dejarme entrar en el portal.

Entré en la villa musitando una despedida breve a Ana, que seguía de buen humor por la noticia de la cámara de seguridad. Fernando me pidió que lo esperara, pero no lo hice. Me disculpé con un «mañana hablamos». Preferí estar sola y me apresuré a entrar.

Me metí en mi habitación, echando de menos a mis animales. Le mandé un mensaje a Sandra para compartir con ella la buena noticia. Me llamó enseguida.

—¡Me alegro mucho! Cuéntame los detalles —me pidió, emocionada.

Cuando terminé de explicarle todo lo que Manuela había descubierto, no entendió mi estado de ánimo. Le conté lo ocurrido delante de la casa de Bernardo. Sandra comprendió mi indignación. En su trabajo se encontraba con muchas situaciones parecidas a las que no podía dar respuesta y sentía algo parecido.

—Soy una estúpida.

—No digas eso, Zaira, eres humana. Y no es fácil aceptar que las personas a las que quieres se caen por un precipicio sin poder hacer nada por evitarlo. Es duro. Pero se dará cuenta. Es joven y no es tonta.

—Está enamorada, que es lo mismo que ser tonta.

En ese momento me di cuenta de que Víctor no me había devuelto las llamadas ni los mensajes. Me preocupó.

—¿Crees que Juanillo podrá salir pronto de su escondite? —preguntó Sandra—. Sería un alivio para todos.

—En cuanto se haga público y todo el mundo sepa que no hizo nada. Mi prima tiene que preparar ahora su defensa. No olvidemos que está en busca y captura, y eso tiene un proceso. Pueden acusarle de obstrucción a la justicia. Pero ya queda poco, Sandra, al menos vemos el final.

—Me alegro mucho, pero tendrías que correr la voz entre los tuyos de que no es conveniente que salga todavía. Para que le llegue a quien lo acoja. Porque seguro que ya has hecho correr la noticia de que tiene una coartada.

—Tienes razón, lo hago ahora mismo. Sandra, Fernando me ha contado que tu intervención fue decisiva con el seguro y que conseguiste un trato inmejorable. Gracias.

—No tiene importancia, no hay nada mejor que conocer la letra pequeña. Y haber estado dentro me lo pone fácil. Acabo de mandar el informe y las alegaciones. No os cubrirá el cien por cien, pero vais a recuperar la mayor parte. Y si necesitáis que os ayude en algo, no tienes nada más que decirlo. Sabes que mi cuenta bancaria está a tu disposición.

—Te lo agradezco en el alma, pero con lo que tengo ahorrado será suficiente. Y Fernando también se ha ofrecido a ayudarnos, al fin y al cabo es uno más. Pero contar con tu ayuda me da tranquilidad.

—Mañana he quedado con los de tu seguro. Me paso a llevaros el desayuno y me firmas una autorización. En cuanto pasen, organizamos la limpieza, que no va a ser fácil por lo que he visto.

—¡Ay, Dios! Sandra, con tantas cosas en la cabeza, no me había acordado de eso. Mi prima Mara ya ha ido con mi familia y lo han limpiado. Gracias por estar en todo, no sé qué haría sin ti y sin tus barquillos para los helados —bromeé—. Lo de los siropes ha sido un detalle, estás atenta a todo. Eres única.

—Me alegro de que al menos estéis cómodos. Mañana os llevaré churros, para que no echéis mucho de menos los desayunos de verdad que os prepara Alba.

—No voy a poder con esto. Voy a acabar revoloteando a Bernardo de los pelos.

—Eso es lo que tienes que evitar. Descansa. Mañana lo verás todo de otro color.

Cuando colgué, vi la cabeza de Fernando asomarse por la puerta, esperando mi permiso para entrar.

—Lo siento —dije alargando las sílabas—. Lo he pagado contigo y no tienes culpa de nada.

—Solo he venido para que te disculpes y puedas dormir tranquila. Alba estará bien. Mañana nos llamará, ya verás —musitó Fernando mientras me acariciaba suavemente la cabeza.

—En cuanto desayunemos y le firme el papel a Sandra, nos vamos para la comisaría a hablar con Manuela. Quiero saber cuándo van a hacerlo público, para volver a la normalidad.

—Ana viene a recogernos a las diez. Seguiremos buscando a quién lo hizo. Es la única forma de que no queden dudas. Y se lo debemos a nuestra periodista favorita.

—Sí, claro que sí, no pensaba abandonar. Después de volver de comisaría seguimos leyendo el foro. Recuérdame que mañana le pregunte a Manuela si alguien entró en prisión los días anteriores a la muerte de Álvaro.

—Ojalá Juanillo sepa que hemos encontrado la prueba de su inocencia —dijo Fernando.

—Estoy segura de que sí. La noticia correrá entre los que lo quieren y le llegará, seguro. Vete a descansar, mañana será un día duro.

Justo cuando estaba a punto de dormirme, recibí un mensaje de Víctor. Me decía que había tenido problemas en el ayuntamiento y que el día había sido muy complicado, que me llamaría en cuanto pudiera. Lo volví a notar alejado de mí. Estuve un rato pensando en nosotros, en si alguna vez dejaríamos de alejarnos y nos acercaríamos definitivamente. En si yo sería capaz de adaptarme a la vida que tenía Víctor, con tanta responsabilidad. Me quedé dormida sintiendo que todo era demasiado complicado.

Por primera vez en mucho tiempo, dormí del tirón, sin despertarme varias veces en la madrugada. Soñé con Alba y el recuerdo me entristeció. Me despertaron las risas de Yeray y Fernando en la cocina.

—¿De qué os reís tanto? —pregunté antes de coger la taza para servirme un café recién hecho.

—De que me toca llamar al servicio médico para hacer una consulta para mi madre y no soy capaz —contó Fernando, que volvió a reír.

—Pues no sé qué puede resultar tan gracioso si es un problema de salud.

—El médico le ha recetado a mi madre óvulos, porque tenía picores que la estaban matando ya sabes dónde. Y ella, en vez de ponerlos donde tenía que ponerlos, se los ha comido.

Casi que me ahogo con el café que tenía en la boca.

—Pero ¿cómo ha hecho eso? Si normalmente son muy grandes.

—Dice que no le ha extrañado, que las pastillas del colesterol también son muy grandes.

—Llama, anda, a ver si van a ser tóxicos y tienen que llevarla a un hospital —reí con ganas.

Escuchamos sin poder parar de reír cómo Fernando le explicaba al médico de urgencias el error de su madre. Oímos, cuando puso el manos libres, que el médico tampoco podía evitar la risa. Lo tranquilizó y le dijo que no pasaría de una molestia estomacal puntual.

Fernando llamó a su madre y, en vez de tranquilizarla, le mintió diciéndole que tenía que tomarse, todo seguido y a pequeños sorbos, un litro de refresco hecho con bicarbonato y limón para que se disolviera antes en el estómago. Intervine alzando la voz para que no le hiciera caso a su hijo y estuviera tranquila.

—Eres muy mala persona, Fernando, eso no se le hace a una madre —bromeé.

—¿Has tenido noticias de Alba? —preguntó Yeray.

—No, y tiene el móvil apagado, lo que es rarísimo. Voy a llegarme a su casa antes de ir a comisaría, que tengo un mensaje de Manuela y quiere que nos reunamos allí. Bernardo estará trabajando y podré verla —conté preocupada por la reacción que ambos tendrían.

—No es buena idea —apuntó Fernando—. Puede que Bernardo haya cambiado el turno. Si está en casa, la vas a volver a liar.

—Vale, voy a preguntar a Manuel antes. Para que me confirme que está en el trabajo.

—Vamos contigo —sentenció Yeray.

Sandra llegó en ese momento, cargada de bolsas con el desayuno y una alegría que no podía disimular.

—Menos mal que ya mismo voy a tener que dejar de haceros la compra. Estoy perdiendo todo mi prestigio de mujer sana y coherente con unos principios ecológicos.

—Es que no es necesario que traigas todas estas cosas. Madre mía, qué buenos los churros, los echaba de menos.

—Los he comprado en vuestra churrería favorita. Y están calientes. Y también he traído empanadas de queso. Las he hecho yo, así que no podéis esperar mucho de ellas.

Cogí una y me comí la mitad de un solo bocado. Tenían la textura perfecta.

—Confiesa, ha vuelto Consuelo. Estas empanadillas las ha elaborado ella —bromeé sabiendo que la provocaría.

—Mujer de poca fe. He aprendido mucho de Consuelo. Sabía que tarde o temprano regresaría a su país y no quería perderme esos pequeños placeres de la vida. Anda, fírmame aquí que tengo que irme.

—Te lo firmo así sin leer. Te puedes quedar con todo lo mío, sin problema.

—A eso voy, precisamente, a recuperar lo tuyo. Confía en mí.

—Vamos a pasar por casa de Alba y luego vamos a comisaría. Vente a comer, Yeray va a hacer una barbacoa —invitó Fernando.

Yeray lo miró extrañado y encogió los hombros, asumiendo que le tocaría a él preparar el almuerzo para todos. Desayunamos con premura y nos sobraron unos minutos antes de que llegara Ana.

Al pararnos en un semáforo, sentimos cómo la gente nos miraba sin disimulo. Algunos nos increpaban sin tener en cuenta que iban acompañados de niños pequeños.

—Qué ganas tengo de callarles la boca a todos estos —dijo Yeray mirando fijamente a una señora que nos acababa de gritar improperios desde el paso de peatones.

—No ha sido buena idea salir los tres juntos. Podemos tener problemas —añadió Fernando—, y no es el mejor momento.

El camino se nos hizo más largo que nunca. Hice un último intento de llamar a Alba por teléfono. Ni siquiera había recibido los mensajes anteriores. Me bajé del coche sola para llamar al portero automático, pero no lo descolgó.

—No me abre —conté con desesperación—. Y Bernardo está en el trabajo, lo he confirmado con Manuel.

—Voy a subir —decidió Yeray—. Esperadme aquí.

Yeray llamó a todos los timbres del edificio y, cuando alguien descolgó, pidió que le abrieran la puerta para dejar publicidad. Lo perdimos de vista.

Fernando y yo permanecimos dentro del coche, deseando que Yeray apareciera con Alba.

—Algo no va bien —comentó Ana—. Está tardando demasiado.

Yeray salió solo, sudando y con el rostro serio.

—No me ha abierto la puerta y sé que está dentro, pero no está sola.

—Está con la madre de Bernardo. Ese es su coche —dije señalando un mini negro que estaba aparcado a unos metros del portal.

—Si esa encantadora mujer está ahí y nos abre, mal asunto. Me preocupa que la haya dejado aquí con vigilancia. Y que no abra la puerta —dije temiendo lo peor—. Bernardo y su madre siempre están peleados, se pasan meses sin hablarse. Si ha venido para quedarse con Alba, algo ha pasado.

—Vamos a hablar con Manuela. Pondremos una denuncia —dijo Yeray.

Fernando estaba muy afectado. Nervioso, se frotaba las manos sin poder parar.

—Si le ha puesto una mano encima lo voy a reventar —amenazó Fernando.

—No creo que sea tan estúpido, lleva solo un día viviendo con ella —dije para calmar la preocupación que compartíamos.

—Llevan muchos años de relación. Y Alba siempre me lo ha negado, pero yo sé que no es la primera vez que le pone la mano encima. Y he hablado con Bernardo cientos de veces.

—¿Tú? ¿Has hablado con Bernardo? —pregunté extrañada.

—Claro, Alba es mi hermana, no iba a permitir que le hiciera daño y quedarme tan tranquilo. Una vez la dejó tirada en medio de la carretera y tuve que ir a buscarla. Dejé a Alba en casa y luego fui a buscarlo a él. No fui solo, fui con Manuel. Quería que hubiese un testigo y me pareció que el primo era el más adecuado. Lo levanté en plena noche, pero ya sabes cómo es Manuel, siempre dispuesto a ayudar. Yo le dije que, si se le ocurría volver a dejar a mi hermana en plena noche y en medio de una autovía, se perdiera del mapa. Y Manuel le advirtió que iba a estar limpiando mierda de caballo hasta que se le olvidara lo mierda que era él.

—Debiste llamarme a mí —recriminó Fernando.

—Lo pensé, pero sabía que le partirías la cara. Y eso Alba nunca nos lo hubiese perdonado.

Llegamos a comisaría y preguntamos por la inspectora Santiago. Nos hicieron esperar en una sala.

Manuela estaba seria.

—Sentaos, por favor. Tengo que contaros algo y no quiero que os preocupéis. Repito, no quiero que os preocupéis. El informe pericial no puede afirmar que el chico del cementerio y Juanillo sean la misma persona.

No podía ser verdad.

# 29

Un policía requirió a Manuela con urgencia cuando se disponía a explicarnos con detalle lo ocurrido. Se disculpó y nos dejó en la sala con la sensación de que volvíamos a empezar de nuevo.

—No puede ser otra persona, tiene que ser Juanillo. Quiero ver el vídeo. Quiero que me lo enseñen —dije levantándome nerviosa.

—Manuela ha dicho que no nos preocupemos, Zaira. Vamos a escucharla antes de sacar conclusiones —habló Fernando.

—Todo esto es una locura, estamos dentro de una pesadilla y no podemos salir —añadió Yeray con las manos a ambos lados de la cabeza.

Era imposible no estar angustiados. La noticia que nos había dado Manuela nos volvía a golpear, rompía todo ánimo esperanzador. Cuando parecíamos avanzar, un nuevo revés nos mandaba hacia atrás, con la impotencia de no poder hacer absolutamente nada.

Pocos minutos después, Manuela regresó a la sala con un ordenador, se sentó en la única silla libre, nos acomodamos a su alrededor para ver la pantalla y pulsó la visualización del vídeo.

Cuando vi la primera imagen, suspiré aliviada. Era Juanillo, pudimos distinguirlo con claridad. Tenía la misma ropa que llevaba puesta en el vídeo que grabaron en la plaza. Entraba con cuidado por el hueco que quedaba en la pared y se colocaba frente a la tumba de sus padres.

—Es él —afirmé con seguridad—. No entiendo cómo han dicho lo contrario.

—Os lo voy a explicar con calma —intervino Manuela mirándonos fijamente—. El vídeo es de mala calidad. No se observa la cara con nitidez y no tiene tatuajes que lo identifiquen de forma clara. En estos casos no se da por válida la identificación. Hay que solicitar un estudio pertinente, con especialistas que lo analicen y corroboren que es él. Y eso va a suponer una demora en el tiempo. Pero no tenéis que preocuparos, es un mero trámite burocrático.

—La ropa es la misma —comenté en voz baja.

—Pero la ropa no es concluyente, dos personas pueden ponerse las mismas prendas. Os repito que es solo una cuestión de tiempo, tenemos que hacer las cosas de forma correcta.

—¿De cuánto tiempo hablamos? —preguntó Yeray.

—No lo sé. Voy a intentar acelerarlo al máximo. Ahora necesito que salgáis lo antes posible, están a punto de llegar los padres de Álvaro, y no quiero que os encuentren aquí.

Nos miramos inquietos. No queríamos encontrarnos con los padres del chico, pero no podíamos irnos sin hablar con ella de nuestra preocupación por Alba. Como los dos permanecieron callados, fui yo la que expuse nuestro temor.

—Tenemos que pedirte algo, Manuela. Estamos preocupadas por Alba. Se ha ido a vivir con el novio y no da señales de vida. No podemos ponernos en contacto con ella, no nos coge el teléfono y no nos abren la puerta.

—¿El novio tiene denuncias previas por malos tratos?

—No, que nosotros sepamos —contestó Yeray—. Pero sí sabemos que no la trata bien y que ha tenido conductas poco apropiadas.

—¿Queréis ser un poco más claros? No tengo tiempo para adivinanzas.

—La maltrata psicológicamente y sospechamos que alguna vez le ha hecho algún moratón, pero nunca hemos podido probarlo —conté angustiada.

—Una vez, de madrugada, la dejó en medio de una autovía —aportó Fernando.

—Vale, mandadme un mensaje con la dirección. Me paso por allí en cuanto pueda. Os digo algo cuando hable con ella.

Agradecimos la ayuda de Manuela y nos marchamos desanimados. Teníamos miedo de que el nuevo peritaje fuera otro fracaso más. Que volviéramos a la casilla de salida. La angustia constante de que todo se nos escapaba de las manos sin poder hacer nada nos dejaba muy intranquilos. Esa falta de control sobre los hechos, que parecían girar en torno a una maldición en nuestra contra, nos hacía perder el equilibrio. Ninguno de los tres quería expresar nuestro pesar, para no contagiar a los demás, pero teníamos presentes las mismas inquietudes.

—Creo que debemos guardarnos esta información para nosotros —decidió Yeray—. Le hemos dado un poco de esperanza al abuelo y al resto de la familia. No se la podemos quitar y que vuelvan a sufrir de nuevo.

—Se vienen hoy para Málaga —dije mirando el móvil—. Me lo acaba de decir mi madre. El abuelo ha decidido quedarse en la villa con nosotros. Creo que no es lo mejor, pero puedo entenderlo, no se siente cómodo en otra casa que no es la suya.

La presencia de mi abuelo nos condicionaba a trabajar y hablar sin libertad. Que supiera lo de Alba no iba a ayudar en nada y se inquietaría más de lo que estaba.


Llegamos a la villa con muchas preocupaciones en la cabeza. Juanillo estaría pensando que ya podría salir y se iba a encontrar con un retraso. Y Alba me tenía muy angustiada. Nunca se separaba de su móvil. Siempre respondía a los mensajes pasados unos segundos. Esperaba que Manuela consiguiera verla y pudiéramos saber de ella. No era capaz de encontrar una explicación a lo que estaba ocurriendo. No podía imaginar lo que le había dicho o hecho Bernardo para que cortara del todo la comunicación con nosotros. Conocía a Alba muy bien y sabía que la familia era lo primero para ella. Posiblemente la habría puesto entre la espada y la pared. Le habría dado a escoger y ella habría pensado que era más fácil lidiar con nosotros que con él. Pero aun bajo esas premisas, que no me contestara los mensajes me preocupaba mucho.

Intenté centrarme en el foro, leer y buscar alguna información que nos fuera útil. Yeray estaba ocupado intentando encontrar mesas y sillas nuevas para el chiringuito, así como cristaleros y carpinteros para acometer las renovaciones pertinentes.

—Tengo que comprar tantas cosas que no sé por dónde empezar. Y no sé cómo vamos a pagar todo esto si no nos ha llegado el dinero del seguro.

Fernando escribió una cifra en un papel y me lo pasó para que hiciera lo mismo. Le di la hoja a Yeray, que la leyó asombrado.

—Fernando, ¿cómo puedes tener tanto dinero ahorrado?

—Muy fácil. Como en el restaurante todos los días y, cuando está cerrado, lo hago en casa de Zaira o en la tuya. Y me pagas bien. Solo pago el alquiler y casi siempre con las propinas. Pero no te hagas ilusiones, listillo, es solo un préstamo. Tienes que devolverme hasta el último céntimo.

—Hay cosas que no se pueden devolver. Gracias a los dos. De corazón. Con esto puedo hacerme cargo de todo e incluso irme de viaje a Londres una larga temporada.

—Pues mira, te vendría bien para que ligaras un poco. Cuando todo esto pase, Zaira y yo te lo vamos a regalar.

—Pero qué generoso eres, Fernando, con tu dinero y con el de mi prima —rio Yeray.

—Eso está hecho —confirmé—, y lo mismo nos vamos todos. Creo que nos va a hacer falta un cambio de aires como el comer.

—No me quiero imaginar lo que puede liar mi abuelo en Londres, cuando le pongan de comer un pescado aceitoso y unas patatas fritas y le digan que eso es la comida típica de allí. Se nos muere de hambre. Y si os llevo a todos, se me complica eso de ligar, pero creo que sería una bonita experiencia. Siempre que no se apunte Bernardo, claro.

»Por cierto —continuó—, Paco vendrá ahora a traernos la recaudación de las hamacas. Lo ha gestionado todo él. Les ha pagado el sueldo a los chicos y nos trae lo que ha quedado. Por lo que me ha contado, no ha ido mal. Al estar el chiringuito cerrado, está muy tranquilo y la gente se pega tortas por usar nuestras hamacas.

—Manuela está tardando mucho, me tiene preocupada.

—Tiene que trabajar. El caso es muy complicado y lleva muchos trámites a la vez.

—Estoy pensando... —habló Fernando—. Por qué no, ahora que tenemos que comprarlo todo nuevo, le damos otro aire al chiringuito y lo convertimos en algo con clase. Creo que es el momento. Zaira y yo podemos invertir y creo que, con la subida de precios, podemos mejorar el margen de ganancias. Podrías devolvérnoslo en cómodos plazos.

—Creo que es una fantástica idea. Ahora que hay que arreglar el techo, podemos instalar cierres nuevos y colocar una cristalera movible en el salón, en la parte que da al mar, de forma que se abra en verano y se comunique con la terraza pero que en invierno nos libre del viento. Así funcionaríamos todo el año y no os costaría tanto salir adelante en invierno. La prima Coral es buenísima decorando mesas y creando espacios de celebraciones, seguro que nos echa una mano.

Yeray se iba ilusionando por momentos. El negocio familiar había sido durante muchos años un quebradero de cabeza, pero con el dinero del seguro se podrían cambiar las cosas.

—Quiero un uniforme elegante, que se me vea desde lejos y piensen que soy un jefe de sala de postín —bromeó Fernando.

—Lo que decís suena bien. Pero, si no funciona y no os puedo devolver el dinero, me moriré.

—Yeray, hagamos algo mejor. Haznos socios. Así no tendrás que devolvernos nada—añadí.

—Pero ¡qué estás diciendo! Esto es tan tuyo como mío, Zaira, y Fernando es ya un socio más. Él sabe que repartimos el dinero a partes iguales. Porque él trabaja al mismo ritmo que nosotros.

—Sí, pero nunca me he sentido jefe y no estaría mal que cambiaran las tornas de vez en cuando —rio Fernando.

—Pero ¡qué me estás contando! —dijo Yeray tirándole una servilleta—. Si la mayoría de las decisiones las tomas tú. El que escoge a los proveedores, las bebidas y toda la materia prima eres tú.

—Bueno, ya que tengo experiencia en eso, me pido esa parte. Alba, la cocina; Juanillo, las hamacas y Zaira, la administración. Ella es maestra y va a entender más de números que nosotros. Siempre hemos sido un desastre en eso, reconócelo.

—Tendremos que preguntárselo al abuelo, él tiene la última palabra —aceptó Yeray.

Fernando y yo chocamos las manos dando por hecho que íbamos a formar parte de la gestión de Las Cuatro Esquinas. Los dos sabíamos que ya lo éramos y que no necesitaríamos de ningún papel que dijera lo contrario. Solo estábamos consiguiendo que Yeray aceptara nuestro dinero sin miedo a que lo tuviera que devolver.

—Pues ahí lo tienes, abre la puerta —anunció Fernando—. Seguro que es tu abuelo.

Nos callamos de golpe al abrir y ver que era Manuela. Le pedimos que pasara y se sentara. Rechazó nuestra invitación a beber algo fresco. Analizamos su cara, sus facciones, esperando encontrar algún detalle que denotara que traía buenas noticias de la conversación con mi prima.

—He estado en casa de Alba y me ha costado mucho que abriera la puerta. Lo ha hecho una señora mayor que creo que es su suegra. Estaba bien, pero no era la misma chica alegre que vino a mi despacho el otro día. Le he preguntado si todo iba bien y me ha dicho que sí. Todo parecía correcto.

—Manuela, dinos la verdad —pedí, preocupada.

—La verdad es que aparentemente no había nada extraño. Le dije que la estaba visitando porque necesitaba que hiciera el reconocimiento de un vídeo que exculpaba a Juanillo. Quiso venir inmediatamente, pero la cité para mañana. Creo que en comisaría podré hablar con ella más tranquila.

—¿A qué hora? Necesito ir a verla.

—No, Zaira, vamos a hacer las cosas a mi manera. Si tú estás allí, ella no va a ser natural y no voy a poder interpretar las señales. Y necesito saber qué ocurre.

—Crees que algo pasa, ¿verdad? —preguntó Yeray.

—Sí. Algo no me ha gustado, no te sé decir qué es. Pero, sinceramente, no la he percibido en peligro. Hablaré mañana con ella y así nos quedamos todos más tranquilos. Ahora tengo que irme.

Acompañé a Manuela a la puerta.

—Manuela, hay algo que no nos estás contando. Dime qué es, por favor.

La inspectora se volvió para mirarme. Dudó unos instantes si decírmelo o no.

—Bernardo tiene varias denuncias por maltrato, aunque fueron retiradas en su momento. No fue condenado. Imagino que no lo sabías.

—No tenía ni idea. Sabemos que estuvo viviendo en Alicante un par de años, que se enamoró de una chica y se fue con ella, pero nunca supimos nada de esa relación.

—Una de las denunciantes es de Alicante, pero la otra no.

—Qué raro que eso no se supiera —contesté extrañada.

—Fue en Torremolinos, en el dos mil quince. Una chica de Noruega fue atendida en el hospital por golpes e intento de violación. Pudo escapar porque unos chicos la escucharon gritar en la playa y la ayudaron. Él declaró que la relación había sido consentida. La chica desapareció al día siguiente. Regresó a su país y no firmó la denuncia.

—Por favor, Manuela, díselo mañana a Alba.

—Haré todo lo que pueda.

—Manuela, sé que no te importan las reglas si puedes salvar a una mujer. Estoy segura de que encontrarás la forma de hacerlo.

Un coche aprovechó que la verja estaba abierta y entró. Eran mi madre y mi abuelo, que venían riendo con Amalia.

Me tocaba cambiar la cara y no sabía cómo hacerlo.

Mi abuelo llegaba cargado de embutidos y dulces típicos. Descargaron las bolsas y mi madre se marchó con prisas. Tenía el tiempo justo de regresar antes de volver a trabajar.

La acompañé al coche. En el abrazo de despedida me di cuenta de cuánto la extrañaba. Su olor, siempre tan dulce y agradable, me llenó de recuerdos. Echaba mucho de menos no tenerla cerca en mi día a día.

—No puedo entender lo de Alba, asegúrate de que está bien —me pidió mi madre—. Tendría que haber venido a saludarme. No sé qué le está pasando a esta chiquilla, pero me parece que está perdiendo el norte.

—Está como recién casada, *mama,* no tienes que tenérselo en cuenta. Además, estás aquí casi a diario, no sé para qué te has llevado al abuelo si lo traes un día sí y otro también —le reproché risueña.

—Lo sé, pero es imposible mantener a tu abuelo separado de vosotros. No te imaginas la lucha. Me rindo, os lo dejo aquí.

—Al menos le has evitado lo peor, algo es algo.

—Cuida de tu abuelo, y de tu prima —se despidió mi madre.


Con mi abuelo en la casa no tuvimos demasiado tiempo para trabajar en el foro. Hasta que no se acostó, bien entrada la madrugada, no pudimos retomar nuestras pesquisas. Queríamos seguir buscando algo que nos diera alguna pista de la identidad de Supremacia_10.

—¿Y si estamos equivocados? —dije al rato de leer sin encontrar nada—. ¿Y si no hay nada en este foro que nos ayude a encontrar al culpable? Es desesperante, pero no tenemos otras pistas. Manuela tampoco, y no sabemos por dónde tirar.

—Sí que tenemos algo, que Álvaro pertenecía a este foro y que se escribía con Sole, la chica que te escupió, y posiblemente con más personas. Que Supremacia_10 es el dueño del cotarro y que parece ser el mismo que no quería que Álvaro le vendiera droga. Es decir, que se conocían. Y si se conocían y ya habían tenido un problema anterior, posiblemente está relacionado con su muerte. No hay nadie que tuviera un motivo. El Italiano no parece un asesino y creo que no tenía nada que ver con sus trapicheos. Sigamos mirando —insistió Fernando.

—He encontrado algo —dijo Yeray—. Hay un usuario que se hace llamar Hermano_mayor que tiene alguna relación con Supremacia_10. Se llaman hermanos entre ellos, pero he leído algunos de sus posts y hace varias referencias al pueblo y va a por el mismo tipo de personas. Es muy agresivo y se contestan mutuamente. Quizá solo sean amigos, pero tienen que ser cercanos, se tratan con mucha familiaridad.

—Centrémonos en él a ver si damos con algo —propuse.

—Un momento, aquí hay algo curioso. Los otros hablan de Álvaro y lo llaman «cobarde», pero ni Hermano_mayor ni Supremacia_10 contestan. Es justo antes del asesinato. En cambio, hemos leído posts de días anteriores en los que se decía que Álvaro no había acabado con el gitano y sí contestaron. Ahora hay un mutismo absoluto. No lo entiendo. Manuela tiene que investigar quién es este Hermano_mayor —dijo Fernando.

—Juanillo estuvo en el calabozo hace unos días porque se peleó con alguien, nunca me contó con quién. Pero me imagino que fue con Álvaro, que se metió con Gustavo. Creo que la primera referencia a «que no acabó con el gitano» fue a esa pelea. Si nos fijamos en la fecha, concuerda —conté a sabiendas de que desvelaba algo que iba a escocer.

—¿En el calabozo? ¿Y tú lo sabías? —preguntó Yeray.

—Me llamó Víctor para que fuera a recogerlo. No me contó lo que había pasado, pero luego supe que alguien se metió con Gustavo y Juanillo lo defendió. Gustavo hizo un trato con Álvaro; en un apuro le consiguió droga para que la vendiera. Y se la proporcionó Supremacia_10.

—No entiendo bien —dijo Fernando—. ¿Gustavo trafica con drogas?

—No, solo fue algo puntual. Álvaro quería mover droga, pero Supremacia_10 no se la daba por alguna razón que desconozco. Y aprovechó que le ofrecieron el negocio a Gustavo para presionarlo y que le sirviera de correo.

—Entonces ya sabemos que Supremacia_10 tiene algo que ver con Álvaro. Que hay algún conflicto anterior —dedujo Fernando—. Tenemos que dar con él.

—Zaira, no puedo creer que mi hermano estuviera en el calabozo y no me dijeras nada. Vamos a tener una conversación muy seria sobre lealtades —amenazó Yeray.

—También sabemos que Supremacia_10 fue uno de los integrantes de la paliza al chico de Torremolinos. Y no ha sido la única. ¡Cómo pueden ser tan cabrones de contar aquí todo lo que le hicieron! Se me pone la piel de gallina. Este post lo narra con detalle. —Mostré la pantalla, horrorizada.

—Disfrutan cuando le están dando la paliza y lo vuelven a hacer cuando lo comparten. Raro es que no cuelguen fotos o vídeos. Hagamos algo, escribamos. Pongamos en un hilo que la cosa de los gitanos de Benalmádena está enfriándose mucho y que hay que hacer algo. A ver quién nos responde y si sacamos algo en claro. Ana ya escribió que habíamos estado presos por matar a alguien —añadió Fernando.

Puse el mensaje sintiendo miedo. Estaba agitando mi propio avispero. Si saltaba la chispa y movilizaba a la gente, traspasando la pantalla, lo haría contra mi entorno.

No tardaron mucho en contestar. Los primeros fueron mensajes cortos, que llamaban la atención por la cantidad de faltas de ortografía en tan pocas palabras. Algunos animaron a tomar acciones y pedían que se hiciera algo para «sacar a ese gusano de su escondite». Miré la cara de Yeray al leer esas palabras. En unos cuantos minutos más, el ambiente estaba caldeado. Las peticiones de acción se sucedían. A la media hora recibimos la contestación que esperábamos. Supremacia_10 escribió:

Todavía no. Os aviso cuando se vaya a retirar el dispositivo

Todos pensamos lo mismo. No estaba en la cárcel. Y, si tenía acceso a esa información, se trataba de una persona cercana al sistema que la gestionaba.

Solo nos quedaba saber en qué departamento trabajaba.

# 30

Pasamos el resto de la noche analizando todos los mensajes de Hermano_mayor y de Supremacia_10. Los dos coincidían en su terrible forma de ver la vida. De respirar por encima de los demás por tener un tono de piel más claro. Internet había propiciado que muchas personas que estaban en lugares dispares de la tierra se encontraran en un punto. Y de ahí podían surgir relaciones maravillosas, con aficiones o intereses que te unían de forma mágica a personas desconocidas. Pero luego estaba esa parte tenebrosa, donde la maldad coincidía para crecer, multiplicarse y emprender acciones denigrantes como las que se cuajaban en ese foro.

Leer tantas páginas de horrores hizo que me fuera a dormir con un terrible dolor de cabeza. Cuando me metí en la cama, seguí dándole vueltas a las posibles identidades y profesiones que le permitirían estar informado del dispositivo. Mi intuición me decía que era importante averiguarlo. Le pedí a Aurora que me guiara, que me llevara a encontrar la solución para liberar a Juanillo de las sospechas que nos atosigaban. Intenté ordenar mi pensamiento. Todo el personal que trabajaba dentro de la comisaría podía saberlo sin dificultad. Al igual que los periodistas, que tenían ojos y oídos por todos lados. Demasiadas personas para dar con él.

El abuelo y Amalia se marcharon al amanecer, dejándonos una nota en la mesa del salón. Se iban dando un paseo a casa de Amalia y se quedarían unos días allí. Temían que se corriera la voz de que el piso estaba solo y se lo ocupara gente indeseable. Supe leer entre líneas que buscaban intimidad. Con el dedo, acaricié despacio la letra tosca de mi abuelo, la que aprendió siendo niño y que aún conservaba ese toque de caligrafía clásica de las escuelas de antaño. La sonrisa se me borró de la cara cuando calculé la distancia que había hasta la casa de Amalia y me di cuenta de que tendrían que caminar más de media hora. Subí por el teléfono móvil y los llamé. A la segunda llamada me confirmaron que estaban bien y que les había agradado el paseo. Mi abuelo me pidió que luego alguien les acercara la bolsa con sus cosas, que habían dejado en la casa para no cargar con peso.

Me senté en el borde de la piscina. Había escuchado que Yeray se estaba duchando y no estaba el coche de Fernando. Imaginé que nos faltaba algo para el desayuno y se había ido a comprarlo. Una llamada de Víctor me sacó de mis pensamientos.

—Buenos días —me saludó sin demasiada emoción.

—Buenos días. Necesito hablar contigo. Hay algo que quiero consultarte, ¿podrás pasarte por aquí hoy?

—Imposible, no me va a dar tiempo y a última hora tengo un evento oficial. Pero dime.

—Quería saber si conoces cuánto tiempo más se va a mantener el dispositivo de seguridad. Y quién puede tener información previa sobre cuándo va a desaparecer.

—Es el jefe de la policía el que toma esa decisión. Ellos valoran el peligro. Y la segunda pregunta es complicada de responder. Sé la facilidad con la que se filtran las noticias cuando pasan por muchas manos.

—Gracias, eso es todo —dije, molesta.

—Zaira, no es que no quiera ir, es que no tengo tiempo material para hacerlo. Y tampoco puedo invitarte a que me acompañes. No creo que tu presencia en un acto oficial sea muy adecuada.

—No lo es.

—Te noto algo tensa. ¿Estás bien?

—Sí, no te preocupes —dije sin poder disimular mi malestar.

—Me paso en cuanto pueda.

Colgué el teléfono y sentí una angustia que me oprimía el pecho. Era una sensación desconocida que no podía identificar. Pasé varios minutos analizando mis sentimientos y acabé deduciendo que lo único que me ocurría es que estaba desilusionada. Tenía que asumir lo que sentía por Víctor y a la vez aceptar que yo no era una prioridad para él. Me sentía estúpida. Él no me había prometido nada, no habíamos tenido ni siquiera una conversación sobre lo que sentíamos, y yo había levantado castillos en el aire. No podía entender por qué en ese momento me abrumaban unas enormes ganas de llorar. Si miraba al futuro, no era capaz de verme con él. Siempre había sido así. Mi forma de disfrutar de las pequeñas cosas, de gozar de mi soledad y de la tranquilidad, sin mirar más allá de mi ventanal, contrastaba con la vida de Víctor, llena de eventos en la calle, de fiestas y reuniones a las que debía asistir. Hasta entonces, pensar en eso me alejaba, me ayudaba a conservar una distancia real que me mantenía protegida. Algo había cambiado dentro de mí y ese cambio me producía una soledad viscosa y espesa que no me permitía tomar decisiones con claridad.

Yeray pareció leerme el pensamiento. Se sentó en silencio a mi lado y me cogió la mano.

—¿Víctor? —preguntó sin soltarme.

Asentí con un gesto y puse mi cabeza en su hombro. Estuve en silencio durante mucho rato mientras Yeray me acariciaba el pelo.

—Tienes las emociones a flor de piel. Has pasado mucho. Y la distancia con Alba te tiene muy desorientada. Solo necesitabas un motivo para que tu cabeza embotada colapsara y lo has encontrado al otro lado del teléfono.

—No quiero estar enamorada, es la peor sensación de este mundo. Pierdes tu autonomía, dejas de ser feliz sola para depender de la felicidad de la otra persona. Si la otra persona no te hace caso, sufres; si no se acuerda de ti, sufres. Y cuando la ves sufriendo, sufres también.

—Bueno, creo que estás dramatizando un poco, prima. Enamorarse también tiene cosas buenas, aunque ahora no sepas verlo. Estar enamorado es maravilloso. Las cosas se viven con otra intensidad, se disfrutan más. Solo necesitas ser correspondido. La vida tiene otro color cuando estás enamorado.

—No quiero volver a verlo.

—Ahí está un poco complicada la cosa. Es de la clientela más fiel y estaría feo que echáramos al alcalde del restaurante. Vamos a desayunar, que seguro que lo ves todo de otro color cuando te comas un buen bocata de jamón. Eso quita todos los males de amor al instante.

Me lavé la cara con agua fría y fui a desayunar. Hablar con Yeray me había sentado bien. Reconocer en voz alta lo que sentía por Víctor me había liberado de algo que no sabía nombrar con palabras.

Fernando acababa de llegar y ponía en la sartén unas donas. Pasar por la plancha las donas glaseadas era una de las tradiciones de la familia. En la sartén se caramelizaba el azúcar exterior. Les dio un par de vueltas hasta que el color cambió a un intenso dorado. Cuando fue a preparar más, lo frené con la mano. No estaban ni Alba ni Juanillo, así que ya había hecho de sobra.

Ana llegó e interrumpió el desayuno con una energía que cambió el ambiente.

—¿Qué huele tan bien? —preguntó Ana aspirando fuerte.

—Donas a la plancha. Cómete una, tenemos de sobra —dijo Fernando al tiempo que contemplaba la silla vacía donde se sentaba Alba.

—Esto es un pecado mortal —dijo Ana tras dar un mordisco—. Nunca debí probarlo. Esto no puede estar mejor. ¿Cómo se os ha ocurrido hacer algo así? Madre mía, está espectacular.

—Es muy fácil de preparar: vuelta y vuelta en una sartén y listo —explicó Yeray.

—Voy a escribir un artículo —contó Ana— en el que explicaré que la policía tiene pruebas que excluyen a Juanillo de la lista de sospechosos. Ya sabéis, para ir caldeando el ambiente.

—¿Está de acuerdo Manuela? —pregunté, extrañada.

—¿Desde cuándo le pido permiso a Manuela para hacer mi trabajo? Soy periodista y mi misión es contar la verdad, independientemente de si le gusta a Manuela o no —respondió de una forma algo teatral—. Vale, sí, se lo he contado. Está de acuerdo. Necesita ir disipando la tensión y esta noticia puede hacerlo.

—Pues yo creo que va a pasar todo lo contrario. En cuanto piensen que lo dan por inocente, se va a liar de nuevo —aportó Yeray.

—Y es mejor que, si eso tiene que ocurrir, lo haga ahora que hay un cordón policial. No sabemos lo que va a durar. ¿Pudiste preguntárselo a Víctor? —Ana me miró interrogante.

—Sí, pero no lo sabe. Dice que es la policía quien tiene la última palabra, tras la valoración.

—¿Qué tenemos en el foro? ¿Habéis encontrado algo más?

—No mucho más, solo que están atentos a la decisión de retirar el dispositivo. Y que actuarán cuando se elimine.

—Pues mucho no es. ¿No hay nada más? ¿No hay nada que nos lleve a ponerle cara?

—Lo único que hay es que contó que había participado en la paliza al chico gay de Torremolinos —apuntó Yeray.

—Tengo noticias respecto a eso. Ayer me sonó mucho cuando lo encontramos, y esta mañana he hablado con el compañero que cubrió la noticia. Y ¡sorpresa!, los autores fueron detenidos.

—¿Cómo? ¿Sabes quiénes fueron? Entre ellos posiblemente esté Supremacia_10.

Ana intentó contactar con Manuela para contarle lo que habíamos descubierto.

—Está en un interrogatorio. En cuanto termine nos llama.

—Está interrogando a Alba —apunté—. Me dijo que lo haría a primera hora de la mañana.

—Vale, pues mientras tanto vamos a buscar todo lo que haya sobre la paliza en Torremolinos.

En el buscador encontramos cientos de entradas. La desesperanza por el trabajo que quedaba por hacer no nos frenó. Sin duda teníamos delante la cara más tenebrosa de las redes sociales. Esa que escondía, detrás de una foto y un nombre, personalidades llenas de maldad. Me daba miedo. No quería conocer esa parte del ser humano. Los peores sentimientos estarían cuajados por una maldad que podría salpicarnos. Eso me aterraba, no quería que los míos sufrieran más.

—Me duelen los ojos de leer tantas faltas de ortografía —confesó Ana—. Qué importante es la educación. La ignorancia es muy atrevida. Entra un académico de la lengua aquí y se muere de un infarto.

Reímos con las ocurrencias de Ana. Manuela nos visitó a media mañana, cuando estábamos impacientes por conocer qué le había dicho Alba.

—Ha venido con la suegra, pero la he interrogado a solas —contó—. Estaba relajada y ha dado respuesta a todas mis preguntas con calma. Me ha contado que Bernardo le pidió que volviera aquí si no se veía preparada para vivir con él, y ella le prometió que lo iba a intentar y que para eso necesitaba coger distancia con vosotros, para que él notara su esfuerzo.

—Y ¿no le has dicho que el amor y la familia no son incompatibles? —interrumpí.

—Zaira, claro que sí. Le he dicho que nadie que te ame puede hacerte renunciar a tu familia, y ella se ha reído. Me ha dicho que nadie en el mundo le haría renunciar a vosotros. Que sois lo mejor que tiene en la vida. Pero que ahora necesita luchar por su pareja, para que salga bien. Me dio la impresión de que se siente dentro de una prueba y que para pasarla tiene que demostrarle a Bernardo que puede ser independiente, eso es todo. Me dijo que os lo dijera, si hablaba con vosotros. Que tiene el móvil roto, que se le cayó al váter, y que en cuanto lo recupere os escribirá. En la primera parte era sincera.

—No me tranquiliza, Manuela. ¿Le contaste lo de los antecedentes? —Yeray y Fernando me miraron extrañados.

—Sí, ella ya los conocía. Bernardo se lo había contado. A su manera, claro. Le contó que la chica de Alicante lo denunció cuando la dejó, para que no volviera a Málaga. Y que la chica noruega mintió, pero que después se arrepintió y se fue a su país sin firmar la denuncia.

Fernando y Yeray me miraron pidiéndome explicaciones. Les hice un gesto con la mano para posponerlo. Enseñamos a Manuela lo que habíamos descubierto en el foro y ella nos aclaró que había llegado al mismo punto con su investigación. Tenía constancia de que fueron seis los agresores en Torremolinos, pero solo se arrestó a cuatro. Ninguno era oriundo del lugar donde ocurrió. Eran todos de diferentes puntos de España. Nos faltaban dos que no fueron identificados.

—Vengo de la comisaría de Torremolinos, de hablar con los compañeros que hicieron la detención, y he descubierto algo muy curioso. He entrevistado a la pareja que los arrestó. Uno de ellos era en ese momento un policía en prácticas. Siguió a uno de los tipos que salió huyendo y que se refugió en un bar. Entró corriendo detrás y lo identificó; le pidió la documentación y resultó ser un compañero. Se dio cuenta de que se había equivocado y se marchó. Lo que más me ha llamado la atención es que lo narraba con la seguridad de que había cogido al otro agresor. Pero tenía una copa en la mano y estaba integrado en un grupo, charlando, por lo que pensó que se había confundido. Le pregunté si recordaba el nombre o el apellido del compañero, el que tenía la bebida en la mano, y es aquí donde me encuentro con la sorpresa.

El nombre que nos dio Manuela nos dejó atónitos.

# 31

Lo que nos había contado Manuela nos rompió todos los esquemas. Después de que se marchara, seguimos un rato sin poder articular palabra. Confiábamos en Manuela y en su capacidad para resolver el caso, pero el giro que había dado la historia nos ponía la piel de gallina. Era la posibilidad más difícil de asumir. El resto del día estuvimos procesando la información y no hablamos de otra cosa.

Nos costó conciliar el sueño. Nos sabíamos en nuestra habitación dando vueltas en la cama. Pero nadie tenía ganas de conversar. Me quedé dormida justo cuando comenzaba a amanecer. Me despertó una llamada de teléfono un par de horas después. Víctor estaba llegando para tomar un café conmigo. Me metí rápido en la ducha, cepillándome los dientes mientras el agua caía sobre la maraña en la que se habían convertido mis rizos con el roce continuo de la almohada. Me vestí con un biquini y una camisola larga semitransparente, me puse un poco de espuma en el pelo y me sequé el exceso de agua y producto con una toalla. Bajé a tiempo para abrir el portón y evitar que llamara y despertara a todos los de la casa.

Víctor salió del coche y me abrazó. Siempre lo hacía para saludarme y para despedirse. Me estrechaba entre sus brazos con fuerza. Nuestra diferencia de altura hacía que mi cabeza le quedara por debajo de los hombros.

—¿Cómo estás? —preguntó inclinando el rostro—. Me alegré mucho cuando me contaron que las cámaras de seguridad habían captado a Juanillo en el cementerio.

—Estoy deseando que esto acabe.

—Imagino. Cuando esto termine lo vamos a celebrar por todo lo alto. Te voy a llevar a cenar a un sitio precioso.

—Quizá, cuando esto acabe y antes de ir a cenar, necesitemos tener una conversación —le dije mirándolo a los ojos.

—O deberíamos tener algo más que una conversación —me dijo acercándome a él suavemente.

Le empujé sonriendo. Disfrutando de lo que unas simples palabras me habían hecho sentir. Yeray entró en la sala en ese momento.

—Siento interrumpir, tortolitos, pero necesito un café.

—Ya me iba, solo he venido para ver si necesitáis algo —dijo Víctor.

—Necesitamos que esta pesadilla termine y poder salir de aquí —le contestó Yeray—. Espera y te hago un café. No has probado una cosa igual en tu vida.

Salimos al jardín y nos sentamos en la mesa grande.

—Víctor, ¿por qué dejaste de salir con Andrés, el padre de Álvaro? Erais de la misma pandilla desde niños.

Víctor me miró extrañado, como si yo tuviera que conocer la respuesta.

—¿Tú me lo preguntas? —cuestionó Víctor.

—¿Por qué debería saberlo yo? —pregunté.

Yeray nos trajo el café. Nos sentamos a tomárnoslo sin dejar de mirarnos por encima de la taza. Mi primo se levantó con la excusa de poner a tostar un poco de pan.

—¿Qué debería saber, Víctor? —pregunté nerviosa.

—Pensé que lo sabías, no se habló en el pueblo de otra cosa. No tengo tiempo de contártelo ahora. Intento pasarme a última hora y hablamos.

Lo noté aturdido, confundido por mi falta de información. El sonido de mi teléfono resonó en el salón. Me levanté para cogerlo y Víctor me secundó para marcharse. Se despidió con un gesto de la mano. Cuando encontré el teléfono, la llamada se había cortado. Grité de alegría cuando vi que había sido Alba. Avisé a Yeray y devolví la llamada con el manos libres.

—¡Hola! —dije emocionada—. ¡Qué alegría saber de ti! ¡Te he echado mucho de menos!

—Y yo a vosotros. He llamado a Fernando para que me recoja luego y paso a veros, pero no me ha cogido el teléfono.

—Te recojo yo —dijo Yeray—. Dime la hora y allí estaré. Fernando está frito.

—A las cinco estará bien. Tengo muchas ganas de veros. Y al abuelo también, pásamelo.

—No está aquí. El abuelo está en la casa de Amalia. Alba, tenemos que contarte muchas cosas. Una de ellas es que he ampliado los socios del chiringuito y que vas a pasar de ser cocinera a chef.

—No suena del todo mal —dijo Alba riendo—. Imagino quiénes son los dos socios y me parece genial. Y creo que lo que conlleva ser chef también. Solo espero tener unas lámparas preciosas.

—Pues hoy quedó en venir Coral. Si quieres, le digo que pase a las cinco y así vemos con ella todo lo de la decoración. Nos va a ayudar a darle estilo al chiringuito.

—Me parece estupendo, Coral hace cosas espectaculares en las bodas. No he podido olvidar los centros de flores que hizo para la boda de la prima Raquel. Os veo a las cinco.

La llamada de Alba me había cambiado el humor. Teníamos muchas cosas que contarle, entre ellas el descubrimiento de Manuela de la noche anterior. Yeray y yo pasamos la mañana mirando ideas para la reforma del chiringuito y ultimando los detalles con todos los profesionales implicados. Paco nos ayudó en la tarea y nos puso en contacto con una empresa de servicios que se encargaría de gestionarlo todo. Pero aun así, teníamos que priorizar qué hacer primero y ordenar de forma progresiva las faenas.

Sandra vino a comer con nosotros. Le encantaron todas las ideas que compartimos sobre la decoración y valoró de forma positiva todos esos cambios.

—Se lo he dicho ya a tu prima —le dijo a Yeray en el café de la sobremesa—, pero también te lo digo a ti: todo lo que necesitéis me lo decís. Os pondré un tipo de interés muy bajo. Aunque creo que, si os pago todas las comidas que nunca me habéis querido cobrar, podéis amueblar la nueva cocina.

»Y hablando de cocina —continuó—, te van a llamar hoy del seguro para ver cuándo pueden venir los albañiles. En tu caso no ofrecieron tanto dinero, así que opté por que arreglaran ellos los daños con sus profesionales. Creo que es mejor.

—Sí, yo también lo creo. A ver si antes de que comience el curso está todo terminado. Aunque tengo que reconocer que no tengo ganas de volver a mi casa, esta me gusta más.

—Pues quédate a vivir aquí. Podemos negociar un alquiler de seis mil euros al mes.

Yeray y Fernando soltaron una exclamación. Yo sonreí.

—Tendré que pensarlo.

Pasamos un rato agradable hablando de los negocios del padre de Sandra y del precio del alquiler. En varias ocasiones nombramos a Juanillo, al que no dejábamos de tener presente. Cuando Sandra se marchó todos estábamos de buen humor, aunque la pena de no estar todos juntos no nos dejaba disfrutar plenamente del momento.

Fernando propuso elaborar buñuelos de pescado para la cena. Le pedí las llaves del coche y me acerqué al supermercado por harina y levadura.

Antes de entrar, una señora me paró y me dijo que sentía mucho lo que habíamos pasado. Le agradecí extrañada el comentario. Varias personas hicieron lo mismo en el interior. Recordé que Ana iba a escribir un artículo y lo busqué en el móvil. Tras las dos primeras líneas, tuve la seguridad de que ese cambio de actitud que notaba a mi alrededor lo había provocado la información que había publicado mi amiga. Más tarde supe que todos los medios de comunicación se habían hecho eco de la noticia.

Me sentí aliviada. En ese momento pude levantar la cabeza y demostrar que no tenía que esconderme ante nada ni nadie. Sentí que había llegado el momento de que se supiera la verdad. Y si Manuela estaba en lo cierto con su teoría, muy pronto el foco de atención se dirigiría hacia otro lado. Y podríamos volver a la normalidad. Podía respirar, dejar de sentir ese pinzamiento en el pecho que me había estado ahogando. Encontraba en la mirada de esos extraños un poco de calidez, de la empatía que tanto había echado en falta.

Leí el artículo completo y le di las gracias al universo por poner a Ana en mi camino. Con unas palabras había cambiado el sentido de los acontecimientos. No mentía, pero tampoco contaba toda la verdad. Se guardó en la manga los hechos que creaban ambigüedad para plasmar solamente los que ayudaban a disipar las dudas sobre Juanillo.

Llegué a casa y me sorprendió que Alba ya estuviera allí. Nos fundimos en un abrazo que mantuvimos en el tiempo, disfrutando de la proximidad.

—No te esperaba tan pronto —le dije al oído—. Te he echado mucho de menos.

—Y yo a vosotros —murmuró Alba.

—Menos mal que has venido —dijo Fernando—. Íbamos a hacer buñuelos de pescado y no teníamos claro si nos íbamos a quedar sin comer.

—He salido corriendo en cuanto he visto en la televisión que iban a descartar a Juanillo como sospechoso por las cámaras del cementerio. Muy pronto va a estar con nosotros.

—Ojalá. Lo ha tenido que pasar muy mal este tiempo —añadió Fernando.

—Fer, ¿me llevas a ver al abuelo? —le preguntó Alba.

—Claro, en cuanto nos dejes preparada la masa de los buñuelos te llevo.

Alba se puso un delantal mientras Yeray le contaba todos los cambios que habíamos pensado hacer. La ilusión que veía en mi primo me sorprendió. Sus ojos brillaban y Alba lo miraba sonriendo. En unos minutos, mi prima se había contagiado de su entusiasmo. Me parecieron esos dos niños que no hacía mucho planeaban construir una cabaña en la playa para esconderse de los adultos en las noches interminables. Alba se marchó prometiendo volver rápido, antes de la hora de merendar, y estar presente cuando llegara Coral. En el corto espacio de tiempo que habíamos compartido, su teléfono había sonado varias veces. Vimos que lo silenciaba sin explicar quién era tan insistente. Tampoco hacía falta.

Abrí la nevera y saqué el queso favorito de cada uno para poner sobre los buñuelos. Había cuatro variedades de quesos: cheddar, mozzarella, roquefort y havarti. Sonreí ante la coincidencia de que estuvieran ahí todos los que más nos gustaban. Los dejé en la encimera de la cocina y fui a darme un baño en la piscina. No podía quitarme de la cabeza lo que me había dicho Víctor. No era capaz de adivinar qué tenía que ver yo en la pelea con el padre de Álvaro.

El agua fresca me reconfortó. Nadé despacio durante varios minutos, intentando no pensar en nada. La calma me llevó a una sensación de somnolencia que disfruté durante un rato. El silencio me dejaba apreciar el sonido de los pájaros que revoloteaban en la copa de una de las palmeras.

Alba y Fernando regresaron riendo con complicidad. Fernando estaba feliz de tenerla cerca. Alba no paraba de mirar el móvil, que vibraba continuamente. Se metieron en la piscina conmigo y, después de mucho tiempo, me sentí serena. Por unos momentos estuvimos tranquilos y relajados. Solo nos faltaba tener a Juanillo con nosotros para que la felicidad fuera completa.

Coral llegó con Saray media hora antes de lo acordado. Cada una traía una bandeja en la mano. Nos llegó un olor a mantequilla y a frutas que nos dio una pista de lo que nos habían preparado. Dejamos los dulces en la cocina y nos sentamos en la terraza, a la sombra del toldo que Yeray acababa de abrir.

Fernando se ofreció a preparar café y todos rechazamos esa propuesta a la vez, lo que provocó la risa a carcajadas de mi amigo.

—Cualquiera diría que preparo veneno en vez de café. Que el café lo hace la máquina, yo solo meto la cápsula.

—Ese es el problema, no nos gusta el café de esas máquinas. Preferimos el café de puchero, el de verdad —dijo Yeray levantándose para traerlo.

—Voy por los hojaldres —habló Saray—. Los ha hecho Mara.

—Mara tiene muy buena mano para los dulces, así que seguro que estarán riquísimos —añadí.

—Mucho mejor que las galletas que tenemos. Algunas saben a tierra —criticó Yeray en referencia a mis galletas favoritas.

—También tenemos otras que son con sabor a azúcar: el relleno sabe azúcar, los barquillos saben a azúcar y la cobertura sabe aún más a azúcar —me burlé de las galletas que le gustaban a él.

—Hay dos opciones más —añadió Fernando—. Las de coco, que si las metes en la leche te quedas sin leche, y las mejores, las de toda la vida, que son las que me gustan a mí.

—Te pasas la vida metiéndote con mis galletas de coco —dijo Alba—, pero no te las puedo dejar cerca o me encuentro el paquete vacío.

Cuando terminamos el café, entre risas y bocados a las trenzas de hojaldre y frutas, Coral sacó una libreta y comenzamos a trabajar.

Yeray le contó los cambios que íbamos a realizar y en qué necesitábamos su ayuda.

—Muchas gracias por contar conmigo. No podéis imaginar lo bien que me viene. Pondré un antes y un después en mi Instagram y se expondrá mi trabajo. Y eso me dará mucha publicidad, gracias por la oportunidad.

—No, Coral, no queremos que nos hagas esta remodelación de forma gratuita. Queremos pagarte por tus servicios —intervine—. Este es tu trabajo y las horas que eches nos las tienes que cobrar.

—Zaira, sois mi familia. Y sé perfectamente que no estáis en vuestro mejor momento. Yo necesito fotos que muestren que hago este tipo de cosas. Además, puedo diseñar un salón perfecto para mis celebraciones. Y eso será beneficioso para los dos. Traigo varias ideas. —Coral abrió una carpeta con fotos y nos la ofreció—. Podemos decorar una de las paredes frontales con un panel de flores tridimensionales en tono pastel. Una pared muy fotogénica, con varias zonas diferenciadas, donde las personas puedan hacerse fotos con distintos fondos.

Coral relató todas las ideas que había ido recopilando. Diseñó diferentes espacios, incluyendo una pérgola con flores cerca de la barca. Sonreí al imaginar a mi abuelo presumiendo de su nuevo escenario. Las propuestas de Coral eran modernas, innovadoras e integraban nuestra esencia al tiempo que nos adaptaba a los nuevos tiempos. Nos ilusionó y nos hizo olvidar todas las calamidades que habíamos sufrido.

—Nos encanta todo —río Alba—. Pero lo que más me gusta es tu entusiasmo. Nos acabas de poner los pies en el suelo. No se nos hubiese ocurrido plantear rincones para hacerse fotos, pero está claro que en el momento que se comparta en las redes nos haremos populares. Solo nos faltan unas lámparas gigantes blancas que den una luz cálida.

—Todo lo que planteas me parece muy acertado y ese diseño de las mesas me ha encantado —comenté.

—Yo quiero un ayudante solo para colocar el millón y medio de copas de cristal que propones —se burló Fernando.

Nos encantaron los bocetos que Coral había preparado con tanto cariño. En un par de horas, habíamos convertido Las Cuatro Esquinas del Mar en un restaurante de ensueño. Sabía que tendría un coste, y que quizá no nos llegaría el presupuesto para hacerlo todo. Pero estaba segura de que uniríamos nuestras fuerzas para que esos dibujos cobraran vida, para que se hicieran realidad.

Mara vino a recoger a las chicas y se sentó unos minutos con nosotros. Se alegraba de que muy pronto Juanillo pudiera salir y tuviéramos ocasión de retomar nuestra rutina.

—En cuanto esto se acabe, nos vamos una tarde a ver a Ulla a la librería y nos traemos una bolsa llena de libros —le dije a Mara, recordando lo que solíamos hacer una vez al mes.

—Estoy deseando que llegue ese momento, pero ahora tenemos que irnos. Las dos peques se han quedado con Manuel, con la promesa de que las vamos a llevar a comer al centro comercial.

—¿Puedes acercarme a casa de Bernardo? —pidió Alba—. Se ha hecho tarde y quiero prepararle algo para cenar.

Mara me miró buscando mi complicidad, pero no dijo nada. Éramos dos mujeres que teníamos claro que no abandonaríamos ningún lugar para prepararle la cena a nadie que tuviera dos manos y que no estuviera enfermo. Pero no dijimos nada.

Se marcharon y nosotros seguimos trabajando un rato más. Yo buscaba información sobre la mejor forma de llevar la contabilidad de los gastos y las facturas con un programa informático y Fernando buscaba cristalerías a un precio asequible. Yeray seguía tratando establecer un orden en la contratación de los profesionales.

A la hora de la cena, nos dimos cuenta de que no habíamos llamado a Ana para darle las gracias por el artículo. Charlamos con ella un par de minutos y respetamos que parecía ocupada. Yeray se levantó y nos trajo nuestro zumo favorito, curiosamente a cada uno de un sabor diferente.

Seguí un par de minutos más delante de la pantalla del ordenador. De repente me levanté. Miré a Yeray y Fernando y me eché a llorar, emocionada.

Acababa de darme cuenta de dónde se había escondido Juanillo todo este tiempo.

# 32

Yeray y Fernando se levantaron al verme tan emocionada.

—¿Qué pasa, Zaira? —preguntó Yeray.

—Hay un zumo de piña para ti, un zumo de melocotón para ti y uno de manzana para mí. Y en la nevera queda uno tropical —dije sin poder dejar de llorar.

—Zaira, me estás preocupando. Que haya zumos no es motivo para ponerse así. Si quieres otros sabores vamos a comprarlos, pero no llores —respondió Yeray.

—Niña, ¿qué te pasa? —preguntó Fernando al ver que todavía lloraba más.

—Que no entendéis lo que pasa —contesté intentando calmarme.

—No lo entendemos, no, te juro que no —habló Yeray, inquieto.

—Que también había cuatro quesos y cuatro tipo de galletas —dije como si hubiese revelado un secreto importantísimo para la humanidad.

Yeray y Fernando se miraron preocupados. Estaban seguros de que algo estaba pasando en mi cabeza y que era una señal grave.

—Zaira, ponte los zapatos, que vamos para el hospital. Que tú tienes un ataque de algo; de qué, no lo sé, pero de algo seguro. Vamos.

—Y siempre hay cosas que nos gustan. Cómo no lo he podido ver antes, he sido una estúpida.

Yeray le hizo una señal a Fernando para que cogiera las llaves del coche.

—Vamos —dije—, conduzco yo. Vamos a ver a Juanillo —ordené con seguridad.

En ese momento, Fernando se apretó la cabeza con las manos en señal de desesperación. Estaba convencido de que había perdido la cabeza.

—¡Conduzco yo! —grité quitándole las llaves a Fernando de un manotazo.

Los dos me siguieron y se subieron al coche. Casi arranqué sin que Yeray hubiera cerrado la puerta.

—Prima, ve despacito, ¿vale? Que no tenemos prisa ninguna.

—Llevas días sin tu hermano y ¿no tienes prisa por verlo? ¿Y es a mí a quién se me ha ido la pinza? Ahora, que esos dos me van a escuchar. Ya veréis la que les voy a liar. Son unos irresponsables. Me ha visto sufrir y llorar, y como si nada. Creo que esta noche duermo en el calabozo.

—Zaira, tienes que tranquilizarte, no estás en condiciones de conducir. Para aquí y lo hago yo. Tú me dices dónde quieres que vayamos.

—Fernando, ¡no pienso parar el coche! Así que los dos calladitos, que vamos a ver a Juanillo.

El sonido del teléfono de Yeray nos calló a todos. Miró el número y vio que no lo tenía en su agenda. Lo cogió y se lo llevó al oído. No lo escuchamos hablar, pero el cambio en las facciones de su cara me hizo detener el coche.

—¿En qué hospital está? —preguntó temblando—. Vamos para allá.

—¿Qué pasa, Yeray? ¿Se ha puesto malo el abuelo? —pregunté.

Yeray pegó un puñetazo con rabia en el salpicadero del coche.

—Bájate, Zaira. Fernando, conduce tú. Vamos para Málaga, Alba está en el hospital.

—¿Alba? ¿En el hospital? ¿Qué ha pasado, Yeray? —pregunté con miedo.

—Bernardo le ha dado una paliza. La están operando. Está muy grave.

—¡Dios mío! ¡No puede ser! ¿Operando de qué? —pregunté histérica.

—Manuela no lo sabe, está a mitad de camino. En cuanto llegue nos va a llamar. La culpa es mía, nunca debí permitir que se fuera a vivir con él. Nunca. Sabía que esto iba a pasar y no la he protegido —sollozó Yeray—. Lo sabía. Sabía que le iba a hacer daño. Y he dejado que pase.

—No es culpa tuya, yo tampoco lo impedí. Y mira que tuve motivos. Debí hablar más con ella para que no se fuera. Si le pasa algo no me lo voy a perdonar nunca —dije consternada.

—El único que tiene la culpa es Bernardo y os juro que voy a matar a ese cabrón en cuanto vea a Alba. Lo mato. Ese ya no vuelve a tocar a ninguna mujer más.

—Y ¿de qué te va a servir eso? Te va a arruinar la vida, Fer, y nos la vas a arruinar a nosotros, que te vamos a tener que ir a ver a prisión. Mi prima se encargará de que se pudra entre rejas. Es su especialidad. No hay nada que la motive más que encerrar a tipos como este. Vamos a confiar en que la operación no sea nada grave.

El camino se nos hizo eterno. Cuando llegamos a Urgencias, Ana y Manuela estaban allí. Me abrazaron por turnos, pero ninguna de las dos supo darme respuestas. Manuela se acercó al mostrador para informar que habíamos llegado, para que alguien nos explicara el estado en el que había ingresado Alba. Un señor con una carpeta en la mano y una bata blanca nos llevó a una sala y nos pidió que esperáramos allí. Un doctor de mediana edad entró a los pocos segundos.

—Soy el doctor Jiménez Fajardo. He venido a informarles del estado en el que ha ingresado Alba Flores. Estaba inconsciente, con múltiples contusiones y cortes de arma blanca. Uno de ellos le ha causado una herida profunda en el bazo y en el hígado, y la están operando. Además, tiene rotos varios huesos del brazo y de la mano y algunas costillas. El hospital ha iniciado el correspondiente protocolo para el juzgado de guardia. Tiene suerte de estar viva. La intención del agresor no era esa, desde luego.

Entonces, las piernas me fallaron y me caí al suelo. No podía procesar esa información. No era capaz de asumir lo que el médico me decía. Yeray se echó a llorar sin poder formular la pregunta que todos queríamos hacer. En ese momento, en aquella habitación, experimentamos el espanto más absoluto, el dolor más profundo, la desolación más devastadora.

—¿Se va a salvar? —preguntó Ana.

—No lo sabemos. Su estado es muy grave, pero es una chica joven y sana. Vamos a esperar a su evolución.

Me abracé a Fernando llorando desconsoladamente. Su llanto se fundió con el mío, pero nos hizo reaccionar Yeray. Absorto de la realidad, no podía parar de murmurar «mi hermana, mi hermana» y de pedirle a su madre en voz alta que no permitiera que se la llevaran todavía, que le hacía mucha falta. Ana no soportó la visión de Yeray tan hundido e intentó consolarlo, pero no consiguió traspasar la barrera que en ese momento le aislaba del mundo.

—Manuela, dime que lo habéis detenido —dijo Fernando.

—Lo estamos buscando, pero todavía no ha aparecido.

—Pues yo lo voy a encontrar, yo sé dónde está —gritó Fernando y salió de la sala corriendo.

Manuela se precipitó detrás para sujetarlo. Lo agarró, pero Fernando la empujó y siguió su camino. La inspectora le dio el alto y le gritó mientras corría que si no se paraba lo detendría. Fernando no escuchó lo que le decía. Manuela se abalanzó sobre él y lo derribó. Le puso las manos en la espalda y lo esposó. Lo metió dentro del hospital y lo sentó en una silla, en un rincón.

—Ahí te quedas hasta que te calmes.

—Quítame las esposas, Manuela, que todo el mundo me está mirando, y ya tengo bastante con lo que tengo —dijo Fernando, muy nervioso.

—Ni loca. Esta familia ya ha pasado por bastantes trage-
dias, y si para evitar otra tengo que mantenerte esposado, así
te vas a quedar toda la noche. Luego, si quieres, me denuncias
por abuso de autoridad, estás en tu derecho.

—Hay que avisar al abuelo —dije tapándome la cara con
las manos—. ¿Cómo vamos a contarle esto?

—Tienes que darte prisa. Llámalo y dile que voy por él —se
ofreció Ana—. En veinte minutos estoy allí.

—No puedo hacerlo —dije negando con la cabeza—.
¿Cómo voy a explicarle que su nieta está debatiéndose entre la
vida y la muerte?

—Lo hago yo —resolvió Fernando—. Si Manuela me quita
las esposas.

Manuela lo miró de soslayo con cara de pocos amigos.

—Si sales corriendo otra vez, te encierro, ¿entendido? Aquí
nadie va a tomarse la justicia por su mano.

En el altavoz se escuchó una llamada para los familiares de
Alba Flores y corrimos hacia el mostrador. Sentía que el corazón
se me iba a salir del pecho. Temiendo encontrarnos con una
mala noticia, esperamos a que una chica con bata blanca nos
atendiera. Necesitaban saber si Alba tenía alguna dolencia o
enfermedad que no constara en su expediente médico, y si tomaba alguna medicación. Le dijimos que no y suspiramos aliviados. No nos dieron ninguna información sobre la operación.

Desde donde estábamos, vimos asombrados cómo llegaba
mi abuelo, corriendo y nervioso. Lo acompañaban Mara, Manuel, Paco y su hija Susana.

—¿Cómo está? —preguntó el abuelo—. ¿Habéis hablado
con el médico?

—La están operando —dije antes de abrazarlo fuertemente—. Está muy grave, abuelo, la paliza ha sido brutal.

—Voy a matarlo —amenazó Manuel pegando un puñetazo
al aire—. Te juro que lo mato.

—Aquí nadie va a hacer nada. Lo estamos buscando. En
cuanto lo encontremos, lo encerramos —contestó Manuela.

—Yo sé dónde está —afirmó Manuel con seguridad—. Dígale a una patrulla que venga a recogerme y los llevo. Está escondido en mi terreno, donde tengo mis cuadras. Él trabaja allí. Hay muchos sitios para esconderse, son muchas hectáreas.

Manuela hizo una llamada y habló durante unos segundos con alguien que no parecía estar por la labor de colaborar.

—Manuel, hay un coche en la parte delantera del hospital. Puedes ir con ellos. —Lo paró y lo miró de frente—. Deja que los agentes lo detengan. No pierdas los nervios.

—Así lo haré.

Nos sentamos a esperar las noticias del médico. La primera hora se hizo eterna, pero las dos siguientes resultaron insufribles. Mi abuelo no podía estar sentado, se movía de un lado a otro y rezaba a un Dios en el que nunca había creído. Yeray nos partía el corazón a todos con las conversaciones que tenía con su madre. Ana se preocupaba de que no nos faltara agua o cualquier otra cosa que necesitáramos. Y Manuela no se separaba de Fernando, al que suponía capaz de salir corriendo de nuevo.

Cuatro horas después nos llamaron. Al ver a tantísima gente allí, nos pidieron que solo pasáramos los padres y los hermanos. Entramos mi abuelo, Yeray, Fernando y yo. Nos acompañaron a un pequeño despacho que olía a desinfectante. Agarré la mano de Yeray con fuerza. El doctor nos explicó que la operación había terminado, que había ido bien pero que había sido muy complicada. Que Alba se encontraba grave pero estable. Teníamos que esperar. Las siguientes veinticuatro horas serían fundamentales en su evolución. Nos explicó en qué había consistido la intervención y los riesgos que conllevaba.

Nos mandó a casa. Hasta el día siguiente no íbamos a recibir ninguna información. Me hubiese cambiado por Alba en ese mismo instante. Sabía que su cuerpo y su mente estaban en un estado crítico. Era incapaz de calcular el dolor que produce que la persona que amas te dañe, que quiera acabar con tu vida. Eso me preocupaba tanto como las heridas físicas. Alba ya había sufrido mucho en la vida. Y ese nuevo golpe iba a dejar unas secuelas que serían difíciles de superar.

No hizo falta hablar para saber que no nos moveríamos del hospital. Salimos a la sala de espera y Ana propuso traer algo de comer. Nadie tenía apetito. Decidida a que echáramos algo en nuestros estómagos, sacó café de la máquina y compró unos aperitivos.

Manuel llegó una hora después.

—¿Cómo sigue? —preguntó.

Mara le contó todo lo referente a la operación y Manuel nos reunió a todos para contarnos algo. En ese momento, Víctor estaba entrando por la puerta y la mayoría de mis tíos y primos ya estaban allí.

—Lo han detenido —contó Manuel al corrillo que se había formado a su alrededor—. El cobarde estaba escondido en una antigua trampilla, en mi terreno. Nunca hubiesen dado con él si no registramos la finca palmo a palmo. Pero no sabéis lo mejor, tenía preparado un billete de autobús para irse a Portugal esta madrugada. Menos mal que lo hemos pillado.

Pensé que el arresto de Bernardo me iba a producir una cierta sensación de alivio, pero lo cierto era que seguía sintiendo la misma ira y la misma rabia que me removían por dentro como un tornado. Si me lo hubiesen puesto delante, estaba segura de que le hubiese arrancado la piel a tiras.

Necesitaba un poco de aire fresco y le pedí a Víctor que me acompañara fuera. Me abrazó sin hablarme, intentando regalarme un poco de paz. Nos sentamos en un banco frente a las urgencias del hospital. Veíamos entrar y salir a personas desconocidas con cara de preocupación. Todos tenían una historia que aquel día les había conducido allí. La noche seguía siendo una prolongación del caluroso día, sin que refrescara lo más mínimo al caer el sol. Era imposible dejar de sudar. Me acerqué a Víctor y apoyé la cabeza en su hombro.

—Todo va a salir bien, ya verás —me dijo acariciándome el pelo—. Alba es fuerte, no ha sido fumadora y no ha bebido alcohol nunca. Eso le va a ayudar a recuperarse.

—Necesito que salga bien, Víctor, o no me lo perdonaré en la vida.

—Oye... que tú no tienes culpa de nada. Aquí el único culpable ha sido el animal que la ha agredido.

—No, yo sabía que esto iba a pasar. Lo estaba viendo venir, no tenía que haberla dejado irse a vivir con él. Tenía que haberlo impedido.

—Claro, tenías que haberla atado a la pata de la cama. Alba es mayor de edad y ha tomado sus propias decisiones. Nadie podía impedirlo.

—Tenía que haber hablado más con ella, tenía que...

—Para, Zaira. No te tortures más. Ven aquí.

Me abrazó con fuerza. Su calidez me traspasó, me envolvió en una ternura que quería disfrutar. Víctor estaba siendo un apoyo muy importante y valoraba cada uno de sus gestos. En ese momento, me acordé de la última conversación que tuvimos.

—Esta mañana me dijiste que no te hablabas con Andrés desde el día de la agresión. Cuéntame qué ocurrió con él.

—Pues qué va a pasar, Zaira, te parece poco lo que te hizo esa noche.

—Es que no sé a qué te refieres.

—Andrés y su hermano, Jaime, siempre fueron los líderes en la escuela. O estabas con ellos o contra ellos. Yo tuve la suerte de caerles en gracia, vete tú a saber por qué extraña razón, y me consideraban «con ellos». Me uní a su grupo porque me aterraba la idea de que me cogieran como objeto de sus burlas, pero me negaba a participar en sus bromas. La noche de vuestra agresión habíamos ido todos a bailar. Jaime siempre estaba buscando bronca. Era el mayor de todos y nos manipulaba.

—¿Y qué tiene que ver eso conmigo?

—Cuando te agredieron en la discoteca, fue Andrés el que te cogió por detrás y Jaime el que cogió a tu prima Aurora.

Cuando vi la navaja en tu cuello, no pude hacer nada. Me quedé paralizado. Lo conocía, le había visto hacer salvajadas. Sabía que era capaz de clavártela y sentí un miedo atroz.

—¿Andrés me puso una navaja en el cuello? —pregunté, extrañada.

—¿No lo sabías? ¿Por qué pensaste entonces que no hice nada?

—Todos estos años he creído que no me ayudaste porque no quisiste intervenir.

—¿En serio? ¿Nadie te contó lo que pasó?

—No, nunca supe quiénes fueron los que me agredieron.

—¿Y no te diste cuenta de que tenías la navaja en el cuello?

—No, solo sentí un dolor inmenso al tirarme del pelo. Supuse que eran de tu pandilla, porque me rodearon entre todos, pero no vi a quién tenía detrás. En ningún momento fui consciente de que me amenazaran con un cuchillo.

—Jaime siempre estuvo enamorado de Aurora. Y que ella no le hiciera caso lo alteraba. Cuando os marchasteis, intenté salir detrás de vosotras, pero me lo impidieron. Me agarraron entre tres y no me dejaron moverme. Andrés y Jaime se burlaron de mí. Los insulté y me golpearon. Desde ese día no he vuelto a dirigirle la palabra a ninguno de los dos. Intenté hablar contigo ciento de veces, pero en cuanto me acercaba salías corriendo. No te puedes imaginar lo mal que lo pasé. Al final decidí que lo mejor era respetar la distancia que me exigías, sin perder la esperanza de que algún día me escucharas. No sabes lo nervioso que estaba el otro día en el chiringuito, cuando te decidiste a hablar conmigo. Estaba enamorado de ti. Fuiste mi primer y gran amor.

Me cogió la cara y me miró a los ojos para continuar hablando.

—Durante veinte años te he amado en silencio. La vida solo tenía sentido cuando sabía que iría a tu restaurante y podía coincidir contigo. Me quería engañar a mí mismo, pero cada vez que te veía me sentía vivo. El día antes de casarme, fui al chiringuito. Necesitaba hablar contigo, decirte lo que sentía. Y cuando llegué, te vi besándote con tu novio. Parecías feliz. Nuestros ojos se encontraron por unos instantes, pero me faltó valor. Me marché. Qué te podía haber dicho, si solo nos habíamos besado una vez, si lo que sentía no era proporcional a lo que habíamos vivido juntos. Me casé sabiendo que nunca iba a amar a nadie como te amaba a ti. Y era irracional, nunca habíamos sido novios, nunca habíamos tenido nada. Pero nunca pude olvidarte. Uno no manda en su corazón.

—No puedo creerlo —sollocé casi en un susurro—. Yo intenté odiarte con todas mis fuerzas. Durante muchos años también me engañé a mí misma, me dije que no sentía nada por ti. Pero no era cierto. Me ocurría igual. Nunca pude sacarte de mis fantasías, de mis proyecciones de futuro. Y que continuamente te cruzaras en mi camino me lo puso muy difícil. Te vi ese día, el día antes de casarte. Recuerdo tu mirada y recuerdo lo que me hizo sentir. Me di cuenta de que no iba a amar a nadie como te amaba a ti. Esa mirada provocó en mi interior una sensación que sabía que no iba a sentir con nadie más. Y construí un muro de dolor y rencor para seguir viviendo. El rencor me ayudaba, me proporcionaba la rabia suficiente para no mirar atrás.

Cerré los ojos e intenté contener las lágrimas. Estuvimos unos instantes mirándonos, me acercó a sus labios y me besó suavemente. Respiré hondo y le pedí a Víctor que regresáramos dentro. No podía con la emoción que sentía. Víctor se levantó, me cogió por los hombros y me colocó frente a él.

—No te voy a dejar sola. Nunca más. Vamos.

Regresamos cogidos de la mano. El tacto cálido de su mano me reconfortó. Sentía tanto miedo por Alba que no era capaz de procesar nada más.

Pasamos en el hospital toda la noche. Y hasta el mediodía no nos dejaron entrar a visitarla. Solo estaba permitido que accediera una persona y decidimos que fuera mi abuelo, aunque declinó en favor de Yeray. Mi primo no lo dudó y entró resuelto a ver a su hermana, tras agradecerle con una mirada cálida a mi abuelo su gesto. Esperamos nerviosos en el pasillo hasta que un celador nos rogó que regresáramos a la sala habilitada para la espera.

Yeray salió caminando despacio, pálido como la pared, sin poder contener el desconsuelo que la visión de su hermana le había provocado. Se pensó las palabras que iba a decir. Imaginé que intentaba encontrar la forma de contarnos la realidad sin la crueldad que había presenciado, para que no afectara al abuelo, pero no lo consiguió.

—Está dormida. Entubada. Me ha impresionado verla así. Tiene el cuerpo lleno de moratones. La ha matado a palos. No entiendo cómo se ha podido ensañar tanto con ella. Con lo buena que es Alba.

—Ese animal la estuvo llamando desde que llegó a la villa y Alba no le cogió el teléfono —recordé—. Seguro que la estaba esperando muy cabreado. Alba le diría que había estado con nosotros todo el día y discutieron. Antes ella, cuando se peleaban, se iba para su casa y la cosa se calmaba. Desde que vivían juntos, se había crecido y la veía como una propiedad. Solo espero que se pudra en la cárcel.

—Abuelo, tienes que ir a descansar —dijo Fernando poniéndole la mano en la espalda—. Te llevamos y volvemos.

Mi abuelo asintió con la cabeza. Llamé a Yeray para que viniera con nosotros, pero se negó.

—Tienes que venir, tenemos que ir a contárselo a Juanillo.

Me subí en el coche pensando que ese encuentro, tan esperado, no iba a resultar como había imaginado.

# 33

Llevamos al abuelo a la casa de Amalia, donde se habían instalado desde que regresaron de Granada. En unas horas parecía haber envejecido una década. No quería separarse de Alba y con lo único que pudimos hacer presión fue con las pastillas de la tensión que el médico le había encomendado que no se olvidase de tomar. Eso nos ayudó a llevarlo a casa. Prometimos que en cuanto nos diéramos una ducha iríamos a recogerlo.

Acompañé a mi abuelo al ascensor y de vuelta me paré frente al coche.

—Aparca —ordené con voz tenue.

—No es buen momento para ir a ver el chiringuito —apuntó Fernando.

—No quiero ir a ver el chiringuito, aparca por favor.

Fernando hizo lo que le pedía y comenzamos a caminar. Ninguno de los dos tenía ánimos para rebatir nada. Me siguieron más por no enfrentarse a mis locuras que por cualquier esperanza de encontrar a Juanillo. Pero yo tenía claro a dónde iba. Y no cabía en mi razonamiento ningún tipo de error.

Sabía dónde estaba.

—Juanillo preparó de antemano la fuga. En una mochila guardó varias mudas de ropa, la tableta que me estaba arreglando y su bolsa de aseo. Cargaba con ella a todos lados. La guardaba en el cuartillo de madera mientras trabajaba. Habló con

Sandra y le pidió que le dejara esconderse en su casa. Sandra tiene una casa de invitados vacía dentro de su propiedad, donde vivía Consuelo, su tata, hasta que se fue a su país. Era la opción más inteligente. Nadie lo buscaría allí. Y sabía que Sandra no se negaría. Siempre podría decir que no se había dado cuenta de que se había colado en la casa de invitados.

—¿Crees que Juanillo está en casa de Sandra? —preguntó Yeray—. Era el último sitio donde hubiese imaginado.

—Y te diste cuenta por la compra —añadió Fernando—. Teníamos todo lo que nos gustaba, cuando Sandra podía conocer tus gustos, pero no los del resto.

—Exacto. Y a Sandra no le gusta comprar. No pisa un supermercado, así que todas las compras las hizo por internet. Fue Juanillo el que las preparó. Por eso estaban nuestros siropes favoritos, además de zumos, galletas y queso para complacernos a todos. Él siempre hace la compra en casa y sabía a la perfección qué necesitábamos para nuestras comidas habituales —confirmé.

—Zaira, Sandra nos ha hecho un gran favor escondiendo a Juanillo. No vayas a recriminarle nada, no sería justo.

—Estoy dolida, Fernando, me ha visto llorar por no saber dónde estaba. Me lo podía haber dicho. Me ha tenido muy preocupada y me lo podía haber ahorrado.

—Hizo lo que pidió Juanillo —medió Yeray—. Estoy con Fernando. Sandra estará temiendo nuestra reacción cuando nos enteremos. Nos ha traído la compra, nos ha dado un techo y nos ha cuidado al niño. Solo vamos a tener agradecimientos para ella.

Tenían razón. No era momento para reproches, solo para agradecimientos. Sin Sandra, las cosas hubiesen sido mucho más complicadas. Estaba segura de que a Juanillo no le había faltado de nada. Había tenido todos los canales de pago disponibles y Sandra le había comprado todo lo que necesitaba. Y también sabía que le había dado mucho más, lo que no se compra con dinero. Lo había arropado, abrazado y querido en esos momentos tan duros. Los imaginé a los dos mirando la televisión, viendo a gente desconocida destrozar nuestro negocio, por el que tanto habíamos luchado. Y no podía imaginar mejor refugio que los brazos de mi amiga.

Llamamos a la puerta confiando en que Sandra estuviera en casa. Esperamos unos minutos y no obtuvimos respuesta. La llamé por teléfono y no me lo cogió.

—No puedo creer que no esté. Voy a intentar subir por el muro. Yeray, álzame que lo intento.

—No, no lo hagas, que tiene alarma y sonará. Tendremos que esperar —dije consternada.

—¿Más? ¿Tenemos que esperar más? —protestó Fernando—. Alguien tiene que quitarnos esta maldición de encima ya.

—¿Qué hacéis aquí? —preguntó Sandra, que llegaba caminando con dos bolsas con el logotipo de un restaurante de comida rápida.

—Abre, necesitamos contarte algo —le dije muy seria.

—¿Qué pasa? No tenéis buena cara.

—Alba está en el hospital, muy grave. Tenemos que decírselo a Juanillo.

Sandra entendió que ya no había nada que ocultar. En cuanto abrió la puerta, salí corriendo para la casa de invitados. Juanillo estaba mirando el móvil, sentado en la cama.

—¡Zaira! —saltó emocionado—. Cuánto me alegro de verte.

Detrás de mí entraron Yeray y Fernando. La emoción del momento me hizo llorar a lágrima viva. Juanillo estaba bien, había estado cerca de nosotros, protegido por una de las personas que más apreciaba. Cuando terminó de abrazarlos, volvió a estrujarme a mí. Lloramos juntos. Sandra se emocionó también, sintiendo que era parte de esa familia. Sin duda tenía que encontrar el momento para agradecerle todo lo que había hecho por nosotros. Mis perros comenzaron a correr a mi alrededor para que les prestara atención. Me di cuenta de cuánto les había echado de menos.

—Lo siento tanto, siento tanto el daño que os he hecho... Pero no podía entregarme. Tenía mucho miedo. Sabía que me culparían por algo que yo no había hecho.

—Vamos al salón —pidió Sandra.

La casa de invitados era más grande que la mía. Tenía una inmensa habitación, un baño enorme y un salón comedor que no tenía separación física de la amplia cocina. Nos sentamos en una mesa de madera lacada en blanco, muy fiel al estilo nórdico que Sandra siempre utilizaba para decorar.

Conté a Juanillo todo lo ocurrido con Alba. Lo hice con cautela, intentando medir mis palabras para que el golpe no doliera tanto. Juanillo miró a Yeray y a Fernando con la esperanza de que alguno de los dos le dijera que le acababa de gastar una broma de mal gusto. Pero las dos caras corroboraron mi versión.

—Quiero ir a verla —dijo Juanillo.

—Si vas al hospital, te detendrán y no podrás estar informado de cómo está. En el calabozo nadie te va a poder contar nada —expliqué.

—Quiero verla, no importa lo que pase después.

—Juanillo, escucha a Zaira, por favor. Si te arrestan no saldrás inmediatamente, no se ha resuelto el caso del todo y puede que te retengan unos días. Vente a la villa con nosotros. Nadie te va a buscar allí. Hablaremos con la inspectora y se lo diremos. Pero, por favor, no te entregues hasta que Alba salga de peligro.

—Lo siento, no puedo —dijo Juanillo removiéndose el pelo de forma nerviosa—. Es que necesito verla. Es mi hermana y sé que para vosotros es igual de duro, pero es que yo he estado encerrado aquí, sin verla, y saberla ahora en un hospital es algo que no puedo soportar, no puedo.

Rompió a llorar, desconsolado.

—Juanillo, escúchame. Alba está en la UCI y solo puede entrar una persona a verla. Ponte una gorra y sal con Sandra en el coche. Quédate en la villa con nosotros. Y ya veremos qué pasa mañana. Aunque vayamos ahora al hospital, no podrás visitarla, está en cuidados intensivos —razonó Fernando.

—Cuando lo tenga delante le voy a devolver todos los golpes que le ha dado a Alba multiplicados por cien. Lo mismo lo mato y al final acabo en la cárcel. Se ve que era mi destino —dijo Juanillo.

Comenzó a dar vueltas por la estancia, nervioso. No sabíamos muy bien qué decirle. Todos los que estábamos allí sentíamos la misma ira hacia Bernardo.

—No me puedo imaginar lo que estás pasando en este momento —le dijo Sandra acercándose a él—, pero sé todo lo que han sufrido ellos. No se lo pongas más difícil, Juanillo, ya han tenido bastante. Vamos para la villa, yo me quedo contigo allí mientras están en el hospital. Me pido unos días de asuntos propios y te acompaño. Pero no vayas al hospital, Alba no querría eso.

Juanillo se abrazó a Sandra con fuerza. Me di cuenta de que mi primo y mi amiga habían creado unos lazos que no se romperían jamás. Sonreí con ternura. Miré a Sandra, agradecida. Mi primo recogió sus cosas y, ya en el coche de Sandra, se agachó y se tapó con una pequeña colcha para que nadie lo viera.

Cuando llegamos a la villa no sabíamos qué hacer. Queríamos pasar tiempo con Juanillo, pero estar separados de Alba no nos dejaba respirar. Sentíamos que teníamos que estar cerca de ella, aunque no pudiera vernos.

—Id vosotros al hospital —dijo Fernando, que encontró la solución a lo que nos angustiaba—. Yo me quedo con Juanillo. Pero volved a dormir un rato.

No nos dio tiempo de marcharnos. Vimos por la cámara del portero automático que Manuela estaba en la puerta.

—¿Me escondo? —preguntó Juanillo.

—Sí, métete en el cuarto de arriba. A ver qué quiere contarnos. Le vamos a consultar antes.

Manuela parecía muy cansada, tenía las ojeras marcadas por un surco oscuro. Sujetaba su cabello largo en una cola alta que intentaba atrapar el encrespamiento que había producido, posiblemente, un cepillado demasiado rápido.

Se acercó a nosotros en silencio. Sandra propuso que nos sentáramos al fresco. Se marchó para dejarnos intimidad, pero yo le pedí que se quedara.

—Tengo noticias. Lo que os conté el otro día se ha complicado un poco más. Hemos confirmado que los usuarios Supremacia_10 y Hermano_mayor son el tío y el padre de Álvaro. Llevan algunos años creando revueltas, pero nunca se les ha vinculado a nada en concreto.

—Eso ya lo sabíamos. ¿En qué se ha complicado? —pregunté.

—Hemos recogido el testimonio de una familia inglesa que estuvo alojada en el primer piso, justo enfrente del bordillo con el que se golpeó Álvaro. La mujer se despertó con la pelea. Dos hombres gritaban. Uno le dio un puñetazo al otro, que cayó y se golpeó con el bordillo. Ella lo vio todo. Cuando el agresor se dio cuenta de que no respondía, lo abrazó y comenzó a llorar desconsolado. No había declarado antes por miedo a ser testigo de un ajuste de cuentas y que le causara problemas. Se asustó, no habla español y no quiso meterse en líos.

En ese momento todos los que estábamos en la habitación sentimos un impacto extraño. Algo nos golpeó por dentro, impresionándonos de forma profunda.

—No puede ser —murmuré—. ¿Fue su padre quien lo mató? ¿Fue un accidente?

Nunca contemplamos esa posibilidad.

—Lo he interrogado durante horas. Parece sincero cuando dice que no lo mató.

—Claro —dije—. Porque no está mintiendo. No fue el padre de Álvaro. Fue el tío. Estaría de descanso ese día. Y cuando leyó en el foro lo de la pelea, o alguien se lo contó, fue a buscar a su sobrino. Le recriminó que no le hubiese dado a Juanillo. Todo encaja. Fue el tío de Álvaro quien le dio la droga a Gustavo. Él tenía acceso al tusi; es policía, se quedó con algún alijo. Por eso no quería que su sobrino repartiera, no lo quería en el negocio. Por eso los Bocachanclas no sabían nada.

»Pero no puedo entender cómo pudo salir corriendo y dejar a su sobrino tirado en el suelo —comenté, horrorizada—. Y no sé cómo vas a probar eso, Manuela. Es de los tuyos, no va a ser fácil. Y estoy segura de que fue él también el que le dio la paliza al chico en Torremolinos, salió corriendo y se escondió en el bar. Si le preguntas al policía novato que lo persiguió, estoy segura de que lo reconocerá.

—Lo he comprobado y sí, fue él. El policía recordaba su nombre al llamarse igual que su padre. Lo ha reconocido en las fotografías. He verificado que Jaime estaba de descanso la noche del asesinato. Según la descripción que ha hecho la señora extranjera, coinciden. Pero necesito algo más. Ahora decidle a Juanillo que baje, quiero hablar con él.

No teníamos ni idea de cómo Manuela se había dado cuenta de que Juanillo estaba allí con nosotros, pero tampoco nos atrevimos a preguntar. Juanillo bajó por voluntad propia, sin que nadie lo tuviera que llamar. Estábamos nerviosos. Asustados por la posibilidad de que Manuela se lo llevara arrestado en ese momento tan complicado. Juanillo no se atrevía a mirar a la inspectora. Se colocó cerca de mí, intentando que nuestra complicidad lo calmara.

—Voy a arrestarte, no te quepa la menor duda —le dijo Manuela mirándolo fijamente a los ojos—. Pero ahora no es lo mejor para ninguna de las partes. Si te llevo a comisaría, saldrás de nuevo en los medios de comunicación, y las revueltas en este momento no son buenas para la investigación. Y tu familia ya ha sufrido bastante. Además, tengo la seguridad de que eres inocente. Te quedarás aquí hasta que yo te lo diga, ¿me oyes? Y no se te ocurra moverte sin consultármelo.

El timbre del teléfono de Manuela los interrumpió. Comenzó la conversación con un breve «dígame» y la cerró con un «gracias, voy para allá».

—Buenas noticias. Alba se ha despertado. Tengo que ir a hablar con ella.

Nos marchamos con Manuela. Fernando y Juanillo se quedaron en la villa, pegados al teléfono. Esperando a que les diéramos buenas noticias.

Corrimos al hospital, esperanzados por saber que Alba se había despertado. Deseaba con toda mi alma que a mi prima no le quedaran secuelas físicas que le recordaran cada día lo que había tenido que sufrir. Toda mi familia estaba allí, en la sala de espera. Toda la aldea nos arropaba en ese momento tan duro. Recibía ánimos de los que se acercaban a preguntar por ella. No importaba que no pudieran verla, lo fundamental era estar cerca, que supiéramos que podíamos contar con ellos.

El pronóstico de los médicos no fue muy favorable. Alba estaba estable, pero tenía que volver al quirófano. El resto de la explicación se difuminó, se quedó flotando en mi cabeza. Sentía que estaba en la sala, que mis pies pegados al suelo con fuerza me sujetaban, pero no era capaz de entender lo que el doctor decía. Todo estaba nebuloso, cubierto por una bruma que emborrizaba cada palabra, que borraba por completo su nitidez. Noté que mis rodillas se doblaban y que no podía hacer nada por mantenerme en pie. Y no encontré fuerzas para pedir ayuda. Me desplomé sintiendo una debilidad extraña, que me volvía pequeña y vulnerable. Yeray alcanzó a cogerme antes de que mi cabeza diera con el suelo. El médico que nos informaba corrió a ayudarme. Me tendieron en el suelo y no recuerdo nada más. Demasiadas horas sin comer y sin dormir lo suficiente me habían pasado factura.

# 34

Cuando desperté, un médico joven me auscultaba el pecho. Cogí aire para decir que estaba bien, pero no conseguí mover ni un músculo. Mis ojos expresaron ese cansancio extremo que sentía en aquel momento.

—Menudo susto me has dado —susurró Yeray, que acercó mi cara a la suya en cuanto el médico se retiró.

—Alba... —alcancé a decir con esfuerzo.

—La están preparando para la operación. Entró una urgencia por un accidente de tráfico y le ha tocado esperar. Pero está bien, ha estado hablando con Manuela y ha preguntado por ti. En estos momentos estoy muy celoso, pero bendito sea ese amor incondicional que os tenéis.

—Quiero levantarme —dije intentando incorporarme.

—No puedes, el médico acaba de decir que reposes un par de horas más y que luego te levantes poco a poco. Tienes que comer algo.

—No tengo hambre.

—Tienes que comer. No es cuestión de tener hambre o no. Si no comes, te van a poner suero y estarás aquí más tiempo del que te gustaría. Ana ha dejado ahí una bolsa del supermercado. Los nervios te han jugado una mala pasada y que tu estómago este vacío no ayuda nada.

—¿Y el abuelo?

—Está en la sala de espera, loco por verte. No gana para disgustos, menuda vejez le estamos dando. Recuerdo hace un par de meses cuando presumía ante los tíos de la vida tan tranquila que llevaba. Y en un mes se ha casado, le han destrozado el chiringuito dos veces, tiene un nieto en busca y captura y otra nieta en el hospital. No quiero ni pensar si le toca una vejez movidita.

Una enfermera joven, que debía de conocer nuestra historia, nos dedicó una sonrisa apagada.

—Tu prima está en las mejores manos. El médico que la está operando es mi padre, y sé que es el mejor del mundo —dijo la chica mientras me ayudaba a incorporarme.

—Gracias —le contesté—. Me alivia saberlo. Yeray, quiero hablar con Manuela. Creo que puedo hacer que el tío de Álvaro confiese.

—No digas tonterías, Zaira. Tenemos suficientes problemas ya.

—Quiero hablar con ella. Dame mi teléfono. O mándale un mensaje, que se pase cuando pueda.

—No te preocupes, viene después. Nos lo dijo cuando habló con Alba.

Tardé un par de minutos más en sentirme bien. Me comí un plátano y un puñado de frutos secos. Cuando sentí que tenía fuerzas suficientes para ponerme en pie, me fui con mi familia a la sala de espera. Mi abuelo dio un salto cuando me vio y corrió a mi encuentro para abrazarme. Y tuvo que apartar a mis primas y primos, que al acercarse a preguntar cómo estaba me agobiaron. Cuando conseguí despejar mi camino, me senté en una silla incómoda, diseñada para que no pudieras quedarte en ella más de cinco minutos. Sandra y Ana charlaban fuera, sin quitarme ojo a través de la ventana. Me di cuenta de que la vida me había regalado, además de una familia maravillosa, amigas que me querían, me cuidaban y hacían locuras por mí. Les sonreí y Sandra me tiró un beso. Las llamé con la mano para que se sentaran conmigo.

—No queremos molestar —dijo Ana—. Entendemos que la familia quiera estar cerca en este momento.

—Ana, tú eres mi familia. Has defendido a mi primo cuando todo el mundo estaba en contra. Has luchado conmigo, dedicando horas a nuestras locuras. No puedo estar más agradecida.

—Pero qué dices, si todo estaba preparado. Quería pescado a buen precio para el resto de mi vida —me sonrió mientras se agachaba y me cogía la mano—. Es un privilegio para mí tener una amiga como tú. Que das la vida por los demás. Que luchas con todas tus fuerzas por los tuyos. Mi verano hubiese sido muy aburrido si no hubieses estado tú.

Sandra nos miraba sin dejar de sonreír. Le pedí que se sentara a mi lado y le cogí la mano. Sus largos dedos estaban adornados por un sinfín de anillos que brillaban siempre con la misma intensidad. Se acercó lo suficiente para poder rozarle la mejilla. Era tan bonita por dentro como por fuera. Esta experiencia me había hecho entender que había escogido a la mejor amiga que alguien pueda tener. Me sentía afortunada. Sandra era una persona bondadosa que me quería con la misma intensidad que se quiere a un miembro de la familia. Y yo sentía exactamente lo mismo por ella.

—Todo va a salir bien. Alba es una luchadora y tiene unos ángeles de la guarda que no la van a dejar sola —me susurró al oído.

Apenas una hora después de que entrara en el quirófano, nos llamaron por el altavoz.

—Es muy pronto, algo ha pasado —murmuró Yeray, preocupado.

Entramos en una sala oscura que debía de ser un despacho que ya no se usaba. El mismo doctor que nos había hablado la otra vez se frotaba las manos con unas hojas de papel.

—Tengo buenas noticias. Todo ha salido bien. Hemos operado a Alba y se encuentra en recuperación. En un rato, antes de que suba a la UCI, les avisaré para que la vean. No es lo habitual, pero podemos hacer una excepción. Vamos a dejarla un par de días en cuidados intensivos y, si todo evoluciona como hasta ahora, la pasaremos a planta.

Suspiramos aliviados. Las cicatrices del cuerpo sanarían. Pero todos los que estábamos en esa sala sabíamos que habría otras cicatrices que no lo harían tan rápido.

Alba tardó casi una hora en despertar de la anestesia. Mi abuelo fue el primero en hablarle.

—Hola, hija mía, ¿cómo estás? —preguntó acercándose a su cara.

—¿Quién eres tú? ¿Un galán de cine? —bromeó Alba.

—Me alegra que te despiertes con buen humor, hija. Qué mal nos lo has hecho pasar. Pero ya estás bien, te vas a recuperar.

—Ahora tengo mucho sueño. ¿Dónde está Yeray? —preguntó Alba—. Quiero que me dé un beso.

—Aquí estoy —dijo Yeray, emocionado—. Siempre a tu lado.

—Me ha dicho la enfermera que os falta solo la guitarra y la caja para rematar la fiesta. Tenéis que ir a dormir. Quiero la exclusiva del hospital, no quiero a nadie más aquí. Estoy fuera de peligro, voy a poner de mi parte para mejorarme. Quiero que descanséis —dijo Alba haciendo un gran esfuerzo.

Un celador se la llevó y no pude evitar mirarla al marcharse. En sus ojos había cansancio, pero también había temor. No podía esperar otra cosa. Estaba convencida de que lo que había vivido era tan terrible que no lo olvidaría jamás.


Nos marchamos a casa. Tenía que dormir y reponer fuerzas. Aunque me seguía preocupando Alba, saber que estaba fuera de peligro me proporcionaba un alivio que disfrutaba. Mi prima me iba a necesitar y Juanillo, seguramente también. Aquella noche durmió a mi lado, como un chiquillo que tenía miedo de la tormenta. Le acariciaba el pelo rizado como cuando era un niño y se colaba en mi cama para que le contara un cuento.

Siempre se quedaba dormido con el sonido de mi voz en los primeros minutos de la narración. Ahora me parecía el mismo niño pequeño que tenía que cuidar y proteger.

Me había preocupado por cómo estaban Alba, Yeray y Juanillo, pero había alguien que también estaba sufriendo mucho en silencio. Fernando, desde lo ocurrido, había estado esquivo y callado, y me preocupaba cómo lo estaba viviendo. Salí de la cama y miré si había luz en su habitación. La habitación estaba a oscuras y pensé que dormía, pero un ruido en la piscina me hizo entrar a comprobarlo. La cama estaba vacía, todavía con las sábanas estiradas. Bajé y lo encontré nadando.

—¿Te he despertado? Lo siento.

—No, no estaba dormida. He estado con Juanillo hasta que se ha quedado frito. Pero no puedo dormir, se está convirtiendo en una costumbre. Me preocupa Alba y lo que nos compartió Manuela también, no me puedo engañar. Si no se detiene a un culpable, no se va a despegar la culpa de la piel de Juanillo.

—No podemos hacer nada, Zaira, es la policía la que tiene que conseguir las pruebas.

—Álvaro y Jaime nos odiaban desde niños. Pero siempre se toparon con una tropa de primos dispuesta a defendernos, así que no pudieron salirse con la suya en la mayoría de las ocasiones. Tengo que aprovechar ese odio para sacarlo de sus casillas. Creo que puedo conseguir que confiese.

—Zaira, no digas tonterías —dijo Fernando mirándome muy serio—. Ese tipo puede ser muy peligroso y te recuerdo que tiene un arma. Ya hemos sufrido bastante.

—Nunca van a conseguir las pruebas. Por eso mismo, porque es policía. Tengo que hablar con Manuela.

—Bueno, eso me tranquiliza. Manuela no te va a dejar hacer ninguna tontería.

Fernando se equivocaba. Al día siguiente me levanté temprano y me planté en la comisaría. Quería hablar con Manuela. Si no me ayudaba, lo haría yo sola.

—Zaira, no servirá de nada. Lo que me pides es una locura.

—Busca la forma, Manuela, busca la forma de que compartamos el mismo espacio por unos minutos. Déjame que le rompa su seguridad. Y que lo ponga nervioso. No va a confesar, eso está claro, no es tonto, pero te abriré la puerta para que entres. Iré primero a casa de Andrés, se lo diré primero a ellos. Se enfrentarán con Jaime, romperé su mundo. Te será muy fácil cuando hayan bajado la guardia, tú eres una experta.

—No puedo, Zaira, no puedo permitir que hagas eso.

—Manuela, no te estoy pidiendo permiso. Te estoy pidiendo ayuda. Si no me la das, lo haré sola. Hablaré con Andrés y su mujer. Luego vendrán a hablar contigo. Les contaré que voy a dar una rueda de prensa y que he tenido la consideración de informarles a ellos antes. Cuando vengan, se lo dices. Luego iré a la comisaría de Jaime. Solicitaré hablar con él a solas. Pide a tus compañeros que activen las cámaras y que le cedan un sitio donde puedan verlo todo. No es tan difícil, Manuela. No perdemos nada.

Manuela negó con la cabeza y se quedó pensativa unos segundos. Sabía que si no me ayudaba lo haría yo sola.

—Dame un par de horas para que lo prepare todo.

—Tengo que ir a ver a Alba a la una. En cuanto salga, iré a casa de los padres de Álvaro.

Toda la seguridad que demostré delante de Manuela se esfumó en cuanto me senté en el coche. Necesitaba compartirlo con Ana. La llamé con el manos libres de camino al hospital.

—Me parece que estás completamente loca, amiga. Pero te entiendo. Creo que me vas a dar el artículo de mi vida. Solo espero que salga bien. Aunque no acabo de entender cómo has convencido a Manuela de esta locura.

—No la he convencido. Sabe que lo haré sin su ayuda, así que ha pensado que es mucho mejor si ella me vigila de cerca.

—Reí porque tenía claro que el argumento era acertado.

—Tengo que grabar en la televisión, llámame en cuanto termines. Necesito un titular que me haga salir de mi estancada vida.

—Así lo haré. Te lo contaré de primera mano.

Cuando llegué al hospital, me encontré en la puerta con Mara y Manuel.

—Sabemos que no podemos verla, pero queríamos verte a ti y a tu abuelo.

—Zaira, sé que no es el momento, pero cuando todo esto pase y Alba se recupere, me gustaría hablar con Yeray y contigo —dijo Manuel.

—Sí, lo sé. En cuanto Alba salga quedamos y nos sentamos a charlar.

—¿Perdona? ¿Charlar nosotros? Creo que se os olvida invitar a los más importantes, a Saray y Juanillo. Ellos tienen algo que decir —rebatió Mara.

—Mara, es una charla informal. Somos familia, no vamos a conspirar a sus espaldas. Solo quiero saber qué piensan ellos y expondremos lo que pensamos nosotros, no es más.

—Manuel, que lo mismo a tu hija no le parece bien que vayas a hablar con ellos. Creo que lo primero que tendrías que haber hecho es hablar con ella.

—Lo hice, y me dejó muy claro que no quiere ni apalabramiento ni *pedía*. Pero eso no quita que...

—Eso no quita que tú quieras hablar con la familia del novio para que la convenzan —interrumpió Mara.

—No se trata de eso —se disculpó Manuel—. Es justamente lo que les quiero exponer. Voy a respetar lo que quiere Saray, pero somos gitanos, tengo que darle una explicación a esta familia.

Los miré divertida. Mara y Manuel eran tan diferentes que nunca tuvieron un punto de partida común. Mara tenía una inteligencia fresca, era cercana y creativa. Manuel, por el contrario, era tímido y conservador, y su bondad nos había salpicado más de una vez a todos los que le conocíamos.

Mara miraba a Manuel y él se perdía en sus ojos negros. No podía contener el amor que sentía por esa mujer, un amor que se transparentaba en todos sus gestos.

—Mara, nos sentaremos a hablar. No hay ningún problema con que vengan los chicos. Pueden venir tu padre y mi abuelo, así los honramos. Estoy segura de que les encantará participar en la charla —aclaré.

Mi primo Yeray nos interrumpió. Podía pasar a ver a Alba unos minutos.

Me desorienté en un laberinto de pasillos, encontré el sitio exacto más por intuición que por las señales indicativas. Alba tenía los ojos cerrados, pero los abrió cuando le rocé el brazo. Estaba pálida y me sonrió al verme.

—Hola, tata —dijo con esfuerzo.

—No hables, cariño.

—Puedo hablar, necesito hablar —dijo esforzándose por no llorar—. Lo siento tanto, he sido tan tonta. No era la primera vez que me pegaba, pero luego volvía llorando y me juraba que era el alcohol y que no iba a volver a pasar. Le creía siempre. Me siento tan estúpida.

—Tú no eres estúpida. Ni culpable de nada —le dije cogiéndole la mano—. Ya se ha acabado, no puede hacerte daño.

—Tata, lo peor es que no puedo dejar de quererlo. No me lo puedo arrancar de aquí dentro y me siento tan mal por eso…

—No tienes que sentirte mal por amar. No es algo que una decida, Alba, pero estoy segura de que un día te levantarás y te darás cuenta de que no sientes nada.

—Me ha dejado unas cuantas marcas para que no me olvide de lo malaje que es. Tengo muchas heridas. Me va a quedar un cuerpo horrible, marcada de por vida. Cada vez que me mire voy a recordar la pesadilla.

—No digas tonterías. Hoy en día hay solución para todo y, con lo que vamos a ganar con el nuevo restaurante, vamos a tener dinero de sobra para visitar al mejor cirujano plástico del país.

—¿Tú crees que se me podrán quitar las marcas?

—Claro que sí. Las del cuerpo se irán muy rápido, con las otras tardarás un poco más y necesitarás ayuda. Además, también necesitarás del cariño de tu familia. Que están locos porque vuelvas a cocinar.

—El médico vino a verme hace un rato. Me dijo que si sigo así y no hay infección, me pasan a planta en unos días. Cuando esté en planta ya puedo comenzar a trabajar. Siempre he querido preparar cosas sofisticadas, me hace mucha ilusión cambiar a una carta nueva.

—Me alegro de que te ilusione. Juanillo está muy ilusionado también. Anoche estuvimos hablando hasta que se quedó dormido. Quiere ofrecer servicios en las hamacas: juegos de mesa, cargador para el móvil y un montón de ideas que me encantaron.

—Yeray me dijo que se escondía en casa de Sandra y que ya está con vosotros. En cuanto vea a Sandra me la voy a comer a besos. Qué suerte de tenerla en nuestras vidas. Todo hubiese sido muy distinto sin ella.

Una enfermera vino a indicarme que el tiempo había acabado.

—Descansa y aprovecha para que esa cabecita cree los nuevos platos. Eres la mejor cocinera de la costa del Sol y lo vas a demostrar. Te quiero.

Le di un beso en la mejilla y me salí sintiendo un dolor físico en el pecho. Separarme de ella me dolía.

No pasé por la sala de espera para no tener que dar explicaciones de adónde iba. Le mandé un mensaje a Yeray; le dije que había quedado con Manuela y le conté cómo había visto a Alba.

Caminé con paso firme hacia mi coche.

Estaba a punto de encontrarme con la persona que cambió el rumbo de nuestras vidas.

# 35

Manuela me dijo que me esperaba en la casa de Andrés. Me sorprendió verla vestida con ropa elegante. Me contó que venía del juzgado y que no le había dado tiempo a cambiarse. Quería subir conmigo.

—No, Manuela. Esto no es negociable. Tienes que irte a comisaría. Te llamaré si te necesito. Si está solo el padre no entraré.

—Están los dos, los acabo de ver subir.

—Perfecto, entonces. Conseguiré que me escuchen. Deséame suerte.

El portal estaba abierto. Miré al suelo, al bordillo donde Álvaro perdió la vida. Pensé en lo duro que tendría que ser para esos padres pasar todos los días por el mismo sitio donde su hijo murió.

Llamé a la puerta muy nerviosa. Abrió la madre. Al mirarla me di cuenta de que nos conocíamos de algo. Quizá habíamos estado en el mismo colegio. Recordé que se llamaba Jacinta y que participó en alguna extraescolar con Aurora.

—Hola, necesito hablar con ustedes. Es urgente.

El padre de Álvaro se asomó para comprobar quién era. Al verme, montó en cólera y ordenó a su mujer que cerrara la puerta. Conseguí meter el pie para que no cerraran y les pedí que me escucharan.

—Voy a dar una rueda de prensa anunciando quién es el asesino de su hijo. Creo que ustedes deben ser los primeros en saberlo.

Jacinta hizo un gesto a Andrés con la mano para que parara y me ordenó que pasara en un tono seco.

Entramos en la cocina y no me ofrecieron sentarme. Intentaba que la inseguridad que sentía en mi interior no se reflejara en mi forma de hablar. Tenía que conseguir que saliera bien, así que durante unos segundos pensé las frases que iba a decir.

—Di lo que tienes que decir y te marchas —exclamó Jacinta—. No eres bienvenida en esta casa.

—Lo sé y lo entiendo. Pero hay una cámara de seguridad que demuestra que mi primo no mató a su hijo. Y hemos encontrado un testigo en el bloque de enfrente que lo vio todo. Vio quién lo hizo.

—¿Qué estás diciendo? —preguntó Andrés—. La policía no nos ha dicho nada de eso. Nos hubiesen informado. Vete de esta casa o llamaré a la policía.

—Está abajo, puede mirar por la ventana y verá una patrulla. Está esperando para llevarlos a comisaría.

—¿Y por qué vienes tú a decírnoslo? No entiendo —dijo Jacinta.

—Porque en la investigación he descubierto algunas cosas que tenía la necesidad de decirles a la cara —miré a Andrés a los ojos con furia—. Sé que fuiste tú el que me agredió aquella noche en la discoteca. El que metió su mano debajo de mi falda, el que me arrancó las bragas de un tirón delante de todo el mundo. El que me puso una navaja en el cuello para que nadie se atreviera a ayudarme. Y sé que fue tu hermano Jaime el que hizo lo mismo con Aurora. He querido venir a decírtelo, antes de que te enteres por una rueda de prensa. Esa noche el que mató a Álvaro fue vuestro odio. Tu hermano se enfrentó a tu hijo. Corrió a buscarlo cuando le dijeron que había sido un cobarde ante el gitano. Discutieron. Tu hermano le pegó un puñetazo y lo mató. Y lo dejó en el suelo, tirado. Desangrándose.

Jacinta se había llevado las manos a la boca y sus ojos se abrieron con una expresión de terror que me enmudeció. Andrés intentaba asimilar lo que le acababa de contar.

—Lo escuché. Tú lo sabías —dijo mirando a su marido—. Te dije que me despertó tu hermano peleando con Álvaro. Y me convenciste de lo contrario. Reconocí su voz y conseguiste que pareciera una loca que tomaba medicación para dormir.

—Mientes, vete de aquí. No sabes qué inventar para quitarle el muerto a tu primo. Él lo mató.

—Puedes ir a comisaría. La inspectora Santiago ha llegado a las mismas conclusiones a las que he llegado yo. Jacinta, siento mucho lo de su hijo. El odio de su tío hacia los gitanos lo mató. Y lo siento de veras. No se merecía morir.

Jacinta había conseguido sentarse torpemente en una silla. Lloraba en silencio, creyendo la historia que le acababa de contar.

Salí de la casa sin derrumbarme, sin mirar atrás. Me paré en el portal y, cuando fui a mandarle el mensaje de confirmación que Manuela me había pedido, me di cuenta de que las manos me temblaban. Me marché con paso firme a la comisaría donde trabajaba el tío de Álvaro.

Me costó conducir. Las piernas no me respondían y tuve que pararme un par de veces. Aparqué en la puerta y respiré hondo. Alguien tenía que interceptarme cuando entrara. Miré a todos lados buscando a esa persona, pero nadie vino a buscarme. Estaba a punto de llamar a Manuela cuando una chica joven de pelo muy corto me hizo señales con la mano. Me pidió que la siguiera y que esperara en un despacho. A los pocos minutos, entró una mujer de unos cincuenta años, vestida de paisano, y se presentó como la comisaria Albuera. Antes de darme indicaciones, me mostró su desaprobación por lo que estábamos a punto de hacer. Me dijo que todas las oficinas estarían ocupadas y que a Jaime solo le quedaría una opción para hablar en privado, una de las salas de interrogatorios. Su seriedad no me amedrentó. Me deseó suerte mientras abría la puerta.

La misma chica de antes me indicó que Jaime estaba fuera y que regresaría en unos minutos. Alguien le avisaría de que quería hablar con él. En todo momento me estarían observando y actuarían cuando yo levantara la mano. Insistí en que no intervinieran, vieran lo que vieran, hasta que yo la levantara. Sabía que iba a despertar su ira y que sería el momento para que hablara.

Me comí las uñas de lo nerviosa que estaba. No tenía ni idea de si iba a salir bien, pero no tenía miedo. Si para demostrar la inocencia de Juanillo tenía que recibir unos cuantos golpes, lo haría.

Jaime entró hablando con un compañero. Me miró en la distancia y se preguntó qué hacía yo allí. La misma chica de antes le indicó que quería hablar con él.

—Gracias, Marta. Ya me encargo yo —le dijo antes de encararse conmigo—. ¿Qué haces aquí? Ya puedes largarte.

—Quiero hablar contigo en privado.

—No tenemos nada de qué hablar. Tu primo mató a mi sobrino, no tengo nada que hablar contigo —dijo cogiéndome de un brazo para sacarme fuera.

—Si no me dejas hablar contigo a solas, voy a gritar de aquí a la puerta que tengo pruebas de que tú mataste a tu sobrino. Y mañana abrirás todos los noticieros de este país. Así que será mejor que me escuches.

Pude ver su cara de asombro, su desconcierto. Retrocedió muy enfadado e intentó que entráramos en un despacho a hablar. Como estaba ocupado, probó con las dos siguientes puertas hasta acabar en una sala de interrogatorios. Pidió que no nos molestaran y se acercó amenazante.

—Eres una mentirosa —dijo cogiéndome fuertemente del brazo. Estaba segura de que al día siguiente luciría una buena marca.

—No soy una mentirosa y lo sabes. Le pegaste un puñetazo con tan mala suerte que se dio con el bordillo. Te encargaste de que el vídeo de la discusión en la plaza corriera como la pólvora para incriminar a mi primo. Y sé que fuiste tú. Y lo dejaste tirado en el suelo. ¿Qué clase de persona hace eso? ¿Qué clase de persona deja su propia sangre derramarse por el suelo?

Me cogió por la camiseta y me elevó para acercarme en tono amenazante a su cara.

—Calla esa boca o tendrás muchos problemas.

Me registró por si tenía un micro. Y se aseguró de que la cámara estuviera apagada. Salió un instante para comprobar que en la sala contigua nadie miraba por el falso espejo. Cuando volvió, cerró y me puso frente a la puerta.

—Te estás buscando muchos problemas.

—¿Como los que tuvimos mi prima y yo en la discoteca? ¿Me vas a manosear como hiciste con mi prima? Te encantó, ¿verdad? Te encantó meterle la mano entre las bragas a mi Aurora. Eres un cerdo. Y tu odio ha acabado con la vida de tu sobrino. No pudiste soportar que el hijo de Aurora se riera de él. Tuviste que ir a buscarlo. Lo que me pregunto es qué te dijo para enfadarte tanto, para que le dieras ese puñetazo tan fuerte. Algo tuvo que decirte.

—Cállate o te mato —me amenazó con brusquedad.

—¿Vas a matarme aquí de un puñetazo como a tu sobrino? Estoy segura de que muchos de tus compañeros están deseando echarte el guante. Pónselo fácil: pégame, dame fuerte, tan fuerte como a Álvaro.

No pudo evitarlo y me pegó un puñetazo en la boca. Mi saliva se volvió espesa y con sabor a hierro. Había metido la pata y no le podía dar tiempo a que buscara una excusa. Hice una señal para que no intervinieran mientras estaba de espaldas, pensando.

—Debimos matarte aquella noche, a ti y a tu prima —reconoció, enfurecido.

—Puedes hacerlo ahora. Así tendrás dos muertes sobre tu conciencia.

—Lo de Álvaro fue un accidente, pero te juro que contigo me lo voy a pasar en grande. Vas a tener el mismo final que tu prima Aurora. Límpiate la boca, que vamos a salir. Vas a salir despacito y yo voy a ir detrás. Como digas una sola palabra, me voy a encargar de que no quede ni un solo miembro de tu familia vivo. Vamos. ¡Que te limpies, te digo! Nos vamos a un sitio donde nos lo pasaremos muy bien. Y como abras la boca de aquí a la puerta, te pego un tiro. A mí me jodes la vida, pero te llevo por delante. ¡Que te limpies la puta boca!

Lo tuve claro en ese mismo instante. Al nombrar a Aurora me di cuenta de que aquello no fue un accidente. El taller mecánico donde Aurora arregló el coche los días previos era el de su sobrino.

—Fuiste tú, ¿verdad? ¡Tú la mataste! —grité con rabia—. A Aurora le repugnabas, le dabas asco y no lo soportaste. ¡Manipulaste sus frenos porque sabías que ella recogería el coche ese día! ¡Eres un asesino! Y la vida te ha devuelto todo el odio que has volcado en los demás, matando a tu propio sobrino. No sé cómo vas a poder dormir por las noches pensando el dolor que le has causado a tu propio hermano.

Me tapó la boca con la mano. Con toda la fuerza que entonces me dio la cólera que estaba sintiendo, se la mordí. Me cogió por el cuello y noté que no podía respirar. Sentí miedo. Me soltó en el momento que pensé que no podía resistir más sin respirar.

—¡Quiero que te calles! ¡O te juro que te mato delante de toda la comisaría y después me gastaré hasta el último euro en eliminar uno a uno a todos los miembros de tu familia!

Me volvió a agarrar del jersey y tiró con fuerza para acercarme a él. Podía sentir su aliento a pocos milímetros de mi cara.

—Tú vas a tener un final muy diferente al de tu prima, mucho más divertido. Y de ti depende que no me cargue al resto de tu familia. Sabes que será un placer hacerlo, así que límpiate la boca y vamos a salir de aquí. No olvides que llevas detrás una pistola apuntándote a los riñones.

Hice lo que me pedía. Saqué un pañuelo de papel del bolso, pero las manos me temblaban y se me cayó al suelo. Lo recogí y me limpié como pude.

En cuanto abrió la puerta, Jaime se dio cuenta de que había perdido la partida. El dispositivo que Manuela había montado para su detención no le dejaba margen ninguno de maniobra. Me dedicó una última mirada de odio.

Cinco agentes lo apuntaban con un arma. Al verse atrapado en su propia trampa, levantó los brazos y me insultó mientras sus propios compañeros lo esposaban.

La policía que le había amarrado las manos lo volvió hacia mí y me dio la oportunidad de tenerlo delante. Lo miré a los ojos. Y no me salieron las palabras. El odio que destilaba no me iba a salpicar más. Ya no. Había condicionado demasiado tiempo mi vida. Había destruido mi familia, mi negocio, mi hogar y mi tranquilidad. No le iba a dar la oportunidad de que derrumbara nada más. Podía haberle golpeado o insultado. Pero eso no hubiese cambiado nada, ni me iba a hacer sentir mejor. Pedí que lo quitaran de mi vista y me senté en una silla cercana.

Dos policías jóvenes vinieron rápidamente a atenderme. Me había partido el labio y sentía un dolor intenso dentro de la boca que no sabía de dónde provenía. Un sanitario me puso algo frío en el labio y me dio una pastilla junto con la orden de ingerirla.

Sentada en una silla, intentaba asimilar las nuevas piezas. Manuela se puso de rodillas delante de mí.

—Se acabó. Se acabó todo. Lo has conseguido, Zaira, eres una de las mujeres más valientes que he conocido nunca.

—Él los mató —murmuré sintiendo una punzada que me quebraba por dentro—. No fue un accidente. Él los mató. Mató a Aurora y a su marido.

—Lo sé, lo he oído todo. Lo siento —dijo Manuela mientras me abrazaba—. Lo siento tanto…

No sé cuánto tiempo estuve allí, en silencio, viendo a la gente pasar. Gente que corría nerviosa de un lugar a otro. Pedí a Manuela que llamara a Ana, yo no era capaz de coordinar los movimientos para hacerlo. Le iba a dar la exclusiva que la haría conocida en todo el país. Tenía que ser la primera en publicarlo. Era lo menos que podía hacer por ella. Manuela me miraba a los ojos, esperando que reaccionara. Ana llegó a los pocos minutos y se abrazó a mí, llorando. Le pedí que me hiciera una foto. Sentada en esa silla. Hundida por la verdad que acababa de conocer. Esa era la foto que quería que todo el mundo viera. La foto donde mostraba lo que el odio era capaz de hacer en las personas, cómo era capaz de hundirte, de hacerte sufrir, de trasformar tu vida.

Luego llamé a Juanillo para decirle que todo había terminado, que lo recogía Manuela en un rato para llevarlo a comisaría. No era necesario que le acompañara su abogada, nadie iba a presentar una denuncia. Estaría unos días en arresto domiciliario hasta que el juez decidiera. Manuela lo acompañó después al hospital e intercedió para que le dejaran visitar a Alba. Todo el mundo conocía su historia, así que no fue difícil que le concedieran el permiso.

Aquella misma noche salimos en todos los telediarios. Nuestra historia dio la vuelta al mundo. Pasamos de ser villanos a ser gente sufridora que lo había pasado mal. El artículo de Ana se hizo viral y portaba una carga emocional que puso los vellos de punta a todos los lectores. Ana construyó con palabras un puente entre nosotros y el resto del mundo. Y lo hizo con tanta belleza que deslumbró. Enseñó lo que se puede llegar a sufrir si a una tragedia se le añade una etiqueta y se sentencia antes de tiempo. Lo que genera el odio hacia lo diferente. Ganó numerosos premios por ese artículo que todos los miembros de mi familia nos sabemos de memoria.

Los reuní a todos para compartir la noticia de que Aurora no había muerto en un accidente. Les conté con lágrimas en los ojos y un nudo en la garganta que había sido Jaime el que había manipulado los frenos, en el taller de su sobrino. Nadie esperaba una noticia así y les impactó. Mi abuelo se levantó de la silla y nunca más volvió a hablar del tema.

Los demás pasamos un nuevo duelo, con un nuevo dolor al que dimos nombre y apellidos. Y deseamos que pagara por ello, que pasara el resto de su vida encerrado donde no pudiera destruir a nadie más.

# 36

Alba permaneció tres semanas en el hospital. Su cuerpo se recuperó rápidamente, pero su alma no. Nunca fue la misma. Su alegría se replegó tras unos ojos tristes que miraban al mundo con cierta distancia. No era capaz de disfrutar con la intensidad de antaño.

Las marcas de las puñaladas que tenía en el cuerpo le recordaban con demasiada frecuencia el dolor que la martirizaba. No podía canalizar ese amor que sentía y convertirlo en odio. No era capaz.

En un intento por recuperar la normalidad, Manuel insistió en convocar la reunión pendiente. Aprovechamos que las mejoras estaban casi terminadas para vernos en el chiringuito y enseñárselas. Alba acababa de salir del hospital y no tuvo fuerzas para venir; se quedó en casa al cuidado del abuelo.

Juanillo se movía de un sitio a otro toqueteando las nuevas cortinas, los paños blancos y los centros de mesa. El salón lucía tan espectacular que nadie podía sospechar que hacía poco más de tres semanas gran parte de las instalaciones estaban enterradas en cenizas. Todos los miembros de nuestra familia colaboraron en la reforma. El jefe de obra se reía continuamente de las ganas de trabajar de sus improvisados obreros, que se contraponían a un desconocimiento total de la materia. La reforma se realizó en un tiempo récord por el empeño de muchos y el acierto de contratar un grupo de albañiles que supo hacerse respetar y organizar al numeroso gentío.

Estábamos quitando los adhesivos que opacaban las cristaleras para evitar las miradas de los curiosos, cuando Manuela pasó a despedirse. Habían cerrado el caso y volvía a su hogar.

—Ha sido un placer conocerte —le dije mientras la abrazaba—. Siento que la primera parte del plan no sirviera para nada. Les di a Jacinta y Andrés un mal rato innecesario. No hizo falta que se enfrentaran con su hermano para que confesara.

—Todo lo contrario, Zaira, el testimonio de Jacinta será clave en el caso. Reconoció la voz y eso sitúa a Jaime en el escenario del crimen. Si no hubieses ido, no te lo hubiese dicho y no lo hubiese contemplado en la declaración. Su marido la hubiese vuelto a convencer. Lo hiciste genial. Sin ti nunca lo hubiésemos resuelto. Y siento el dolor de saber que tus primos no murieron en un accidente.

—Recuerdo al chico, cuando le daba el pésame a mi abuelo, muy afectado por no haberse dado cuenta del fallo de los frenos. No quiero ni pensar cómo se tiene que sentir ahora al saber que fue su propio tío el que los manipuló.

—Cuando le tomé declaración me di cuenta de que no sabía lo que su tío había hecho.

—Espero volver a verte algún día —le dije abrazándola.

—Y yo espero venir de visita y no porque os hayáis metido en algún lío.

No pude evitar emocionarme al verla despedirse de mi familia. La acompañé al coche sintiendo que Manuela formaba parte de mi vida.

A los pocos minutos, Mara y Manuel llegaron con Saray, que no dejaba de darle vueltas, nerviosa, a su anillo. Nos sentamos en un lado de la mesa Yeray, Juanillo y yo, y ellos tres lo hicieron justo enfrente. Nuestros mayores habían sido convocados, pero declinaron la invitación por no ser una pedida formal. Tanto mi abuelo como Paco pensaron que entre nosotros podríamos llegar a un acuerdo más fácilmente.

—Voy a empezar yo —dijo Yeray—. Sabemos que Saray no quiere que haya una *pedía* formal y el motivo de vernos aquí es porque Juanillo sí quiere hacer las cosas bien. Y siente que, si no habla con Manuel, no está haciendo lo correcto. Y como somos gente educada y gente de bien, pues nos sentamos en esta mesa para hablarlo.

Todos miramos a Juanillo, que se puso rojo sin poder evitarlo.

—Yo, bueno, yo, yo sí quiero.

Nos echamos a reír, incluida Saray, que lo hizo a carcajadas. Manuel sabía que era el único que podía tranquilizarlo.

—Juanillo, sé que quieres a Saray y que vas a respetarla y cuidarla. Y tienes mi bendición. Estoy feliz porque mi hija ha escogido a un gitano de buena familia. Cómo decir lo contrario, si eres de la mía. —Manuel sonrió mirando a su hija—. Pero para ti y para mí es importante que esto se celebre y se haga público, para que no haya habladurías. Aunque también tengo que respetar que Saray no quiere ser el centro de atención de ninguna celebración.

—Pues yo tengo la solución —dije con convicción—. La semana que viene abrimos el nuevo chiringuito. Hagamos una fiesta de inauguración. Vendrán todos nuestros familiares. Aprovechemos la fiesta para dar a conocer que Juan y Saray son novios formales. Manuel y Juanillo tendrán su fiesta y Saray no se sentirá el centro de atención.

—Madre del amor hermoso, ¡qué alegría me das! —exclamó Mara—. Así todos estaremos contentos. Solo nos queda acordar si habrá intercambio de regalos.

Saray negó con la cabeza. Juanillo se levantó y se puso a su lado; ella veía venir el chantaje emocional al que la iban a someter. Los demás mirábamos la escena divertidos.

—Te prometo que no te arrepentirás, el regalo te va a encantar. Es más, vamos a comprarlo juntos y así no te llevas sorpresas delante de la gente. A tu padre le haría muy feliz.

Manuel abrió mucho los ojos y lo miró extrañado. Sonrió al entender que el chico lo estaba utilizando para salirse con la suya.

—Está bien —dijo Saray—. Si me prometes que será Mara la que haga el anuncio y Zaira la que nos dé la bendición de tu familia. Las mujeres seremos las protagonistas.

—Te lo prometo.

—Y nada de ramos de flores.

—Nada de flores —repitió Juanillo.

Brindamos con champán y ultimamos los detalles. Manuel quería colaborar y tuvo que enfrentarse a Yeray, que se negaba a aceptar su ayuda.

Me encantaba observar cómo discutían, sin querer dar el brazo a torcer pero con el cariño infinito que llevaba el objetivo implícito: aliviar los gastos del otro. Por fin volvíamos a disfrutar de la familia, de nuestra forma de vivir y de relacionarnos.

—Yeray, tienes que entender que para Manuel es importante. Acepta que pague un tanto por ciento —comenté delante de todos para atajar el asunto.

—Mejor hagamos algo —propuso Mara—. Vosotros os hacéis cargo de la comida y nosotros corremos con la factura de la bebida. Así nos sentiremos implicados y vosotros seguís tomando todas las decisiones. Pero, por supuesto, cuenta con todos para preparar la comida. Menos mi padre, todos podemos colaborar en la cocina. Mi padre no, que no llega ni un plato a la mesa.

Nos reímos de la seriedad con la que Mara había planteado algo tan gracioso.

Acordamos que el jueves comenzaríamos con los preparativos y que el viernes celebraríamos la fiesta. Las invitaciones las realizaríamos nosotros. Mara y Manuel se encargarían de las confirmaciones para hacer un recuento estimado de los asistentes.

El miércoles, Alba se levantó de la cama dispuesta a ayudar. No se encontraba con fuerzas para estar de pie mucho rato, pero conseguimos una silla de ruedas que la mantuviera dando órdenes en la cocina. Tamo y Fátima serían las encargadas de ejecutar sus instrucciones, junto con una cuadrilla de mujeres y hombres dispuestos a seguir las indicaciones sin rechistar.

Alba miraba el techo sin creer que aquellas lámparas fueran suyas. La luz que proyectaban cubría de brillo el blanco de los manteles y resaltaba las peonías que Coral escogió para los centros de mesa. Acopló la silla de ruedas a una mesa y explicó a madre e hija que prepararían un bufet frío con varios entrantes calientes. Planificaron los diferentes platos, intercambiaron las recetas y Alba le pasó a Fernando una lista con todos los ingredientes que necesitaban. El jueves por la mañana, bien temprano, las tres realizarían los postres, que se servirían en pequeñas porciones, y adelantarían las elaboraciones que lo permitieran. Alba prometió que solo se quedaría una hora y se iría a descansar.

No podía evitar sentir un nudo en el estómago cada vez que la veía contener la respiración por el dolor de sus heridas. Observé como Fernando la miraba con ternura. Ojalá algún día Alba también lo mirara así. No había en este mundo nadie que me gustara más para ella. Pero si algo había aprendido es que no se puede dar órdenes al corazón. Escoge solo, sin ningún razonamiento que evite las heridas posteriores. Esperaba que un día la mirada de Alba cambiara y lo viera como algo más que el amigo incondicional que era.

La llevé a casa a regañadientes y por primera vez desde que salió del hospital estuvimos a solas. La ayudé a acostarse y le pedí que me llamara si me necesitaba. Estaría abajo preparando mis clases, que comenzarían en unos días.

Alba me invitó a que me quedara para hablar. Me senté en la cama y la miré con cariño.

—Necesito contarte lo que pasó.

—Alba, escúchame, no es necesario.

—Para mí sí lo es. Necesito hablarlo con alguien. Escúchame, por favor —me rogó.

Se incorporó en la cama y me pidió que me metiera dentro con ella. Di la vuelta para no rozarla. Alba estaba pálida, sin fuerzas, pero no quise insistir en posponerlo para otro momento.

—Me dijo que, si de verdad lo quería, tenía que romper los lazos con vosotros. Que no le queríais y que siempre estabais malmetiendo, cuando él siempre se había portado bien. Que le demostrara que apostaba por esa relación y que no era una niña que necesitaba de su familia para vivir. Pasé unos días muy malos. Me quitó el teléfono y yo lo acepté como prueba de amor. Fui una estúpida. Luego llegaba a casa, me llenaba de atenciones y me hacía sentir importante. En esos momentos era tan feliz que no quería mirar nada más.

»Me pidió que por un tiempo no fuera a veros, para que me sintiera una mujer de mi casa, pero yo no pude —continuó—. Cuando vine con vosotros se enfadó mucho. Me llamó cientos de veces y no lo cogí. Al llegar, me abrió la puerta y me metió dentro de un empujón. Estaba borracho y furioso. Me insultó y me quitó la ropa a tirones. Me dijo que iba vestida como una furcia, pero que en la cama con él era una mojigata. Me violó. No paró de golpearme mientras me penetraba. Cuando me di cuenta de que mi llanto y mis gritos lo excitaban, me callé. Me pidió que siguiera llorando, pero yo no lo hice. Estaba inerte, sin poderme mover. Pero veía claramente todo lo que hacía. Sin sentir dolor.

»Entonces oí que mi madre me decía que me levantara, que luchara, que no podía dejar solos a mis hermanos. Zaira, te juro que la escuché de forma tan clara que me levanté. Aproveché que estaba en el baño, fui a la cocina y agarré un cuchillo. Me lo guardé en la manga y cuando volvió a golpearme intenté clavárselo. No pude, no fui capaz. Pero consiguió quitármelo y me lo clavó a mí con fuerza. Sentí cada una de las puñaladas, pero no me dolían. Supe lo que tenía que hacer. Me desplomé, le hice creer que estaba muerta. Oí que entraba en el cuarto y trasteaba en los cajones mientras gritaba que le había arruinado la vida. Salió corriendo y me dejó allí desangrándome.

»No me quedaban fuerzas para llegar hasta la puerta. Pero sabía que, si no llegaba, moriría. Mi padre me dio la mano, Zaira, sentí como su mano me daba un tirón y me arrastraba. En el camino hasta la entrada, les hablaba para no quedarme dormida y perder la única oportunidad que tenía de sobrevivir. Cuando llegué a la puerta, no pude levantarme para abrirla. Y lloré, lloré sabiendo que me iba a morir allí. Pensé que vosotros no podríais soportarlo. Lloré por la pena de saber a Juanillo destrozado, de saber a Yeray con la culpa de no haberme ayudado y de saberte a ti, Zaira… de saber que te morirías de dolor. Saber que no os volvería a ver, que os dejaría, me hizo llorar con fuerza. Y ese llanto fue el que me salvó. Mi amor por vosotros me salvó la vida.

»La vecina escuchó mi llanto. La pobre mujer me preguntó desde el rellano si me encontraba bien. Estaba atenta por si me había pasado algo. Le pedí que llamara a una ambulancia, que no podía abrir la puerta. Ella tenía una llave que le había dado la madre de Bernardo hacía años, y salió corriendo a buscarla. Cuando abrió y me vio ensangrentada, comenzó a gritar. En unos segundos me vi rodeada de personas que me taponaban las heridas. Sentí mucha presión en todo el cuerpo y me dormí. Cuando desperté, estaba en el hospital.

—Ahora estás a salvo —le dije intentando no llorar—. Ya no volverá a hacerte daño.

—Me lo sigue haciendo, Zaira. Cierro los ojos y siento que lo tengo encima, dentro de mí mientras me está pegando. No quiero dormir.

—Tienes que aceptar la ayuda psicológica, no es fácil hacerlo sola.

—Lo haré, cuando esté preparada. Pero ahora necesito descansar, despiértame dentro de una hora.

—O dos —dije antes de darle un beso en la frente.

Entré en la que era mi habitación y me puse un traje de baño. Me metí en la piscina, dejando que el agua se llevara mis lágrimas. Conmovida por el sufrimiento de Alba, no podía quitarme esas imágenes de la cabeza. Se iba a celebrar un juicio rápido, y estaba segura de que nuestra prima conseguiría la pena máxima para ese animal. Ojalá no saliera nunca.

Que nunca pudiera hacerle daño a otra mujer.

Escuché el timbre de mi teléfono y corrí a cogerlo.

—Te he llamado varias veces, estaba preocupada.

—Hola, Sandra, me estaba dando un baño en la piscina. Quería refrescarme antes de llevarme las cosas a casa.

—De eso quería hablarte. Quiero hacerte una propuesta. Sé que en tu casa no te sientes segura, y tus perros ya se han acostumbrado a la mía. ¿Por qué no te vienes a vivir aquí conmigo a la casa de invitados? Mañana van a venir a hacerle una pequeña reforma. Voy a dividir el dormitorio en dos. Así tendrás otra habitación por si quiere quedarse a dormir Alba o alguien de tu familia. Tendrás intimidad, pero no estarás sola. Anda, di que sí, que hacer mejunjes para una sola es muy aburrido.

—Pero tú estás acostumbrada a vivir sola...

—Zaira, yo no tengo una familia como tienes tú. Y cuando mi padre viene, se queda en la villa, nunca en mi casa. Convivir con Juanillo me ha gustado. Tener a alguien con quien cenar de vez en cuando o tomar un rato el sol. Me encantaría que aceptaras. Piénsatelo y en la fiesta lo vemos.

No tenía nada que pensar. La casa de Sandra estaba a un paso del chiringuito, de mi colegio y de mi familia. No tendría que coger el coche a diario. Y tenía razón, no me sentía segura en mi casa. Aceptaría y mi amiga lo sabía.

Me di una ducha rápida y me puse a trabajar. Quería preparar algo para la fiesta. Conservaba fotografías de Juanillo y de Saray en diferentes celebraciones, desde que eran niños, y me pareció una buena idea preparar un vídeo con ellas. Había visto uno en el cumpleaños de Paco y me gustó la idea. Algunas imágenes eran muy divertidas, como la que encontré en la que Juanillo le tiraba del pelo a Saray siendo casi unos bebés. Y en otra Saray estaba subida a caballito sobre Juanillo mientras este se esforzaba por ganar una carrera. Localicé varios vídeos antiguos que, si los manipulaba con gracia, podrían dar un resultado divertido.

Estuve un par de horas trabajando hasta que mi abuelo llegó con Yeray. Venía a ver a Alba, que seguía dormida.

—No la despertéis. Me ha contado cómo sucedió todo y ha sido agotador para ella. Vamos a dejarla descansar.

—Pobrecita, qué mal lo tuvo que pasar —dijo mi abuelo—. A ver si tú tienes más suerte en el amor, hijo, y te enamoras de una buena chica.

Yeray me miró y supe que había llegado el momento. Me levanté para dejarlos solos y que hablaran, pero Yeray me pidió que me quedara.

—Abuelo, tengo que contarte algo que no te va a gustar.

Mi abuelo se removió en el asiento, incómodo.

—No me asustes, hijo.

—Te lo tenía que haber dicho hace mucho tiempo, pero no he podido. —Yeray estaba nervioso y se frotaba las manos—. Eso que has dicho antes no es posible. Yo nunca me voy a enamorar de una buena chica porque me gustan los chicos.

—Bueno, pues que sea un buen chico entonces. La cuestión es que sea bueno y te quiera y te haga feliz.

—Abuelo, que te acabo de decir que soy homosexual.

—Sí, ya te he escuchado.

—¿No vas a decirme nada?

—Sí, claro. ¿Por qué soy el último en enterarme? Soy el más cotilla de toda la familia y debí enterarme el primero. Creo que no te voy a perdonar eso tan fácilmente.

—¿No te importa, abuelo? He deshonrado a esta familia y a ti no te importa…

—Qué *chalaúra* estás diciendo. A mí me deshonrarías si fueras un malaje, un fulero o no quisieras a los tuyos. Pero, hijo, quién soy yo para juzgar a quién quieres amar. Si mírame, que estoy enamorado a mi edad.

—Abuelo, pero yo creía…

—Sí que me mosquea un poco que me creas tan antiguo, hijo. Los gitanos tienen derecho a escoger a quién amar. Y el que diga lo contrario se está anclando en el pasado.

»No va a ser fácil, yo lo sé —añadió tras una pausa—. Muchas personas te van a señalar y se van a meter contigo. Pero los que te queremos vamos a estar a tu lado. Eso sí, hijo, procura escoger a tu pareja con tino, que mira lo que ha pasado con tu hermana.

Yeray se levantó y le dio un abrazo a mi abuelo, que enseguida se quejó por la fuerza del achuchón. Los invité a ver el vídeo que había hecho y los dos rieron a carcajadas.

—Todavía me faltan algunos detalles, pero creo que les va a encantar.

Alba se despertó y nos mandó un mensaje pidiéndonos que fuéramos a reírnos arriba.

Juanillo y Fernando se unieron a nosotros minutos después. Nos mostraron todo lo que se habían comprado para la fiesta.

Por fin, la estancia se llenaba de risas y bromas.

Por fin, respirábamos con tranquilidad.

# 37

Abrimos a las nueve en punto. Reunir a los asistentes en la puerta fue idea de Ana, que quería hacer una foto para ilustrar la inauguración de nuestro nuevo chiringuito. El público esperando en la puerta, en grandes colas, sería un buen reclamo publicitario.

El salón, más grande que el anterior, estaba precioso. Coral había hecho un trabajo magnífico. Guirnaldas de flores iluminaban la estancia y resaltaban una pared principal llena de pequeñas rosas y peonías que brillaban cuando reflejaban la luz. Los centros de mesa, de flores naturales, captaban la atención de todos los que entraban. Dispuestos en pequeños frascos de cristal recubiertos por hilos gruesos de color blanco roto, eran pequeñas obras de arte. En cada extremo del salón había mesas largas con la comida expuesta. El pescado era el protagonista, pero estaba acompañado por guarniciones vistosas que invitaban a comerlas. La decoración de las bandejas me impresionó. Vi en ellas la mano de Alba y pensé que había invertido ahí todas las horas de convalecencia.

Cada vez que entraba un nuevo invitado, no sabía dónde mirar. No pudimos convencer al abuelo de que dejara la barca y se empeñó en servir pescado asado. Aunque pronto comprobamos que no estaría solo porque las personas que lo saludaban se quedaban para ayudarlo.

Alba estaba preciosa. Intentaba mantenerse en pie para saludar a la familia, pero necesitaba sentarse de cuando en cuando. Fernando no se separaba de ella.

Yeray, Juanillo y yo nos encargamos de servir las bebidas. Nos dimos cuenta de que, cuando llegó Saray, se hizo el silencio más absoluto. En cuanto la vi, sonreí. Llevaba puesto un vestido ceñido en la cintura, con volantes negros en la parte inferior, y una flor roja en el pelo que resaltaba su belleza natural. A Juanillo se le cayó un vaso al suelo cuando la vio. Nos reímos a carcajadas de su embelesamiento. Coral la había maquillado respetando su estilo, natural y fresco.

Comimos y bebimos durante horas. Y antes de comenzar con los postres, mi abuelo golpeó una copa pidiendo la palabra para el brindis.

—Quiero daros las gracias por estar aquí y por las propinas que les vais a dejar a los camareros y al espetero. Sois muy generosos —bromeó—. Sabéis que han sido tiempos muy duros para esta familia. Tiempos en los que hemos visto cómo extraños destrozaban con su odio todo lo que teníamos. Pero hay algo que nunca pudieron destruir. Nunca pudieron tocar, siquiera, el amor que se tiene esta familia. Esos lazos que nos unen en lo bueno y en lo malo. Estoy orgulloso de ella. Porque han conseguido crear una nueva oportunidad a partir de las cenizas. Cuando nos hundieron, nos dieron las fuerzas para comenzar de nuevo. Y aquí estamos, celebrando esta nueva etapa. Con todos los que habéis venido a pintar, a traernos caldos o a darnos un abrazo. A todos, gracias. De corazón. No puedo estar más agradecido por el cariño que nos habéis demostrado.

Un aplauso interrumpió su discurso. Todos los asistentes estábamos emocionados. Veía a Ana hacer fotos sin parar y me sonrió al sentirse descubierta.

—Y ahora —continuó mi abuelo—, quiero dar la palabra a Mara y Zaira, que quieren compartir algo con vosotros.

Yo me emocioné al verlo tan feliz, orgulloso de su nuevo restaurante y de su familia. Después de tantos momentos duros, habíamos aprendido a valorar lo verdaderamente importante. Y en nuestro caso, no había nada con más valor que las personas que en ese momento nos rodeaban.

Mara cogió su copa y se situó en la parte central, junto a mi abuelo.

—Queremos aprovechar que estamos todos reunidos, familia y amigos, para compartir algo con vosotros. Quiero que Juanillo y Saray se acerquen. Brindemos por esta joven pareja que ha decidido darse una oportunidad y conocerse. Brindemos por los novios.

Desde donde estaba, podía ver como Juanillo miraba a Saray. Y como Saray enrojecía al sentirse observada por todos. Juanillo se acercó a ella, le dio dos besos y le ofreció el regalo. Saray abrió una pequeña caja, nerviosa. Habíamos ido a comprarlo con Mara, y estábamos seguros de que le iba a encantar. Era un pequeño colgante de oro que tenía una pequeña castañuela. Saray sonrió cuando lo vio y pidió a Mara que se lo pusiera.

Juanillo abrió su regalo y todo el salón estalló en risas cuando vieron que era un kit de supervivencia por si tenía que volver a esconderse. Luego le dio un bonito reloj deportivo.

Les di mi bendición, y los invitados comieron y bebieron durante un par de horas. Cuando se sirvieron los postres, Alba recibió las felicitaciones por todas las elaboraciones.

Víctor llegó justo para ver el baile que Saray había preparado. El hermano y el cuñado de Mara cantarían y tocarían la guitarra. Se hizo el silencio en el salón. Saray había bailado bien desde niña, pero desde que estaba en la escuela de baile su talento brillaba emocionando al público. Lo que no esperábamos es que Juanillo participara también. Los dos habían ensayado una coreografía preciosa. Me quedé con la boca abierta cuando Mara y Manuel salieron a bailar, pero tuve ya que sentarme al ver que Alba y Yeray también lo hacían. Mara y Manuel se miraban a los ojos y todos pudimos disfrutar del amor que destilaban. Sus manos se movían con gracia, acariciando el aire con cada *duquela*. Parecía que habían bailado juntos toda la vida. Alba estaba haciendo un gran esfuerzo y casi no podía moverse, seguía la coreografía a duras penas. Yeray se acercaba a ella con prudencia y ralentizaba sus movimientos para que su hermana no perdiera el compás. Me tragué las lágrimas al pensar en lo que habría pasado en los ensayos, y cuánto le tenían que haber peleado sus hermanos que no hiciera ese esfuerzo. Contenía las muecas de dolor en algunos movimientos y no podía dar más de sí. Pero ahí estaba, bailando para su hermano pequeño, que no podía dejar de mirarla con el cariño más auténtico de este mundo.

Los seis se pusieron en línea, zapateando con gracia, e hicieron estallar en aplausos al público, que emocionado los aclamaba.

Fueron unos minutos mágicos que se quedarían a vivir en nuestra memoria para siempre. Alba tuvo que sentarse. No se quitaba la mano del costado.

—¿Estás bien? —pregunté, preocupada.

—Creo que nunca he estado mejor —me contestó.

—Has estado maravillosa.

—Queríamos darte la sorpresa. Nos ha costado mucho ensayar sin que te dieras cuenta, nos hemos escapado por las noches —dijo riendo.

—Ha sido una sorpresa preciosa. Voy a poner el vídeo, creo que es el momento.

Víctor me ayudó a desplegar la pantalla que me había prestado y encendió el cañón para comenzar la proyección.

Los novios se rieron al verse fotografiados juntos desde que eran unos bebés. Todas las travesuras que habían compartido y que diferentes miembros de la familia habían capturado.

Terminé con una fotografía de mis primos, en un intento de que de alguna manera también estuvieran presentes ese día. En la imagen se veía a Aurora con Saray en brazos y a su marido aupando a Juanillo por encima de su cabeza. Debajo, una frase confirmaba que ellos estarían también ilusionados con el enlace. Los dos estiraban sus bracitos para abrazarse. Juanillo vino a abrazarme para darme las gracias.

—Gracias, prima, ha sido lo más bonito que he visto nunca —me dijo, emocionado.

Llegó la hora de las copas y Manuel me pidió que saliera de la barra, que se ocuparían él y sus hermanos de servirlas.

Víctor, que hablaba con Ana, me llamó con un gesto.

—Necesito hablar contigo un momento. Ana, ¿nos disculpas?

Ana asintió y Víctor me cogió de la mano y me llevó fuera.

—¿A dónde vamos? —pregunté.

Víctor no me contestó. Sin soltarme la mano, me condujo al cuartillo, me metió dentro y bloqueó la puerta con el cuerpo. Olía a madera y pintura.

—¿Qué haces? —pregunté riendo.

—Terminar algo que empezamos hace mucho tiempo.

La oscuridad no nos dejaba vernos. Me acercó a su cuerpo y comenzó a besarme despacio, agarrándome la cabeza con su mano. Me acarició los hombros y descendió hasta mi cintura. Sentí como todo mi cuerpo se estremecía. Me pegó un tirón del vestido que, al no tener tirantas, cedió y bajó hasta la cintura. Mi pecho quedó al descubierto.

—¿Qué haces? ¿Te has vuelto loco? —pregunté sin dejar de besarle—. La puerta sigue sin tener pestillo.

—Zaira, he esperado muchos años, demasiados, así que no hay nada que pueda pararme —me dijo mientras sus manos recorrían mi cuerpo con suavidad.

Escuchamos pasos que se acercaban y tuve el tiempo justo de subirme el vestido.

—Hijos, ¿qué hacéis aquí a oscuras? —preguntó mi abuelo—. Necesito más carbón.

Mi abuelo miró a Víctor y me miró a mí. Y de repente cayó en la cuenta de lo que estaba ocurriendo.

—Entrad ahora mismo los dos al salón, que voy a anunciar otro noviazgo, que ya que estamos nos ahorramos un buen pellizco. Que si hay que hacer otra fiesta vamos a acabar arruinados —dijo sonriendo.

—Abuelo, ¡no! —me opuse.

—¿Cómo que no? —preguntó Víctor, ofendido—. No quiero que tu familia venga después a reclamarme nada. Vamos.

—¡Ay, Dios mío! —exclamé.

Mi abuelo cogió la copa y volvió a mandar callar a los invitados.

—No quiero que se vayan sin que sepan que hay otro noviazgo en la familia. Esta vez mi nieta Zaira, que se ha *ennoviao* con el alcalde. Me he enterado de casualidad. No les quiero engañar, pero me hace muy feliz, porque sé que es un buen muchacho y sé que la quiere de verdad. ¡Por vosotros! —exclamó levantando la copa.

Todas mis primas corrieron a darme la enhorabuena. Víctor me seguía mirando, rodeado de mis primos que estaban a punto de mantearlo. Pudo evitar los saltos en el aire gracias a la intervención de Ana, que argumentó a favor de la necesidad de mantener la integridad física de la autoridad del pueblo. Me sentía feliz. Miraba a Víctor y podía ver que el sentimiento era recíproco. Esta vez no me quedaba duda de que estaba sintiendo lo mismo que yo.

La vergüenza que me producía ser el centro de atención se acrecentó cuando le oí comentar abiertamente a mis primas lo que siempre había sentido por mí.

Sandra se acercó a felicitarme.

—Creo que esta vez voy a perdonarte que no te vengas a vivir conmigo. La competencia ha sido feroz.

—Pero ¡qué dices! Mañana mismo me voy para tu casa. No voy a irme a vivir con Víctor todavía. Si ni siquiera hemos empezado. Me voy contigo, pero lo hago por la piscina.

Mi abuelo nos interrumpió para hacernos una foto de familia.

Yeray, Fernando, Alba, Juanillo y yo posamos delante de la pared de flores, abrazados y sonriendo, para que el abuelo inmortalizara el momento. Sentía con más fuerza que nunca la presencia de Aurora, segura de que estaría disfrutando de los cambios realizados en el chiringuito, orgullosa de sus hijos, que se mantenían con firmeza en el camino que ella les había trazado. Me sequé una lágrima antes de que mi abuelo captara de nuevo nuestra atención con una gracia, como si fuéramos chiquillos en una fiesta infantil.

Capturó un momento de felicidad que se quedaría para siempre en nuestra memoria.

Es la fotografía que, todavía hoy, luce en un marco azul turquesa en la pared principal de Las Cinco Esquinas del Mar.

# Agradecimientos

A mi editora, Ana María Caballero, gracias por confiar en mí y guiarme por el mejor de los caminos.

A Ana Pérez-Bryan, por permitir que mi periodista se nutra de esa manera tan especial de visualizar el mundo. Ana tiene tu esencia.

A Fernando Fernández, porque tengo la misma suerte que Zaira de contar con ese amigo periodista que te da un abrazo cuando lo necesitas. Ha sido muy fácil construir un personaje con todo lo que aportas a la vida de los que te queremos.

A Víctor Navas, por prestarme un personaje auténtico. Por los consejos que cambiaron el rumbo de algunas tramas. Gracias por enseñarme el otro lado de la política.

A Vanessa y Chini, de Dosta, y a Federico, de Enseñantes con Gitanos, porque sois inspiración. Suerte que el camino nos ha unido.

A Sandra Carmona, porque crear a Sandra ha sido muy fácil recordándote. Gracias por hacerme disfrutar de tu camino.

A Susana, por acoplar tu mundo a mis horas de escribir, por ocuparte del resto de mi vida cuando me escondo entre las páginas. No te puedo querer más.

A mi padre, por leer con paciencia cada capítulo.

A mi madre, por velar de que no le falte ni un solo nutriente a mi cuerpo mientras paso horas delante de un ordenador.

Al chiringuito El Lotero, por contestar a todas mis preguntas. Este libro tiene la imagen de vuestras cuatro esquinas.

A todos los que formáis parte de mis cuatro esquinas, gracias.